Der Nibelungen Not

Roland Weber

Der Nibelungen Not

Das Geheimnis des großen Mordens im Nibelungenlied

Die Deutsche Nationalbibliothek verzeichnet diese Publikation
in der Deutschen Nationalbiografie; detaillierte bibliografische Daten sind im Internet
über http:/dnb.dnb.de abrufbar

Titelfoto: Waltraud Jung

Satz, Herstellung und Verlag:
BoD – Book on Demand, Norderstedt
ISBN: 978-3-7448-9768-6

Inhaltsverzeichnis

Das Nibelungenlied

Aus Zufall bin ich auf ein Buch gestoßen, dass eine vollkommen neue Interpretation des Nibelungenlieds anbietet. Man meint zwar, dessen Gestalt, dessen Inhalt und seine Bedeutung im Großen und Ganzen zu kennen, aber dies dürfte nur bei den wenigsten Menschen tatsächlich zutreffen. Dabei unterliegt man immer wieder Irrtümern, da man den Inhalt des Nibelungenlieds mit anderen Sagen gleichsetzt bzw. sich der Unterschiede gar nicht bewusst ist. Dies gilt sogar für die wissenschaftliche Forschung. Dies gilt erst recht für das Geheimnis, das es für uns heutige Menschen birgt.

So wie ich durch den Autor Atwill mit seinem Buch »Das Messias-Rätsel« darauf aufmerksam gemacht und überzeugt wurde, dass die Evangelien (die drei Synoptiker) allein im Interesse Roms geschrieben worden waren, so bietet jetzt der Autor Rudolf Kreis mit seinem Buch »Wer schrieb das Nibelungenlied? – Ein Täterprofil« eine geradezu sensationelle Neusicht an, die unbedingt der Nachwelt erhalten werden sollte. Die Argumentationen und Schlussfolgerungen, die Kreis zieht, stellen die zahllosen unterschiedlichen Betrachtungen und Bewertungen, die dieses Epos bislang gefunden hat, auf den Kopf. Sein Ansatz sollte nicht in Vergessenheit geraten. Zum einen, weil Wahrheiten immer erhaltenswert sind und zum anderen, weil sie ein neues Licht auf die Geschichte und insbesondere die Geschichte des Antisemitismus werfen. So wie ich aufgrund des Kerngedankens bei den Evangelien selbst viele neue Aspekte und Schlussfolgerungen mit meinen beiden Büchern »Denken statt glauben« und »Jesus, Römer, Christentum« entwickeln konnte, die einerseits die These des Autors Atwills stützen, sich andererseits aber noch Ansätze finden lassen, die weit darüber hinausgehen, so sehe ich meine Aufgabe hier nun darin, die Kernaussage des Autors Kreis auszuweiten und dabei noch schärfer zu fassen. Wo er Hagen Tronjer nennt, gehe ich – so wie Kreis selbst an einigen Stellen – gleich dazu über, ihn als Juden einzuordnen. Kriemhild steht desgleichen nicht nur an einigen Stellen allegorisch für die (christliche) Ecclesia (Kirche), sondern sie ist dies durchgängig. Ihre Rivalin Brunhild steht jedoch nach meiner Auffassung nicht allegorisch für die (jüdische) Synagoge, sondern steht für das orthodoxe Christentum und damit für den durch die Kreuzzüge verheimlichten und auch heimgesuchten Feind in Konstantinopel. Meine Erweiterungen stützen sich jedoch auf seinen Ansatz. Die Übereinstimmung besteht im Kern darin, dass ich ihm folge und in diesem Epos vor allem die literarische Reaktion auf die Pogrome im Zusammenhang mit den ausgerufenen Kreuzzügen ab 1095 sehe. Dies ist meine neue Sicht.

Das Epos ist eine große Allegorie. Ein Gedanke wird personifiziert. Eine Frau mit einer Augenbinde und einer Waagschale steht als Justitia für Gerechtigkeit, ein Skelett mit Sense für den Tod – und so stehen auch die Protagonisten des Epos für einen Gedanken, eine Weltsicht oder einer Religion. Im Unterschied zur Metapher steht die Allegorie für die Verkörperlichung eines Gedankens.

Es geht hier also nicht darum, den anonymen Autor des Nibelungenlieds ausfindig machen zu wollen. Dies haben schon andere versucht. Mir geht es ausschließlich darum, den Inhalt und sein Motiv deutlich werden zu lassen. Der Text an sich gibt die Antworten und nicht die Quellen, die der Dichter bearbeitet hat. Um einen tieferen Einblick zu gewinnen, ist es jedoch angebracht, auch andere Autoren zu Wort kommen zu lassen.

Da die hier zitierten Autoren mit unterschiedlichen Schreibweisen von Namen und Orten auftreten, habe ich diese in den Zitaten selbstverständlich auch so übernommen. Der Leser mag sich also nicht daran stören, dass z.B. von Siegfried, Sivrit, Sigfrid oder Siefrit bzw. Sigurd die Rede ist. Das gilt auch für andere Namen wie Brünhild, Brunhild oder Kriemhild, Krimhilt, Griemhild. Doch dabei ist Vorsicht vor allzu leichtfertigen Gleichsetzungen geboten. Ein anders geschriebener Namen steht in der Regel für einen anderen Charakter. Ich selbst werde von möglichst nur von Brunhild und Burgunden, und nicht von Brünhild oder Burgundern sprechen. Erst durch die vermeintlichen Ähnlichkeiten und daraus resultierende Harmonisierung der Schreibanpassungen in der Literatur entsteht oft eine zwangsläufige Verwirrung. Eine Einheitlichkeit gibt es hier nicht.

Um das Ungewöhnliche einer neuen These zu den Nibelungen deutlich zu machen, zitiere ich hier die Schlussworte aus Rudolfs Kreis Buch – Wer schrieb das Nibelungenlied – Ein Täterprofil (S. 113):

»Ich stelle mich sogar dem größtmöglichen Einwand gegen mich und frage: »Wieso haben Generationen von Fachleuten nicht gesehen, was Sie, mein Herr, gesehen haben wollen?«

Die Antwort, die ich mit meiner Studie darauf zu geben versucht habe, will ich noch einmal in fünf Punkten zusammenfassen:

(1) Erstens konnte das die Forschung nicht sehen, weil sie fixiert blieb auf den »Stammbaum« des Epos in den altnordischen (also heidnischen) Sagen.

(2) Zweitens begnügte sie sich aufgrund dieser germanisierenden Tendenz mit einer textimmanenten Auslegung des Epos bis ins Dritte Reich und darüber hinaus.

(3) Drittens blieben damit die historischen Hintergründe (Politik, Recht, Wirtschaft, Kirche und Synagoge), auf die das Epos so deutlich reagiert, im blinden Fleck.

(4) Viertens konnte eine nationalistisch säkularisierte und fast durchweg antisemitische eingefärbte Germanistik gar nicht erst auf die Idee kommen, dass ihre kaiserlichen Vorbilder und mit ihnen unsere Vorfahren einmal Judenfreunde gewesen sein könnten.

(5) Fünftens blieb die Geschichtsschreibung auf den Schock der Shoah (Anm.: Holocaust) fixiert, statt sich der tausendjährigen Verunmenschlichung des jüdischen Volkes zuzuwenden, ohne die sie nicht möglich gewesen wäre.

Die Provokation aber, die das Täterprofil birgt, zielt sehr wohl darauf ab, in die Gedächtnislücken unserer Geschichte einzudringen, dass die einsame Größe des Nibelungenlieds nicht länger in ihnen verdämmert.«

Mit der Suche nach dem Täterprofil sind noch nicht alle Aspekte um die Nibelungen deutlich geworden. Diese Suche spielt auch bei Kreis nur eine untergeordnete Rolle. Viel entscheidender sind seine Schlussfolgerungen und Argumente zum Motiv des Dichters. Mein Buch soll diese Ausführungen ergänzen, anderes untersuchen und selbst eine umfassendere These anzubieten.

Die bisherige Literatur zum Nibelungenlied weist unterschiedliche Ansätze und Schwerpunkte auf:

- Die Frage nach dem Entstehungsort
- Die Frage nach den Quellen
- Die Frage nach den historischen Personen
- Die Frage nach den historischen Ereignissen

was jedoch durchgehend fehlt, ist:

- Die Frage nach dem Motiv.
  Diese Frage hielt der Autor Kreis für die entscheidende und wichtigste. Dem schließe ich mich an. Erst das Motiv erhebt die Bedeutung des Epos über seine Zeit hinaus.

Nützlich sind grobe Kenntnisse mittelalterlicher Geschichte und rudimentären theologischen Aussagen und Praktiken, sowie die Bereitschaft, sich auf ein allegorisches und interpretierendes Denken einzulassen. Als sprachlicher oder künstlerischer Ausdruck ist eine Allegorie von vorneherein auf ihre Deutung hin konstruiert. Vom Hörer oder Betrachter erfordert die Allegorie einen Gedankensprung, eine bewusste Verknüpfung vom Gesagten zur gemeinten Bedeutung. Wenn der Betrachter nicht vertraut ist mit den geistigen oder historischen Zusammenhängen, aus denen die Allegorie heraus konstruiert wurde, bleibt ihm ihr Sinn oft verborgen. Wenn beispielsweise von einer Taube gesprochen wird, so kann damit nicht nur ein Vogel, sondern allegorisch der Frieden gemeint sein. Hinter den Personen im Epos stehen somit jeweils eine Religion, Ideologie bzw. Weltsicht.

Die dazu gegebenen Hinweise und Übersichten soll lediglich einer Plausibilitätskontrolle bzw. Gedächtnisauffrischung dienen. Der Autor Kreis stellt die historischen und theologischen Bezüge auf deutliche Weise her. Dies ist schließlich gerade sein Anliegen, den Zusammenhang von Text, Geschehen, Zeit und Motiv herzustellen. Seine Schlussfolgerungen bedeuten nicht weniger, als dass man alle bislang gelesenen Interpretationen als erledigt ansehen kann. Brauchbar ist diese Literatur jedoch immer noch für die Frage nach den Ursprüngen und Quellen des Nibelungenlieds. Aber dies wird nebensächlich, wenn man es als originär eigenständige und bewusst gestaltete Sagen-Darbietung versteht. Das Nibelungenlied trägt seine Bedeutung in sich und nicht in der Aufwärmung und Abänderung althergebrachter Sagen und Geschichten.

Das Nibelungenlied hat in seiner Wertschätzung eine sehr wechselvolle Geschichte hinter sich. Die einen sehen darin ein großes deutsch-nationales Epos, die anderen eine mehr wirre und unstrukturierte Geschichten- bzw Sagensammlung, ja nur eine Zusammenfassung umlaufender germanischer Sagen und Märchen. Manche Forscher sehen in diesem Epos gar keinen Sinn. Aber das liegt nicht am Epos, wie noch deutlich werden wird, sondern eben an der jeweiligen Sicht der Forscher. Schon mit der Schilderung der Nibelungensage bei Friedrich Hebbel und Richard Wagners Oper, »Der Ring der Nibelungen«, wird jeweils eine völlig andere Darstellung gewählt. Immerhin verrät Wagner nebenbei einen zeittypischen und unauslöschlichen Antisemitismus in seinen Werken.

Der deutlichste Unterschied ist die Bedeutung des Ringes. Bei Wagner findet sich diese sogar im Titel seines Werkes, bei Hebbel oder erst recht im Nibelungenlied kommt dem Ring dagegen keinerlei Bedeutung zu. Ein Ring wird nur im Zusammenhang mit dem Diebstahl in der Brautnacht und im Zusammenhang mit dem Gürtel erwähnt. Man muss direkt vermuten, dass dies ein magischer Ring der Nibelungen sein soll, da er im Unterschied zur Tarnkappe nirgends seine Zauberkraft offenbart. Während der Gürtel Brunhild noch gewaltige Stärke verleiht, dient er Kriemhild nur als Schmuck- und Beweisstück. Der Kampf um den Ring gerät im Nibelungenlied zum Kampf um den Hort.

Es ist und bleibt insgesamt verwirrend, was uns als Sagen, gar als Nibelungenlied bzw. Nibelungennot überliefert wurde. Vor allem sind die unterschiedlichen Ursprünge in umlaufenden germanischen und nordischen Sagen sicher von gewissem Interesse, wie die Edda mit ihren Sagen (Atlilied, Sigurdsage) oder die Thirekssaga (sogenannte Dietrichsage). Es gibt verschiedene Fassungen und diese sind schon deshalb interessant, wenn man den Gründen für die erkennbaren Abweichungen im Nibelungenlied innerhalb seiner Varianten B und C nachgeht. Die drei Hauptexemplare des aus den Vorlagen geformten Nibelungenlieds hat man mit den Buchstabenzuordnungen A, B und C bedacht. B endet mit den Worten »der

Nibelungen not« (sogenannte Not-Fassung), die christlich eingefärbte, aber als erste 1755 wieder entdeckte Fassung endet dagegen mit »der Nibelungen liet« (sogenannte Lied-Fassung). Inzwischen ist – entgegen dem Inhalt und der ursprünglichsten Fassung jedoch überwiegend die Bezeichnung Nibelungenlied üblich geworden. Schon damit wird der falsche Akzent gesetzt. Das Epos gestaltet der Nibelungen Not. Das Wort Not sollte man dabei im Sinne von Schicksal verstehen. Das Original zu diesen Abschriften bzw. Dichtungen ist leider verlorengegangen.

Einen guten Überblick über den »Mythos Nibelungen« gibt das so betitelte und von Joachim Heinzle herausgegebene Buch (s.u.). Sowohl die Ursprünge als auch die Nachfolgedichtungen werden mit ausführlichen Leseproben dargestellt. Eine noch deutlich tiefer gehende und im wahrsten Sinne farbige Darstellung (zahlreiche Gemälde bzw. Dokumente) und Untersuchung steuert Oberste mit seinem Buch »Der Schatz der Nibelungen« bei, in dem er zahlreiche Verästlungen der Sagenwelt mit kurzen Inhaltsangaben und damit in ihren Variationen darstellt. Stichwort: Nibelungen – der Schatz ganz breit gestreut, sozusagen. Anhand dieser Zusammenstellung wird z.B. deutlich, wie sehr sich einzelne Sagen unterscheiden. Vollkommen klar wird auch, dass das Werk Hebbels und das Werk Wagners »Welten trennen« (S. 48). Ich erspare mir und dem Leser nähere Darlegungen und Ausführungen, da nicht diesen Interpretationen, sondern allein dem aufgefundenen mittelalterlichen deutschen Text die geschuldete Aufmerksamkeit gilt. In all den Varianten wird man jedoch nichts finden, was die hier vertretene These in Frage stellt. Zum einen wurden diese Argumente noch nie gesehen und zum anderen sollte man immer fragen, geht man fehl, wenn man dem Text auch einen ganz konkreten Sinn gibt? Der Dichter hat bewusst sein Werk gestaltet, damit das, was er (!) sagen will, erkennbar wird.

Interessant für unsere Untersuchung ist diese Stelle (Heinzle, S. 27):

Die Hortorientierung ist das handlungskonstituierende Motiv der Sage vom Burgundenuntergang. Sie musste erzählt werden, aber im Rahmen der neuen Konzeption ist nicht zu begreifen, warum Kriemhild auf einmal bereit sein soll, Siegfrieds Mörder gegen Herausgabe des Schatzes freizulassen, nachdem sie das Äußerste getan hatte, um ihn in ihre Gewalt zu bekommen. Es ist dem

Dichter eindrucksvoll gelungen, die beklemmende Atmosphäre der Szene für seine Darstellung zu nutzen, aber er konnte nicht verhindern, dass sie in seiner Version ein Fremdkörper blieb. Dem Manko der narrativen Inkonsistenz des Nibelungenlieds wirkt die Nibelungenklage entgegen. Es spricht viel dafür, dass sie von Anfang an an einem Werkkomplex, ein Nibelungen-Buch, gebildet hat. In ihr wird das Geschehen dezidiert im Sinne der Konzeption des Nibelungendichters kommentiert. Hagen wird als Urheber allen Übels verurteilt, während Kriemhild, die aus unverbrüchlicher Treue zu einem geliebten Menschen gehandelt habe, geradezu als Märtyrerin erscheint: »Weil sie wegen ihrer Treue starb«, versichert der Erzähler, »wird sie noch lange Zeit (d.h. ewig) in Gottes Gnade im Himmel leben.« Die Nibelungenklage fungiert als Leseanleitung für das Nibelungenlied. Wie die Überlieferung zeigt, hat man sie für unentbehrlich gehalten.

Krasser kann man sich eine Fehldeutung dieses Werkes kaum vorstellen: Dass der Nibelungendichter sich einige Freiheiten bei der Übernahme von überlieferten Sagenteilen erlaubte, ist weitgehend unstrittig. Wie absurd werden dann jedoch immer die Schlussfolgerungen gezogen, dass er dies oder das so habe übernehmen müssen. Offenbar glaubt man, ein Literatur-Polizist mit entsicherter Waffe hätte hinter ihm gestanden und mit Erschießung gedroht, wenn der Text nicht so abgefasst würde, wie er ihn aufgrund vorhandener Sagen dem Dichter diktiert. Dies ist kompletter Unsinn als Folge des grundlegenden Unverständnisses! Hier hat Heinzle durchaus recht: Der Hort ist die bewusste Klammer, wie wir noch sehen werden – und vorgreifend: den Schritten von Christus zu einer Kirche und den daraus resultierenden Folgen für Juden. Der kritisierte Fremdkörper ist geradezu der Hauptkörper – wenn man es so ausdrücken will.

Das Epos ist ein politisches Werk aus der Zeit um 1200. Geradezu abenteuerlich ist die o.a. Schlussfolgerung, dass man sich irgendwie als Gemeinschaftswerk gleichzeitig eine Nibelungenklage als Lesehilfe zusammen geschrieben hätte. Man verdrängt und/oder übersieht offenbar vollständig, dass die beliebte Fassung C des Nibelungenlieds und eben die dieser Fassung angehängten Klage geschrieben worden sind, um vom heidnischen Inhalt der möglichen Urfassung abrücken zu können. Das ist keine Erweiterung oder Vertiefung, sondern das ist lediglich die christlich eingefärbte Um-Schreibung des Originals. Nicht um den Inhalt deutlicher werden zu lassen, sondern um den Inhalt abzuändern. Umgekehrt wird ein Schuh daraus: Gerade mit diesen Umschreibungen (Änderungen, Hinzufügungen, Auslassungen) wird deutlich, wo man die eigentliche Brisanz der ur-dichterischen Botschaft suchen muss. Der Text der Fassung B dürfte nach überwiegender Auffassung derjenige sein, der einer verlorengegangenen Urschrift am nächsten kommt und ist damit der maßgebliche. Die Fassung B ist zwangsläufig die untersuchungswürdige – und nicht die geschönten Ableger, Um- und Nachdichtungen.

Auch Heusler gibt in seinem Buch (s.u.) eine aufschlussreiche Übersicht über umlaufende Sagen, die dann im Nibelungenlied verarbeitet wurden. Entscheidend ist zunächst, dass es sich ursprünglich vor allem um zwei selbstständige Sagen handelte. Eine Brunhilde-Sage von einer Brautwerbung und eine Burgunden-Sage von deren Untergang. In der Brunhilden-Sage wird Sigurd/Siegfried zum Bräutigam Brunhilds und dies erklärt dann auch die Irritationen, die der Dichter im Nibelungenlied anklingen lässt.

Der Autor Hansen verweist auf die historischen Ursprünge zur Zeit der Merowinger als sich eine Fredegunde und eine Brynhildis mit zahlreichen Mordanschlägen auf Anhänger und Verwandte der jeweiligen Gegnerin zu überbieten trachteten. Hier finden sich auch Hinweise auf Worms. Doch diese Spur verweist auf Merowinger und Franken, aber nicht auf Burgunder. Vom Ergebnis her sicherlich eine historisch nachvollziehbare Sicht, aus der sich jedoch keine interpretatorischen Schlüsse auf das Epos ableiten lassen.

Als weitere Autoren sind Dieter und Jürgen Breuer zu nennen, die das Epos als Darstellung der konkreten Geschichte vor 1200 in altgermanischen Mustern darstellen. Sie sehen im Hintergrund die historische Vorgänge, die im Zusammenhang mit den Ereignissen um die Staufer-Könige bzw. Staufer-Kaiser stehen und eine Kritik genau an deren Politik.

Den eigentlichen und getarnten Schwerpunkt des Nibelungenlieds, wie es Kreis herausgearbeitet hat, – die Kreuzzüge und die Pogrome; den Kampf zwischen Kirche und Kaisern, – hat keiner dieser und augenscheinlich auch kein anderer Autor im Visier.

Bei allem, was da vom Nibelungendichter verarbeitet wurde, darf man sich deshalb nicht durch gänzlich andere Schilderungen und Ereignisse in anderen Sagen ablenken lassen. Es geht in seiner Dichtung nur dem Scheine nach um historische Wahrheiten. Einzig, wie diese möglichen, denkbaren, tatsächlichen und/oder überlieferten Bausteine allegorisch zu einer vollkommen neuen Geschichte verarbeitet und kombiniert wurden, ist von Interesse und lässt dann auf das Motiv des Schreibers schließen. Gerade hier ist nicht alles Sein, was es scheint. Wo man Schein zu erkennen glaubt, steckt womöglich ein anderes Sein dahinter. Ich beschränke mich deshalb auf die Wiedergabe einiger weniger Episoden aus Sagen, die dann in einem wesentlichen Unterschied zum späteren Nibelungenlied stehen. Bei Oberste werden in höchst anzuerkennender Weise alle Quellen genannt und ihre Inhalte vorgestellt. Dabei ist vor allem bemerkenswert und verwirrend, dass nicht nur die Namen jeweils mit anderer Schreibweise daherkommen (Kriemhild/Griemhild – auch als Gudrun; Hagen/Högni etc), sondern deren Träger oft andere, gar gegensätzliche Charaktere verkörpern. Doch genau das sollte nicht stören, da hier nicht die »Welt der Nibelungen in allen ihren Varianten« vorgestellt werden soll, sondern ganz explizit das, was der Epos-Dichter aus allen diesen Vorlagen gemacht hat. So sind zum Beispiel viele Aussagen deshalb schon falsch, weil Autoren die Sageninhalte vermischen und dann z.B. zu Aussagen gelangen (Oberste S. 217):

Seine (Hagens) Rolle als Verwandter tritt im Nibelungenlied deutlich hinter diejenigen des Beraters, Funktionsträgers und Lehnsmann zurück.

Dies ist aus meiner Sicht deshalb grundlegend falsch, da der Dichter im Nibelungenlied nirgends ein Verwandtschaftsverhältnis aus einer nordischen Sage übernimmt. Im Gegenteil: Er betont ausdrücklich immer wieder, dass Hagen, sein Bruder Dankwart und sein Neffe Ortwin »eigene Leute mit eigenen Regel« seien. Die Verwandtschaft stammt aus einer anderen Sage. So weigert sich Hagen konsequent, Kriemhild nach Xanten zu folgen. Er ist auch anders gekleidet (Strophe 402) oder weigert sich unbeanstandet als Bote aufzutreten, was dann Siegfried von Island aus erledigt. Auf die Gründe hierfür gilt es später einzugehen.

Hier steht nur das Nibelungenlied als solches zur Untersuchung an.

Festzuhalten gilt, dass sich der Dichter die Freiheit nahm, auf geschichtliche Ereignisse, auf geschichtliche Personen und auf vorhandene Sagen anzuspielen oder aus deren Aspekten und Inhalten zu schöpfen. Von Bedeutung ist nur, was er sagt und wie er es sagt. Absurd ist es, ihm Übergangenes, Widersprüchliches oder Unlogisches aus anderen Sagen anrechnen zu wollen. Er greift auch nicht in einen konkreten Zeitraum ein, sondern bringt Personen scheinbar zusammen, die überhaupt nicht zu gleichen Zeit gelebt haben (Attila/Theoderich) oder dass ein Ereignis historisch wesentlich anders abgelaufen ist. Das alles ist unmaßgeblich. Maßgeblich ist allein der konkrete Text – und die sich aus seinem allegorischen Lied ergebenden Schlüsse. Niemand misst die Bedeutung eines von Goethe gedichteten Faustes, eines von Schiller gedichteten Tells oder eines von Karl May überlieferten Winnetous daran, inwieweit sie historisch nachweisbar oder authentisch sind.

Eine weitere Bemerkung erscheint unerlässlich. Nirgends in der von mir genutzten Literatur wird überhaupt auf die Namensproblematik eingegangen. Aus der sagenhaften Gudrun wird im Nibelungenlied unkommentiert eine Kriemhild, aus einem sagenhaften Högni wird ein Hagen, aus einer sagenhaften Brünhild wird eine Brunhilde, aus einem sagenhaften Atli und Attala wird ein Etzel. Der Dichter ändert nicht nur die Namen, er ändert gegenüber den Vorlagen auch den Charakter der Personen. Gerade darin liegt seine Stärke. Brünhilde heißt so, weil Siegfried sie nach seinem sagenhaften Ritt durch den Feuerring (Waberlohe) aus ihrer Brünne (Rüstung) schneiden muss. Lässt der sagenhafte Name Högni auf Schutz und Schild schließen wie bei Hagen? Wird die Braut Siegfrieds nicht zu einer Maskenträgerin (Grima – Maske – und deshalb zu Kriemhild, aber nicht zu Griemhild) oder nannte man denn überhaupt früher einen Attila tatsächlich Etzel? Oder sind das nicht vielmehr naheliegende, aber völlig verdrehte Annahmen und vermeintliche Zusammenhänge, denen Interpreten aufgrund scheinbarer Nähe unterliegen? Sind nicht erst das die Ursachen einer nicht enden wollenden Verwirrung?

Es ist eben falsch, wenn Philologen oder Autoren dem Dichter Widersprüche oder Fehler nachweisen wollen. Es ist seine Dichtung und in seiner Zusammenstellung durchgehend Erfindung bzw. Komposition – und wenn man nicht weiß, was der Dichter überhaupt sagen will, sollte man sich deshalb mit derartigen Kommentierungen eben zurückhalten. Oberste stört sich immerhin nicht an den Zahlen, die für Krieger und Kriegsvolk genannt werden. Das ist eben die dichterische Freiheit, die die Bedeutung des jeweiligen Ereignisses herausstellen soll. Das ist sogar im originär historischen Bereich beste Tradition. Ebenso abwegig wäre es, logistische Fragen aufzuwerfen und Wahrheitsfragen thematisieren zu wollen. Nirgends ermordete tatsächlich ein Hagen einen Siegfried und nirgends heiratete eine Kriemhild einen Attila oder ließ diese eine Königshalle anzünden. Wir untersuchen eine Dichtung.

Die nordischen Sagen bieten vielfältige Varianten, von denen einiges wenigstens beachtet werden sollte, damit nicht nur Abhängigkeiten untersucht werden, sondern der Sinn. Welchen Sinn die Sagen hatten, kann ich nicht beurteilen. Wer die Ausgangssagen liest, wird eher geneigt sein, diese aus heutiger Sicht als geradezu sinnfrei zu bewerten. Doch es wurden Helden präsentiert. Eroberungen um der Eroberung Willen, Kampf um des Kampfes Willen, Verrat um des Verrates Willen – warum, wieso und weiteres fragt man besser erst gar nicht. Wer einen hintergründigen Sinn in diesen Sagen sieht, mag diesen vorstellen. Dagegen hebt sich das Nibelungenlied wohltuend ab, da zumindest ein logischer Ablauf eingehalten wird. Der Sinn, der gleichzeitig mit dem Nibelungenlied entstandenen höfischen Dichtung um 1200 war, Vorbilder zu schaffen, der Minne Bedeutung zu geben und Abenteuer zur Unterhaltung zu bieten. Doch derartige Deutungen versagen kläglich beim Nibelungenlied. Keine Person kann als Vorbild dienen – und sollte es auch nicht. Und da nicht nur in der Natur, sondern auch in der Literatur alles eine Sinn hat, kann dies nur als Aufforderung verstanden werden, diesen verborgenen Sinn zu suchen und im Ergebnis festzuhalten.

Einige Beispiele zur Erinnerung an nordische Sigurdsagen, die sicherlich auch als Vorlagen vom Dichter in Betracht gezogen wurden, dann jedoch von ihm abweichend gestaltet wurden:

Siegfried ist ein Waisenkind, wird von einer Hirschkuh aufgezogen und geht dann bei einem Schmied in die Lehre; der Schied heißt einmal Mime, ein andermal Regin. Siegfried gewinnt Brunhilde, in dem er durch einen

Feuerring reitet, ihr die Ehe verspricht oder auch einmal drei Nächte lang neben ihr ruht, jedoch zwischen ihnen ein scharfes Schwert liegt, dass das an sich Naheliegende erfolgreich verhindert. In der Sigurdsage schläft er mit ihr oder verspricht ihr wie in der Völsungensaga zumindest die Ehe. Zu recht kann man jetzt verstehen, wie irritiert sie im Nibelungenlied geschildert wird, als Siegfried/Sigurd im Namen Gunthers um sie wirbt. Sie glaubt sich als Walküre dem Stärksten versprochen. Man hatte in diesen Vorläufern der Geschichte Siegfried/Sigurd auch einmal einen Zaubertrank verpasst, der ihn seine Liebe zu Brunhild vergessen und auf Kriemhild übergehen ließ; Etzel/Atli ist seinerseits der goldgierige Tyrann und lockt die Burgunden in seine Burg, um in den Besitz des Horts zu gelangen; Kriemhild kann sie nicht rechtzeitig warnen und ist entsetzt als sie nur wenige Mann und dann noch ungerüstet einreiten sieht. Im Nibelungenlied sehen wir den Rollentausch und Kriemhild ist entsetzt als sie erkennt, dass die Nibelungen mit großem Heer, gewarnt und bewaffnet erscheinen. Atli/Etzel lässt Hagen das Herz herausreißen und Gunther in eine Schlangengrube werfen; Kriemhild hat mit Atli/Etzel zwei Kinder, die sie tötet, um Atli deren Herzen als Speise vorzusetzen; Hagen ist mal Kriemhilds, mal Bruder Siegfrieds, mal Bruder oder Halbbruder Gunnars bzw. weiterer Brüder oder auch der Spross eines Alben; er ist auch mal der Sohn Odins; die Königinnen streiten nicht öffentlich vor dem Dom, sondern untereinander im Fluss, wobei die ranghöhere Anspruch auf die obere Stelle geltend macht. Der Hort ist Entschädigung der Götter für einen Mord. Der letzte einem Zwerg abgepressten Ring, veranlasst diesen den Fluch über den Hort und alle seine Besitzer auszusprechen. Doch von alledem steht im Nibelungenlied mit der vollen Absicht des Dichters eben nichts. Aus all diesem Sammelsurium wird einfach in das Nibelungenlied hinein phantasiert. So weit zu diesen verwirrenden Sagen und dem daraus resultierenden Unverständnis. Der Faden im Nibelungenlied ist ein ganz anderer.

Der Dichter spielt immer wieder mit dem Wissen seiner Hörer bzw. Leser aus den nordischen Sagen und regt damit zum Überdenken und Nachspüren sowie Nachdenken an. Ohne Kenntnis des Motivs und seine Gestaltung lockt er allerdings schon in der Romantik und bis heute Interpreten immer wieder ins sagenhafte Unterholz und die Spuren können nicht mehr gelesen werden. Missdeutungen entstehen auch dadurch, dass Interpreten ihr eigenes Wissen um die Sagen in das Nibelungenlied hineinlesen.

Bei Wagner wird der Ring zum Mittelpunkt und er steht für die Weltherrschaft. Walküren dürfen sich gesanglich austoben, die germanische Götterwelt feiert Auferstehung und Untergang. Brunhild wird tatsächlich die Geliebte Siegfrieds. Seine Frau Gudrun (Rolle Kriemhild) konnte Siegfried nur aufgrund eines Zaubertranks ihrer Mutter Griemhild gewinnen, der ihn Brunhilde vergessen ließ. Das alles mag auf sich beruhen und Opernfreunde weiterhin erfreuen. Mit den Intentionen des Dichters des Nibelungenlieds hat dies alles nichts zu tun. Bei Wagner steht der Ring im Mittelpunkt, im Nibelungenlied kommt ein Ring lediglich als Raubgut und im Zusammenhang mit einem Gürtel und einer Skandalisierung im Rahmen des Königinnenstreits Bedeutung zu. Nicht einmal klar ist, ob dieser überhaupt als Nibelungenring anzusehen wäre, da er nicht aus dem Schatz, sondern vom Finger Brunhildes stammt. Magische Kraft entfaltet er jedenfalls nicht.

Auch bei dem Dramatiker Hebbel erlebt man einige Überraschungen, was die Bearbeitung des Stoffes betrifft. Vor allem ist festzustellen, dass das Epos deutlich christlicher eingefärbt wird. Volker ist von Anfang an in die Handlung eingebunden und auch der Kaplan, der in der Vorlage nur als Prüfstein für den Wahrheitsbeweis dient, indem er glücklich und lebend das andere Ufer der Donau erreicht, erhält auch eine bedeutendere Rolle.

Hebbel wartet mit einem überraschenden Begleitbrief »An die geneigten Leser« zu seinem Werk »Die Nibelungen« auf (abgedruckt in der Reclam-Ausgabe):

»Der geneigte Leser aber wird gebeten, auch in dem Trauerspiel hinter der »Nibelungen Not« nichts zu suchen, als eben »der Nibelungen Not« selbst, und diese Bitte freundlichst mit den Umständen zu entschuldigen.«

Merkwürdig ist allein, dass Hebbel hier die »Not« (Fassung B; heute in St.Gallen aufbewahrt) erwähnt, wo er sich doch am »Liet/d« (C) orientiert. Dieser Bitte kann man als denkender Mensch gerade nicht entsprechen – jedenfalls soweit es die mittelalterliche B-Fassung betrifft. Möchte Hebbel damit andeuten, dass auch er sich so gar nichts bei der Bearbeitung und

Umgestaltung gedacht hat? Wohl kaum. Niemand sitzt gar sieben Jahre an einem Werk, wie Hebbel über sich selbst schreibt, bei dem er dann aber einräumt, es habe keinen Sinn, Motiv oder Zusammenhänge zu suchen. Vor allem dann, wenn auch bei ihm abweichende christliche Propaganda Einzug halten darf. So lesen wir u.a. die predigenden Worte des Kaplans (Vers 2090):

»Der heilige Stephanus
sah, als ihn das grimmentbrannte Volk der Juden
ihn steinigte, des Paradieses Tore
schon offenstehen und jubelte und sang.
Sie warfen ihm den armen Leib zusammen,
ihm aber war's, als rissen all die Mörder,
die ihn in blinder Wut zu treffen dachten, nur Löcher in sein abgeworfenes Kleid.«

Vollkommen unbeabsichtigt gelangt damit er zum Kern des Epos. Wer sich mit den Worten einer seiner Figuren dermaßen glaubensfixiert äußert und auch nicht versäumt darauf hinzuweisen, dass entgegen aller Verantwortlichkeit in der Mär um Jesu Hinrichtung die Juden Jesus umgebracht hätten, sollte mit seinen Belehrungsversuchen und Denkverboten nicht gehört werden. Genau um diese Grundeinstellungen ging es dem Dichter des Nibelungenlieds und die diversen Aufarbeitungen seiner Vorlage beweisen letztlich nur, wie recht er damit hat und wie berechtigt sein Anliegen sogar noch bis heute ist – und wahrgenommen werden sollte. »Grimmentbrannt« waren stets nur die christlichen Fanatiker.

Kurz: Es gibt eine Fülle von Varianten, die aber so, wie sie jeweils konzipiert sind, nicht in Einklang miteinander gebracht werden können und auch keinen übergreifenden Sinn ergeben. Hebbel und Wagner finden zwangsläufig die bekanntesten und gänzlich unterschiedlichen Deutungen der Sagenvorlagen. In der Fachliteratur sieht es nicht besser aus. Ein Plural ist bei diesen Deutungen allemal angebracht und Harmonien sind nicht zu erreichen. Es gibt somit eine Fülle von Unterschieden und Anleihen in Inhalt und Gestalt. Selbst die drei bekannten Verfilmungen weisen vollkommen unterschiedliche Sichtweisen und Schwerpunktsetzungen auf. In einer moderneren Fassung ist z.B. Hagen der Sohn Alberichs; Hagen ersticht am Ende Gunther; Siegfried wächst bei einem Schmied auf; Siegfried liebt Brunhild und wird durch einen Zaubertrank seines Gedächtnisses beraubt und verfällt dann Kriemhild. Doch diese Stichworte mögen genügen. Das sind Teile aus den verwendeten Sagen, aber eben nicht Inhalte des Nibelungenlieds und damit auch nicht Gegenstand unserer Betrachtung.

Im Kern sind es unstrittig unterschiedliche Sagen, die der Nibelungendichter zusammenbringt. So wird dabei das altenglische Beowulf, das lateinische Waltharius-, das Hildebrandlied, die Lieder- und Prosa-Edda mit ihrer Sigurdgeschichte, das Atlilied und die Thirekssaga erwähnt. Dabei ist oft noch unklar, wer von wem was übernommen hat, da schließlich nur schriftliche Zeugnisse vorliegen, aber nicht bekannt ist, wann diese Geschichten mündlich entstanden sind. Aber das ist für die hier vorliegende Untersuchung schließlich auch unmaßgeblich, genau wie die Tatsache, dass dabei Rollen und Aspekte vertauscht und gar umgekehrt werden. Hier geht es weder um eine Untersuchung, inwieweit tatsächliche geschichtliche Ereignisse mit allem übereinstimmen, was aufgegriffen wird, noch darum, irgendwelche Motive anderer Autoren, Erfinder oder Dichter weiter zu untersuchen. Ausgangspunkt ist hier allein das Motiv, das der komponierende Nibelungendichter zu seiner Niederschrift bewegte und was in der Fassung B auf uns überliefert wurde.

Eine bedeutende Rolle spielt allerdings die Thirekssaga, da sie einige Episoden mit dem Nibelungenlied gemeinsam hat – allerdings mit oft geradezu gegensätzlicher Akzentuierung. Das Bedeutendste, was man jedoch inzwischen über diese Sagensammlung sagen kann, ist wohl, dass es sich bei ihrem Helden nicht um den historischen Ostgotenkönig Theoderich den Großen handelt, sondern dass hier offensichtlich ein Namensvetter aus dem Westfälischen als Held geschildert wird. Diese These vertreten Heinz Ritter-Schaumburg und Hans-Jürgen Hube (s.u.). Indizien sehen sie u.a. darin, dass in der Thirekssaga nur von Nifelungen, aber nicht von Burgunden gesprochen wird. Atli/Attala halten sich auch nicht für den hunnischen Heerführer, sondern einen friesischen Fürsten. Aus den westfälischen Hunen wurden asiatische Hunnen. Das lag nach Hube an den norwegischen Schreibern, die wohl im Auftrag des norwegischen Königs dieses überlieferte Heldenepos niederschreiben und dabei das Geschehen aus einem unbedeutenden Gebiet mit unbedeutenden Regionalfürsten in ein großes europäisches Geschehen einbauen wollten und dabei an Italien (u.A. Verona), große Herrscher, Kaiser, Attila und Theoderich (Ravenna) anknüpfen wollten.

»*Die Thirdeks Saga liegt in Pergament-Handschriften in altnordischer und isländlischer Sprache vor, dazu gibt es eine jünger datierte, knappere altschwedische Fassung in zwei ähnlichen Handschriften. Gern wird vermutet, dass sie zuerst in Bergen nach Aussagen deutscher Männer verfasst wurde.*« (Hube, S. 397)

»*Fest steht, die norwegischen Bearbeiter der Thidreks Saga haben zweifellos eine Menge Zusätzliches in den Text einfließen lassen, aber gerade beim Niflungentext dürften sie eine weitgehend vorlagengetreue Übersetzungsarbeit aus einem niederdeutschen verschollenen Werk über die Zeit Dietrichs geleistet haben! So viele Detailkenntnisse über fränkische und niedersächsische Orte konnte kein Norweger haben! Die Sagenredaktuere des Königs Hakon ließen die ihnen so fremden Gewässer und Orte einfach stehen.*« (S. 404)

Diese Hinweise sind deshalb von entscheidender Bedeutung, weil damit auf einen ursprünglichen Kern geschlossen werden kann – dass die gesamte Sage mit einem Ostgotenkönig Theoderich gar nichts zu tun hat – und sich daraus dann erkennen lässt, wie der Nibelungendichter die Szenen neu gestaltet. Dabei ist eine scheinbare Kleinigkeit von besonderer Bedeutung: Während die in der Thirekssaga auftretende Person als Griemhild bezeichnet wird, wird im Nibelungenlied daraus eine Kriemhild. Wenn der Nibelungendichter daneben ihre Brüder Gunther, Gernot und Giselher nennt, wird man stutzig, wenn der Name ihrer Schwester nicht in damaliger Tradition und Sippenzugehörigkeit nicht auch mit gleichen Buchstaben begonnen haben sollte. Mit einem »K« löst der Nibelungendichter jedoch durchaus zielführend diese Griemhild aus ihrem Sippenverband heraus. Dass diese Griemhild in dieser Sage die Mutter Gudruns (mit G!) ist, war dem Dichter wohl eine grundlegende Überlegung wert.

Es ist gerade die große Kunst und der Verdienst des unbekannten Dichters, die beiden Hauptsagen mit ihren Nebensagen zu einem ganz neuen Werk ausgestaltet und ausgeschmückt zu haben. Dies schließt auch nach der Forschung aus, dass mehrere Dichter für das Zustandekommen der

Urfassung verantwortlich gewesen sein könnten. Es reicht zum Verständnis des Nibelungenlieds vollständig aus, das Nibelungenlied, so wie es uns überliefert wurde als e i n Werk zu würdigen und – das vor allem – zu deuten. Vor allem dann, wenn sich so ein Sinn erkennen lässt, wo es sonst nur sinnfrei gedeutet wird. Nicht vergessen sollte man aber, dass der Dichter durchaus mit dem Wissen seiner Zuhörer spielt, z.B. warum Volker oder Hagen den Donauraum kennen; warum Dietrich von Bern ein bedeutender Anführer ist; warum Hagen Etzel kennt; warum Brunhild durch die Werbung Gunthers und nicht die Siegfrieds irritiert ist, etc. Das alles mag von Interesse sein, aber es ergibt keinen weiterführenden Sinn. Durch ein Ausweiten des Blicks kann kein Sinn gewonnen, sondern sein originärer Sinn nur gänzlich verloren werden. Die Nibelungen müssen jedoch getreulich so gelesen werden, wie es der Text vorgibt. Das Epos schafft seinen eigenen Sinn.

Einige Aspekte sind jedoch unabhängig vom Text in die Betrachtung einzubeziehen. So gewiss der Zeitpunkt der Entstehung. Dieser wird auf 1200 datiert. Und dabei ist grundsätzlich in die tatsächliche Geschichte zu blicken. Diese Zeitgeschichte ist kein Zufall, der das Werk kennzeichnet, sondern Voraussetzung für die Entstehung. Wie alt die heute vorliegenden Abschriften sind oder wo sie bekannt waren, ist aufgrund der Eigenständigkeit und Zuordnung der Hauptquelle nachrangig. Der Forscher Falk (s.u.) gibt in seinem Buch den Stand der Forschung wieder und beteiligt sich selbst an der Datierungsfrage, d.h. welche Fassung wohl dem ursprünglichen Text am nächsten komme. Die Handschrift B als die Not-Fassung (nach dem letzten Wort im Epos) gilt als älter und damit authentischer als die damit im Streit liegende C-Fassung als Lied-Fassung. Die interessanten Untersuchungen können hier nicht wiedergegeben werden. Aber als markantestes Datum ist zu vermelden, dass es neben formalen Gesichtspunkten wenig dafür spricht, dass man in dieser Zeit ein mehr christlich geprägtes Werk in ein heidnisch geprägtes Werk umgedichtet habe. Das widerspräche jeglichem Zeitgeist. Vor allem weisen alle Untersuchungen einen gravierenden Mangel auf: Nirgends wird der Inhalt überhaupt richtig interpretiert! Die einzige und deshalb markante Ausnahme ist eben der Autor Kreis, der als Erster erkannte, dass der Dichter entweder ein Jude, ein Humanist oder mit Juden sympathisierender Zeitgenosse gewesen sein müsste. Einen schreibwütigen Kleriker schließt er vollkommen zu recht aus. Die Texte enthalten nichts, was als wirklich christliches Gedankengut anerkannt werden müsste. Die Kirchgänge sind Auftritte und Kolorit, aber keine Bekenntnisse.

Das Nibelungenlied unterscheidet sich deutlich von anderer Literatur und Dichtung um 1200. Es handelt sich entgegen dem damaligen Zeittrend auch nicht um eine Minne-Dichtung oder etwas, was man mit höfischer Kultur in Verbindung bringen könnte. Mit welcher Figur sollte sich hier ein Leser oder Hörer identifizieren sollen oder wollen? Der Dichter berichtet stets neutral distanziert. Trotz Erwähnung von Gottesdiensten und Festen gibt es nichts, was dem Agieren der Protagonisten in irgendeiner Form christliche Werte zuordnet. Im Gegenteil: Siegfried mordet, wird ermordet, Kriemhild will Morde und es wird mehrfach gemordet und am Ende sogar hingeschlachtet. Kein Sterbender wendet seinen Blick zum Himmel. Der rote Faden ist nicht Erhöhung, Barmherzigkeit, Mitleid oder Erlösung, sondern die schicksalhafte Verstrickung. Kirchgang und Feste sind lediglich die ablenkenden Fassaden. Auch die von der Forschung als überflüssige »Kleider-« oder als »Schneiderstrophen« bezeichneten Stellen sind beabsichtigte und gezielte Ausschmückungen, dahinter stehen aber unerkannte Hinweise auf den Dichter, seine Herkunft, seine Zugehörigkeit, zum Thema und zur Tragik.

Sicher ist richtig, dass bereits vorhandene Sagen Bausteine für diese Geschichte geliefert haben, aber die dichterische und intellektuelle Leistung seines Autors gibt dem Ganzen erst die heutige (und eben leider von vielen Philologen vollständig verkannte) Bedeutung. Ich fasse hier nur kurz zusammen, was ich an Informationen und Darlegungen anderer Forscher und Interpreten (vgl. Literaturliste) verarbeiten konnte. Ein begründeter Anstoß sollte genügen. Für falsch Angesehenes sollte man zur Klärung ansprechen, aber es macht keinen Sinn nach der eigenen Auffassung als falsch Angesehenes endlos aufzutürmen. Das Wichtige, was anzusprechen ist, ist nicht das Falsche, sondern die Darlegung des nach eigener Auffassung Richtige. Zwar besteht weitgehend Einigkeit, dass dieses Epos nichts Christliches enthält, doch das stimmt eben nur in theologischer Hinsicht. In geschichtlicher Hinsicht ist es genau das, was das Nibelungenlied ausmacht. Es hat seine Erhöhung, aber keine christliche, sondern eine schicksalhafte und wie wir sehen werden jüdische Erhöhung.

Der Kern wird bis heute nicht erkannt, weil die Grundströmung nicht erkannt wird – siehe dazu die eingangs wiedergegebenen Erläuterungen des Autors Kreis. Unstrittig ist, dass es keinen überlieferten Namen des Autoren gibt. Auch dies ist eine Tatsache, die wohl kaum dem Zufall, sondern den historischen Gegebenheiten zuzuschreiben ist. Es wird auch nicht, wie es ebenfalls dem damaligen Zeitgeist entsprach ein Auftragsgeber/Mäzen genannt. Das Werk bleibt anonym. Immer wenn ein Autor unter einem Pseudonym oder gar anonym schreibt, muss das Anlass sein, sein Werk sorgfältig gerade im Hinblick auf seinen Hintergrund zu begutachten. Es wird deutlich, dass es einen guten Grund haben muss, seine Identität nicht preiszugeben. Bei einer harmlosen Geschichte, bei der der Autor sogar vielfach darauf hinweist, dass er nur das schreibt, was ihm zugetragen worden sei, macht dieses Versteckspiel keinen Sinn. Es ist auch nicht so, dass dem Schreiber gar nicht bewusst gewesen wäre, dass er etwas grundlegend Neues schafft. Dafür sind die Abweichungen und die Auswahl zu markant. Ihm war durchaus bewusst, dass er ein neues Werk gestaltet. Auch bei einem Auftragswerk besteht keine Veranlassung, den Namen eines Dichters deshalb nicht zu nennen. Das ist somit ungewöhnlich und erklärungs- bzw. deutungsbedürftig. Andere Autoren, die wie er ihre Werke um das Jahr 1200 verfassten, wie Wolfram von Eschenbach, Walther von der Vogelweide u.a. hinterließen ihre Namen. Die Sagensammlungen dagegen wurden von verschiedenen Schreibern und Ergänzern zusammengestellt, so dass diese auch gar nicht auf den Gedanken verfielen, diese Werke als als eigene Werke ausgeben zu wollen und wurden deshalb nur anonym überliefert.

Erkannt wird oft auch, dass der Autor des Nibelungenlieds, der für die Gestaltung dieses Werkes verantwortlich zeichnet, wohl aus Österreich oder konkret sogar aus Passau stammen müsste. Dies wird deutlich, wenn man die verarbeiteten Ortskenntnisse zugrunde legt. Von Xanten (Siegfrieds Heimat und Reich) weiß der Autor nichts Genaues. Auch von Worms weiß er nichts Genaues. Dies sind auch gar keine geographische

Daten, sondern vielmehr historisch-theologische. Inzwischen ist auch manchem aufgefallen, dass es keinerlei Nachweise gibt, ob oder dass die Burgunder jemals in Worms geherrscht oder dort gar ihre Residenz gehabt hätten. Man nimmt dies allein deswegen an, weil es in einem Nibelungenlied eben so stehen würde. Bekannt ist dagegen nur, dass Merowinger und Franken das Gebiet um Worms von den Römern übernommen hatten. Mit der wahren Historie, den Kämpfen zwischen Hunnen, Burgunden, Franken und vor allem auch Römern im 4. und 5. Jahrhundert hat das Epos eben nichts zu tun. Die historische Daten sind auch sonst ganz andere, z.B. dass die Franken gegen die Burgunder kämpften und auch, dass Hunnen zusammen mit Römern gegen die Burgunden kämpften und deren Niedergang herbeiführten. Dass die im Epos auftretende Personen weder zeitgleich lebten und auch schon deswegen nie an gleichen Orten zusammengetroffen sein können, ist nur zur Klarstellung erwähnenswert. Ein Attila starb als ein Theoderich gerade geboren worden war. Ein Rüdiger traf nie einen Attila. Wer sich mit dem Nibelungenlied befasst, sollte davon Abstand nehmen, in ihm einen realen historischen Kern zu suchen. Vieles um das Nibelungenlied ist grundsätzliches und gegenüber der Geschichte und den Vorlagen nachträglich zu Vorhandenem zusätzlich Erfundenes, Ersonnenes und Versponnenes.

Auch wenn oft gemutmaßt wird, dass das Nibelungenlied durch einen Kleriker geschrieben worden sein könnte, so zeigt sich doch am Inhalt, dass sich diese These nicht stützen lässt. Es ergibt auch keine Hinweise, dass das Nibelungenlied etwas mit Theoderich dem Großen oder Attila zu tun hätte. Inzwischen sprechen erdrückende Argumente dafür, dass es sich in den Ursprüngen um Sagen aus dem fränkisch-westfälischen Bereich handelt (vor allem Ritter, sowie Hube), die über Norwegen, Island bzw. Schweden wieder den Weg zurück nach Deutschland gefunden haben. Der überragende Wert des Epos liegt nicht in der Entstehung und seiner Geschichtstreue, sondern in seinem Motiv.

Schon vor dem Ersten Weltkrieg geriet das Nibelungenlied in die Argumentationsschiene der Politik. Reichskanzler von Bülow sah Deutschland in der sich abzeichnenden Balkankrise in Nibelungentreue zum Verbündeten Österreich-Ungarns stehen. Ob dieses Berufen im Hinblick auf den

Niedergang und die Vernichtung der Burgunden in der Sage sinnstiftend war, sei dahingestellt. Nachdem sich dann die Nazis – und im Nachhinein mit heutigem Wissen betrachtet in absurdester Weise – des Nibelungenlieds mit seiner Nibelungentreue bedienten (u.a. Rede Görings am 30.1.1943 angesichts der drohenden Vernichtung der 6. Armee in Stalingrad), war es dann vor allem nach dem Zweiten Weltkrieg vor allem nicht zuletzt eine große Image-Kampagne der Stadt Worms, die den Nibelungen und ihrem Epos neuen touristischen Aufschwung (u.a. durch eigenes Museum; Nibelungenfestspiele) verschaffte. Ein markantes Hagen-Denkmal und auch ein Siegfried-Brunnen gehörten schon seit Jahrzehnten bereits zu den Sehenswürdigkeiten der Stadt. Die Stadt Worms machte sich sogar mit dem Erhalt eines der ältesten Judenfriedhöfe Europas und dem Wiederaufbau der Synagoge um die Erinnerung an das einstige Judentum vor Ort verdient. Dieses kulturelle Erbe wurde nach dem Krieg durchaus wieder gepflegt – nicht nur in Worms. Aber einen Zusammenhang zwischen dem Nibelungenlied und Juden – das sieht erst der Autor Kreis, dessen Kernthese ich mich angeschlossen habe. Somit wird auch nicht einmal das noch viel größere Denkmal, das ein Dichter mit seinem Epos und der Verortung in Worms geschaffen hat, erkannt.

Was würde passieren, wenn man erst erkennen würde, dass das Nibelungenlied tatsächlich mit deutscher Geschichte und dabei sogar unauflöslich mit dem Judentum verbunden ist? Eine sogar noch größere Wertschätzung des Epos, eine religiöse Läuterung, eine realistische Geschichtskenntnis und ein Schritt in ein umfassend tiefer gehendes Verständnis? Das könnte zu erwarten und zu erhoffen sein. Diesem Gedanken ist mein Buch geschuldet.

Wie aktuell die Botschaft immer noch ist, macht besonders die Rückbesinnung auf den Nationalsozialismus deutlich. Schon zuvor wurde Bismarck, dann aber vor allem auch Adolf Hitler als Siegfried in Rüstung gezeichnet und Hagen in der Literatur und dem Volksglauben dichte man aufgrund seines Speerwurfs jüdisches Verhalten an. Man dichtete es ihm an, ohne auch nur zu ahnen, wie recht man damit hatte. Allerdings wird dabei nie bedacht, dass ein Hagen, der einen Siegfried aufgrund des damaligen Ehrbegriffes töten musste, bei seiner Tat gar keine andere Wahl hatte. Nicht die Tatsachen sind falsch, sondern die Wertung. Siegfried war schließlich unverwundbar und damit schied ein fairer und offener Zweikampf zwangsläufig aus, was generell übersehen wird. Der immer wieder skandalisierte Mord war unter den gegebenen Umständen die einzig gebotene Antwort auf den durch Kriemhild ausgerufenen Hochverrat.

Ihr Verhalten mit der Beleidigung Brunhilds zeigte nur den Verrat dessen sich Siegfried schon zuvor zuvor schuldig gemacht hatte. Egal, wie er seinen Ring- und Gürtelerwerb von Brunhild darstellte, jede Weitergabe stellt einen Verrat gegenüber dem König dar. Erst recht, wenn diese Tat auch noch den Untertanen offenbart wird.

In der Rolle, die Hagen im zweiten Teil des Epos einnimmt, hätten sich wohl auch gern ein Hitler oder die Nationalisten sich gesehen, wenn es nicht mit einem Untergang verbunden gewesen wäre. Hagen überragt in seiner Bedeutung und in seiner Konsequenz schließlich alle Protagonisten, die im Endkampf eine Rolle spielen. Das Verständnis des Epos musste für die Nazis auf die Nibelungentreue reduziert werden. Und noch ein anderer Aspekt drängt sich im Rückblick auf den Nationalsozialismus auf: Auch Stauffenberg blieb schließlich keine andere Wahl als ein feiges, hinterhältiges Attentat ins Auge zu fassen, indem er seine Bombe unter dem Führertisch in der Wolfsschanze platzierte. Wer wagte es, deshalb Stauffenberg moralisch zu verurteilen? Aus der Sicht Hagens, zögerlicher die drei Könige, war Siegfried ein Tyrann, der dem Wormser Hof seine Ehre, seine Unabhängigkeit und seine Eigenständigkeit genommen hatte und im Prinzip seine Vasallentreue versagte – wie Brunhild im Ergebnis zu Recht erkennt. All das kann man aus dem Text herauslesen. Er versagte, als er Kriemhild den geraubten/gestohlenen Ring und den Gürtel Brunhildes übergab. Ob er darüber hinaus noch durch einen Beischlaf zum Verräter wurde, bleibt in einem Spannungsbogen offen und im Nibelungenlied – im Unterschied zu vorliegenden Sagen – verneinend, aber doch beabsichtigt verschwommen. Der einzige Vorwurf, der wie im Falle Stauffenbergs zu diskutieren wäre, ist der, warum es so lange dauerte bis sich der Widerstand regte. Aber auch hier muss man erfassen, dass es eben auch dauert bis jemand Fehlentwicklungen oder gar das Ausmaß der Verbrechen erkennt und sich zum Widerstand entschließt. Aufforderungen zur Abwahl Hitlers oder sonstige Aktionen verboten sich auch für Stauffenberg. Was also soll dann noch ein Unterschied darstellen, zwischen einem Stauffenberg, der in Notwehr ein Attentat verüben will und einem Hagen, der in allegorischer Notwehr einem fanatisierten Christentum und dessen Ikone Widerstand entgegensetzte und Einhalt gebieten möchte? Unter ethischen Gesichtspunkten gibt es – wie zu zeigen ist – keinerlei Unterschiede zwischen einem realen Stauffenberg und einem literarischen Hagen. Aber Ethik ist auch gar nicht die Thematik des Nibelungenlieds, sondern schicksalhafte Verstrickung, Verantwortung und Treue. Nach der Tat ist Hagen der einzige, der von Anfang an mit dem ersten Auftritt Siegfrieds in Worms bis zum Ende die Notwendigkeit und die Befreiung von einem Usurpator in seiner ganzen Bedeutung erkennt und sich zu ihr bekennt.

Auch bei anderen Helden, wie einem Arminius, wird germanisiert zu Hermann der Cherusker. Bei diesem gälte es schon immer, dessen Moral gesondert zu hinterfragen. Gerade er war eindeutig ein Verräter, da er als Soldat in römischen Diensten stand und die unter seiner Leitung stehenden Germanen im Jahr 9 aus dem Hinterhalt zum Sieg gegen den Feldherrn Varus und die drei Legionen Roms führte. Doch im Gegensatz zu Hagen genießt er als Held Germaniens bis heute ungetrübtes Ansehen bei Historikern und Geschichtsinteressierten. So ist nicht einmal verwunderlich, dass auch dieser Hermann von einigen Philologen oder Autoren als denkbare Vorlage für die Siegfried-Figur in Erwägung gezogen wird, auch weil in der durch die dichten Wälder bedingten auseinandergezogenen Marschkolonne der Legionen dieses an einen Lindwurm/Drachen erinnern könnte.

Nicht viel anders fällt die Wertung über einen Ostgoten namens Theoderich aus, der trotz seines Friedensvertrags mit dem Westgotenkönig Odoaker diesen im Jahr 493 eigenhändig ermordete und damit seine Herrschaft über Italien begründete. Auch er blieb damals und bis in das Nibelungenlied hinein selbst ein strahlender Held, der allerdings nur scheinbar mit der Thidrekssaga verherrlicht worden war (dazu Ritter-Schaumberg und Hube unten). An den Ruhm, den der historische Theoderich im Mittelalter genoss, knüpfte der Dichter des Nibelungenlieds jedoch an , um seine Not-Fassung in die bestehende Sagenwelt einzubinden. Ob er wusste, dass in der Thidrekssaga ein ganz anderer Dietrich verherrlicht wurde, kann offenbleiben. Der Nibelungendichter greift nur bewusst oder unwissend die Identifikation auf, die anscheinend in dieser Form in Umlauf war. Darauf kommen wir noch zu sprechen. Doch dies ist letztlich irrelevant, da etwas ganz anderes den Wert des Nibelungenlieds ausmacht. Diese Einwürfe dienen der Klarstellung herrschender moralischer Ansichten und Inkonsequenzen.

Die Ortskenntnisse des Gestalters beginnen bezeichnend und spürbar mit dem Übergang der Burgunden, nunmehr als Nibelungen bezeichnet über die Donau. Die Nibelungen waren Zwerge und auch Riesen, die nach den Sagen in einem Berg lebten und durch Siegfried ausgelöscht wurden. Es ist interessant festzustellen, dass wir in Worms Burgunder finden, aber nach Siegfrieds Tod und dem Übergang über die Donau werden diese im Epos unvermittelt und unerklärt zu Nibelungen. Zuvor existieren sie von diesen unabhängig, wie Siegfried durch zwei Besuche bei ihnen nachweist. Stammesgeschichtliche oder durch den Nibelungenschatz bedingte Deutungen werden zwar vorgenommen, sind jedoch unplausibel. Der Hort der Nibelungen war zu diesem Zeitpunkt bereits auf alle Ewigkeit im Rhein versenkt worden. Kaum ein Autor geht auf diesen merkwürdigen Namenswechsel überhaupt ein. Namen, Sippe und Stammeszugehörigkeit waren damals schließlich bedeutender als heute. Warum Burgunder durch ihren Heerzug auf einmal zu Nibelungen wurden, erschießt sich jedenfalls nicht ohne weiteres, wie auch die Literatur ratlos bleibt. Man nimmt dies hin, so als würde Deutsche durch eine Urlaubsreise zu Ägyptern oder Italienern. Hinter diesem Namenswechsel muss etwas Entscheidendes stecken – gerade weil der Dichter schweigt. Mein These dagegen lautet: Mit der Überquerung der Donau und dem Verzicht auf Rückkehr (Hagen vernichtet die Fähre) ist ihr Schicksal bereits entschieden. Als Nebelgestalten der Geschichte, als Nibelungen sind sie schon der Geisterwelt geweiht. Sie werden zu unwirklichen Gestalten, gerade weil sie Übermenschliches im anschließendem Kampf noch leisten. Ihre Größe liegt in ihrem Untergang. Diese Größe sieht der Dichter bei den aufrechten, niedergemetzelten Juden. Auch diese wählten in menschlicher Größe für sich und ihre Frauen und Kinder oft freiwillig den Tod bevor der christliche Mob ihrer habhaft werden konnte. Bei der aufgestellten Alternative: Tod oder Taufe – sahen sie keine Alternative, sondern nur den Tod.

Anderes ist bewusste künstlerische Gestaltung: Der Etzel des Nibelungenlieds hat mit dem wirklichen Attila nichts zu tun. Dieser war auch nie in Wien, wie es geschildert wird, um dort Kriemhild zu heiraten. Auch andere Figuren sind nur Elemente aus der Geschichte, die eingefügt, teilweise auch erfunden wurden: Dietrich von Bern, der angebliche Theoderich – nach neuerer Forschung lediglich ein Provinzfürst in Bonn bzw. im Westfälischen, Markgraf Rüdiger – lediglich ein Baustein aus der Thirekssaga, der Sänger Volker – eigene Erfindung u.a. Sogar der angebliche Sachsenkrieg, die im Bündnis mit Dänen, die Burgunder angegriffen haben sollen, schweigen sich die Autoren, die in den Sagen historische Hinweise sehen aus. Es spricht viel mehr dafür, dass der Dichter diesen angeblichen Krieg einzig deshalb in sein Epos eingebunden hat, um Siegfried für die ihm zugedachte Rolle in Position zu bringen.

Bemerkenswert ist auch die Umbenennung einer Gudrun, die als Gattin Atlis geschildert wird, aber im Nibelungenlied zur Kriemhild wird. Das verbindende G, wird durch einen Vornamen mit K ersetzt – und das nach meiner Meinung durch die Absicht des Dichters, einen Trennstrich zwischen Brüder und Schwester zu ziehen. Der Charakter dieser Gudrun ist im Hinblick auf die Rolle der Kriemhild geradezu gegensätzlich: Sie warnt ihre Brüder und tötet Atli. Doch das muss nicht weiter interessieren, da diesen Personen im Heldenlied – wie man das Nibelungenlied bezeichnet – gewisse Botschaften zugeordnet werden sollten. Was bislang lediglich im Fokus bei Philologen und Historikern steht, ist der geschichtliche Aspekt. Man glaubt lediglich, es handele sich um eine zeitgemäße Aufarbeitung aus der Zeit der Völkerwanderung und begibt sich auf die Suche nach historischen Personen und Ereignissen. Tatsächlich handelt es sich jedoch um die Aufarbeitung der aktuell nachwirkenden christlichen Gräuel und Herrschaft bis zum Jahr 1200, präziser wohl 1204, wie sich noch zeigen wird – aber nicht um die Konflikte zwischen Staufern und Welfen oder Staufern und Normannen, wie dies die Autoren Breuer sehen.

Bei allen Interpretationsbemühungen muss dieser Zeitraum stets im Fokus bleiben – und aus der Sicht eines Juden aus dieser Zeit beurteilt werden. Es handelt sich nicht um ein stimmungsvolles Fantasieprodukt, sondern eine strikt an die Zeit und die Umstände gebundene Allegorie, die erst verstanden werden muss. Gerade, dass ihr Kern bis zu den Feststellungen des Autors Rudolf Kreis überhaupt nicht erkannt wurde, hat das Epos womöglich erst bis in unsere Zeit überhaupt gerettet. Den literarischen Rettungsversuch startete man schon nahezu gleichzeitig mit einer Fassung C und dann vor allem mit einer angehängten sogenannten Klage, die alles christlich erklären und verklären sollte. Diesen Verdacht hege ich ganz persönlich, da die der B-Fassung ähnliche, aber kürzere A-Fassung im gleichen Schloss aufgefunden wurde, wie die C-Fassung samt Klage. Hat man sich an den Urtexten orientiert, um die Botschaft zu verwässern? Genau dies liegt aufgrund der Umschreibung ziemlich nahe – und zwar sogar in räumlicher Hinsicht. In den Unterschieden werden keine nennenswerte Gründe erkannt. Das geht soweit, dass man in der Literatur in der Regel nicht einmal erkennen kann, ob sich der Autor an B oder C orientiert hat. Das Motiv und die Botschaft werden von der Forschung nirgends angemessen behandelt.

Wenn man in der Literatur Aussagen zum Nibelungenlied und seiner Zeit liest, werden allenfalls die Kämpfe zwischen Welfen und Staufern erwähnt. Nicht erwähnt wird der immer stärker sich ausbreitende Konflikt zwischen Königen, Kaisern und den Päpsten. Stichwort: Investiturstreit(e). Wer hat die Macht, seine Gefolgsleute auf die einflussreichen Bischofsstühle zu setzen – Kaiser oder Papst? Die Päpste drangen immer mehr auf eine Vorrangstellung und setzen nicht zuletzt die Kreuzzüge als ideologisches Kampfmittel für ihre Oberherrschaft ein. Kaiser Friedrich II. der Staufer wurde zwei Mal gebannt, obwohl er zuletzt seinen Kreuzzug auf dem Verhandlungswege zum Erfolg führte. So waren die Kreuzzüge eben nicht gedacht. Mit dem kirchlich dargestellten Bußgang eines Heinrichs IV. im Jahr 1077 vor Canossa findet dieses seinen historischen und klerikal ausgeschlachteten Höhepunkt. Doch Vorsicht: Wie uns diese und andere Geschichten als Geschichte überliefert werden, ist damals und noch über weitere Jahrhunderte hinaus einzig die Sicht, die die Kirche auf die Geschichte verbreitete. Auch über diesen Bußgang wurde erst Jahre später und dann immer ausufernder berichtet. Inzwischen weiß man, dass Geschichtsdarstellungen auch immer politische Darstellungen sind. Und gerade für das Mittelalter gilt zusätzlich, dass man es in ungeahnter Weise auch mit dreisten Fälschungen – im jeweiligen und das heißt vor allem kirchlichen Interesse – rechnen muss. Dies nur nebenbei.

Dass es einen Konflikt gab, in dem Heinrich IV. nicht zuletzt durch die Illoyalität seiner fürstlichen Neider nachgeben musste, kann man als sicher annehmen. Dass er deswegen drei Tage barfuß im Schnee vor der Burg Canossa gestanden habe, ist jedoch schon eines der schönsten Beispiele reinster Kirchenpropaganda. Es gibt schlichtweg auch kein Dokument, das die Unterwerfung bezeugen könne. In all diesen Jahren ging es um das Verhältnis, konkret die Oberherrschaft zwischen Kaisern und Päpsten und um Herrschaftsgebiete (z.B. über das Gebiet des Kirchenstaates selbst, Sizilien oder Lombardei). Weltliche Autoren und Quellen gibt es nicht – schon wegen des klerikalen Bildungsvorsprungs und der tatsächlichen »Bildungs-Guts-Verwaltung« und dem ansonsten durchgängig herrschenden Analphabetismus. Schreiben und Verwalten des Schriftguts konnten nur Kleriker und die Kirche. Dieser Ausflug war erforderlich, um den Blick auf etwas ganz anderes, doch damit durchaus Zusammenhängendes zu lenken: Die Kreuzzüge und das Verdrängen der damit zusammenhängenden Taten im Namen eines Christentums – dazu nochmals der Hinweis auf die Einleitung zu diesem Buch.

Mit dem Stichwort Kreuzzüge sind wir am Kern des Epos angelangt. Hier beginnt das Einzigartige und nunmehr geradezu Sensationelle, das das Epos darstellt.

Zitat aus Kaufhold, Die Kreuzzüge, S. 53:

»Schon früh fiel ein dunkler Schatten auf die Kreuzzugsgeschichte. Zwar ist sich die historische Forschung nicht einig darüber, ob die Überfälle auf die jüdischen Gemeinden in Rheinland eine spezifische mittelalterliche Form des Antisemitismus waren, oder ob sie zu einer Tradition gezählt werden sollen, die auf den Holocaust zulief, aber der Befund ist in jedem Fall finster genug. Im Rheingebiet, wo die ersten deutschen Kreuzfahrer geworben wurden, gab es in den meisten Städten namhafte jüdische Gemeinden. In vielen Städten machten die jüdischen Einwohner etwa zehn Prozent der Gesamtbevölkerung aus. Sie hatten einen Sonderstatus, der bis zum ersten Kreuzzug jedoch noch

keine Gefahr bedeutet hatte. Im Jahr 1074 hatte Heinrich IV. in einem Privileg für die Stadt Worms, mit dem er sich für die Unterstützung in bedrängter Lage bedankte, den Wormser Kaufleuten die Zölle in königlichen Städten erlassen und dabei die Juden noch vor den anderen Wormsern (letzte Worte im Buchtext hervorhebend kursiv geschrieben) *genannt. Der König schützte die Juden, das bedeutete, dass ihr konkreter Schutz von den Bischöfen, als den Stadtherrn dieser Zeit wahrgenommen wurde. Dieser Schutz versagte angesichts der Gewaltbereitschaft jener Kreuzfahrer, die beschlossen hatten, die Feinde Christi im eigenen Land auszumachen und zu verfolgen.*

Die ausdrückliche Thematisierung des Glaubens bei der Mobilisierung zum ersten Kreuzzug barg die Gefahr, dass Gewalt als Mittel zum Austragen religiöser Differenzen aufgewertet wurde. Für die Juden, deren religiöse Identität von den Christen während des ganzen Mittelalters argwöhnisch und allenfalls gönnerhaft betrachtet wurde, war dies eine gefährliche Entwicklung.«

Diese eher noch beschönigende Darstellung mag als Einstieg in die Hintergründe des Epos immerhin deutlich machen, wie die sich Situation nach dem ersten Aufruf zu einem Kreuzzug darstellte. Das Nibelungenlied ist die literarische Reaktion auf diese Zeit.

Es geht jedoch nicht um die kriegerischen und propagandistischen Schlachten, die in diesem Zusammenhang zwischen Heeren oder Kaisern und Päpsten geschlagen wurden, sondern konkret viel mehr um ein Abschlachten. In keinem der Bücher zum Nibelungenlied fand ich Hinweise, wie man sie üblicherweise in jeglicher historischen Darstellung zu den Kreuzzügen angeboten bekommt: Die diese Kreuzzüge begleitenden Pogrome gegenüber Juden. Seitdem Papst Urban II. 1095 – aus machtpolitischem Kalkül, das wir hier nicht näher darlegen wollen – die Christen zum Kreuzzug gegen die Seldschuken/Araber/Sarazenen/Muslimen aufgerufen hatte, folgten die christlichen Fürsten, Könige, aber auch das einfache Volk oft fanatisch genug diesem Kriegsaufruf. Man brachte es in der Folge auf mehrere Kreuzzüge, die sich dann jedoch auch gegen andere Christen richteten (z.B. Konstantinopel, Katharer, Wiedertäufer). Im Nachhinein erst erkennt man, welches Gemisch sich als Hintergründe ausmachen lässt. Wie verbrecherisch schon dieser erste Aufruf war, zeigte sich unmittelbar danach. Blutbäder allerorten – gerade auch auf dem Weg entlang des Rheins und dann der Donau. Juden, die bislang weitgehend unbehelligt in Europa und insbesondere in Deutschland (auch wenn es dieses so natürlich noch gar nicht gab) lebten, wurden dem Mob zu Mord und Plünderung überlassen. Tausende Juden wurden in der Zeit der Kreuzzüge ermordet. Aber auch tausende Bewohner bei der Eroberung Jerusalems im Jahr 1099. Dieses Christentum lieferte dann den Hintergrund des Nibelungenlieds. Bezeichnenderweise begannen die Judenverfolgungen in Xanten und die Kreuzzugsanhänger und Kreuzritter machten sich entlang des Rheins auf den Weg in das von ihnen ersehnte Heilige Land. In allen Städten fanden immer wieder Pogrome mit schrecklichen Folgen für Juden statt. Und so gelangte man schließlich auch in das neue Jerusalem, nach Worms, wie Juden es als ihre erwählte Bildungsstadt sahen. Worms war in Deutschland die bedeutendste Stadt für Juden. Die Burgunder, aber eben auch die Trojner, wie der Dichter sie nennt, die Juden waren hier zuhause. Ob jemals Burgunden in Worms residierten, darf mangels irgendwelcher Beweise bezweifelt werden. Dass Worms eine überragende Bedeutung für das Judentum hatte, steht außerhalb jeglichen Zweifels. Genau dies wird der Grund gewesen sein, warum der Dichter die Handlung des ersten Teils seines Epos nach Worms verlegte. Nirgends war die Stellung der Juden bedeutender, nirgends war die Erscheinung des Judentums (Anzahl, Bildung, Handel etc.) profilierter. Von hier aus musste damit auch in der Figur Hagen der Widerstand ausgehen. Die Namensgebung mit Hagen und Tronje hat sogar einen aufschlussreichen Hintergrund. In der Literatur herrscht Rätselraten. Nicht nur die Römer, sondern auch viele Adlige der damaligen Zeit fantasierten sich in eine Abstammung von Aeneas und den antiken Helden der Ilias mit einem Troja hinein, wie man bei Oberste nachlesen kann. Der Dichter hat jedenfalls für seine besondere Personengruppe einen besonderen Namen und besondere Funktionen gefunden, die diese von anderen oder als Verwandtschaft deutlich abhebt. Auch die Trojaner wurden nach ihrer Niederlage vertrieben.

Bemerkenswert ist auch die Benennung als Tronjer Hagen, was eher auf eine Gruppenzugehörigkeit schließen lässt als auf eine Örtlichkeit. Auch die Bezeichnung als Hagen von Tronje und nicht als Hagen aus Tronje findet bei einem Jesus von Nazareth ihre Parallele. Doch bei ihm ist ein

Ort gemeint und dennoch folgt daraus kein »aus Nazareth«. Könnte es sich somit in beiden Fällen um einen Hinweis auf eine Quasi-Adelung handeln?

Die weltlichen Herrschaften waren nach 1000 zu schwach, gerade durch die Machtkämpfe untereinander und mit dem Papst zu geschwächt, um dem Mob Einhalt zu gebieten, zu desinteressiert oder auch schon selbst zu fanatisiert, wie ein Emich von Leiningen, der sich besonders um Worms und Speyer als Judenhasser und Bandenanführer aufführte. Die Kirchenvertreter waren sichtlich gespalten, halbherzig und nicht zuletzt in der anti-jüdischen Polemik ihrer Ideologie gefangen. Aber nicht alle Kirchenfürsten hießen das Morden gut oder hielten es für geboten. Man darf sogar unterstellen, dass einige gebildete und weitblickende Kirchenfürsten, insbesondere die noch von den Kaisern eingesetzte Bischöfe, das Morden grundsätzlich, vielleicht auch nur aufgrund ihrer Wertschätzung für ihre jüdischen Berater und Geldgeber ablehnten. Dies erklärt, warum aufgrund der Texte auch viele Forscher zum Ergebnis gelangt sind, dass der Dichter aus dem Kreis um den Passauer Hof stammen müsste. Kreis teilt zu recht diese Annahme nicht. Jedenfalls nicht, soweit dieser als christliche Quelle angesehen wird. Als Bischof Pilgrim wird im Epos zwar ein Passauer Bischof wohlwollend erwähnt, aber zur Förderung einer anti-christlichen Schrift hätte der in dieser Zeit regierende Bischof von Passau sich kaum entschlossen. Zu ersehen ist aus dem Epos allerdings, dass der Dichter von Xanten und Worms nichts weiß und andere Gründe gehabt hatte, als mit diesen Städten seine Erinnerungen zum Ausdruck zu bringen.

Die Fürsten konnten nach 1095 dem Mob immer weniger Einhalt gebieten. Die Kirche hatte mit ihrem Aufruf zum Kreuzzug und ihrem theologischen Antisemitismus den Fanatikern großzügig freien Lauf gelassen. Zu naheliegend waren der Gedanke und die Motive, dass man, wenn man nun denn gegen Sarazenen bzw. Muslime in den Krieg ziehen sollte, keine Rücksicht auf die Christus-leugnenden Juden in der hiesigen Nachbarschaft noch nehmen sollte. Der Krieg als Ausdruck des Glaubens war erfunden. Juden wurde von religiösen Gegenspielern zu weltlichen Todfeinden verhetzt. Der ganze Frust über die damaligen Lebensbedingungen entlud sich nicht gegen Adel und Klerus, die ihr elitäres Leben führten, sondern gegen die Juden. Bis dahin, aber auch immer noch, standen die

Juden unter dem ausdrücklichen Schutz des Kaisers, der Fürsten und nicht zuletzt auch bei vielen Bischöfen. Dass sich diese ihren Schutz durch die Ausstellung von Schutzbriefen und Judensteuern bezahlen ließen, steht auf einem anderen Blatt. Aber einen Verrat sieht der Nibelungendichter durchaus und greift diesen auch auf, da diese ihre Juden dann doch nicht schützten. Als Geld- und Ratgeber waren die Juden jedenfalls an vielen Höfen bis dahin durchaus gern gesehen. Aber mit der Entfachung des bislang nur theologischen Streits um die religiösen Auffassungen war es aufgrund des ausbrechenden Fanatismus vorbei. In späteren Jahrhunderten folgten dann die Verunglimpfungen und Rechtfertigungen über angebliche Brunnenvergiftungen, Hostienschändungen, Säuglingsschlachten und ähnliche wahrlich mörderische Verleumdungen. Die Dummheit der Menschen ließ es sogar zu, dass man nicht einmal zur Kenntnis nahm, dass bei Epidemien, wie dem jahrhundertelangen Wüten der Pest, Juden als angebliche Verursacher diesen in gleichem Maße zu Opfer fielen.

Welch erbärmliches Christentum sich da Bahn brach, ist offenbar bis heute nicht ins tiefere Bewusstsein der Christen gedrungen – nicht einmal im Rahmen der Wissenschaft (dazu eingangs). Wenn man vergleicht, dass heutzutage ein einziges Videofilmchen, bei dem einige rechtsradikale Schlägertypen (Sept. 2018 in Chemnitz) Ausländern nachrannten, bedrohten und sie wüst beschimpften, an Entrüstung in den Medien auslöst, dann sollte man sich einmal einen ins eigene Haus eindringenden Mob vorstellen, der plündert, raubt, schlägt, vergewaltigt und mordet. Und das alles im Namen der Kirche und eines Christus oder einer Maria. Vor diesem historischen Hintergrund sind die heutigen politischen Auseinandersetzungen und Vorhaltungen geradezu Lächerlichkeiten. Von dieser aus mittelalterlichen Motiven erzeugten Hasswelle hat sich gerade Deutschland bis heute nicht wirklich erholt. Gegenüber dieser Zeit hat sich allerdings geändert, dass dabei nicht, kaum oder weniger das Christentum mit seinen Anhängern gegen Juden und Muslime zu Felde zieht, sondern dass der Islam seinerseits in weiten Bereichen das Christentum und erst recht das Judentum als Gegner und Feind ansieht. Die Immigrationspolitik und ihre mediale Darstellung geben tagtäglich neuen Anschauungsunterricht. Alles in allem ist das geistige Mittelalter immer noch tief in fanatisierten Gläubigen verwurzelt. Noch immer muss auch hierzulande über Antisemitismus diskutiert werden, obwohl es aus verfassungsrechtlichen Gründen weder einen religiösen Anlass, noch aus rassistischen Gründen einen rationalen Grund dafür gibt. Dass sich hier nicht einmal ein gerechtfertigter christlicher Kern finden lässt, zeigt die gesamte armselige geistige Verfassung vieler Menschen. Und genau damit sind wir beim Nibelungenlied und seiner durch den Autor Rudolf Kreis entdeckten Bedeutung:

Das Nibelungenlied stellt die literarische Notwehr des Judentums gegen die christliche Barbarei dar! Dies ist die überzeugende Erkenntnis, die Kreis vorstellt und der ich mich anschließe und die ich vertiefen möchte. Das Unerträgliche des Antisemitismus und des Rassismus ist noch lange nicht erledigt. Es waren auch nicht nur die Schergen im KZ, die man verachten muss, sondern weite Teile der Bevölkerung fanden in der Zeit des Nationalsozialismus nichts dabei, Juden zu diskriminieren, zu beleidigen, zu berauben und mit Gewalt gegen sie allein aufgrund ihres Glaubens und ihrer Rasse vorzugehen. Eine umfassendere Aufarbeitung ist also immer noch geboten. Zunehmend wächst heute die Erkenntnis, dass der Antisemitismus durchaus noch nicht überwunden ist.

Manchmal wird auch registriert, dass der Dichter alle Personen und das Geschehen durchgehend neutral, objektiv und ohne Wertung schildert. Das will zu unserem Verständnis zu einer Verteidigungs- bzw. Anklageschrift dem Anschein nach nur schlecht passen. Deshalb zitiere ich aus Poliakov »Geschichte des Antisemitismus«, der die jüdische Denkweise schildert. Nach seiner Feststellung, dass die Massaker zu einem schweren Trauma für das jüdische Volk werden mussten, auf das sie nur mit Verzweiflung und Wut reagieren konnten, fährt er unter den Überschrift »*Die Entstehung einer jüdischen Mentalität*« fort (S. 81):

»*Aber diese Wut bleibt ohnmächtig. Es ist kaum möglich, Rache an den Verfolgern zu nehmen; das Missverhältnis der Kräfte ist so offenkundig, dass die sich auf Israel entladenen Unglücksfälle für dieses Volk mehr einer Entfesselung von Naturkräften als einem Kampf zwischen zwei Lagern gleichen. Alle an Gott gerichteten Ermahnungen bleiben ohne Wirkung (wenn auch unsere Chronisten es nicht versäumen, in den Unglücksfällen, von denen die Vorhut der Kreuzfahrer getroffen wurde, eine göttliche Züchtigung zu erblicken). Auch mussten die Juden feststellen, dass das »sündige Rom« Siege feiert, während das Schicksal der Juden sich nur verschlimmert. Daraus mussten sie den Schluss ziehen, dass es sich um eine ungerechte Belohnung handele und dass die Sünden des erwählten Volkes noch nicht genügend gesühnt seien. Kein Prophet, kein Weiser und kein Gelehrter können begreifen, warum die Sünden der Gemeinde als so schwerwiegend erachtet wurden, so dass nur der Tod ihre Entsühnung möglich machte, als hätten sie Blut vergossen. Aber er ist in Wahrheit ein gerechter Richter, und die Schuld liegt bei uns! Unsere Sünden haben dem Feind den Triumph ermöglicht; die Hand des Herrn liegt schwer auf seinem Volke.«*

So befremdlich einem Nicht-Juden diese Gedankengänge auch erscheinen mögen: So dachten und denken Juden offenbar bis heute. Dabei sollte man zwischen dem religiösem Denken und politischem Verhalten durch den Staat Israel deutlich unterscheiden. Doch genau dies macht es heute eben schwer, dem Antisemitismus erfolgreicher entgegentreten zu können. Aufgrund ihres Glaubens suchen die Juden jedenfalls außerhalb fanatischer Kreise die Schuld vor allem bei sich selbst. Derartigen Glauben, oder sollte man nicht doch eher sagen: Aberglauben, findet man auch auf christlicher Seite. Das hat jeder Glaube zwangsläufig so an sich, der von einem handelnden und allmächtigen Gott ausgeht. Als Friedrich I. Barbarossa im Fluss ertrank, war das auch für viele Kreuzfahrer ein göttliches Zeichen und sie kehrten um. Auch die Pest und andere Epidemien wurden von der Kirche immer wieder als Gottesstrafe verkündet, um die Gläubigen gefügig zu machen. Diese spezifisch jüdische Denkweise konnte man auch nach dem Holocaust/der Shoah selbst bei Überlebenden der Konzentrationslager beobachten. Auch da konnte man feststellen, dass sie nicht mit abgrundtiefem Hass auf eine Vernichtung der Deutschen und Deutschlands drängten, sondern dass sie sich ganz ihrem Leid zuwandten und nur vor Wiederholungen warnten und mahnten – und bis heute mahnen müssen. Diese Ausführungen zeigen exemplarisch die ganze Zwiespältigkeit die Glauben produziert.

In seinem Buch »Die Nibelungen« geht Helmut Berndt den möglichen historischen Quellen und dabei vor allem auch den örtlichen Bezügen nach. Es wird immer etwas verwirrend, wenn Orte und Namen genannt werden, die erst viel später nachgewiesen wurden und diese dennoch mit der Sage in Verbindung gebracht werden. So sollte man nicht rätseln wollen, durch welches Portal die Königinnen hätten schreiten wollen, wenn der Dom zur Zeit der Burgunder noch gar nicht gebaut war. So ist es sicherlich interessant zu spekulieren, was sich der Dichter z.B. mit Wasgenwald, wo Hagen Siegfried niedergestreckt haben sollte oder »ze loche« – wo Hagen den Hort versenkte, vorgestellt haben mag. Selbst bei der Erwähnung eines Löwen, den Siegfried bei der Jagd im zugewiesenen Odenwald zur Strecke gebracht haben soll, schwenken die Philologen nicht auf eine allegorische Deutung ein. Man übergeht dies einfach, um dann jedoch jeder Aussage des Dichters um so ernsthafter Gewicht zuzumessen. Bei vielen Autoren geht da durcheinander, dass es sich unstrittig um eine Sage handelt und allenfalls Bruchstücke (Personennamen und Ortsnamen) historisch sein könnten. An einer Stelle zu einer möglichen Lokalisierung der Quelle, aus der Siegfried getrunken haben soll, lesen wir bei Helmut Berndt allerdings etwas höchst Bemerkenswertes (S. 121):

1932 wurde die Quelle gefasst und darüber eine Tafel angebracht, die Hagen zeigt, wie er den Speer auf Siegfried schleudert. Die Anlage ist von dem jüdischen Auswanderer Siegmund Odenheimer gestiftet worden, der in Amerika das Nibelungenlied und seine Namensverwandtschaft zum Ort Odenheim nicht vergessen mochte.

Auch Oberste weist auf diese Geschichte hin. Ob dieser Auswanderer tatsächlich persönliche Beziehungen zu dem Ort gehabt hat oder dieser Name sich nur mit der typischen Namensgestaltung für getaufte Juden bezieht, bleibt offen. Aufgrund der Jahreszahl liegt die Vermutung nahe, dass dieser Jude weitsichtig vor dem aufkommenden Nationalsozialismus und seiner Ideologie geflohen sein könnte. Aber warum in aller Welt sollte er dann noch einen Siegfried-Brunnen stiften wollen, der als Verehrung des Helden interpretiert werden musste, der gerade von Nationalisten und dann von Nationalsozialisten derart propagandistisch ausgeschlachtet wurde? – Die wahre Sicht könnte auch eine ganz andere sein, nämlich dass dieser Jude das Epos genau so verstanden hat, wie es der Dichter nach der hier vertretenen These geschrieben hat:

Als Verehrung für Hagen, der sich in Notwehr gegen einen Siegfried und die Christianisierung wehrte!

Das christlich Getauftsein nutzte schließlich keinem Juden, weder um 1000 und auch nie danach, wie die Geschichte bewiesen hat. Damit ein Bekenntnis zu Hagen? – Dass die Anlage von einem Juden gestiftet wurde, ist beiden Autor immerhin noch der Zusatz wert. Ansonsten werden von ihnen keinerlei Bezüge zum Judentum gesehen und ihr Hinweis auf einen Juden gibt sicherlich gänzlich ungewollt einen Denkanstoß. Bewiesen ist damit zwar nichts – aber ein interessanter Aspekt ist es allemal. Wenn Juden ihre Not-Wehr (!) bildlich darstellen wollten, dann wäre nämlich genau dies die richtige, die aussagekräftigste Szene.

Da das Motiv für das Nibelungenlied in der Zeit der Staufer zu suchen ist, sind die historischen Daten dieses Zeitraums mit den folgenden Übersichten in Erinnerung zu rufen.

In einer guten Dokumentation – Kriege im Namen Gottes – kann man sich im Archiv des Fernsehsenders Phönix informieren, wie sich das Kreuzzugsgeschehen aus arabischer Sicht darstellt. Die Rolle der Päpste und der christlichen Heerführer wird um einiges deutlicher. Deutlich wird die gesamte Stoßrichtung, die dieses Unternehmen hatte:
https://www.phoenix.de/sendungen/dokumentationen/kriege-im-namen-gottes---die-kreuzzuege-aus-arabischer-sicht-14-a-557570.html?ref=suche

Stichworte zu den Geschichtsdaten und Bezügen

400- 453	Geburt/Tod des Hunnenkönigs Attila; Tributzahlungen an ihn durch Ostrom – dieser ist nicht identisch mit dem Attala oder Atli der Sagen. Er und Theoderich sind sich nie begegnet, wie sich schon aus den Lebensdaten ersehen lässt!.
436	Niederlage der Burgunder gegen Aetius /römisches Heer
451/456 – 526	Geburt/Tod Theoderich des Großen; Heerführer im Dienste Ostroms – ist jedoch nicht identisch mit dem Thidrek der Thidreks-saga! (Die historischen Attila und Theoderich wurden – absichtlich oder versehentlich – später in die Sagen hineingeschrieben.).
451	Schlacht auf den Katalaunischen Feldern ;Röm. Heer unter Aetius; Westgoten und Burgunder gegen Hunnen unter Attila; entscheidende Niederlage der Hunnen
453	Tod Attilas
1054	Endgültige Trennung der beiden Kirchen in eine byzantinische und eine römische; gegenseitige Exkommunikation durch deren Bischöfe.
1058	Ein Dreipäpste-Jahr; um den Papstthron wurde stets genauso verbissen gestritten und gekämpft, wie um weltliche Throne.
1059	Eine Synode verbietet die Laieninvestitur; Affront gegen weltliche Herrscher. Festlegung einer Papstwahl allein durch Kardinäle und nicht mehr mit Zustimmung vom römischen Volk
1066	Der Normanne Wilhelm der Eroberer dehnt sein Reich von der Normandie über England aus; er besiegt König Harald in der Schlacht bei Hastings
1076	Heinrich IV. erklärte Gregor VII. auf einer Synode in Worms als abgesetzt. Dieser bannte im Gegenzug Heinrich IV. Der Rückhalt der Bischöfe schwand. Dies lieferte einen Vorwand für die Fürsten ihrerseits Heinrich unter Druck zu setzen.
1077	Beide einigen sich in Canossa. Urkunden gibt es nicht. Mit immer größerer Kirchenpropaganda wird ein theatralischen Bußgang in die Welt gesetzt.

1084	Heinrich und sein Gegenpapst Clemens III. setzen Gregor den IV. ab. Die Normannen erobern Rom.
1090	Urban II. kann den Gegenpapst Clemens III. aus Rom vertreiben.
1095	Der byzantinische Kaiser ersucht den Westen um Hilfe gegen die Seldschuken (Türken). Papst Urban II. greift diese Bitte auf und schon bald ruft man mit einem »Gott will es!« zum ersten Kreuzzug auf. Der Zugang zu den Pilgerstädten war allerdings immer noch frei; lediglich Byzanz war als oströmisches Reich bedroht. Erste Pogrome in Frankreich und entlang des Rheins (Xanten, Köln, Mainz, Worms, Speyer) gegen Juden. Aufbruch des sog. »Bauernkreuzzugs« durch einfache Menschen; Heere konnte sich nicht so schnell formieren
1096	Beginn des 1.Kreuzzuges unter französischer Führung (Gottfried v. Bouillon; Raimund v. Toulouse).
1099	Eroberung Jerusalems; Abschlachten der Bevölkerungen; berichtet wird von ca 70.000 Ermordeten.
1106	Kaiser Heinrich IV. stirbt. Sein Nachfolger beharrt auf der Investitur.
1111	Die deutschen Bischöfe lehnen einen Vorschlag Papst Paschalis II. ab, der die Trennung von weltlichem Besitz gegen einen Verzicht auf die Investitur vorsah. In Frankreich und England wurde getrennt. Die deutschen Bischöfe lehnten dies ab, da sie damit ihre Stellung als Reichsfürsten verloren hätten. Dies hat bis heute erhebliche Nachwirkungen (u.a. Staatsleistungen).
1122	Mit dem Wormser Konkordat wird ein Kompromiss hinsichtlich der Investitur gefunden.
1147	Beginn des 2.Kreuzzuges, der jedoch vor Damaskus scheitert.
1155	Friedrich I. Barbarossa wird in Rom als Kaiser gekrönt und beendet Wirrnisse in Rom.
1159	Erneutes Schisma mit gegenseitiger Exkommunikation der Päpste.
1166	Kaiser Friedrich I. Barbarossa erobert Rom und setzt einen Papst ein.
1184	Prachtvolles Pfingstfest in Mainz mit Schwertleite für die Söhne Barbarossas.
1187	Erneutes Dreipäpste-Jahr. Saladin siegt bei Hattin und nimmt Jerusalem ein; Beginn der Rückeroberung durch Araber/Muslime; Anlass zum 3. Kreuzzug.

1192	Gefangennahme Richard Löwenherz auf der Rückreise durch Österreich; Auslieferung an Kaiser Heinrich VI.; Gefangenschaft auf Burg Trifels (Pfalz); Forderung und Zahlung einer enormen Summe Lösegeld für seine Freilassung.
1194	Heinrich VI. wird in Palermo zum König der Normannen gekrönt. Durch die Heirat mit der Erbin des normannischen Reichs wird der Kirchenstaat umklammert, was jahrzehntelang zu Konflikten zwischen Päpsten und Kaisern führt.
1196	Hochzeit Herzog Leopolds VI. in Wien als Vorlage für das Nibelungenlied mit einer Hochzeit Etzels/Kriemhilds in Wien
1201	Innozenz III. ergreift im Streit zwischen Welfen und Staufern zunächst zugunsten des Welfen Otto IV. ein, dann unterstützt er aus machtpolitischen Interessen wieder den Gegenkönig und Staufer Philipp von Schwaben.
1204	Vermutliches Datum der Abfassung des Nibelungenlieds
1212	Sohn Heinrichs IV. wird König als Gegenkönig gekrönt.
1215	IV. Laterankonzil: Beichte und Kommunion werden zwingend; Beichtgeheimnis wird festgelegt; Juden wird Kennzeichnung auf Kleidern (gelber Hut oder gelber Stern) auferlegt.
1220	Letzte Kaiserkrönung Friedrich II. in Rom.
1228	Friedrich II. beendet 5. Kreuzzug mit einem Vertrag, der die Pilger sichert.
1231	Verbrennung von Häretikern angeordnet; Beginn der Inquisition und weitere Kreuzzüge

Heerführer und Zeiten der Kreuzzüge

Erster Kreuzzug 1095; 1096–1099
Aufruf durch Papst Urban II:, Ziel: Jerusalem
Volks- bzw. Bauernkreuzzug: 1095, Ziel: Jerusalem
Französicher Kreuzzug 1096 mit Gottfried von Bouillon, Raimund von Toulouse, Bohemund von Tarent u.a.
Deutscher Kreuzug von 1096, Ziel: Jerusalem

Zweiter Kreuzzug: 1147–1149
Ziel: ursprünglich Edessa, letztlich Damaskus
König Konrad III; Friedrich III. v. Schwaben – späterer Kaiser Friedrich Barbarossa I., Herzog Heinrich II. (Jasomirgott) von Bayern; Französicher König Ludwig II. (1120 – 1180)
Wendenkreuzzug: 1147, Ziel: Germania Slavica
1187 eroberte Saladin Jerusalem

Dritter Kreuzzug: 1189–1198
Ziel: Jerusalem
Kaiser Barbarossa ertrinkt 1090 im Fluss Saleph
Kreuzzug Heinrich IV.: 1197–1198, Ziel: Jerusalem
Philipp IV. von Frankreich bricht vorzeitig den Kreuzzug ab

Vierter Kreuzzug: 1202–1204
Ziel: Ägypten/Jerusalem, letztlich Konstantinopel
Kinderkreuzzug: 1212, Ziel: Jerusalem
Albigenserkreuzzug: 1209–1229, Ziel: Südfrankreich

– Abfassung des Nibelungenlieds um 1200/1204 mit Rückblick auf die Vergangenheit –

Fünfter Kreuzzug 1228 – 1229
Kreuzzug von Damiette: 1217–1221, Ziel: eigentlich Jerusalem, letztlich Ägypten
Kreuzzug Friedrich II: 1228–1229, Ziel: Jerusalem; erfolgreich durch Vertrag
Kreuzzug Theobalds IV. von Champagne: 1239–1240, Ziel: Askalon/Damaskus
Kreuzzug Richards von Cornwall: 1240–1241, Ziel: Askalon/Jerusalem
Friedrich II. gelingt es durch einen Vertrag den Zugang zu den Heiligen Stätten zu gewähren

Sechster Kreuzzug: 1248–1254
Ziel: Ägypten/Jerusalem
Hirtenkreuzzug von 1251: Ziel: Ägypten

Siebter Kreuzzug: 1270
Ziel: Tunis/Jerusalem
Kreuzzug des Prinzen Eduard: 1270–1272, Ziel: Akkon/Jerusalem

Es folgten noch weitere Kriegszüge

Anmerkungen:
Die Stoßrichtung der Kreuzzüge waren schon nach dem 1.Kreuzzug andere als die Wiedergewinnung Jerusalems. Zum einen lockten die Reichtümer Byzanz und Ägyptens zum anderen ging es auch um die Ausschaltung Byzanz als religiöse Macht eines östlichen Christentums. Ständige Konflikte zwischen den Heerführern und den Päpsten und zahlreiche Fehlschläge prägen das Bild.

Regierungsdaten der Herrscher im Heiligen Römischen Reich

Kaiser Heinrich IV. (1056 –1106)	1076 Synode in Worms 1077 Konflikt mit Papst; »Canossa« 1084 Krönung als Kaiser keine Beteiligung am 1. Kreuzzug; Staufer
Kaiser Heinrich V. (1106 – 1125)	Krönung als Kaiser 1111; Staufer
Kaiser Lothar III. von Supplinburg (1125 – 1137)	1133 Krönung als Kaiser
Konrad III. (1138 – 1152)	1147 scheitert er gemeinsam mit dem französischen König Ludwig II. kläglich vor Damaskus; Staufer
Kaiser Friedrich I. Barbarossa (1152 – 1190)	1155 Krönung als Kaiser 1156 Heirat mit Beatrix von Burgund (Erbin des Herzogtums Burgund); Erweiterung des Reichsgebiets 1178 Krönung als König von Burgund 1190 Tod auf dem 3. Kreuzzug; Staufer
Kaiser Heinrich VI. (1190 – 1197)	1191 Krönung als Kaiser 1186 Heirat mit Konstanze (Normannin; Erbin des Königreichs Sizilien); Erweiterung des Reichsgebiets 1194 Krönung als König von Sizilien; Staufer
Philipp von Schwaben (1198 – 1208)	Sohn Friedrich I. und Beatrix; Gegenkönig zu Otto IV; Staufer und Statthalter für den minderjährigen Friedrich II. Ermordung durch einen übergangenen Wittelsbacher, dem zuvor die Tochter Philipps versprochen worden war; Staufer
Kaiser Otto IV. (1198 – 1218)	Krönung zum Kaiser 1209 nach dem Tod des Gegenkönig Philipps; Welfe
Kaiser Friedrich II. (1212 – 1250)	Sohn Heinrich VI. und Erbin von Sizilien Konstanze 1198 Krönung zum König von Palermo 1220 Krönung als Kaiser 1229 Selbstkrönung als König von Jerusalem; Staufer

Anmerkungen:

Konflikte zwischen den Herrschern vor und um die Zeit der Niederschrift des Nibelungenlieds und damit möglicher Bezüge. Die Staufer werden zum einen Herrscher über Burgund und Sizilien. Dies widerstrebt sowohl den Normannen, wie dem englischen König Richard Löwenherz und den normannischen Baronen auf Sizilien als auch den Päpsten, die sich durch die Staufer bedrängt sahen. Auch die an Bedeutung gewinnenden norditalienischen Städte spielen in diesen Machtkämpfen eine immer größer werdende Rolle.

Historischer Hintergrund

Einerseits prägte der Kampf der Kaiser und der Päpste um die Investitur (Höhepunkt mit Heinrich IV. vor Canossa 1077) und damit den Vorrang diesen Zeitraum. Andererseits prägten Anlass und Folgen der Kreuzzüge (Aufruf durch Urban II. 1095), die zu schwerwiegenden Gräuel schon beim Aufbruch gegen Juden entlang des Rheins zeigten, das Geschichtsbild. Hier wird die Geschichte als literarische Aufarbeitung und geistige Notwehr vorgestellt, in der bis dahin geschätzten Stellung der Juden an den Höfen und ihres anerkannten Eigenständigkeit unter der Bevölkerung.

In dieser Zeit gab es zum einen eine verbreitete klerikale Hetze gegen Juden, aber auch viele christliche Herrscher, die unter ihrem Schutz stehende und dienst-treuen Juden vor Verfolgungen noch in Schutz nehmen wollten. Gerade die Herrscherschicht sah wohl in diesen Pogromen keinen Sinn und Anlass. So kann man auch mutmaßen, dass der Dichter des Nibelungenlieds im weiteren Umfeld des damaligen Bischofs von Passau zu suchen sein könnte. Dafür sprechen nach herkömmlicher Forschungslage einige Stellen und Kenntnisse um Passau, Wien und Donau.

Die Kreuzzüge führten zu einer gegenseitigen Vernichtung und Verelendung weltlicher und geistiger Werte.

Das Zitat aus Erbstösser: Die Kreuzzüge – Eine Kulturgeschichte (S. 91) schildert mit einfachen Worten die damalige Situation, die für die Betrachtungen zum Nibelungenlied aufschlussreich sind:

»Mit dem Aufbruch der einzelnen Abteilungen verbanden sich die ersten großen Judenpogrome im mittelalterlichen Europa. In den aufblühenden europäischen Fernhandelsstädten hatten sich relativ große jüdische Gemeinden gebildet. Da sie von der handwerklichen Produktion ausgeschlossen waren, widmeten sich die Juden dem Orienthandel und befassten sich außerdem mit Geldgeschäften, wobei sie das Verbot für Christen, Zinsen aus Geldverleih zu nehmen, ausnutzen konnten. Außerdem hatten sie sich durch ihre Kenntnisse und Fertigkeiten auf dem Gebiet der Medizin, die alles das, was in Europa bekannt war, beträchtlich übertrafen, in den jungen Städten einen Namen gemacht. Bürgerrechte besaßen

die Juden nicht, wohl aber Ansehen und Wohlstand. Sie wohnten in abgesonderten Teilen der Städte und waren als Gemeinwesen auch auf geistig-religiösem Gebiet sehr rege. Fest mit ihrer Religion verbunden, hatte jede Gemeinde eine eigene Synagoge.

Beim Durchzug der einzelnen Abteilungen der Bauernzüge wurden fast alle Judengemeinden, vor allem der rheinischen Städte auf das schwerste heimgesucht. Erpressungen, Plünderungen und schließlich Massenmorde waren die verabscheuungswürdigsten Ergebnisse. Betroffen wurden in einer oder mehreren Formen des Terrors die jüdischen Gemeinden in Metz, Xanten, Köln, Trier, Mainz, Worms und Speyer. Außerdem sind eine Reihe von Verfolgungen auch für kleinere Orte nachweisbar.

Neuere Forschungen haben nachgewiesen, dass auch die Kirchenreformer dazu beitrugen, eine antijüdische Stimmung zu erzeugen. Denn die Juden standen immer unter dem besonderen Schutz des Königs beziehungsweise der königlichen Stadtherren, das heißt, sie hatten eine relativ hohe Steuer zu zahlen. Die Kirchenreformer bestritten dieses Recht, um den König zu treffen. Damit wurden die Judengemeinden Objekt im Investiturstreit und die Reformer scheuten sich nicht, den Volkszorn auf die »Mörder an Christus« zu lenken und den Hass zu schüren.«

Mit der verharmlosenden Bezeichnung Kirchenreformer sind hier diejenigen gemeint, die den Papst in seinem Machtwahn unterstützten und das bis dahin geltende Recht des Königs Bischöfe einzusetzen, und damit das geltende Recht, bekämpften. Eine nicht zuletzt auch finanzielle Stütze des Kaisertums waren aufgrund ihres Handels und Reichtums die Juden. Beseitigte man diese Stütze – auf welche Weise auch immer –, so waren die Könige bzw. Kaiser um ihre Steuereinnahmen geschwächt. Andererseits entledigten sich weltliche und kirchliche Herrscher durch die Pogrome ihrer Gläubiger. Diese Zusammenhänge wurden vom Klerus bestimmt nicht übersehen und es war somit durchaus in deren Interesse, wenn ein primitiver Mob derartige Zusammenhänge nicht einmal im Ansatz erfasste. Auch in der Forschung spielt dieser Aspekt leider keine Rolle.

Es war somit die Büchse der Pandorra, die die Kirche geöffnet hatte. Mag auch ein Papst Urban II. nicht vorausgesehen haben, was sein Aufruf zu einem Kreuzzug auslöste, er tat nichts, um den Pogromen entgegenzutreten. Dass zu diesem eklatanten Bruch des Bürgerfriedens auch noch Habgier und Geltungssucht des Adels hinzukamen, stellt keine Entschuldigung für das Machtstreben des Papsttums dar. Der erste Kreuzzug erfolgte vordergründig aufgrund der Bitte um militärische Unterstützung durch den byzantinischen Kaiser. Doch wie entsetzt waren die Byzantiner als sie die erste Vorhut, die Teilnehmer des Bauernkreuzzugs ankommen sahen. Sie sorgten unverzüglich dafür, dass sich diese einschiffen und über den Bosporus übersetzen und ihren Marsch fortsetzen konnten. Ihr Ruf war ihnen aufgrund ihrer Taten vorausgeeilt. Den römischen Päpsten ging es bei ihren Aufrufen zu Kreuzzügen weit weniger um den Schutz der Pilger, die keineswegs durch Muslime bzw. Seldschuken als vielmehr durch Räuberbanden in Kleinasien gefährdet waren. Nebenbei ging es auch um eine siegreiche Beendigung des Kirchenschismas und eine Vormachtstellung des Katholizismus gegenüber der byzantinischen Kirche. Der römischer Papst und der byzantinischer Patriarch hatten sich und ihre Kirchen 1054 inzwischen getrennt und sich gegenseitig gebannt. Päpste und norditalienische Seestädte kochten von Anfang an ihr ganz eigenes Süppchen. Byzanz sollte im Rahmen des Kreuzzugsgedanken als herrschende See- und Handelsmacht ausgeschaltet werden. Nur mit diesem historischen Rahmen können die Motive für die Kreuzzüge und die des Dichters aufgedeckt werden. Seine Dichtung bestand zwar aus vielen Bauteilen, aber warum er sein Epos letztlich so gestaltete, wie wir es heute kennen, lässt sich nur auf diese Weise erklären.

Spiegelungen im Nibelungenlied

Im Nibelungenlied stehen Kriemhild und Brunhild für den Kampf zwischen Kirche und Islam. Beide leiten ihre Stellung von der Stellung ihrer Männer, einerseits Siegfried/Christus andererseits von einem anderen Gottesverständnis ab. Kirche und Islam. Im Hintergrund steht dabei auch der Kampf zwischen römischem Katholizismus und byzantinischer Kirche/Konstantinopel. Kein Christentum ohne die Leitfigur Jesus und kein Islam ohne die Leitfigur Mohammed. Jesus ist dabei jedoch nicht nur die Leit- sondern eben auch die instrumentalisierte Leidensfigur. Von ihr ging nicht die Botschaft der Nächstenliebe aus, sondern mit Segen der Kirche die der Rache. Der Streit der Königinnen vor dem Domportal ist der Streit um die Wahrheit ihrer Religionen. Doch ihrer beider Religionen führen in die gegenseitige Vernichtung und letztlich in eine bis heute andauerndes Misstrauen der Religionen. Dies ist immer noch festzustellen, auch wenn die offizielle Staats- und Kirchenpraxis dies nicht wahrhaben will. Die Kreuzzüge waren vordergründig und hauptsächlich natürlich der Kampf zwischen Christentum und Islam. Aber die Juden, im Epos insbesondere in der Gestalt eines Hagen, werden schicksalhaft hineingezogen – genau wie es den im Vorfeld der Kreuzzüge auftretenden Pogrome entspricht. Von den Juden ging nichts aus, um eben auch ihr Heiliges Land gewaltsam wieder zu erobern. Dabei hatte das Land für Juden sogar eine noch tiefere religiöse, aus ihrer Tora abgeleitete Bedeutung als für Christen. Christen strebten vordergründig nach den religiösen Stätten und dabei nicht zuletzt auch nach Landbesitz, dies aber lediglich als Einkommensquelle und nicht als religiöse Verheißung ansahen, wie dies Juden für sich glaubten.

Das Epos ist zwar insgesamt eine Erfindung mit nur teilweise historischen Personen, die jedoch deutlich verfremdet sind, aber alle Glaubensvorstellungen haben eine reale und eine un-weltliche, geistige und mythische Geisterwelt. Dazu gehören hier der Lindwurm/Drache, der Hort, die Tarnkappe, der Zwerg und Hüter des Hortes Alberich und vor allem die Nibelungen selbst. Die Burgunden werden zu Nibelungen, weil sie in

Folge der Kämpfe vernichtet werden. Auch sie werden insgesamt zu Nebelkriegern, wie viele aus dem Wort Niflung/Nibelung ableiten, von denen nur noch die Sage weiß. Die alte Welt, in der um Macht, Land und Leute gekämpft wurde, geht zunehmend in eine durch ideologische Vorgaben geprägte Welt und deren Kampfbereitschaft über. Gekämpft wurde um den wahren Glauben und die damit stets verbundene Macht über Menschen. Nicht mit sich selbst, sondern mit anderen.

Die Juden hatten bereits ihr Land verloren, waren in großen Teilen bereits unter Hadrian nach dem zweiten jüdischen Aufstand 135 aus Palästina vertrieben worden und verloren ihr Selbstbestimmungsrecht. Mit dem Ausbruch der Kreuzzüge gerieten nun auch die Menschen in ihren gefundenen Heimatorten in Deutschland (und anderen Ländern) selbst in Lebensgefahr und drohten ausgelöscht zu werden. Juden wurden faktisch zu als Schatten- und Nebelwesen der Geschichte – so zu Nibelungen eben. Das war der Nibelungen Not.

Heil und Hort sind für den Dichter untrennbar. Der Hort ist das Materielle, das Diesseitige. Das Heil ist das Mythische, das Jenseitige, das Immaterielle. Grundlage für die dichterische Ausgestaltungen ist die Verbindung dieser beiden Elemente. Bei Kriemhild wird wiederholt deutlich, dass es nicht der materielle Wert ist, der sie nach dem Hort streben lässt. So wie kein Sportler wegen ihres Goldwertes nach einer Goldmedaille strebt, so wie kein Kriegsteilnehmer nach dem Materialwert eines Eisernen Kreuzes oder sonstiger militärischer Abzeichen strebt, so strebt eben auch eine Kriemhild nicht wegen des Materialwertes nach dem Hort, sondern wegen der damit durch den Dichter gestalteten Verbindung. Ohne Hort kein Heil. Das Heil lag im Judentum. Genauso wie ein Sportler eine erkämpfte Medaille zurückgeben muss, wenn er des Dopings überführt wird, genauso verweigert Hagen schon im Vorfeld, dass die Betrügerin Kriemhild überhaupt in den Kampf um das Heil eingreifen kann. Ihr bleibt das Heil durch die Versenkung entzogen. Das Heil wurde nach dieser Auffassung den Juden von Gott gegeben – und sonst niemandem. Die Juden sahen sich im Besitz des Heils. Das mögen Theologen oder Rabbis näher ausführen und bestätigen. Ob oder was hier zutreffend sein könnte, ist belanglos.

Entscheidend ist allein, dass dies der Dichter so sieht und sowohl Hagen als auch Kriemhild danach handeln lässt.

Der Hort ist der Schatz des wahren Glaubens. Hagen als Jude versteht und erkennt die Kraft des Hortes. Der Dichter weist darauf hin, dass es sich nicht nur um Gold und Geschmeide handelt. Kriemhild tritt als Kirche auf und möchte als Erbin Siegfrieds/Christus den Hort in ihre Gewalt bringen. Der Hort bedeutet ihr mehr als das Andenken an Siegfried/Christus, wie ihre erste Frage an die Burgunder nach ihrer Ankunft belegt. Das Auseinanderdriften der christlichen Botschaft und der Machtansprüchen der Kirche beginnt und prägt bis heute das Christentum. Man muss nur einmal lesen, was Jesus über Reichtum gesagt hat und dies mit den tatsächlichen Verhältnissen vergleichen: eine wahrlich groteske Diskrepanz.

Zu beachten ist, dass der Dichter mehrmals darauf hinweist, dass er nur Gehörtes weitererzähle. Er erzählt aber nicht selbst, dass Siegfried den Drachen besiegte und auch nicht, wie er zum Hort gelangte. Dies lässt er allein Hagen als wissenden Verbindungsmann zur Götter- und Geisterwelt berichten. Er greift auf vorhandene Sagen zurück, ohne deren Wahrheitsgehalt zu betonen. Die Zuhörer oder Leser kannten schließlich verschiedene Sagen, die diese Vorkommnisse ausgebreitet hatten. Beide Geschichten – Drache und Hort – stehen in den Vorlagen auch jeweils für sich. In den Vorlagen handelt es sich ein Mal um den Schatz der Nibelungen – dem schließt sich der Epiker an –, ein anderes Mal um einen Schatz, den ein Drache bewacht. Beides wird in moderner Sichtweise einfach zusammengeworfen bzw. die Nibelungen werden ausgeblendet. Offenbar will der Epiker keinen Mythos mit einem Drachen verbunden sehen, sondern den Mythos im Mythos. Das Drachentöten war zu sehr zum christlichen Markenzeichen geworden, wie auch ein Georg als Drachentöter belegt. Mit der durch ihn bewahrten Tötung der Nibelungen (Söhne und Gefolge) rundet der Dichter sein Siegfriedbild ab.

Auffallend ist, dass sowohl Kriemhild als auch Brunhild erst nach zehn Jahren jeweils Söhne gebären. Kriemhilds erster Sohn mit Siegfried wurde nach Gunther benannt; ihr zweiter Sohn mit Etzel nannten sie Ortwin. Das Schicksal ihres ersten Sohnes kümmert sich offenbar nicht weiter, denn dieser verbleibt bei seinen Großeltern in Xanten. Von Mutterliebe lesen wir hier genauso wenig wie in den Evangelien im Verhältnis zwischen Jesus und seiner Mutter. Den zweiten Sohn opfert sie in Etzelburg am Ende, um Etzel aus seiner Neutralität zu reißen und zum Kampf zu zwingen. Der Dichter deutet nur an, was damalige Sagenkundige wussten: Kriemhild fordert ihren Sohn zweimal auf, Hagen fest ins Gesicht zu schlagen. Erst daraufhin köpft Hagen den aufgehetzten Spross samt seinem Lehrer.

Doch diese gleichen Zeiträume sind kein Zufall oder Einfaltlosigkeit des Dichters. Er zeigt beide Frauen damit bezeichnend als nur verhalten fruchtbar. So sieht er eben ihren Glauben. Er gönnt beiden Königinnen eben keinen Zuwachs, keine wirkliche Vermehrung. Ein unbekannt verbliebener Sohn Siegfrieds in Xanten und ein unbekannt verbliebener Sohn Brünhilds – das ist alles, was der Dichter an Spuren und Erinnerung für Hörer und Leser mit dem Ende noch übriglässt.

Entgegen der allgemeinen Tendenz, in Hagen und Brünhild die letzten Vertreter des nordisch-germanischen, heidnischen Götterglaubens zu sehen, sollte man erkennen, dass dies nirgends so dargestellt wird. Hagen spricht nur von Gott, nicht von Göttern. Brünhild wird auch nicht als Walküre geschildert und damit auch keine Verbindung zur Götterwelt hergestellt. Deutlich wird jedoch, dass Hagen für das Judentum steht. Doch für was steht Brünhild? Darauf ist später einzugehen.

Kriemhild und Brunhild haben mehr gemeinsam als gemeinhin erkannt wird. Beide laden die andere Gruppe jeweils nur mit einem Hintergedanken ein. Brunhild um herauszufinden, warum sie offenbar den schwächeren der beiden Männer heiraten musste und was dessen Geheimnis ist, und Kriemhild, um nach über 13 Jahren eine Rache auszuführen. Warum sie nicht einen Meuchelmörder einfach beauftragt, Hagen zu ermorden, ist dem historischen Anliegen des Dichters, der Opferung der Völker geschuldet, die dem Christentum mit seinen Kreuzzügen als ewige Schuld anhaftet. Ewig sollte sie sein, auch wenn wir heute von alledem gar nichts mehr wissen wollen. Und genau darin liegt die Bedeutung dieses grandios missverstandenen Epos immer noch für die heutige Zeit. Die behandelten Elemente sind nicht sagenhaft, sondern gerade durch den Antisemitismus immer noch lebendig.

Dichterischen Gestaltung

Eine kurze Erläuterung aus Wikipedia zu Allegorie:
Als sprachlicher oder künstlerischer Ausdruck ist eine Allegorie von vorneherein auf ihre Deutung hin konstruiert. Vom Hörer oder Betrachter erfordert die Allegorie einen Gedankensprung (Assoziation = eine bewusste oder unbewusste Verknüpfung von Gedanken) vom Gesagten oder bildlich Dargestellten zur gemeinten Bedeutung. Wenn der Betrachter nicht vertraut ist mit den geistigen oder historischen Zusammenhängen, aus denen die Allegorie heraus konstruiert wurde, bleibt ihm ihr Sinn oft verborgen. Realistische Allegorien – bei ihnen wirkt schon die wörtliche oder unmittelbare Bedeutung an sich selber lehrreich oder unterhaltsam – lassen oft übersehen, dass es weiter(gehend)e allegorische Intentionen gibt.

Interessant ist die Feststellung, dass das Nibelungenlied oft nur zusammen mit der Klage verbreitet wurde. Die Forschung ist sich auch einig, dass dieser angefügte, aber tendenziell andersartige Text, der sogenannten Klage nicht vom gleichen Dichter stammt. Unstrittig ist auch, dass sie nicht an das Niveau (abgesehen von der abweichenden Reimtechnik) des Nibelungenlieds heranreicht. Genau dies entzieht jeder Mischbetrachtung beider Werke jegliche Legitimation. Bemerkenswert ist dabei allerdings, dass sowohl diese Klage als auch die Fassung C nahezu gleichzeitig mit der allgemein originalgetreueren Fassung B in Umlauf gebracht wurde. Mit der Fassung B brannte offenbar die Hütte – wenn man es flapsig formulieren möchte. Die Kirche musste offenbar dringendst eine erläuternde und bereinigende Fassung auf den Markt bringen, bevor noch jemand durch eine unkommentierte Fassung zu falschen Schlussfolgerungen gelangen könnte. Man gab den Lesern eine geglättete Fassung. Diese geschönte Betrachtung erweist sich sogar bis heute als erfolgreich, wenn erst gar nicht zwischen den Fassungen des Nibelungenlieds mehr unterschieden wird und die Klage gar faktisch als deren Bestandteil angesehen wird. Dieser Verdacht wird erhärtet, wenn man weiß, dass sowohl eine A-Fassung (ähnlich wie B) als auch die C-Fassung im gleichen Schloss wieder aufgefunden wurden. Deutet dieser Umstand nicht direkt darauf hin, dass so der Schönschreiber C die ihm vorliegende A-Fassung in seinem Sinne bearbeitet hat?

Der Autor Millet gibt in seinem Buch »Germanische Heldendichtung im Mittelalter« einen breiten und intensiven Einblick in die Sagenwelt, aus der der Nibelungendichter schöpfen konnte. In knapper Form gibt auch er dabei die Inhalte der zahlreichen Sagen wieder, um dann Vergleiche und Beziehungen unter den Gedichten, Liedern und Erzählungen zu untersuchen. Dabei werden aber nicht nur die Sagen, aus denen der Dichter schöpfte, sondern auch zahlreiche andere und auch Nachdichtungen vorgestellt. So wird erkennbar, wo der Dichter auf eine andere Sage anspielt, ohne dass er dazu nähere Angaben im Nibelungenlied macht. Er kann wohl mit guten Gründen davon ausgegangen sein, dass seine Zuhörer oder Leser diese kannten. Bei der Fülle des Materials darf man sich nicht von Namenswechseln (einschließlich der Schreibweisen), Charakterwechseln, Orten oder geänderten Abläufen verwirren lassen.

Es wird lediglich deutlich, wie komplex und verwirrend wir uns diese Sagenwelt vorstellen müssen. Es wird aber auch deutlich, dass deren Inhalte oft als schlicht, willkürlich und beliebig in ihren Abläufen daherkommen. Beliebig jedenfalls, wenn man einen Sinn sucht. Wenn es sich um reales Geschehen handeln sollte, wie einige Forscher unterstellen, konnte es eben nur so geschildert werden.

Gerade das Verhältnis von Siegfried und Brunhild zeigt sich in unterschiedlichsten Facetten. Es ist jedoch aus räumlichen und inhaltlichen Gründen entbehrlich auf diese Sagenwelt näher einzugehen. Hier geht es nur um das Endprodukt Nibelungenlied und ob dieses mit einem unerkannten Sinn gestaltet wurde. Der Hinweis auf Ausgangssagen ist nur deshalb geboten, um deutlich zu machen, welch kulturelle Leistung der Nibelungendichter mit seinem Werk vollbracht hat. Mit seiner Neugestaltung hebt er einen Mythos auf eine ganz neue, markante, sinnstiftende und deutlich anspruchsvollere Ebene. Wenden wir uns also dem Text zu.

Auffallend ist, wie oft die Zahl 12 genannt wird: für Recken, für Ringe, für Fürsten und für Länder. Dass kein christlich geprägter Philologe überhaupt stutzig wird, ist schon erstaunlich. Die Anspielung auf die Anzahl der Apostel wird offenbar tunlichst übersehen, um das Epos erst gar nicht religiös deuten zu müssen.

Auch das für Juden unerträgliche Blut trinken, wie es im Zentrum des Christentums als Eucharistie und Abendmahl geheiligt wird, pervertiert der Dichter durch Hagen in der brennenden Halle. Er fordert seine Mitstreiter zum Blut trinken auf, das löblich mundet. Auch diese Anspielung auf den sakralen Charakter sieht man nicht oder will ihn besser nicht sehen.

Gürtel und Ring sind nach Ansicht des Autors Kreis jüdische Hochzeitsgeschenke. Diese merkwürdige Dopplung erkennt offenbar auch niemand in der Forschung. Dem Dichter hätte auch ein Gegenstand genügen können. Überhaupt einen Gürtel ins Spiel zu bringen, geht über die Sagenvorlagen hinaus. Dass der Gürtel durchaus eine Anspielung auf Keuschheit bzw. sogar auf einen Keuschheitsgürtel darstellen könnte, wird ebenfalls nirgends gemutmaßt oder beachtet oder überhaupt nur erwähnt. Auch nicht seine kostbare Beschaffenheit aus Seide und Edelsteinen und einem Hinweis durch Ninive auf das Alte Testament. Dort erhält der Prophet Jona(s) den Auftrag von Gott die Bewohner von Ninive zur warnen. Als er über das Meer vor dem Auftrag fliehen will, lässt Gott das Schiff untergehen und Jona nach drei Tagen im Maul eines Fisches zurückbringen. Es versteht sich von selbst, dass man mit diesen Hinweisen meilenweit weg von jeglicher interpretatorischen Historisierung des Epos ist.

Wer irgendetwas Christliches in die Texte hineinlesen möchte, der sei daran erinnert, dass Kriemhild von Dietrich und von Hagen als »Teufelin« bezeichnet wird. Gunther sieht nach seinem verlorenen Bettkampf auch in Brunhild eine Teufelin, so dass man direkt eine Gleichsetzung sieht. Dies ist ein Argument gegen Kreis, der in Brünhild die allegorische Vertreterin des Judentums sieht. Dies würde jedoch der Perspektive der Kreuzzüge nicht gerecht. Auch wenn zunächst die Juden in Deutschland als erste die Leidtragenden wurden, so trafen die Folgen des ideologisch losgetretenen Streits auch in der Folge Sarazenen/Muslime. Das könnte dafür sprechen, dass der Dichter auch in Brunhild etwas Teuflisches – nämlich den Islam – nicht völlig makellos dastehen lassen möchte. Eine einheitliche Linie zwischen Hagen und Brunhild existiert gerade nicht. Sie existiert nur über die Staatstreue Hagens, der den Missbrauch des Heils abwenden möchte.

Die Zahl der Kämpfer und des Gefolges ist stets maßlos übertrieben. Der Dichter stellt damit lediglich die Bedeutung der Auseinandersetzung dar. Logistisch ist ohnehin alles nahezu unmöglich. Hohe Zahlen heißt eben allegorisch nur hohe Bedeutung. Das Werk ist eben eine Allegorie und kein Tatsachenbericht zu geschichtlichen Ereignissen und Glaubenskämpfen bzw. dem Missbrauch der Religionen für diese.

Einige Figuren sind in ihrer allegorischen Bedeutung eindeutig zuordenbar: Siegfried – Christus bzw. christlicher Anspruch, Kriemhild – Kirche und christliche Praxis und Hagen – Judentum und Vasallentreue; Volker als Kämpfer steht für das alter ego des Dichters und Sängers. Selbst dies übersieht man. Nicht ganz bescheiden weist der Dichter sogar darauf hin, dass man ihn als Volker sogar mehr fürchten müsse als Hagen. Nicht ganz zu unrecht, wenn man seine Wirkung bedenkt. Die dichterische Leistung wird von Philologen überwiegend geschätzt, aber die politische Absicht wird durchgehend verkannt. Des Dichters Beitrag für die Zuhörer und Leser seiner Zeit und der nachfolgender Generationen ist unumstritten der kulturell wertvolle Beitrag, der die Bedeutung der geschilderten Kämpfe weit überragt.

Rüdiger steht womöglich mit der Sicht des Dichters für einen wahren Christen, den jedoch die unvereinbaren Anforderungen (zwischen Gastfreundschaft und Eidestreue; Kampf für die Überzeugung; Kampf für die Ehre; Bewahrung der Ordnung) in den Tod reißen. Von dem stets naheliegenden christlichen Spagat zwischen gewolltem Rachegedanken und verkündeter Nächsten- oder gar Feindesliebe ist jedoch nicht einmal im Ansatz die Rede. Schon dies spricht gegen die Auffassung, dass ein Kleriker der Verfasser des Epos sein könnte. Ein Kleriker wäre da ohnehin gescheitert. Da hätte man schon die großen Kirchenlehrer verstehen müssen. So mag sich mancher zur Zeit der Staufer gefangen, für oder gegen Staufer und Welfen, für oder gegen Kaiser und Papst, gesehen haben. Das »und« steht nicht für die gleiche Interessen, sondern bezeichnet die jeweiligen Gegner. Die zweimalige Schildgabe zwischen Hagen und Rüdiger bzw. zuvor mit dessen Frau gehören zur Erinnerung an ein früher friedliches und beschützendes Miteinander.

Ein Helden-Epos im klassischem Sinne ist es schon deshalb nicht, da einerseits Kaufleute erwähnt werden und vor allem, weil hier selbst die Helden weinen. Die Helden sind auch deshalb keine Helden im klassischen Sinne, weil von keinem einzigen ein nachahmenswertes Beispiel gegeben wird. Auch ein Rüdiger zeigt seinen Heldenmut nicht im Tun, sondern im unvermeidlichen Leiden. Mit Mut zu handeln, macht aus keinem Mörder einen Helden. Das wird geradezu immer wieder verkannt. Aber die Geschichtsschreibung zeigt bis heute, dass sie unentwegt Mörder verherrlicht und ehrt – Cäsar, Augustus, Konstantin, Napoleon, Richard I. Löwenherz, Kaiser und Päpste, einen Napoleon oder auch einen Friedrich II. von Preußen, die allesamt als Herrscher Leid und Elend über die Menschen – Untertanen wie Bekämpfte – gebracht haben ... Zurück zum Thema:

Der Dichter opfert mit Etzel und der Darstellung der Hunnen die geschichtlichen Tatsachen. Sein Reich wird als tolerant beschrieben, bevor es unter die Kontrolle einer Kriemhild/Kirche gelangt. Gerade die Rollenverteilung zwischen Etzel als tolerantem Herrscher und seiner fanatisierten Gemahlin macht deutlich, wie unterschiedlich die religiösen Standpunkte waren. Kriemhild übernimmt die Herrschaft über die Hunnen. Mit ihr wird es hinterhältig, rachsüchtig und vernichtend. Dass um die Zeit der Niederschrift des Epos ein zum Katholizismus übertretender ungarischer König noch die letzten toleranten Tage in seinem Reich duldete, kann man dabei als wahrscheinliche Vorlage anerkennen.

In den Hunnen kann man die Anspielung auf die damaligen Deutschen, die Germanen, präziser als den christlichen Mob entlang des Rheins und der Donau auf dem Weg nach Palästina sehen. So sind es nicht die Engländer, die im Zweiten Weltkrieg die Deutschen mit dieser Benennung herabzusetzen gedachten, sondern sogar schon der Dichter des Nibelungenlieds ordnet sie so ein. Ihr feiger Mord an den Knappen ist die Eins-zu-eins-Übersetzung der Morde an Rhein und Donau – und gleicht damit dem Morden später in den Konzentrationslagern. Selbst wo die Hunnen/der Mob in der Überzahl sind bzw. ist, wagen sie keinen direkten Angriff. Allein Hagen und Volker vor dem Saal lassen sie schon zurückweichen.

Und schlussendlich auch noch ein Wort zu den von vielen Forschern kritisierten und für überflüssig erachteten berühmten Kleiderstrophen oder von manchen auch Schneiderstrophen genannten Teilen. Sie dienen zwei Zwecken: Zum einen sollen sie an eine friedliche Zeit erinnern; zum zweiten sollen sie aber auf die vormals geduldeten und geförderten Beziehungen hinweisen, die Juden als Handelsreisende und Kaufleute mit den Herrscherhäusern und vor allem dem Orient verbanden. Daher rührt auch das Wissen, das Hagen auszeichnet und das ihn zum Berater und sogar Anführer auf der Reise nach Etzelburg macht. Ortskenntnisse allein machen noch keinen Vasallen zum Anführer. Der Dichter wusste, wie er die Rollen in seinem Sinne darstellen musste bzw. konnte.

Interessant sind die Vergleiche des Texten und dreier Verfilmungen zum Thema Nibelungen. Gängigste Orientierungen: Fritz Lang als Regisseur 1924 zum einen, zum anderen Uwe Beyer (1969) und Benno Fürmann in späterer Fassung jeweils als Siegfried. Oft hat es direkt etwas Komisches, wie dabei Aussagen umschifft, unterschlagen, aus anderen Sagen ergänzt oder Neues sinnstiftend ergänzt werden. Auch im Werk Wagners »Der Ring« spielt der Ring eine den germanischen Vorstellungen entsprechende Rolle. Im Nibelungenlied selbst findet dieser nur neben dem Gürtel eine gezielte Erwähnung. Vom Nibelungenlied kann man gewiss nicht auf den Titel bei Wagners Oper schließen. Dennoch sitzt der Drache auf dem Hort, will der Mime Siegfried ermorden, Siegfried reitet durch die Waberlohe, um Brünhild zu befreien, Brünhild lässt sich schon mal mit Siegfried verbrennen. Alles ganz ergreifend – aber alles eben nicht zusammenpassend. Beide Ringe sind in ihrer Bedeutung jeweils anderen Kulturkreisen zuzuordnen – Geschenk für den Bräutigam bei Juden und ein Machtsymbol bei den Germanen. Ähnlich womöglich, aber unterschiedlich. Der Dichter spielt hier gerade mit dem Inhalt seiner Vorlagen, in denen zweifelsfrei eine geschlechtliche Beziehung zwischen Brunhild und Siegfried berichtet wird. Auch dass Hagen in einer anderen Sage früher Geisel Attilas/Etzels gewesen sei, wird im Nibelungenlied erwähnt und der Dichter verweist damit auf seine Sagen-Kenntnisse. Kriemhild darf in einer Verfilmung am Ende nicht zerstückelt werden, sondern wirft sich etwas unmotiviert als Selbstmörderin in ein Schwert. Alles sind zeitbedingte und interessenbedingte Glättungen und Gewichtungen, die letztlich die gesetzten Pointen verhunzen und Spuren verwischen. Wenn man andere Werke, wie Wagner, Hebbel oder Filme zugrundelegt, sollte man sich bewusst sein, dass deren

Autoren den Sinn offensichtlich ganz anders verstanden haben und wollten. Auch in der Belletristik stößt man ständig auf neue Ausgestaltungen des Nibelungenstoffs. Lesenswert sind z.B. Wolfgang Hohlbein: Hagen von Tronje; Der Ring der Nibelungen oder Sabina Trooger: Kriemhild, Königin der Nibelungen.

Vor allem wird oft mehr oder weniger bewusst übersehen, dass Siegfrieds Taten (Drachentötung und Hort-Beschaffung) zum einen als zwei vollkommen unabhängige Vorgänge geschildert werden und zum anderen eben vom Dichter ganz bewusst in eine andere Ebene erhoben werden, indem er Hagen nur davon berichten, es aber nicht auf der Ereignisebene des Epos geschehen lässt. Dass der Drache der Sage ursprünglich ein Mensch war, lässt man durchgehend weg, da dies in jedem Fall zu viel an Mystizismus wäre. Aus zwei oder drei Strophen werden jedoch viele vermeintlich spannende Filmminuten bzw. Buchseiten und der mythische Aspekt durch Einbau in den Ablauf oft unweigerlich in seiner Aussagekraft verhunzt, um so zeitgemäßere Spannung zu erzeugen. Die Spannung des Ur-Epos machen eben andere Faktoren aus.

Um das Epos zu verstehen, sollte man stets die Personennamen gleichzeitig mit ihrer allegorische Bedeutung mitlesen, wie ich sie – zusammenfassend am Ende des Buches – skizziert habe!

Anhand einiger Literatur soll nun vorgestellt und dann kommentiert werden, wie doch irrend, einige Forscher versucht haben, dem Inhalt des Nibelungenlieds und seiner Botschaft gerecht zu werden. Soweit – und das geschieht oft – man ihren Feststellungen rundweg zustimmen kann oder muss, so ändert sich dies, wenn diese Fakten dann interpretiert werden. Dann beginnen die Irrtümer. Ich beschränke mich dabei auf weniges, um für einen Leser diese für mich sichtbaren Irrtümer klar hervortreten zu lassen und den wahren Kern herauszuarbeiten. Dabei wird nichts unterschlagen, was der hier vertretenen These und Interpretation des Werkes widersprechen würde.

Wenn man sich den Text vornimmt, so steht jeder Interpret vor dem Problem, dass man diese alte deutsche Sprache an vielen Stellen erst einmal in modernes Deutsch übersetzen muss. Auch die gewählte und ganz besondere Reimform, der mangels sonstiger Erkenntnisse viele Forscher ihre volle Aufmerksamkeit widmen, stellt besondere Anforderungen, wenn man den Inhalt für heutige Leser verständlich machen will. Sind es doch gerade die besondere Versform und ihr Reim, die dem Nibelungenlied sein unverwechselbares Gepräge und seinen Rhythmus geben.

Somit ist grundsätzlicher zu fragen: Soll man eng wörtlich übersetzen und Reime weitgehend vernachlässigen oder doch ebenfalls noch sinngemäß aber anders reimen. Ein Problem liegt allein schon darin, dass wir zum einen selbst überkommene Worte heute anders verstehen könnten. Wer würde heute schon hinter dem Wort »valandinne«, mit dem Kriemhild von Dietrich und Hagen bedacht wird, eine »Teufelin« vermuten – und dann noch die gesamte Bedeutung erkennen?

Wenn es verschiedene Übersetzungen gibt, wird eine Auswahl gern subjektiv. Ich habe mich für die Übersetzung von Helmut de Boor entschieden, weil sie zum einen die Reimstruktur gut nachbildet und zum andern weil der Text bei ihm erhaben klingt. Zudem wird der Text in seinem Buch zweisprachig angeboten, so dass man die Übereinstimmung zwischen Urform und Übersetzung selbst nachspüren kann. Nützlich ist bei einer Untersuchung auch, dass zumindest mit jeder Seite auch die Strophen durchgezählt werden. Dies fehlt z.B. gänzlich bei den beiden anderen Übersetzern.

Die Übersetzung von Gotthard Oswald Marbach klingt zwar moderner, doch dies gibt die Stimmung oft nur bedingt wieder. Immerhin hat er sich mit der Fassung B auseinandergesetzt.

Die Übersetzung von Karl Simrock habe ich nur hilfsweise zu Rate gezogen, weil sie die Fassung C wiedergibt, die für mich nicht maßgeblich ist. Dazu gleich.

Immer wieder versuchen Autoren die Hintergründe auszuleuchten, vor denen sich die Geschichte der Burgunder bzw. Nibelungen abspielt. Stets werden die Bedeutungen von Personen- und Ortsnamen hinterfragt. Vieles ist dabei strittig. Selbst Worms als Hauptstadt der Burgunder ist schon fraglich (u.a. Oberste S.215). Was wollte der Dichter mit der Auswahl der Namen sagen, worauf anspielen, was aufzeigen? Wo lag der Wasgenwald, wo wurde der Hort versenkt, schickte Hagen den Wein in den Spessart, war Attila in Wien usw. Bei den Personennamen rätselt man vor allem bei Hagen von Tronje. Dass Hagen übersetzt auf Zaun gleich Hag, Heger, hegen und pflegen, schützen und Abwehr hindeutet, wird gelegentlich gesehen. Dies ist das eine und durchaus zu den Motiven passend, wie sie sich im Nibelungenlied spiegeln. Der Dichter hat hier gut gewählt. Aber was ist mit Tronje? Ein Hinweis auf Troja, Hinweis auf eine Stadt in Belgien oder gar auf Xanten, da diese Stadt mit der Gründung durch den römischen Kaiser Trajan Colonia Ulpia Traiana genannt wurde? Die Stadt wäre auch fränkisches Troja genannt worden. Hagen und Siegfried wären somit sogar Nachbarn gewesen? Bei Oberste ist zu lesen (S. 213):

Auch wenn die Figur des Hagens/Högnis zum ältesten bekannten Bestand der Nibelungensage zählt, so darf die Ausgestaltung dieser Figur, ihrer Familie und ihrer lokalen Verankerung im Nibelungenlied als zeitgenössischer Reflex auf die staufische Herrschaft und die mit ihr verbundene Ministerialität an Rhein und Mosel gelten.

Hier ist ein Schnittpunkt. Entweder steht Hagen für die Ministrialität oder für das Judentum. Beides passte damals in der Realität nicht zusammen. Die Verbindung zum Judentum war eine eher heimliche, keine öffentliche. Doch selbstverständlich steht es einem Dichter frei, Hagen auch auf diese Weise in den Blick der Öffentlichkeit zu rücken und somit zu erhöhen. Es gibt zwar keine Familie, der Hagen angehört, aber eine Sippe, zu der sein Bruder Dankwart und sein Neffe Ortwin gehören. Auch dies dient der Erhöhung dieser Protagonisten. Von mehr lesen wir nicht. Im Unterschied zu den nordischen Sagen besteht auch keinerlei verwandtschaftliches Verhältnis zum Königshaus. Wichtig ist allerdings die Feststellung, dass insbesondere mit der Rolle, die Hagen eigenständig ausfüllt, ein Reflex auf die Stauferzeit in den Blick gerät. Allerdings weniger auf die geordneten Herrschaftsverhältnisse, sondern eine Kritik an diesen. Doch Oberste schreibt auch, dass viele Adelsfamilien ihren Stammbaum auf Troja zurückführten, um sich so zu adeln. Wie oft hatte ich mich schon geärgert, wenn die automatische Rechtschreibkontrolle aus meinem Trojner dann doch einen Trojaner machte. Auf einmal fiel dank des Textes (S. 206) bei mir der Groschen:

»Der Bezug zum antiken Troja spielt auf einen im Mittelalter weit verbreiteten Gründungsmythos von Städten und Familien an, die sich durch den gleichnamigen Krieg in die Welt versprengten Trojaner zurückführen lassen wollten«.

Welches Volk hatte das gleiche Schicksal wie die einst besiegten Trojaner erlitten und wurde nach der militärischen Niederlage in alle Welt versprengt/zerstreut? Es waren die Juden, die nach der Niederlage gegen Rom im Jahr 70 und dann erneut und endgültig im Jahr 135 unter Hadrian ebenfalls in alle Welt versprengt wurden. In Jerusalem durften sich keine Juden mehr aufhalten. Wenn man also einen Namen für eine Figur suchte, die diese transformierte Nibelungengeschichte und diese Einstellung, den Schutz der Versprengten durch einen Versprengten und Juden repräsentieren konnte, dann kann einem kaum ein besserer Name einfallen als Hagen von Troja. Aber diese Spur musste im christlichen Umfeld versteckt bleiben aus Troja wurde deshalb Tronje. Damit ist zumindest dieses besonders wichtige Rätsel gelöst und ein starkes Indiz für die gesamte Richtung gefunden. Hagen von Tronje ist schlicht der geniale und anklagende Reflex auf die Gräueltaten und Diskriminierungen, denen sich Juden nach den Aufrufen zu Kreuzzügen ausgesetzt sahen. Viele Forscher suchen in Frankreich oder Belgien einen Ort, der dieses Tronje erklären könnte. Auch wenn es diesen gibt, so trägt dies doch zur Erhellung nichts Wesentliches bei. Übersehen wird dabei das Hagen nicht aus Tronje genannt wird, sondern Hagen von Tronje. Eine Quasi-Adelung wie wir sie auch bei einem Jesus aus Nazareth finden. Auch er wurde zu einem Jesus von Nazareth. Für die Berufung vieler Adelsgeschlechter auf ihre Abstammung aus Troja bringt man unausgesprochenes Verständnis auf, auf die wesentlich griffigere Schlussfolgerung, dass nicht die Taten verherrlichen, sondern dass damit das Schicksal der Unterlegenen einen neuen heroischen Abschnitt in ihrer Geschichte kennzeichnen soll, kam und kommt man nicht. Wenn sich die Juden schon nicht tatsächlich wehren konnten, so musste dies der Dichter für die Nachwelt zumindest mit Worten und seinen hergestellten Bezügen tun.

Um dem Leser die Problematik des Textes einmal beispielhaft vor Augen zu führen, gehe ich auf drei Strophen ein. Unterschiede ergeben sich durch die C-Fassung, bei der der Schreiber an der Stelle, an der Kriemhild einen Angriff befiehlt, noch einfügt (nach Strophe 1837):

Bevor diese Recken Kriemhild hatt‘ entsandt,
Sie sprach: »Wenn ihr sie findet, so seid um Gott gemahnt,
dass ihr niemand tötet als den einen Mann,
den ungetreuen Hagen; die andern rühret nicht an.«

Damit soll ihre christliche Gesinnung herausgestellt und ihre allgemeinen Mordabsichten sollen damit offensichtlich kaschiert werden.

Bei der ersten Frage nach dem Hort fügt der C-Schreiber ein (nach Strophe 1744):

»Es war auch nicht die Meinung, als verlangte mich nach Gold:
So viel hab' ich zu geben, ich entbehre leicht den Sold.
Eines Mords und Doppelraubes, die man mir genommen,
dafür möcht' ich Arme zu lieber Entgeltung kommen.«

Hier kann der Dichter im Anschluss an die Rede Hagens nicht einmal in seiner Strophe unterbringen, dass nun Kriemhild spricht. Ansonsten erwähnt der Dichter in allen Strophen, wer jeweils spricht. Wer dies so liest, für den verschwimmt aufgrund dieser Betonung die Sicht auf einen anderen Grund. Der Hort wird zu einem schwachen Motiv, das hinter dem Rachegedanken eine untergeordnete Rolle spiele. Es werden sogar durch Doppelung drei Motive daraus: Mord an Siegfried; Raub Siegfrieds durch Ermordung und Raub des Hortes! Die erste Tat zählt also gar doppelt.

Interessant ist auch Strophe 1734 – sie wird unterschiedlich übersetzt, ist aber in jedem Fall ist es die einzige Stelle, an der überhaupt eine Person, nämlich Hagen beschrieben wird. Das ist von großer Bedeutung und zeigt, wer der wahre Träger des Epos ist.

Während Simrock (für C) übersetzt:

»...mit einer greisen Farbe; von Beinen lang
Und schrecklich von Antlitz; er hatte herrlichen Gang.«

lautet die Übersetzung bei de Boor (für B):

».. mit eisgrauen Strähnen, seine Beine lang.
Schrecklich blickte sein Auge, stolz war und selbstbewusst sein Gang.«

Da nur die letzte Zeile unter diesem weiteren Aspekt von Interesse ist, hier der mittelhochdeutsche Text:

»... und eislich sin geschene; er hete herlichen Gang.«

Die Stelle führe ich deshalb an, weil man tatsächlich meinen könnte, Hagen besäße nur noch ein Auge, wie es tatsächlich eine nordischen Sage übermittelt. Aber vielleicht ist de Boor hier nur Opfer seines Wissens und seines Vorverständnisses geworden. Das »eislich« sagt nichts über die Augen aus. Vermutlich kann man mit zwei Augen sogar »eislicher« aussehen als mit einem. Und so sollte man auch nicht annehmen, dass ein Verehrer ein Einäugiger sein müsse, weil er ein Auge auf eine Schöne geworfen hat. So sollte man Sprichwort und den dichterischen bzw. übersetzerischen Singular nicht biologisch überbewerten. Bei einem Speerwurf wäre eine Einäugigkeit jedenfalls gewiss aufgrund des fehlendes räumlichen Sehens ein Nachteil und damit ein Risiko gewesen.

Diese Beispiele mögen für die Unterscheidung zwischen den Fassungen und auch der der Übersetzer genügen.

Der Text der B-Fassung in der Übersetzung

Da nicht jeder den Text des Nibelungenlieds zur Hand haben wird oder ihm ein ständiges Nachblättern nicht zugemutet werden sollte, gebe ich hier zur Orientierung die Textstellen, die die Theorie, dass das Nibelungenlied eine Reaktion auf die Pogrome und die Machtkämpfe zwischen Kirche und Herrschern nach 1077 sind, als Zitate wieder. Abgesehen von der ersten bzw. letzten Strophe, die ich auch im Original-Text wiedergebe, zitiere ich die Übersetzung von Helmut de Boor, der sich bemühte, der Vorlage in Reimform gerecht zu werden. Die hier wiedergegebenen Stellen sind Belege für die aufgestellte These, dass es sich beim Nibelungenlied nicht um die Wiedergabe alter Mären handelt – auch wenn dies so vom Dichter behauptet wird. Es wurde vollkommen neu komponiert und ein Sinn gestaltet, der über die kämpferischen Aventiuren der überlieferten Heldengestalten weit hinausgeht.

Die ausführliche Wiedergabe des Textes soll dazu dienen, die hier aufgestellte These zu untermauern. Zunächst gebe ich meine Meinung über die anschließend zitierte Stelle wieder und füge diese dann als Belege an. Meine Zwischentexte sollen auch dazu dienen, mit knappen Worten den Handlungsstrang erkenntlich zu machen, um das Verständnis für das ganze Epos zu erleichtern.

Nach den hier eingeschobenen weiterführenden stichwortartigen Inhaltsangaben und Kommentierungen folgt am Ende eine klarstellende Charakterisierung der Hauptfiguren. Das Epos muss als Allegorie gelesen werden. An dieser Stelle kann nur stichwortartig auf die Aspekte eingegangen werden, die die Autorenabsicht tragen und im Folgenden aufgegriffen werden. In Klammern die wiedergegebenen Strophen.

- Der Dichter verweist darauf, dass er mit seinem Lied alte Mären zum Besten geben will. Aber er will nicht nur das, sondern nutzt diese Mären sozusagen als Tarnkappe für seine Botschaft:

Uns ist in alten maeren wunders vil geseit
von helden lobebaeren, von grôzer arebeit,
von fröuden, hôchgezieten, von weinen und von klagen,
von kühner recken strîten muget ir nu wunder hoeren sagen.

Viel Wundersames melden uns die Mären alter Zeit
von preisenswerten Helden, von Kampfesmüh und –leid
von frohen Festeszeiten, von Weinen und von Klagen,
von kühner Recken streiten könnt ihr hier Wunder hören sagen.

- Siegfrieds Vater und König Siegmund warnt in Xanten seinen Sohn vor einem Besuch in Worms. Angeblich ist es ja die Minne, die ihn nach Worms treibt. Doch verwunderlich ist, was er dann wenig ritterlich von sich gibt (55):

»Was soll uns das bekümmern?« sprach der junge Mann.
Was ich dort in Freundschaft nicht erbitten kann,
mag anders wohl erwerben die Stärke meiner Hand.
Dann zwing ich mir zu Diensten ihre Leute und das Land.

- Hagen berichtet bei Siegfrieds Ankunft in Worms über dessen Heldentaten – ohne dass diese Geschichten in der Erzählung dann selbst wiedergegeben werden. Wir werden damit vertraut gemacht, dass sich hinter der Erzählebene auch eine weitere Deutungsebene verbirgt. Hagen zeigt schon hier, dass er mehr weiß als andere. Es ist eine großartige Leistung, wie der Dichter den vorhandenen Sagenstoff völlig neu gestaltet. Siegfried wird sogleich als Mörder vorgestellt (87):

»Da gibt es zu erzählen, wenn Siegfried kommt ins Land!
Die kühnen Nibelunge erschlug des Helden Hand,
zwei mächtige Königssöhne, Schilbung und Nibelung.
Unerhörte Taten bestand der Recke kühn und jung.

- Hagen berichtet, dass Siegfried statt für die beiden Nibelungensöhne das Erbe und den Schatz ihres Vaters zu teilen, er diese und weitere Streiter erschlug. Siegfried wird somit von Anfang an auch als Räuber dargestellt. Selbst die Tötungen in Notwehr geben im kein Recht – zumal auch ein Alberich samt seinen Nibelungen noch Hüter des Hortes ist. Hort und Mord werden hier gerade nicht verbunden. Das Credo des Dichters: Der Hort verheißt das Heil und das Unheil liegt im Mord(en) (93/95/ 100):

»Sie boten ihm zum Lohne des Nibelungen Schwert.
Zum Unheil wurden ihnen dieser Dienst gewährt,
den ihnen leisten sollte der junge, kühne Mann.
Er konnte es nicht vollbringen; zornig fielen sie ihn an.«

»Auch die mächtigen Könige schlug er beide tot.
Von Alberich kam Siegfried danach in große Not.
Seine Herrn zu rächen, trieb es den Zwerg alsbald.
Doch musste er erfahren des starken Siegfried Gewalt.«

»Noch andere Abenteuer sind mir von ihm bekannt.
Er erschlug einen Lindwurm des Helden starke Hand.
Er badete in dem Blute fest ist wie Horn er jetzt.
Man hat es oft erfahren, dass keine Waffe ihn verletzt.«

➤ Siegfried gibt den drei Königen in Worms ungeschminkt seine Absichten bekannt. Von einer Werbung um Kriemhild ist dabei nicht die Rede. Die Begrüßung lässt nicht erkennen, dass er als Werber auftritt. Sie lässt aber direkt in beleidigender Weise erkennen, dass er seinen Herrschaftsanspruch als Christus-Paraphrase geltend macht (110/122):

»Wenn Ihr, wie man berichtet, so kühn und tapfer seid,
so frag' ich nicht, ist's jemand lieb oder leid:
Im Kampf will ich gewinnen, was Ihr hier habt am Rhein.
Das Land mit den Burgen soll mir untertänig sein.«

»Wenn es euch kränkt, Herr Hagen, was ich hier gesagt«
so sprach der starke Recke »und es Euch nicht behagt,
so sollt ihr doch erleben, wie künftig meine Hand
mit Gewalt gebietet über das Burgunden Land.«

- Es gelingt gerade noch so, eine blutige Auseinandersetzung zu verhindern. Man glaubt noch zu einem friedlichen Ausgleich kommen zu können. Als der Einfall der Sachsen und Dänen unter ihren Königen Luidgast und Lüdeger droht, rät Hagen sich dieses Aggressors Siegfried doch zu bedienen und diesen damit zu benutzen, abzulenken bzw. zu zähmen (157):

Dem widersprach der Tronjer: »Der Rat scheint mir nicht gut,
Luidgast und Lüdeger sind voller Frevelmut;
Wir können uns nicht sammeln in so kurzer Frist.
Warum sagt ihr nicht Siegfried, was uns widerfahren ist?«

- Nachdem Siegfried glorreich die Feinde besiegt hat, berät Gernot seinen Bruder Gunther. Nach über einem Jahr kommen die Könige auf den Gedanken, ihre Kriemhild Siegfried anzubieten. Dieser vermisste offenbar über all die Zeit nicht diejenige, deretwegen er doch angeblich nach Worms gekommen ist (289):

»So rat' ich, dass Ihr Siegfried vor Kriemhild kommen lasst
und sie, uns selbst zu Nutzen, grüßt den edlen Gast.
Die keinen noch gegrüßt hat, tu ihm die Ehre an.
Damit ist uns gewonnen für alle Zeit der Mann.«

- Als er sie nun endlich sieht und täglich sehen darf, sieht er sich als Werbender an den Hof gebunden. Doch wie sieht der Dichter die Beziehung zwischen Siegfried (als allegorischem Christus) und Kriemhild (als allegorischer Kirche)? Der Dichter sieht zunächst keine Liebe und wenn, dann geht die Beziehung von Kriemhild aus. Zu beachten und zutreffend ist: Nicht Christus suchte und schuf die Kirche, sondern die Kirche suchte sich Christus. Jesus war Jude, wie man inzwischen anerkennt und wollte als Jude nach dem Stand der unabhängigen Forschung gar keine eigene Kirche – ein Christentum – gründen. Dies machte eindeutig erst ein Paulus in seinem Namen (294/323):

Ward da gedrückt mit Wärme eine weiße Hand
aus herzlicher Minne? Mir ist es nicht bekannt.
Doch kann ich es nicht glauben, dass es gelassen ward.
Rasch hatte Kriemhild ihm ihre Neigung offenbart.

Den Freunden zu Liebe blieb der Held am Rhein.
In keinem anderen Lande könnte ihm wohler sein
als dort bei den Burgunden. Ich glaube, es geschah,
weil er die schöne Kriemhild täglich jetzt bei Hofe sah.

- Als Gunther beschließt um Brunhilde zu freien, rät Hagen auch hier Siegfried als Helfer mit auf die Reise zu nehmen. Hagen will Siegfried dabei und so unter Kontrolle haben. Der Dichter zeigt wieder einen wissenden Hagen, der mit seinem Wissen auch die Zuhörer und Leser einbindet, die die anderen Sagen mit ihren anderen Inhalten kennen. Siegfried/Sigurd kennt Brünhild eben, weil er schon einmal als ihr Freier in Island war. Siegfrieds Dienst ist überhaupt kein Lehnsdienst, sondern eine Forderung nach Kriemhild, die Gunther gern gewährt. Diese Liebe gleicht daher eher einem Tauschgeschäft (331/ 333):

»Steht's so, dann will ich raten«, sprach dazu Hagen,
»bittet doch Siegfried mit Euch zu tragen
die Last Eurer Sorge; das ist hier mein Rat,
da er so gute Kunde von Brünhilds Tun und Wesen hat.«

»Ich bin bereit«, sprach Siegfried, König Siegmunds Sohn,
»gibst du mir deiner Schwester Hand dafür zum Lohn,

der schönen Kriemhilde, der edlen Königin.
Dann steht mir für mein Mühen nach keinem andern Dank der Sinn.«

- Es ist Siegfried, der die Reisetruppe nach Isenstein/Island für Gunther zusammenstellt. Ein von vielen Philologen völlig unbeachteter und entlarvender Aspekt. Nicht König Gunther legt fest, wie man vorgehen will und wer an der Reise teilnehmen soll, sondern Siegfried. Schon jetzt hat Siegfried die Macht am Hofe übernommen und dies setzt sich anschließend fort. Siegfried stellt die schlagkräftig Kerntruppe zusammen. Damit gleicht dies den Evangelien, bei denen Jesus in einigen Episoden auch nur in der Begleitung seiner drei Jünger Petrus, Jakobus und Johannes auftritt. »In recken wise« deutet entgegen anderer Mutmaßungen nicht auf ritterliche, sondern auf gerüstete, kriegerische Absichten hin. Ritterlich oder minniglich ging es folglich dann auch nicht zu, wenn man den Kampf und den mehrfachen Betrug zugrundelegt, sondern vor allem kämpferisch. Siegfried spricht zu Gunther und den andern (342):

»Der Gesellen bin ich einer, du sollst der zweite sein,
der dritte, das sei Hagen – zum Heil wird's uns gedeihn –
der vierte, das sei Dankwart, der beherzte Mann:
Keine tausend andern bestehen uns im Streite dann.«

- Siegfried bietet sich an, als Vasall Gunthers vor Brunhild aufzutreten. Das ist ein Baustein aus der Sigurdsage, in der sich Sigurd und Brunhild gar die Ehe versprochen hatten. Hier sind sie sich jedoch noch nie begegnet. Es scheint auch noch niemandem aufgefallen zu sein, dass diese Täuschung eigentlich hier gar keinen Sinn macht. Doch dies verrät einen genialen Zug des Dichters: Hier bereitet er den späteren Königinnenstreit vor, der zur Ermordung Siegfrieds führt. An dem angeblichen Vasallenstatus eines Christus als Sohn Gottes, der später verleugnet wird, indem er selbst durch die Kirche zu einem Gott erhoben wird, entzünden sich der Streit zwischen einer Kirche, die sich als Vertreterin auf gleicher Stufe sieht und

Andersgläubigen. Erst das Abrücken vom Monotheismus lieferte genügend Zündstoff für die Ansprüche und Kämpfe gegen Juden, Muslime und einem anderen Teil des Christentums (u.a. Arianer). Siegfried weist widersprüchlich gleichzeitig darauf hin, dass er nicht als Vasall helfen will, sondern dass er dies freiwillig und aus eigenen Stücken tut. Herrschaft hat nicht immer der, der als Herrscher angesehen wird, sondern vielmehr der, der die Macht in den Händen hält (388):

Nicht für dich«, sprach Siegfried, »gelobt ich, was ich tu.
Für deine schöne Schwester bin ich bereit dazu.
Die ist mir wie die Seele und wie mein eigen Leib:
Ich will es gern verdienen, dass sie werde mein Weib.

- Was nicht gesehen wird, ist auch der markante Unterschied, den der Dichter zwischen Siegfried und Gunther einerseits und Hagen und Dankwart andererseits sieht. Ein Unterschied, wie er bezeichnender nicht sein könnte: Die beiden Erstgenannten reiten auf weißen Rössern und in weißen Gewändern, die Letztgenannten in schwarzer Kleidung und auf schwarzen Rössern. Bei beiden eine Gleichstellung und ein Unterschied zu den beiden anderen. Schwarz könnte man auch als die Farbe der Trauer interpretieren, wenn man über die konkrete Szene hinaus blickt. Siegfried beweist auch hier wiederum sein Unverfrorenheit. Welcher Verwandte oder Freund wäre so stillos bei einem feierlichen Anlass das Gleiche zu tragen, wie die Hauptperson – hier der Freier? (399/402)

Völlig gleichermaßen war ihnen, wie erzählt,
von schneeweißer Farbe Ross und Gewand gewählt,
in nichts unterschieden. Ihrer Schilde Rand
blickten hell und leuchtend in der edlen Helden Hand.

Mit ihnen kam Dankwart und auch Hagen.
Die beiden Recken trugen – so hören wir sagen –

von rabenschwarzer Farbe ein kostbares Kleid
Schön waren ihre Schilde, zuverlässig, fest und breit.

➢ Als die Werbetruppe vor Brunhild erscheint, spielt der Dichter auf andere Sagen an, bei denen Brünhild und Siegfried sich kannten und sich sogar ein Eheversprechen gegeben hatten. So wird auch auf eine andere Sagen angespielt oder eben unterstellt, dass Brunhild weiß, dass sie nur dem Stärksten unterliegen wird. Da sie nur etwas von Siegfried weiß bzw. gehört hat, gilt diesem von Anfang an ihr Interesse. Sie glaubt sich allerdings auch diesem Stärksten noch überlegen. Obwohl Brünhild doch Siegfried entweder neutral oder den Sagen folgend sehnsüchtig erwarten müsste, verblüfft sie mit ihrer Aussage. Damit verabschiedet sich der Dichter so nebenbei auch von Interpretationen hinsichtlich Eifersucht. Ehen waren damals keine Liebesaffären, sondern Machtbündnisse und deren Gestaltung. Das gilt sogar erst recht für Kriemhild, die sich über ein Jahr Zeit lässt, bevor sie überhaupt ihr Interesse an Siegfried entdeckt – nachdem dieser im Sachsenkrieg kriegerisch glänzen konnte – und die sich letztlich nur über die Machtstellung ihres Siegfried definiert. Was wäre schließlich die Kirche ohne einen Fahnenträger Christus? Die Strophe enthält allegorisch auch die Sicht des Islams (416) auf das aufmarschierende Christentum mit seinen Kreuzzügen. Brunhild steht eben nicht explizit für die Synagoge, wie Kreis es sieht, sondern für etwas anderes, wie wir noch sehen werden (438). Sie will sich in jedem Fall dieses Siegfrieds erwehren und ihm kämpfend »an den Leib gehen«. Sie will sich keinem Christus unterwerfen. Hagen steht für das Judentum, aber mit Brünhild verbindet ihn noch nichts. Erst der Verrat an ihr, bringt ihn an ihre Seite. (416/438)

Da sprach des Landes Fürstin: »Nun bringt mir mein Gewand!
Und ist der starke Siegfried gekommen in mein Land
um meiner Minne Willen, das geht ihm an das Leben.
Aus Furcht will ich nimmer ihm zum Weibe mich ergeben.«

Als der starke Hagen den Schild bringen sah,
in bitterem Unmut sprach der Tronjer da:
Wie nun, König Gunther? Jetzt geht's uns an den Leib.
Die ihr begehrt zu minnen, sie ist des bösen Teufels Weib.«

- Im Kampfgeschehen wiederholt Hagen seine abwertende Einschätzung und bestätigt damit seine Distanz zu Brünhild. Diese Aussagen erklären, warum zwischen Hagen und Brünhild keine seelische, glaubensbedingte Verwandtschaft vorliegt und auch nie erreicht werden kann. Nur die Frage nach der Ehre des Hofes und das Staatsinteresse sind für Hagen Leitlinien und der Dienst an seinem König und seiner Königin. (450)

»Weh mir«, sprach Hagen, »welch eine Königsbraut!
Sie wäre in der Hölle dem Teufel besser angetraut.«

- Siegfried hilft unsichtbar unter der Tarnkappe Gunther im Kampf. Wichtig ist zu erkennen, dass die Tarnkappe nur im Hellen (Dreikampf) tarnt; im Dunkeln (Brautkampf) besitzt sie keine Kraft – weil sie vermeintlich nicht gebraucht wird, um unsichtbar zu machen, hat sie dann auch keine Kraft. Nur die Täuschung vermag also Kraft zu verleihen! Das ist aus Sicht des Dichters der Kern der christlichen Theologie. Das Christentum missionierte vor allem bildlich. Mit Skulpturen und Bilder versuchte man seine Botschaft darzustellen und nicht zuletzt die Abbildung von Heiligen und das präsentieren sogenannter Reliquien sollte dem Glauben im wahrsten (oder falschesten) Sinn des Wortes Gestalt geben. Das sollte man sehen, weil es niemand bislang so sieht! Wenn man nun dabei an Religion denkt: Blenden kann man auch nur mit (imaginären) Licht, in der Dunkelheit sind keine Täuschungen möglich. Genau dies verrät der Dichter später mit seinem nächtlichen Brautkampf, bei dem die Tarnkappe eben keine körperliche Überlegenheit Siegfrieds herzaubern kann. Siegfried führt unter der Tarnkappe den Kampf an Stelle Gunthers. Dieser ist von da ab als Herrscher die Marionette, die er im Kampf abgibt (464):

Siegfried war hochgewachsen, kräftig und jung.
Den Stein warf er weiter und übersprang den Sprung.
Die Kunst seiner Kappe gab ihm Kraft genug,
dass er noch im Sprunge König Gunther mit sich trug.

- Der Dreikampf ist ebenfalls eine Erfindung des Nibelungendichters. Brunhilde hat den Wettkampf zwar verloren, will aber nicht sogleich mit nach Worms reisen. Ihr Gefühl sagt ihr wohl, dass da irgendetwas nicht stimmen kann. Sie hofft durch Zeitgewinn hinter dieses Geheimnis zu kommen. Doch Siegfried möchte ihrer List vorbeugen und holt vorsorglich seine Kämpfer aus dem Nibelungenreich um sie gefügig zu machen. Siegfried rudert, treffender: taucht in den Mystizismus, um Kräfte aus der Geisterwelt in die diesseitige zu holen. Er mobilisiert die Nibelungen. Vielleicht könnte man hier auch sagen: die Welt der alten Juden, indem er die Glaubenskraft der Propheten für seine Zwecke einspannt. Gewagt, gewiss, aber besser einmal so gedacht als gar nichts gedacht. Der Dichter verweist schließlich auf die Kraft des Hortes und die rührt aus dem alten und für Juden einzig wahren Glauben. Der materielle Hort war für die Juden einst die Bundeslade, aber der immaterielle Hort existierte für sie noch immer, seit sie Titus aus dem Jerusalemer Tempel geraubt und nach Rom gebracht hatte. Dieser Glaube an den Hort/Schatz eines göttlichen Schutzes schaffte schon zu Zeiten Moses, Sauls und Salomons Gefolgsleute. Der Hinweis auf einen materiellen Schatz wäre unsinnig, da Siegfried schließlich nicht mit Gold und Geschmeide zurückgerudert ist, sondern mit seiner Macht, die ihm der Hort verlieh (484):

Er fuhr den Rest des Tages und in der einen Nacht
wohl hundert lange Meilen und mehr mit großer Macht.
An eines Landes Küste lenkte er die Fahrt
zu den Nibelungen: Dort lag sein großer Hort bewahrt.

- Hagen weigert sich nach erfolgreicher Werbung, als Bote nach Worms zu reiten. Der Dichter zeigt, die Selbstständigkeit seines Protagonisten. Siegfried übernimmt es, den Erfolg in Worms zu vermelden. Nach dem Eintreffen Gunthers mahnt Siegfried nun auch die Übergabe seiner Braut an. Gunther bemüht sich deshalb bei Kriemhild. Erstaunlich, was da eine verliebte Kriemhild zum Besten gibt. Ein unbedachter Hörer oder Leser hätte zum Schluss kommen müssen, dass für sie nur Siegfried in Betracht käme. Aber das Bild passt zu einer Kirche, die stets unterwürfig war, solange ihr Machtstellung nicht gesichert war. Ein römischer Kaiser Konstantin diktierte 325 das Glaubensbekenntnis von Niccäa, das gewiss nicht der Auffassung der versammelten Bischöfe entsprach, aber bis heute gültig ist. Kein Kleriker machte vor dem 11. Jahrhundert einem König streitig, dass es sein Recht sei, Bischöfe ein- und abzusetzen. Das änderte sich im Laufe der Geschichte.

Kriemhild/Kirche verhalten sich dementsprechend und zunehmend anmaßender. Dahinter steht die Tatsache, dass um 400 noch keineswegs feststand, welches Christentum denn im Bereich des ehemaligen Westroms und damit bei den Germanen vorherrschend sein würde. Alle germanischen Könige waren Anhänger des arianischen Christentums geworden, nur die Franken ließen sich für den Katholizismus gewinnen. Arianer erkannten in Jesus keinen Gott, sondern nur einen Propheten. Darin gleichen sie dem Islam. Der Katholizismus erfand dagegen die göttlich geteilte und doch vereinte Dreieinigkeit oder Dreifaltigkeit. Da das Volk in germanischen Zeiten bis ins später Mittelalter hinein, dem Glauben des Herrschers folgte bzw. dieser seinen Anspruch so verfocht, war die Frage entschieden nachdem die Franken ihre Nachbarvölker unterworfen hatten. Erst die Neuzeit brachte die Überzeugung, dass Religionsfreiheit unabhängig von der Religion eines Herrschers zu gewähren sei. Damals: Franken, Rom, Katholizismus – für Kaiser und Päpste waren ihre künftige Konflikte jedoch mit diesen Siegen vorgezeichnet. Noch nie hat sich die Aufteilung der Macht zwischen zwei Gleichberechtigten bewährt (613):

Da sprach die junge Fürstin: »Ihr lieber Bruder, sollt
mich niemals bitten müssen. Was Ihr gebieten wollt,
das will ich stets erfüllen, als eine liebe Pflicht.
Wen ihr mit wählt zum Gatten, dem verweigere ich mich nicht.

➢ Brunhild zeigt sich standesbewusst und kann sich nicht erklären, warum Gunther seine Schwester einem Vasallen/Eigenmann zur Frau gegeben hat. Es muss darum ein Geheimnis geben. Drei Strophen in Folge (Verse 620 – 622). Das Weinen muss uns heute schon befremdlich erscheinen, die damaligen Zuhörer oder Leser kannten aber auch die Sagen, in denen Sigurd/Siegfried Brünhild die Heirat versprochen hatte und mit ihr geschlafen hatte. Doch Brunhild weint nicht deswegen, sondern weil sie in Siegfried einen zu niedrig stehenden Vasall sieht. Welche Frau würde alleine weinen, weil eine andere einen unpassenden Mann geheiratet hat? Der Dichter muss den Gedanken an Eifersucht ganz bewusst streichen. Die fehlende Eifersucht musste eher schlecht als recht durch einen Standesdünkel der Brunhild ersetzen. Deshalb wirken die Tränen für damalige und auch heutige Menschen nur wenig überzeugend. Immerhin war Kriemhild schließlich auch durch Siegfried Königin von Xanten und damit auch unter Standesgesichtspunkten alles andere als bedeuernswert – selbst wenn Siegfried tatsächlich gleichzeitig auch nur ein Vasall Gunthers gewesen wäre. Bedrängt mus Gunther gibt zu, dass es da etwas Geheimgehaltenes gibt (620/621):

Wohl hab ich Grund zum Weinen«, sprach da die schöne Maid.
»Um deine edle Schwester ist's mir von Herzen leid,
dort sehe ich sie sitzen bei deinem Eigenmann.
So sehr ist sie geschändet, dass ich nur weinen kann.«

Da sprach König Gunther: »Schweigt still davon für heut'.
Ich will's Euch offenbaren, zu gelegener Zeit,
warum ich meine Schwester zum Weibe ihm gegeben.
Mit Freude kann die Schöne an Siegfrieds Seite immer leben.«

- Doch der Dichter muss an seiner Motivzuweisung festhalten und steigert die Konfliktbereitschaft Brünhilds. Jetzt ist sie noch überzeugter, einen Grund zu haben, den Beischlaf zu verweigern. Ein tiefes Misstrauen hat sie erfasst und sie fordert vom unbedarften König eine Rechtfertigung (622):

»Wie jammert mich ihr Liebreiz, ihre edle Sittsamkeit!
Wüsst' ich, wo mich verbergen, ich flöhe von euch weit,
dass ich mit Euch das Lager niemals teilen müsst,
solang' Ihr mir verschweigt, warum sie Siegfrieds Liebchen ist.

- Mit der Gewissheit, dass es da ein Geheimnis gibt, zeigt Brunhild ihre Stärke und hängt den gefesselten Gunther in der Brautnacht deswegen auch einfach an die Wand, um seinem Liebeswerben ein Ende zu setzen. Jetzt weiß sie, dass sie in den Kämpfen betrogen worden war. Auch dies ist eine der zahlreichen Erfindung des Dichters und geht auf keine Vorlage zurück. Vielleicht kann man darin auch eine Anspielung auf die Situation der Kreuzritter und der Kreuzfahrerstaaten sehen. Sie konnte niemals ganz Palästina erobern, sondern blieben quasi in ihren Burgen nahe am Meer hängen. Man kann sich auf Gott berufen, aber wer sich in den Dienst der Kirche stellt, erlangt deshalb noch lange keinen Sieg, sondern bleibt dennoch hängen oder stecken – wie man es sehen will.(637)

Mit dem Gürtel band sie den Fuß ihm und die Hand,
trug ihn zu einem Nagel und hängte ihn an die Wand,
um ledig seiner Minne zu ruhen in der Nacht.
Fast hätte sie dem König mit ihrer Kraft den Tod gebracht.

- Gunther bleibt nichts anderes übrig, als Siegfried nochmals um Hilfe zu bitten. So baten anfänglich auch Herrscher um die Hilfe eines christlichen Gottes und der Kirche, die sie legitimieren sollte (von Gottes Gnaden), indem sie nach Krönungen durch die Päpste strebten und erkannten zu spät, wie sehr sie damit abhängig und schließlich in ihrem Rang bedroht wurden. Sie alle waren in eine Legitimationsfalle geraten und damit erpressbar geworden. Mit dem Beginn des Investiturstreits wurde die Vorherrschaft der weltlichen Herrscher in Frage gestellt und ließ die Kirche letztlich obsiegen. Die Folgen bestehen bis heute. Zu spät bemerkt Gunther, dass er sich in diese Falle begeben hat. Ohne kirchlichen Beistand und Absegnung, durch Exkommunikation, wie sie in der Geschichte von Päpsten gegen Könige und Kaiser mehrfach auch ausgesprochen wurde, geriet jeder Herrscher in erhebliche Schwierigkeiten. Die Menschen glaubten schließlich, dass Päpste über Heil und Hölle, ewiges Leben oder ewige Qualen entscheiden könnten. Die Herrscher hatten das Christentum etabliert und waren damit fortan dem Wohlwollen der Päpste mehr oder weniger ausgeliefert. Der Dichter setzt Siegfried mit den Worten Gunthers Grenzen und grenzt sein Epos damit von anderen Sagen ab. Damit macht sich Kriemhild später nicht nur einer Beleidigung, sondern auch einer Verleumdung schuldig(655):

»Mir ist's genehm« sprach Gunther, »hilfst du so freundlich mir.
Des Eheherren Rechte allein verbiet ich dir.
Sonst sei dir's überlassen; Leben selbst und Leib.
Magst du ihr straflos nehmen, so furchtbar scheint mir jetzt dies Weib.«

- Und so siegte Siegfried hier doch auf keusche Weise. Siegfried siegt, aber er schafft keinen Frieden. Sein Kraftsieg entlarvt Kriemhilds Aussage, dass Brunhild von Siegfried entjungfert worden sei, zur definitiven Lüge. Das Christentum hat dem Islam oder anderen Nicht- und Andersgläubigen eben nicht die Ehre nehmen können. Ein moralischer Sieg des Christentums ist in sich eine Lüge. Aber auch schon das Niederwerfen und die Gewaltanwendung gegen jemand anderen und Höhergestellten verstößt gegen die Ehre. Schon deshalb und im Hinblick auf die Schwere der Tat, die den Herrschaftsfrieden bedroht, ist und wird die Tötung des Usurpators gerechtfertigt. Erst recht, wenn dies auch noch öffentlich kundgemacht wird. Kriemhild wird deshalb zu recht auch die Leiche Siegfrieds vor ihre Kemenate gelegt. Eine direkt gesittete Geste im Gegensatz zur Thidreksage, wo man die blutige Leiche Siegfrieds neben die schlafende Kriemhild ins Bett wirft. Viele Autoren haben diese Geste gar nicht verstanden. Siegfried ringt mit äußerster Mühe Brunhild nieder. Stellen wir uns schon hier vor, dass dieses Geschehen den Kampf zwischen dem christlichen Katholizismus/ Siegfried und dem griechisch-orthodoxen Christentum/Brunhild, wie es durch Konstantinopel repräsentiert wird, ausmalt:

Ihr ungestümer Wille an seiner Kraft zerbrach.
Der König hörte alles, wiewohl der Held nicht sprach.
Er drückte sie aufs Lager. Da schrie vor Schmerz sie laut
unter Siegfrieds Griffen König Gunthers starke Braut.

- Der Dichter erlaubt sich ausdrücklich auf die noch immer so verbliebene Jungfrau hinzuweisen. Siegfried hat sie nur gewaltsam für Gunther gefügig gemacht. Seine Gegnerin hat er nicht gänzlich besiegt, wie auch die Kreuzfahrer immer wieder feststellen mussten, dass ihre Siege nicht vollständig waren. Das sollte man nicht überlesen (679):

Die Jungfrau ließ er liegen; er selbst trat rasch zur Seit,
als dächte er abzulegen eben nur sein Kleid.
Einen Ring von Golde zog er von ihrer Hand
so heimlich und behutsam, dass sie nichts davon empfand.

- Der Kampf ist beendet und der Dichter lässt rätseln. Allerdings erkennt er mit Recht, dass es nicht nur Diebstahl, sondern durch die Gewaltanwendung eben ein Raub war, wie der Dichter zu Recht feststellt. Einen Rechtsanspruch auf die wertvollen Gegenstände – Ring und Gürtel – hatte er gewiss nicht durch seinen Sieg rechtmäßig errungen. Geschmacklos war zudem, dass er später sein Beutegut seiner Kriemhild schenkte. Deshalb kam es ja noch schlimmer (680):

Er raubte ihr auch den Gürtel, ein schön gewirktes Band.
Nahm er's als Preis des Sieges mit übermütiger Hand?
Dass er ihn Kriemhild schenkte, büßt' er mit seinem Leib.
Jetzt lagen bei einander Gunther und sein Weib.

- Siegfrieds Nachtausflug blieb vor Kriemhild nicht unbemerkt. Irgendwann, aber erst nach ihrer Abreise nach Xanten ins Reich Siegfrieds überreichte er seinen Raub, aber mit welchen Worten er das tat, wird nirgends offenbart (684):

Er wehrte, was Kriemhild zu fragen ihn gedacht,
auch barg er vor ihr lange, was er ihr mitgebracht.
Wie es sein Schicksal wollte, gab er's ihr doch zuletzt,
als er in seinem Lande die Krone ihr aufs Haupt gesetzt.

- Der Dichter wechselt immer zur Vorausschau. Dies verstärkt den Eindruck einer Zwangsläufigkeit, die durchaus dem geschichtlichen Geschehen angemessen scheint.

Kriemhild will bei der anstehenden Abreise auch Hagen als ihren Gefolgsmann mit nach Niederlande nehmen. Der Dichter lässt Hagen nicht einfach ablehnen, sondern er verpasst ihm – wie auch an anderen Stellen – Zorn oder Grimm. Das sind immer deutlich erkennbare Zeichen für Grenzüberschreitungen und nicht nur Nebensächlichkeiten. Juden haben in der Herrschaftshierarchie einen Sonderstatus auf dem Hagen auch hier beharrt (698/699):

Hagen und auch Ortwin lud da Kriemhild ein,
mit ihrer Sippe sollten sie ihre Mannen sein.
Da brauste auf Herr Hagen, und rief im Zorn entbrannt:
»Keinem hier auf Erden überträgt uns Gunthers Hand.

Fragt anderes Gesinde, ob es mit Euch geht.
Ihr solltet es doch wissen, wie's um uns Tronjer steht:

Am Hofe unserer Herren bleiben wir am Rhein.
Wir waren ihre Mannen und wollen es noch länger sein.«

- Zehn Jahre gehen ins Land, Kriemhild und auch Brunhild haben inzwischen Söhne; doch das Geheimnis ihrer Niederlage lässt Brunhild keine Ruhe.. Brunhild ist sich sicher, dass Gunther nie der Stärkste gewesen sein konnte, der sie im Kampf besiegt hatte. Auch wenn sie nun sein entjungfertes und geschwächtes Weib geworden war. Auch die Kreuzzugritter trafen zunächst nur auf einen schwachen Islam und ein dauerhaft geschwächtes Konstantinopel. In damaliger Sicht – aus Sicht des älteren Konstantinopel und des damals jedoch noch nicht herrschenden Islam – war das römische Christentum jedoch minderwertig, da seine Ritter und Pilger vor allem nach Beute und Landgewinn strebten. Erst im Rückblick aus der Zeit der Niederschrift um das Jahr 1200 erschließt sich die Sicht auf den Islam (724/725):

Alle Zeit geschah es, dass Frau Brünhild sann:
»Wie geht es zu, das Kriemhild so stolz sich brüsten kann?
Ist Siegfried denn, ihr Gatte, unser Eigen nicht?
Uns blieb der Recke schuldig allzu lange Dienst und Pflicht.«

Dies nagte ihr am Herzen, wenn sie's auch klug verschloss.
Dass sie sich ferne hielten, das war's, was sie verdross,
und dass nicht Schatz noch Steuer kam aus Siegfrieds Land.
Wie man das dulden konnte, hätte gerne sie erkannt.

- So wurde die Einladung vom Wormser Hof nach den Niederlanden in Siegfrieds Reich gesandt. Hagen lässt erkennen, dass der Hort mehr als nur eine materielle, sondern auch eine immaterielle, »nibelungische«, eine unerschöpfliche, eine nicht fassbare Seite hat (774/805):

»Der hat leicht zu schenken«, hub der Trojner an.
»Und sollt er ewig leben, er hätt's noch nicht vertan.

Den Hort der Nibelungen hält er in seiner Hand.
Hei, käme der am Ende zu uns in der Burgunden Land.

Zwölfhundert Recken saßen beim Mahl um ihn im Ring.
Im Herzen dachte Brunhild: »Das ist ein seltsam Ding,
wie dieser Lehnsmann auftritt gleich einem mächtigen Herrn.
Noch war sie ihm gewogen und gönnte ihm alle Ehren gern.

➤ Der Streit der Königinnen, die sich aus den Stellungen ihrer Männer ergibt, nimmt folglich seinen Anfang. Wenn man dies allegorisch sieht, dann ist dies der Streit um den richtigen Glauben – zwischen Ecclesia und Synagoga (wie Kreis es sieht) – oder zwischen dem römischen Katholizismus und dem byzantinischen Christentum (wie ich es sehe). Kriemhild lässt nur die Herrschaft ihres Siegfrieds und damit auch ihre gelten. Das war in der Glaubenswelt eine vollkommen neue und intolerante Haltung und deshalb auch unverständlich für andere, wie überheblich sich das Christentum gab. Das galt anderen Religionen gegenüber, aber auch innerhalb des Christentums. Es gab nicht nur zahllose Sekten, sondern auch die beiden Großkirchen mit einem katholischen Rom und einem orthodoxen Konstantinopel standen sich seit ihren formalen und durch gegenseitige Bannflüche dogmatisierten Spaltung unversöhnlich gegenüber (815/816):

Die Königinnen hatten zusammen sich gesetzt;
eines Helden dachte eine jede jetzt.
Da sprach die schöne Kriemhild: »Ich habe einen Mann,
ihm stände wohl die Herrschaft in allen diesen Reichen an.«

Brünhild erwidert: »Wie könnte das wohl sein?
Wenn niemand anders lebte als er und du allein,
dann möchten Reiche in seiner Herrschaft stehn,
doch noch lebt König Gunther: solange kann es nicht geschehen.«

➤ Brunhild weist Kriemhild darauf hin, dass Siegfried sich selbst bei der Werbung Gunthers als dessen Vasall ausgegeben habe. Die Ehre gebietet es stets, dass man sich nach Namen und Stand, eben standesgemäß vorstellt. Das hat Gewicht und zeigt auch hier, dass Siegfried kein Ehrenmann ist. Dieser Lüge hätte es nicht bedurft, um Gunther dennoch hilfreich zur Seite zu stehen. Brunhild muss davon ausgehen, dass Gunther ihre Minne gewann, während Siegfried selbst nur als Untertan anwesend gewesen wäre. Kriemhild verdrängt einfach, was Brunhild ihr standesgemäß entgegenhält und sieht sich gleichwohl als überlegen an. Kriemhild verwahrt sich dagegen, dass sich ihr Siegfried und damit auch sie als seine Gattin als Vasallen ausgegeben habe. Die Romkirche sieht sich eben nicht als Vasallin, sondern als Stellvertreterin Christi, eher noch ihres bzw. eines Gottes (821/822):

Und da er meine Minne so ritterlich gewann,
da nannte Siegfried selber sich Gunthers Eigenmann.
Drum nehm ich den für unfrei, der selbst sich dafür gibt.«
»So wäre,« rief da Kriemhild, »schwerer Schimpf an mir verübt.«

- So treffen schließlich beide Frauen durch dieses Vorgeplänkel übellaunig vor dem Dom wieder aufeinander und wollen angesichts ihres Gesindes die Vorrangfrage endgültig klären. Dass der Begriff Kebse mit Hure gleichzusetzen ist und Kriemhild damit behauptet, Siegfried habe Brünhild entjungfert, sei nur klarstellend erwähnt. (840)

»Wen schildst du hier Kebse?« fragte des Königs Weib.
»So schelt' ich dich«, sprach Kriemhild. »Denn deinen schönen Leib
umarmt' als erster Siegfried. Es war in jener Nacht
wahrlich nicht mein Bruder, der zum Weibe dich gemacht.

- Kriemhild will ihre Aussage beweisen und zeigt den gestohlenen Ring, den Brunhild bereits als gestohlen oder als verloren ansah. Kriemhild setzt noch eins drauf und zeigt auch den Gürtel, womit wir endgültig im Bereich einer unziemlichen Erotik angelangt sind.

Ein Damengürtel diente nicht dazu die Taille enger zu schnüren, sondern hing lose bis in den Schritt hinab. Ein derartiger Gürtel war ein kostbares Schmuckstück. Ring und Gürtel haben nur in dieser Szene ihre Bedeutung. Diese Doppelgabe hat keine Vorlage in den Sagen. Der Dichter spielt damit jedoch auch auf den Reichtum des Orients und mit Ninive auch auf die Jona-Legende an. Gott bestand danach darauf Jona im Maul eines Fisches zu seinem Missionsort Ninive zu transportieren. Bei Konstantinopel/Brunhild steht damit womöglich mehr auf dem Spiel: Kultur und Handel wurden bedroht und geraubt. Kriemhild lügt erneut, indem sie behauptet, Brunhild sei Siegfrieds Weib geworden (849)

Ihr erwidert' Kriemhild: »Mich machst du nicht zum Dieb.
Geschwiegen hättest du besser, wäre dir die Ehre lieb.
Ich erweis' es mit dem Gürtel hier um meinen Leib,
dass ich nicht gelogen: Du warst meines Siegfrieds Weib«.

➢ Der berühmte Skandal ist da und Siegfried wird mit der Aussage seiner Gemahlin konfrontiert. Dass der Gürtel auch nur der rechtmäßigen Trägerin Kraft verliehen hat, sieht man daran, dass Siegfried seine Frau anschließend verprügeln konnte. Wäre die Kraft des Gürtels auf Kriemhild übergegangen, hätten sich die Hörer oder Leser auf einen weiteren Kampf mit spannendem Ausgang freuen können. Dass Kriemhild sich freiwillig hätte verprügeln lassen, darf man verneinen, da Macht immer auch ausgeübt sein will. Keine Macht der Welt stellt sich von sich aus selbst in Frage. Dass Siegfried geschwatzt haben musste oder durch die Geschenke seine Treuepflicht verraten hatte, indem er die Königin beraubte, dürfte klar geworden sein. Doch Siegfried muss – dank des Eingreifens Gunthers – überhaupt nichts schwören und schon gar nichts, was belastend hätte sein können. Viele Philologen und Autoren wollen hier einen Eid geleistet sehen, den der Dichter jedoch mit dramatischer Geste bewusst verhindert. So gesehen: Auch ein Jesus wendet sich in seiner Botschaft gegen das Schwören (858/868):

»Hat sie's gesagt«, sprach Siegfried, »so büßt sie nach Gebühr.
Ich strafe ohne Schonung mein Eheweib dafür.
Dir bin ich vor den Mannen zur Rechenschaft bereit.
Dass ich's ihr nicht gesagt hab, bezeug' ich dir mit hohem Eid.«

Schon erhob zum Eide der Held die rechte Hand,
da sprach der mächtige König: »Mir ist zu wohl bekannt,
dass ihr nicht schuldig sein könnt; drum leiste ich Verzicht.
Wes Kriemhild Euch bezichtigt, ich weiß es wohl, ihr tatet's nicht.«

➢ Egal, wie man es dreht, durch das Verhalten Kriemhilds sind Gunther, aber vor allem Brunhild entehrt. Es gab keinen Grund für diese öffentliche Majestätsbeleidigung. Entweder hat Kriemhild ihre Aussage erfunden (was der Text schließlich nahelegt) oder es gab doch mehr als bisher bekannt wurde. Dass Siegfried unritterlich seine Frau verprügelt, sei nur klarstellend erwähnt – auch wenn man dies als zeitgemäßen ehelichen Umgang ansehen möchte. Auch aus seiner Sicht hat sie sich in jedem Fall zu viel erlaubt. Auch ein Christus hätte wohl schon damals gerne die sich auf ihn berufende Kirche verprügelt – wenn ihm da nicht seine eigene Friedensbotschaft im Wege stünde.

Hagen sieht das Verhängnis eines in seinem Ruf geschädigten und somit geschwächten Königs am deutlichsten und meldet sich kompromisslos. (siehe dazu unten bei Hebbel/867) Interessant ist, dass auch Kriemhild schon als Königin von Burgund vorgestellt worden war, aber spätestens durch die Heirat mit Siegfried auch Königin von Xanten geworden war. Hagen erkennt aber nur in Brunhild die Königin. Eigentlich müsste man erwarten, dass er als Vasall nicht in einen Streit zweier Höhergestellten eingreift. Seine Parteinahme ist jedoch Ausdruck der Loyalität und Anteilnahme für seinen König und seinen Staat (867):

»Sollen wir den Kuckuck zieh'n in unserem Nest?«
sprach Hagen. »Der lebt ehrlos, der das geschehen lässt.

Mit meiner lieben Herrin Gunst hat er geprahlt.
Ich will selber sterben, wenn er's nicht mit dem Leben zahlt.

- Hagen lässt nicht locker und schließlich willigt Gunther in die Tötung ein. Hagen nimmt allein die Verantwortung auf sich und bindet Kriemhild in einen Verrat ein. Die eigentlichen Herrscher Gunther und seine Brüder zeigen ihre Feigheit, indem sie der Friedensstörung nichts entgegensetzten. Auch hier verrät Kriemhild Siegfried – wenn auch arglos. Dass die Kirche Christus verraten habe und noch heute verrät, kann man immer wieder hören oder lesen. Darum dreht sich von Anfang an auch der Streit um eine arme Kirche, deren Auftreten dieser Botschaft geradezu spottet und damit verrät. Kriemhild glaubt ihren Gatten Siegfried unverzichtbar und nahezu unverletzlich (899):

»Kühn ist mein Gatte und dazu stark genug.
Als er einst am Berge den Lindwurm erschlug,
badete er im Blute; seitdem ist er gefeit,
dass ihn keine Waffe mehr versehren kann im Streit.«

- Der Dichter gibt noch einen Einblick in Siegfrieds Charakter. Dieser ist maßlos und ungestüm, wie sein Verhalten bei der Jagd zeigt. Nicht nur, dass er einen Löwen und einen Bären erledigt, auch ansonsten bleibt kein Wild verschont. Das ist nicht nur die männliche Verhaltensweise, sondern übersteigert diesen Geltungsdrang, wie durch die Bedenken der anderen Jäger deutlich wird. Was in den Worten des Dichters als Scherz daherkommt, ist in Wahrheit bitterer Ernst. Das Christentum hat bedrohliche Ausmaße und Ansprüche (940):

Drum sprachen seine Jäger: »Könnt es mit Fug sich geben,
so lasst uns, edler Siegfried, noch etwas Wild am Leben,
sonst macht ihr uns ja heute leer Gebirg' und Tann'.«
Der Scherz behagte Siegfried, dass zu lachen er begann.

- Bekanntlich blieb Siegfried an einer Stelle verletzlich. Dort näht Kriemhild auf Anraten Hagens dann ein Kreuz (!) auf die Stelle, an der Siegfried doch verwundbar blieb. Wir befinden uns in der Zeit der Kreuzfahrer. Wer sich im Namen Christi den päpstlichen Aufforderungen zur Eroberung des Heiligen Landes anschloss, ließ sich ein Kreuz auf seine Kleidung nähen. Damit sollte ein gewisser Schutz für ihn verbunden sein. Der Dichter macht auch das Ausmaß der Gewalt deutlich, dass seine Zeit und Zeugen prägte. Zum monierten Einwand einiger Autoren: Dass das Kreuz auf den Kampfanzug genäht worden sei, Siegfried bei der Jagd aber ein anderes Gewand getragen haben würde, muss kein unverzeihlicher Irrtum des Dichters sein und man kann diesen Einwand vernachlässigen, wenn man davon ausgeht, dass Hagen gesehen hat, an welcher Stelle Kriemhild das Kreuz aufnähte. Die Botschaft des Dichters: Die Kirche hat Christus (und damit seine Lehre) verraten. Der Mord ist auch in den Augen des Dichters ein Frevel. Aber da er nirgends lobt, tadelt er auch nirgends. Das Schicksal ist nicht moralisch – weder nach germanischer noch nach jüdischer Denkart. Der Leser soll sich seinen eigenen Reim darauf machen. Es geschah nämlich in Notwehr – und war – richtig gesehen – alternativlos (981):

Und wie jetzt Siegfried trinkend kniete an der Flut,
traf er ihn durch das Zeichen, dass seines Herzens Blut
weit aus der Wunde spritzte an Hagens Gewand.
Zu größerem Frevel hebt sich nie wieder eines Helden Hand.

- Hagen spricht nun ganz deutlich aus, was alle und auch die Leser oder Hörer empfinden mussten. Dass er es mit Grimm tut, macht deutlich, dass er es nicht freiwillig tat, sondern sich in Notwehr sah. Einen unverwundbaren Gegner und Usurpator kann man nur so und nicht anders beseitigen. Niemand zeige sich zart besaitet, wenn es um Macht geht. (993/1001)

Da rief der grimmige Hagen: »Ich weiß nicht, was ihr klagt.
Jetzt gibt es keinen andern, der uns zu trotzen wagt.
Für immer hat ein Ende, Sorge jetzt und Leid.
Wohl mir: Von seiner Herrschaft hab ich uns alle so befreit.«

Drauf sprach Tronje von Hagen: »Ich bring ihn heim ins Land.
Was schert's mich, ob die Wahrheit Kriemhild wird bekannt.
Brünhild zu kränken, hat sie im Stolz gewagt.
Drum rührt's mich nicht, wenn Kriemhild jetzt um den Gatten weint und klagt.«

- Hagen sieht sich vollkommen gerechtfertigt. Bezeichnend ist, dass diese Rechtfertigung von Autoren kaum zur Kenntnis genommen, geschweige denn gewürdigt wird. Ihm wird um so deutlicher vorgeworfen, dass er seinen Speer aus dem Hinterhalt geworfen hatte. Zu dieser Wertung siehe oben in der Einleitung zum Aspekt bei Stauffenberg. Wann ist ein Tyrannenmord gerechtfertigt? Ein unerschöpfliches Thema in der Geschichte und in der Literatur. Kriemhild hält den Vater Siegfrieds davon ab, schon in Worms seinen Sohn im Kampf rächen zu wollen. Ihre eigene Schuld sieht sie nicht. Von Vergebung oder Barmherzigkeit ist schon gar keine Rede. (1033)

»Lasst es für heut' bewenden. Eine andre Zeit,
so sprach sie, »bringt zur Rache noch Gelegenheit.
Dann helfe ich ihn rächen! Hab ich erst den Beweis,
so geb' ich ohne Gnade den Mörder dem Verderben preis.«

➢ Die Brüder versuchen Kriemhild zu trösten und sie zu bewegen, den Hort von den Niederlanden nach Worms bringen zu lassen. Kriemhild bleibt nur kurz im Besitz des Hortes – in Gestalt des jüdisches Urchristentums. Das ändert sich jedoch durch heidenchristliche Einflüsse und dem Erstarken der Kirche und ihren Verbindung mit weltlichen Mächten. Die religiöse Spiritualität wird weltlichem Machtstreben geopfert. Die Kritik des Dichters am unverdienten Reichtum bezeugt, dass es gewiss kein christlicher Dichter war, der das Epos verfasste – auch wenn er nur vom Reichwerden und nur der Übersetzer dabei von Pfaffen spricht (1059):

Man scheute keine Mühe, dass man drei Tage lang
– so hörten wir berichten – ohn' Ende Messe' sang.
Doch wie viel Opfer brachte man ihnen dafür dar!
Reich wurde manch ein Pfaffe, der vordem arm gewesen war.

➢ Weder Hagen noch die Könige wollen den Hort für sich. Dafür wäre eine Versenkung an der tiefsten Stelle des Rheines auch ein reichlich dümmliches Verfahren. Sie wollen nur nicht, dass er bei Kriemhild verbleibt – oder bei irgendjemand anderem. Die Gefahr, die nicht nur Hagen, sondern auch sie überraschender Weise sehen, ist die Inanspruchnahme des alleinigen Heils. Dieses Heil ist die andere Seite des Hortes. Kein Orden, keine Medaille, kein Pokal oder ähnliches wird wegen seines/ihres materiellen Wertes wegen erstrebt, sondern stets um der Größe dessen, was diese verkörpern: eine Anerkennung und eine Hervorhebung vor allen anderen.

Doch dieses letztlich auf unrechte Weise erworbene Heil und diese Botschaft sollen versenkt werden und bleiben. Dies ist mit der Aberkennung einer Goldmedaille oder Auffroderung zur Rückgabe einer Urkunde oder eines Pokals zu vergleichen. Mit der Wegnahme der materiellen Verkörperung ist die ideelle Größe gleichfalls dahin. So muss man sehen, dass das Christentum die jüdische Tora schließlich vereinnahmte und benutzte. Die Kirche machte diese zu ihrem Alten Testament. Kriemhilds (der Kirche) Selbstkritik greift zu kurz und wird schon bald ganz aus ihrem Gedächtnis verdrängt. Um dies deutlich zu machen, legt Hagen auch den Leichnam Siegfrieds vor Kriemhilds Kemenate (1112):

»Hätt' ich doch seines Lebens Geheimnis fest bewahrt.
Dann hätte ich mir Armen viel Weinen erspart.

Den Mördern zu verzeihen – nimmer wird's gescheh'n!«
Zuletzt versuchte Giselher, die Huld der Schwester zu erfleh'n.

Da so der Hort zum Rheine in Gunthers Lande kam
und ihn die edle Fürstin in Verwahrung nahm,
da füllten sich die Türme und Kammern damit an,
dass man so Wunderbares von keinem Schatz erzählen kann.

- Das Versenken geschah nicht durch Hagen allein, sondern aus gemeinsamer Überzeugung. Niemand mehr sollte auf diesen Schatz zugreifen können. Kriemhild erfährt von Gernot, dass er dafür sorgen will, dass der Hort versenkt wird. Vergebens sucht sie Schutz bei ihrem Bruder. Damit ist offenkundig, dass ihre Rache an Hagen sowohl wegen des Mordes als auch wegen der Versenkung des Schatzes immer aufgrund dessen erwiesener Vasallentreue erfolgte. Niemand außer Juden kann der Hort ein Heil bringen. Gunther versucht es erst gar nicht, diesen Hort für sich zu nutzen. Es liest sich so, als ob Hagen nur indirekt z.B. auf Dank für seine Tat gehofft hätte. Dass der Hort verloren war, wenn er erst einmal an der tiefste Stelle versenkt wurde, war ihm gewiss klar, da genau dies der Grund für die Ortswahl war. Vielleicht hoffte er aber auch auf ein Wunder, das die Welt wieder zurechtrückten würde (1134):

Da riet der edle Gernot: »Eh dass uns immer Pein
aus diesem Gold erwachse, wir senken's in den Rhein.
Den Schatz besitze künftig auf Erden niemand mehr.«
Klagend trat die Fürstin vor ihren Bruder Giselher.

Zurück blieb einzig Hagen; es lebte in ihm fort
der Hass gegen Kriemhild, drum blieb er willig dort.
Bei Lochheim an dem Rheine, senkt' er ihn in die Flut.
Er hoffte ihn noch zu nützen, doch kam er niemals ihm zugut.

- Die Könige waren mit der Versenkung einverstanden, verdrücken sich jedoch und spielen nach ihrer Rückkehr die Entrüsteten. Auch diese Feigheit erhöht Hagen. Der Dichter zeigt, wie sich die weltlichen Herrscher vor ihrer Verantwortung drücken. Genau das ist es, was er ihnen vorwirft: Die Juden nicht gegen den christlichen Mob in Schutz genommen zu haben – trotz ausgestellter Schutzbriefe. Diese Stelle in Strophe 1138 ist viel wichtiger als sie erscheint. Schon die beiden nächsten Zeilen tragen nichts zur Klärung bei. Die Stelle zeigt, dass Kriemhild um den Verlust des Hortes wusste. Ob sie auch gewusst hat, dass er versenkt wurde, muss offenbleiben. Die Situation bleibt ungeklärt. Sie verlangt den Hort als ihr Eigentum auch nicht heraus oder macht sonst ihre Ansprüche geltend, bevor sie Etzel ins Hunnenreich folgt. Es wirkt deshalb reichlich seltsam, dass sie dann erst nach 13 Jahren bei der Ankunft der Burgunder an Etzels Hof wieder nach dem Hort fragt. Die Frage nach einem materiellen Hort macht unter diesen Umständen keinen Sinn. Es könnte nur etwas Spirituelles sein, nach was sie tatsächlich fragt. (1138-1140)

Die Fürsten kehrten wieder zum Rhein mit Ross und Mann.
Da hob um ihren Schaden Kriemhild zu klagen an.

Sie alle schalten Hagen: »Seine Tat ist arg.«
Vor dem Zorn der Fürsten so lange er sich verbarg,
bis sie ihm Gnade schenkten; so ging's ihm straflos hin.
Doch Feindschaft ohne Maßen erfüllte das Herz der Königin.

➢ Mit gemeinsamem Eid wird geschworen, dass der Hort für immer verborgen und vor jedem Zugriff geschützt bleiben soll. Sie schworen nicht, dass der letzte Überlebende ihn bergen könnte oder sollte, sondern dass er dem Vergessen anheim fallen sollte, wenn alle gestorben waren.

Eh der Trojner Hagen den Schatz im Rhein verbarg,
hatten sie mit ihren Eiden verbunden sich so stark:

Solange einer lebte, sollte er verhohlen sein.
Sie konnten ihn nicht nutzen und keinem andern davon leih'n.

➤ Es folgt der zweite Teil (was in der Übersetzung von de Boor im Unterschied zu anderen Übersetzern zu recht bei »einem« Werk, wie es geschaffen wurde, nicht hervorgehoben wird!). Die Geschichte setzt sich mit der Werbung Etzels um Kriemhild fort. Für die Gliederung reicht die Unterteilung in »aventiuren« durchaus aus. Die Unterteilung mag jedoch zur Ehrenrettung Kriemhilds Gefallen gefunden haben: So entsteht leicht der Eindruck, dass man es im sogenannten ersten Teil mit einer liebevollen und gekränkten Kriemhild zu tun hat und dann im zweiten mit einer – womöglich nur durch hunnische Gesinnung verdorbenen – rächenden Kriemhild. Die Gute in schlechter Gesellschaft – ziemlich billig, aber bei vielen Autoren so vorstellbar. Es war allerdings nicht vorstellbar, dass eine Christin einen Heiden heiratet. Dies musste in der Fassung C folglich geglättet werden. Der Vers legt nahe, dass der Dichter selbst nicht im Christenglauben lebte. (1145)

Da sprach der große König: »Was kommt euch in den Sinn?
Ihr wisst, dass ich ein Heide und ohne Taufe bin.
Sie lebt im Christenglauben; drum willigt nie sie ein,
sollt es dennoch geschehen, das müsste ein großes Wunder sein.«

➤ Als Rüdiger als Werber für Etzel in Worms eintrifft, warnt Hagen wiederholt. (1210)

»Ich sage euch«, sprach Hagen, »was ich kommen seh'.
Nimmt Etzel sie zum Weibe und erlebt sie's je,
so findet sie die Wege, wie sie uns Unheil spinnt.
Bedenkt, wie viele Mannen sie dann in ihren Dienst gewinnt.

➤ Kriemhild zeigt sich bei der Werbung zunächst abweisend. Der

Dichter lässt aber sie selbst das Urteil über sich sprechen – was sie jedoch nicht von ihrem Plan abbrachte. (1248)

Dann dachte sie auch wieder: »Soll ich meinen Leib
einem Heiden geben, ich, ein christlich Weib?
Dann würde man deswegen in aller Welt mich schmäh'n.
Böt' er mir alle Reiche, es dürfte niemals doch gescheh'n.

- Rüdiger gelingt es jedoch Kriemhild mit einem Treueeid zu gewinnen. Kriemhild hat für ihren Plan damit einen aufrechten, treu Gesinnten gewonnen. Es ist das Bild aus der Vergangenheit. Kriemhild zeigt auch keine Skrupel, sich später über dessen Gewissensnot hinwegzusetzen, genauso wenig, wie es eben die Kirche mit ihren Gegnern tat. Für ihre egoistischen Interessen verkauft sie ihre Ansicht/ihren Glauben zum irdischen Wohl ihrer Repräsentanten. Anders sind Privilegien, Prunk und Pracht, Macht und Reichtum schließlich überhaupt nicht zu erklären. (1255/1257)

Vergeblich alles Bitten, bis Rüdiger zuletzt
in geheimer Zwiesprach' sein Wort zum Pfande setzt',
Er wollt in allen Nöten ihr Trost und Helfer sein.
Das milderte ein wenig der Fürstin große Herzenspein.

Da stillte sich der Fürstin altes Herzeleid.
Sie sprach: So schwört mir Eide, dass Ihr der erste seid,
zu rächen jede Kränkung, die mir geschehen kann.«
»Das will ich Euch geloben«, versprach ihr König Etzels Mann.

- Als Kriemhild ohne den Schatz wiedererlangt zu haben auf die Reise gehen soll, tröstet sie Rüdiger. Damit lenkt der Dichter die Aufmerksamkeit auf die spätere Hortfrage – und stellt Kriemhild damit bloß. Jetzt wäre der Zeitpunkt, die Frage nach dem Hort zu klären. Entweder hätte man ihn ihr aushändigen müssen oder sie hätte sich überzeugen lassen müssen, dass er eben versenkt und damit für alle unerreichbar geworden ist. Es erfolgt auch schon der Hinweis, dass sie schließlich den reichsten König heiraten wird und deshalb gewiss keine Schätze vermissen muss. Kriemhild zieht ohne den materiellen Hort von dannen, hat aber dennoch immer noch genug, um davon zu verschenken. Das passt nicht zu einer Königin, die es auf den materiellen Besitz von Reichtum abgesehen hat. Das weitet sich später zur Hortfrage aus. (1275)

»Was klagt Ihr, hohe Herrin, um das verlorne Gold?
Seh'n Euch seine Augen, so wird Euch Etzel hold.
Aus seinem Schatz zu spenden wird Euch so viel vergönnt
– das will ich Euch beschwören – dass Ihr es nie erschöpfen könnt.«

- Der Dichter schildert den Aufenthalt an Rüdigers Hof als vorbildlich. Doch auch hier findet sich ein Hinweis: Kriemhild schenkt der Tochter Rüdigers und späteren Braut Giselhers zwölf Ringe, um sie und den Hof gewogen zu machen. Man darf dabei getrost auch an die zwölf Apostel denken, auf die sich die Kirche mit ihrem Heiligenkult stützte, um ihr Ansehen zu erhöhen. Etzel wird diesem Beispiel folgen und Kriemhild zwölf Länder schenken. (1322)

Liebevoll umsorgte die Gäste Rüdiger.
Zwölf Ringe schenkte Kriemhild, von ihrem roten Golde schwer,
der Tochter Gotelindes und ein Festgewand.
Kein köstlicheres brachte sie mit in König Etzels Land.

- Der Dichter gibt einen Hinweis, dass der Hort nicht nur materiell, sondern auch spirituell von Bedeutung sein kann. (1332)

Dort lebte einstens Helche als Herrin hoch geehrt,
Ein Hort der Herrschertugend, wie er so bald nicht wiederkehrt.

- Der Dichter gibt einen überraschenden Hinweis auf den Kern seiner Botschaft. Ausgerechnet möchte man fast sagen, herrscht in Etzels

Hunnen- und Heiden-Reich Toleranz. Der Dichter spielt damit auf die Zeiten vor 1095 an, als noch alle Religionen, d.h. insbesondere Juden und Christen friedlich zusammenlebten. Das Verhältnis und Verständnis von Christen und Heiden wird dadurch umgekehrt. Etzel steht für das, was das Christentum von sich behauptet, ein Hort des Friedens und der Gerechtigkeit zu sein (1335):

Drum konnte man bei Etzel – wo wäre das sonst gescheh'n? –
Christenheit und Heidenschaft in gleicher Achtung seh'n.
Zu welchem Glauben einer am Hofe sich bekannt':
Genug gab der König jedermann mit off'ner Hand.

- Kriemhild versteht es, ihren Reichtum für ihren Machtgewinn einzusetzen. Auch ohne Hort hat sie noch genügend Reichtum, um Anhänger zu gewinnen bzw. zu bestechen. Dass sich Heiden über die christliche Taufe gefreut hätten, darf man als zynischen Einwurf des Dichters ansehen. Wie wenig Christliches dann folgt, wird schließlich überdeutlich. (1384/1388)

Treuen Dienst erwarb sich von vielen Kriemhilds Hand.
Gold und edle Steine, Silber und Gewand,
was sie an Kostbarkeiten mitgebracht vom Rhein,
das musst bei den Hunnen verteilt und hingegeben sein.

Sie drang in den König und ließ nicht ab davon,
dass man taufen ließe Etzels jungen Sohn
nach dem Brauch der Christen. Ortlieb ward er genannt.
Helle Freude herrschte darob in Etzels ganzem Land.

- Die Taufe war erfolgt und dies war nicht der Grund für die Einladung. Erst danach plant Kriemhild mit einer Einladung Rache zu nehmen. Kriemhild verdrängt auch hier: Niemand hatte sie gezwungen Etzel, einen Heiden gar, wie sie selbst zu Bedenken gab, zu heiraten. Mit dem Eid, den sie Rüdiger abgenötigt hat, bereitet sie ihre Rache strategisch vor. Auch hier erwähnt der Dichter die 12 Mitstreiter, auf die sich Kriemhild stützt. 24 (2x12) Recken sollen die Einladung überbringen. 13 Jahre waren seit Siegfrieds Tod vergangen. 13 und 7 sind im Aberglauben Unglückszahlen und verkünden Unheil und so sollte man sie dann auch lesen. Der Dichter macht deutlich: Mit Kriemhild lässt sich kein Heil verbinden. (1391/1395)

Sie wusste jetzt, dass niemand ihr wagt' zu widersteh'n,
wie eines Königs Weibe es sonst schon oft gescheh'n,
und dass sie stets zu Diensten zwölf Fürsten vor sich sah.
Da dachte sie vieler Unbill, die in der Heimat ihr geschah.

In Ihrem Herzen quälte sie sich Tag und Nacht,
dass ohne ihr Verschulden man sie dazu gebracht,
zum Gatten zu erwählen einen heidnischen Mann.
Hagen und Gunther hatten ihr diesen Kummer angetan.

- Kriemhild ist fest entschlossen, sich zu rächen und Etzel wird für eine Einladung an die Burgunden gewonnen. Sie überzeugt ihn ihm ehelichen Bett. Eine bezeichnende Szene, die der Dichter malt. Er kennt die Niflungen-Sage, die als Burgundensage überliefert wurde und setzt auch diese bei seinen Lesern als bekannt voraus. Danach war Hagen einst eine Geisel an Attilas Hof. Allerdings war dieser Attila/Atli selbst goldgierig und ein ganz anderer als dieser Etzel hier. (1419)

»Berichtet meiner Mutter, wie meine Ehren blüh'n.
Und wenn der Tronjer Hagen sich weigert mitzuzieh'n,
so fragt, wer denn ihr Führer sein soll durch das Land;
Ihm sei von Kindertagen der Weg ins Hunnenreich bekannt.«

- Die Einladung wird in Worms überbracht und wieder warnt Hagen vor den Folgen. Die Könige verwahren sich bezeichnenderweise erst gar nicht gegen das ausgesprochene »wir«. Dass ein Hagen überhaupt von einem Wir sprechen kann, wenn er mit Königen spricht, zeigt, dass er sich ihnen gleichwertig fühlt und deswegen auch so handelt. Verwandter war er dagegen nicht, genauso wenig wie es Judentum und Christentum sind. Nur aus christlicher Sicht sieht dies in Anbetracht der Übernahme der jüdischen Lehren und Texte so aus. Aus jüdischer Sicht wird man ehrlicherweise wohl kaum etwas von einer Verwandtschaft wissen wollen. Die Verwandtschaft Hagens, die die nordischen Sagen kennen, löscht der Dichter mit voller Absicht, um seinem Hagen eine eigenständige Kontur zu geben. (1459)

»Was wir getan, mein König, Ihr wisst's doch selber gut.
Wir müssen stets befürchten Kriemhilds Rachewut.
Ich erschlug doch Siegfried mit dieser meiner Hand;
wie dürften wir da wagen zu reiten in der Hunnen Land?«

- Als Giselher Hagen vorschlägt, doch zu Hause zu bleiben, sieht der seine Ehre angegriffen. Hagen weiß, dass er für seine Könige unverzichtbar ist und dass sie sich hier genauso überschätzen wie Gunther sich bei seiner Brautwerbung. Da Siegfried zwangsläufig ausfällt, besinnt er sich auf seine Verantwortung. Er steht zu seiner Aufgabe als Berater und zeigt mit seiner Treue Charakter. Er ist der eigentliche Erfinder der Nibelungentreue. Den meisten fällt dabei jedoch nur ein, dass die Könige im letzten Kampf die Auslieferung Hagens verweigerten und verbinden dies mit der sprichwörtlichen Nibelungentreue. Doch auch hier war Hagen ihnen schon weit voraus. Und wieder sehen wir Hagen auf eine Grenzübertretung reagieren. (1464)

Auffuhr der Trojner Hagen und rief da zornentbrannt:
»Niemand sollt Ihr führen in der Hunnen Land,
der kühner wagt' zu reiten mit Euch zu Etzels Fest!
Das will ich Euch beweisen, wenn's sich denn nicht mehr ändern lässt.«

- Als die Mutter der Könige einen Traum hat, in dem sie alle Vögel tot sieht, rät sie von der Reise ab. Hagen zeigt jüdisches Denken und lehnt Prophezeiungen und Träume als Wegweiser ab. Dies gilt jedenfalls für alle Träume und Prophezeiungen, bei denen sich nicht Gott als ihr Absender zu erkennen gibt. Hagen gleicht vielleicht Hiob, der auch hingenommen hat, was immer das Schicksal oder Gott für ihn vorgesehen hat. Es ist die ganz eigene Ergebenheit, die das jüdische Denken oft auszeichnet und die sich auch in der Bewertung von Schicksalsschlägen, Elend und Not immer wieder zeigt/e (1510):

Darauf erwidert' Hagen: »Wer sich an Träumen kehrt,
der weiß nicht, was die Ehre von einem Mann begehrt,
der völlig sich ergeben ihrer strengen Pflicht.
Ging es nach mir, so säumte mein König mit dem Abschied nicht.«

- Hagen führt den Heerzug an – nicht Gunther. Nach Isenstein war es Siegfried, der die Truppe anführte. Mit dem Überschreiten der Donau werden alle Recken zu Nibelungen. Der Dichter erklärt dies nicht und auch die Forschung hat keine Erklärung dafür. Dies kann jedoch bedeuten, dass der Dichter diesen Begriff als Synonym für »Todgeweihte« gewählt hat. Ob es historisch ein Geschlecht der Nibelungen bzw. Niflungen gegeben hat, wie in der Literatur vertreten wird, mag offen bleiben. Außer dem Namen ist nichts ersichtlich, was den Dichter veranlasst haben könnte, dieses Geschlecht besonders hervorzuheben. Im Unterschied zur Thidrekssaga, wo diese eine Rolle spielen, weist hier der Dichter Nibelungen tatsächlich nur Nebelhaftes zu. Der Name mag ihm für seine Zwecke gefallen haben und die Deutungen auf Nebel sind so naheliegend und beabsichtigt. Vielleicht wäre genau dies die Brücke zu diesem Verständnis. Mit einem Schatz/Hort haben weder diese Niflungen noch diese Nibelungen etwas zu tun. Erstere überhaupt nicht, letztere nicht mehr. Der Hort ruht bereits bis zum Jüngsten Tag im Rhein, wie es gewollt und verkündet war. Siegfried war Anführer nach Island, Hagen ist nun der Anführer ins Hunnenland (1526):

Zuvorderst ritt Hagen vor der stolzen Schar,
der der Nibelungen Trost und Helfer war.

- Hagen trifft an der Donau auf die Wasserfrauen, die merkwürdigerweise vom Dichter und von Autoren auch unbeanstandet Meerfrauen genannt werden. Meerweiber heißen sie nur im mittelhochdeutschen Text; in der Übersetzung werden sie zu Wasserfrauen. Dass die Donau kein Meer ist, war dem Dichter sicher bekannt. Sie prophezeien ihm und dem Heer ihren Untergang. Ich vermag dieses Wortspiel mit der Bezeichnung Meerfrauen nicht sicher aufzuschlüsseln. Offenbar geht auch Hagen davon aus, dass immer irgendwelche Geister in der Welt herumspuken, denen man mit Misstrauen begegnen muss. Könnte man darin einen Hinweis auf Irrlehren sehen, wie das Meer bei ihren Bezeichnung sich als ein für jedermann erkennbaren Irrtum darstellt? (1543)

Die erste sprach zu Hagen: »So ist es euch verhängt:
Keinem ist die Heimkehr von dieser Fahrt geschenkt,
nur der Kaplan des Königs – so sehen wir ,s voraus –,
der kehrt gesunden Leibes wieder an den Rhein nach Haus.«

- Hagen will diese Prophezeiung nicht glauben und sieht sich zu einer Wahrheitsprobe genötigt, indem er versucht, den Kaplan in der Donau zu ertränken. Doch der Anschlag misslingt und Hagen findet sich mit ihrem Schicksal ab. (1589). Hagen konnte den Kaplan nicht töten. Das ist dann auch die einzige Tat, in der Hagen der Angreifer ist. Allerdings ist sein Opfer ein Kaplan und vor dem historischen Hintergrund mit christlichen Hasspredigern im Gefolge der Kreuzzugsidee haben wir hier lediglich ein literarisch versuchtes Verbrechen vor uns. »Besser es stirbt einer als ein ganzes Volk« – so steht es sogar in der Bibel und Hagen mochte an diese Weisheit gedacht haben. Doch es geschieht keine Wendung und das Schicksal steht damit fest. Der Priester erreicht das rettende Ufer und kehrt heim. (1580)

Da stand der arme Priester und schüttelte sein Kleid.
Unwendbar sah da Hagen der Freunde Tod und Leid,

wie es am Quell gekündet die weisen Wasserfrau'n.
»Sie alle«, dachte er, »müssen dem Tod bald ins Auge schau'n.«

- Der nächsten Stelle sollte man deshalb Aufmerksamkeit schenken, weil ab hier der Dichter selbst als Volker ins Geschehen und in die Deutung eingreift. Zwischen ihn und Hagen passt sozusagen kein Blatt Papier. Er macht weder sich noch Hagen erkennbar zu Helden, sondern wahrt stets den Abstand eines Berichterstatters. Wer aber das Epos richtig deuten kann, erkennt auch seine Stellung. Auch er sieht sich mit den Burgunden/Nibelungen verbunden. Es ist die Schar der Nicht-Katholischen, die in den Machtbereich Kriemhilds und damit der Kirche gelangt sind und die sich nun gegen die Rache der Christen und gegen ihren Untergang wehren müssen. (1584) Die heidnischen Hunnen werden durch Kriemhild zu marodierende Christen. Christlich harmlose Burgunder und der Tross Juden geraten in den gefährlichen Sog.

In ihrer Schar war einer aus Burgundenland,
ein Held, bewährt in Taten, Volker war er genannt.
Der wusste klug zu reden in der edlen Rat.
Stets war nach seinem Herzen, was der kühne Hagen tat.

- Hagen erschlug einen Fährmann, der ihn angegriffen hatte, als er erkannte, dass er einen Fremden in sein Boot gelassen hatte. Hagen brauchte das Boot zum Übersetzen. Die Fürsten des Fährmanns setzen sich auf die Fährte der Burgunden und holten Hagen mit seiner Nachhut ein. (1604)

Drauf erwidert' Hagen: »So war der Ferge (Fährmann) dein?
Er wollte uns nicht fahren, die Schuld ist darum mein.
Ich erschlug den Recken, doch tat ich es in Not.
Beinahe fand ich selber durch seine starke Hand den Tod.

- Hagen und seine Mitstreiter können die sich anschließende Schlacht gewinnen und kommen an die Grenze zu Rüdigers Land. Dort findet Hagen den schlafenden Grenzwächter Eckehart, nimmt ihm sein Schwert ab, aber gibt es ihm dann, um damit nicht seine Ehre als Wächter zu verletzten, mit einer Freundschaftsgabe wieder zurück. Hier zeigt sich, dass Hagen stets ritterlich und im Sinne seiner Könige handelt. Aus Dankbarkeit warnt Eckehart sie als erster, dass sie Feinde in Etzels Land hätten. (1632/1639)

Als genug gerastet die wegemüde Schar
und sie des Landes Grenze nahegekommen war,
da fanden einen Ritter sie schlafend auf der Mark.
Hagen nahm ihm die Waffe, ein Schwert aus festem Stahl und stark.

Doch Hagen gab dem Helden das Schwert, dass er ihm nahm,
dann sechs rote Ringe; ihn rührte seine Scham.
»Dass ich dir wohlgesonnen, lass sie ein Zeichen sein.
Du bist ein kühner Degen, hältst du hier Wacht doch ganz allein.«

➢ Die Burgunden werden am Hofe Rüdigers festlich empfangen und beschenkt. Gunther erhält eine Rüstung, Gernot ein Schwert und Hagen von Rüdigers Frau einen Schild. Giselher verlobt sich mit der Tochter Rüdigers. Toleranz, Freundschaft und Achtung vor einander werden als Rückblick auf friedliche Zeiten dargestellt. Nach der Weiterreise begrüßt Dietrich von Bern sie an Etzels Hof und fragt sie verwundert, weil er glaubte, dass sie bereits der Markgraf gewarnt hätte: (1724/1725/1730)

»Ist's euch denn nicht bekannt?
Noch immer weint Frau Kriemhild um den Held von Niederland.«

»Sie mag lange weinen; es ging schon manches Jahr«,
sprach Hagen von Tronje, »seit er erschlagen war.
Bei dem Hunnenkönig suche sie ihr Glück.
Siegfried ist längst begraben; er kehrt nicht mehr zu ihr zurück.«

Da sprach der edle Berner: »Das ist rasch gesagt.
Ich höre jeden Morgen, wie die Fürstin klagt
Gott mit heißen Tränen ihren bitt'ren Schmerz.
Um den edlen Siegfried quält sich immer noch ihr Herz.«

- Der Empfang durch Kriemhild ist entsprechend kühl und sie wartet als erstes mit einer Frage auf. Die Frage nach dem Hort. Dies ist für viele Interpreten dann doch eine harte Nuss. Was soll diese Art von Begrüßung bedeuten? – Sie zeigt den wahren Kern der Rache: der Verlust des Horts/des Heils, den das Christentum endgültig mit seinen Pogromen verloren hatte. Offenbar hatte niemand Kriemhild offenbart, dass der Hort unerreichbar geworden war. Aber wie konnte sie nur auf den Gedanken verfallen, dass die Gäste ihn mit auf ihre Reise nehmen sollten? Doch genau diese Überraschung sollte vermutlich jeden Leser/Hörer stutzig machen. Der Hort wird damit zum Kernthema (1741):

»Ich fordre jetzt zu wissen«, so fuhr die Fürstin fort,
»Wo haltet ihr verborgen der Nibelungen Hort?
Der doch mein Eigen, das ist euch wohlbekannt.
Den solltet ihr mir bringen hierher ins Hunnenland.«

- Merkwürdigerweise wendet sich Kriemhild bei der Begrüßung nur an Hagen. Dieser zeigt, dass er sich von ihr nicht täuschen lässt. Sein Leben kann sie haben, den Hort jedoch nicht. Als Teufel sieht er auch nicht unbedingt sich als Selbstbezichtigung, sondern den Ausblick auf die Taten, die dann folgen werden. An der Ermordung Siegfrieds mag die Könige nur geringe Schuld treffen, Hagens Hinweis, dass seine Herren den Hort versenken ließen, erklärt aber bestens, warum sich Kriemhild nicht mit einer Rache an Hagen begnügen kann, sondern alle vernichten will. Sie geht dabei wahrlich über Leichen – und bezieht sogar berechnend ihren eigenen Sohn ein. (1742/1744)

»Bedenkt, erhab'ne Fürstin, so mancher Tag ging hin,
seit ich des reichen Schatzes nicht mehr gewaltig bin.
Meine Herren hießen ihn senken in den Rhein.
Bei Gott dort muss er immer bis zum Jüngsten Tag sein.

»Ich bringe Euch den Teufel!« erwidert Hagen ihr.
»Ich habe genug zu tragen an meinem Schilde hier
und an meiner Brünne (Rüstung). – Mein Herz ist licht,
das Schwert in meinen Händen, seht, das bringe ich Euch nicht!«

➢ Da die Burgunden nicht ihr Rüstungen ablegen wollen, erkennt Kriemhild, dass diese offenbar gewarnt worden waren und droht dem Verräter mit Hinrichtung. Dietrich, der in den Sagen stets mit gutem Leumund versehen wird, wagt es, Kriemhild eine Teufelin zu nennen. Eine derartige Bezeichnung sollte man nicht einfach überlesen, sondern registrieren, wie groß die Kluft zwischen beiden ist. (1748/1749/1754)

Darauf erwidert' Dietrich mit zornigem Sinn:
»So sollt Ihr erfahren, dass ich der Warner bin.
Von mir haben Gunther und Hagen es gehört.
Heran nur, böse Teufelin, wenn Ihr zu strafen mich begehrt.«

Da schämte sich von Herzen die Hunnenkönigin.
Sie fürchtete sich grimmig vor Dietrich Heldensinn.
Kein Wort sprach sie weiter und zog sich rasch zurück,
doch traf sie ihre Feinde noch mit hasserfülltem Blick.

»Wie sollt es sich erweisen, dass er so grimmig ist?«
Noch wusste König Etzel nichts von der argen List,
die gegen ihre Brüder die schöne Kriemhild sann,
dass keiner mit dem Leben aus dem Hunnenland entrann.

➢ Mit einer kleinen Selbstironie führt sich der Dichter nun als Kämpfer ein. Ein sicheres Zeichen, dass man es hier eben nicht mit einem klassischen Ritterepos sondern mit einer persönlichen Botschaft des Dichters zu tun hat. So sieht der Poet als Gestalt der Notwehr. (1768)

Und ist schon der Trojner an Kraft und Mut ein Held,
so ist noch weit gewaltiger, der sich zu ihm gesellt,
Volker, der kühne Fiedler; das ist ein schlimmer Mann.
Glaubt mir, dass man die beiden nicht so leicht bezwingen kann.

➢ Kriemhild versucht noch einmal mit Hagen zu reden und tritt ihm dabei sogar gekrönt entgegen. Volker möchte sich erheben, aber Hagen rät von dieser Höflichkeit ab und sie bleiben sitzen. Ganz im Gegensatz zum Augenschein sieht er sich damit mit ihr auf Augenhöhe. Hagen sieht schließlich die allegorische Kirche vor sich und versagt dieser eine Ehrerbietung. Das Schwert liegt auf seinen Knien. Damit demonstriert er, dass er einem Kampf nicht ausweichen will. (1781/1791)

»Nein, tut das nicht«, sprach Hagen »so lieb wie ich Euch bin.
Es käme diesen Rittern sonst noch in den Sinn,
wenn ich sie grüßen ging, es sei aus Furcht geschehen,
dass ich mich erhebe, dass soll von denen keiner sehen.

»Nicht länger soll es, Fürstin, abgeleugnet sein:
Die Schuld an Eurem Schaden, die trage ich allein.
Jetzt räche es, wer wolle, Weib oder Mann.
Ich müsste schändlich lügen: ich hab Euch schweres Leid getan.«

➢ Es kommt zu mehreren kriegerischen Anläufen, die aber an der Standhaftigkeit Hagens und Volkers scheitern. Kriemhild sucht Dietrich als Gefolgsmann zu korrumpieren und für ihr Ansinnen und ihre Rache zu gewinnen. Bevor Dietrich antwortet, äußert sich Hildebrand, sein Waffenmeister. Die Szene macht deutlich, dass sie sich nicht in die Dienste der Kirche einspannen lassen wollen und keinen Kampf wünschen. Die Hunnen verkörpern den christlichen Mob, wie er den Juden begegnete. Mit alledem wollen sie nichts zu tun haben – aber vergebens wie man sehen wird. Sie machen deutlich, dass sie unabhängig sein wollen und nicht in die Dienste der Kirche und dem christlichen Mob treten wollen. Hildebrand sieht in der realen Welt des Epos Burgunder vor sich und keine Nibelungen. Er weiß noch nichts von Todgeweihten. (1900/1902)

Hildebrand der Recke, erwidert zorniglich:
»Wer die Burgunder angreift, der tut es ohne mich!
Mich lockt man nicht mit Schätzen; auch reut's den, der es tut.
Noch stehen sie unbezwungen in ritterlichem Heldenmut.«

Bedenkt, wie wenig Ehre Ihr damit gewinnt,
wenn Ihr, edle Fürstin, Mord an den Brüdern sinnt!
Sie kamen im Vertrauen in das Land hierher:
Zur Rache für Siegfried biet' meine Hand ich nimmermehr.«

➢ Auf Befehl Kriemhilds lässt der Bruder Etzels Blödelin die Knappen der Burgunder überfallen und töten. Dankwart übersteht den Kampf und bringt blutüberströmt die Botschaft in die Halle, in der Etzel, Kriemhild, ihr Gefolge und die Burgunder noch friedlich an der Tafel sitzen. Kriemhild hatte berechnend ihr Kind in die Nähe Hagens gebracht, da sie mit seiner Reaktion auf den tausendfachen Knappenmord rechnete. Der Dichter knüpft hier an die Sage an, in der Kriemhild ihren Sohn zweimal auffordert Hagen ins Gesicht zu schlagen. Doch auch hier geht der Dichter nicht soweit, wie es die Sage vorgibt. Die Konfrontation wird hier verschlagener (!) aufgebaut. Hagen schlägt angesichts des Masakers an Knappen nun wutentbrannt dem Kind Kriemhilds und Etzels den Kopf ab. Schließlich wurde soeben Burgunds Jugend und Hoffnung vernichtet. Nun kann aber auch Etzel nicht mehr länger mehr neutral bleiben, sondern muss selbst in die Auseinandersetzung eingreifen. Doch Dietrich rettet zunächst seine Mannen und auch Etzel und

Kriemhild, indem er sie schützend aus der Halle geleitet. Der Kopf des Kindes fliegt in Kriemhilds Schoß und verweist somit auf die Schuldige. (1961)

Da traf er mit der Schneide das Königskind so gut,
dass über seine Hand ihm vom Schwerte rann das Blut,
und dass der Kopf des Kindes sprang in Kriemhilds Schoß.
Da brach unter den Recken ein grimmig heißes Morden los.

- Der Dichter macht deutlich, wer für das große Morden verantwortlich ist. Bei Germanen war ihre Sippe heilig und Blutrache war eine Sache zwischen Sippen aber nicht zwischen einzelnen Mitgliedern einer Sippe. Der Dichter machte mit der abweichenden Schreibweise Kriemhild statt einem gebotenen G wie im Namen ihrer Brüder deutlich, dass er sie dennoch außerhalb der Sippe sieht. Die Sagen kennen durchaus den Namen und die Schreibweise als Griemhild bzw. gleiche Rolle als Gudrun. (2086)

Der große Mord erhob sich zur Sonnenwendezeit,,
da Frau Kriemhild rächte ihr altes Herzeleid
an ihrer nächsten Sippe und manchem andern Mann,
so dass der König Etzel nie wieder frohe Zeit gewann.

- Nun folgt eine geradezu verräterische Szene. Gernot bittet Etzel, den Kampf im Freien fortzuführen. So könnten die Hunnen mit frischen Scharen antreten und die Burgunder würden schneller getötet – wenn es denn schon sein muss. In der Thidrekssaga findet dieser Kampf im Freien (einem Garten) statt. Doch da mischt sich Kriemhild ein. Sie verweigert den offenen Kampf und will das Morden im Saal zu Ende führen lassen. Ihr Verhalten wird nur verständlich, wenn man weiß, dass die Juden nicht im fairen Wettstreit für ihren Glauben eintreten durften, sondern stattdessen in ihren Häusern erschlagen und geschunden wurden. Die christlichen Missionare früherer Zeiten machten im verbalen Wettstreit mit den Rabbinern oft keine gute Figur und schränkten deshalb deren Meinungsäußerungen immer mehr ein. Die Kirche legte also gewiss keinen Wert auf einen offenen Kampf, sondern war zufrieden, wie die Vernichtung eben lief. Eine angeblich nur an der Rache interessierte Kriemhild hätte einem offenen Kampf zustimmen können, um Unschuldige möglicherweise noch schonen zu können. Aber sie sah in allen Burgunden Schuldige – genau wie der aufgestachelte Mob auch nur schuldige Juden kannte. Bezeichnend ist auch, dass der Dichter konsequent Kriemhild und nicht etwa Etzel als die bzw. den Schlachtenlenker/in darstellt. Gernot fleht um die Gnade eines Gottes – seines, wohl den des arianischen Glaubens, nicht des katholischen. Dazu später. Man übersehe hier auch nicht die Anleihe aus dem Johannes-Evangelium, die danach Jesus zu Judas gesprochen hätte: »Was du tust, dass tue bald«. Und die Fremden, von denen gesprochen wird, sind eben nichts anderes als die Juden, wie sie dann im gesamten Abendland nach 1095 in aller Schärfe von den manipulierten und aufgestachelten Massen gesehen wurden. Kriemhild unterstellt den Burgunden Mordgier, obwohl sie es ist, die die Angriffe befiehlt. (2095-2098)

Da sprach zu König Etzel Gernot, der starke Mann:
»So tut um Gottes Gnade noch einen Dienst uns an.
Schlagt uns verlor'ne Recken, lasst uns hinaus
– das bringt auch Euch nur Ehre – in das Freie vor dem Haus.

Was uns doch bestimmt ist, das geschehe bald.
Wenn ihr uns Sturmmüden draußen überfallt
mit euren frischen Scharen, so ist's mit uns gescheh'n.
Wie lange sollen wir Recken in solchem Ungemach noch steh'n?«

Was die Herren baten, die Hunnen taten's fast,
den Ausgang frei zu geben hinaus vor den Palast.
Das erfuhr Frau Kriemhild, sie vernahm's empört,
jäh zerriss der Friede, den man den Fremden gewährt'.

»Nein, o nein, ihr Hunnen! Was ihr gewähren wollt,
Ich rate euch im Treuen, dass ihr's versagen sollt.
Lasst ihr sie aus dem Saale in ihrer Mordgier,
so fallen eure Freunde dem grimmen Tod zum Opfer hier.«

- Es folgen die ersten Kämpfe. Giselher versucht noch zu vermitteln und Kriemhild antwortet. Ihre eigene Schuld verdrängt sie wiederum erfolgreich. Zum einen spricht ihre Forderung für die Verwirklichung der Rache an Hagen. Andererseits sollte man nicht übersehen, dass sie sich ja immer nur an Hagen gewandt hatte, wenn es um den Verbleib des Horts ging. Würde Hagen ihr ausgeliefert, wäre ihr ein Zugriff auf den Hort möglicherweise noch möglich. Zumindest könnte sie so gedacht haben. Diese doppelsinnige Forderung gibt jedoch Giselher die Möglichkeit, auf die sprichwörtlich gewordene Nibelungentreue zu verweisen. (2102/2103)

»Ich kenne keine Gnade, Ungnade fühlt mein Herz.
Mir tat der Trojner Hagen so bitterlichen Schmerz,
dass ich, solange ich lebe, von keinem Ausgleich weiß,«
so sprach die schöne Kriemhild, »ihr alle zahlt dafür den Preis.

Doch gebt allein mir Hagen als Geisel, euren Mann.
Dann will ich mich bedenken, ob ich euch schonen kann;
Ihr seid ja meine Brüder und einer Mutter Kind.
Dann red' ich mit den Hunnen, ob sie zum Ausgleich willig sind.«

»Wir müssen einmal sterben«, sprach da Giselher.
So raube uns denn niemand die ritterliche Wehr.
Hier stehen wir noch immer, wer gerne mit uns ficht!
Man findet an mir keinen, der einem Freund die Treue bricht.«

- Als Folge dieser auch hier ausgesprochenen Nibelungentreue gibt Kriemhild den Befehl, die Halle an allen vier Ecken anzuzünden. (2109)

Lasst aus dem Haus entkommen auch nicht einen Mann.
Den Saal an allen Ecken entzündet ihr mir dann,
so finde ich wohl Rache für all mein Herzeleid.«
Rasch waren Etzels Recken dem Wunsch der Königin bereit.

- Als die Hitze und der Durst in der Halle unerträglich werden, rät Hagen zum Blut trinken – ohne jedoch selbst Blut zu trinken. Aus nur zu verständlichen Gründen wird diese Stelle von Philologen stets in ihrem eigenen Kampf um Deutung übergangen. Es handelt sich offensichtlich um eine Anspielung auf die christliche Eucharistie/das Abendmahl. Die Verwandlung von Wein in Blut oder umgekehrt hier von Blut in Wein. Hagen der Jude trinkt selbstverständlich kein Blut – weder in dieser Geschichte, noch irgendein Jude als Ritual und auch nicht als symbolische Geste. Das Bluttrinken ist und bleibt allein den Christen vorbehalten. Dass der köstliche Trunk angenehm gekühlt gewesen wäre, darf bezweifelt werden. (2114 – 2116)

»Ich rat' euch, edle Ritter«, sprach Hagen, was ihr tut.
Wem von der Hitze dürstet, der trinke hier das Blut.
Das ist in solcher Hitze besser noch als Wein.
Uns kann in dieser Stunde nichts Besseres geboten sein.«

»Nun lohn' Euch Gott, Herr Hagen«, sprach der müde Mann,
»dass ich solche Labe durch Euren Rat gewann.
Man schenkte mir noch selten einen besseren Wein.
Behalte ich mein Leben, ich will Euch stets gewogen sein.«

Als die anderen hörten, dass es ihm schien so gut,
Versuchten es noch viele und tranken auch das Blut.
Und neue Kraft erfüllte vieler Helden Brust,
die manche Frau mit Schmerzen an lieben Freunden spüren musst.

- Rüdiger gerät in Gewissenskonflikte, da er einerseits die Gäste zuvor bewirtet und nach Etzelburg gebracht und sie damit unter seine

Gastfreundschaft und Schutz gestellt hat, andererseits bedrängen ihn Etzel und vor allem Kriemhild unter Berufung auf den Treue-Eid, den er ihr geschworen hatte, sie zu rächen und den Kampf gegen die Burgunden aufzunehmen. Er tritt mit seinen Mannen in den Kampf ein. Dass er es mit 12 Recken tut, ist wiederum eine Anspielung auf die Apostel, derer sich die Kirche für ihre Propaganda bediente. Die Zahl Zwölf steht nicht nur für »viele«, wie man an anderen Stellen sehen kann, wo größeren Zahlen genannt werden. So bedürfte es auch keiner 86 Türme oder 86 Jungfrauen, wofür ich allerdings noch keine überzeugende Antwort gefunden habe (2154/2169):

»Was ich hier unterlasse und was ich leiste jetzt,
stets hab ich meine Ehre und höchste Pflicht verletzt.
Und unterlass' ich beides, schilt man mich allzumal.
Jetzt möge mich beraten, der zu leben mir befahl.«

Gewappnet ward der Markgraf mit fünfhundert Mann.
Zwölf Recken schlossen sich ihm zu Hilfe an.
Sie wollten Ruhm erringen in des Kampfes Not.
Sie konnten es nicht wissen, wie nahe schon ihr Ende droht.

- Es ereignet sich ein bemerkenswerter Zwischenfall, worauf hier ebenfalls einmal ausdrücklich hingewiesen werden muss (längerer Text; nur zwei Strophen werden ausgelassen), in dem der Dichter die ganze Größe des Heldenmuts der Opfer mit einer wiederholten Schildgabe in der geschichtlichen Wirklichkeit als auch derer im Epos im Aufeinandertreffen von Rüdiger und Hagen aufleuchten lässt. Dies könnte man als den eigentlichen Höhepunkt des gesamten Epos ansehen: Der gegenseitige Respekt in gegensätzlichen Pflichten. Wenn Hagen an Gott denkt, dann als Jude. Ein Christ hätte sich an Christus oder Maria gewandt. (2194 – 2196)

»Ich steh in großen Sorgen«, sprach weiter Hagen.
»Den Schild, den Gotelind mir gab zu tragen,

den haben mir die Hunnen, zerhauen vor der Hand.
Als Freundesgabe brachte ich ihn in Königs Etzels Land.

Wenn mir Gott im Himmel doch gönnen wollte,
dass ich einen solchen Schild noch tragen sollte,
wie du ihn hast in Händen, edler Rüdiger,
dann bräuchte in diesen Kämpfen keine Halsberge (Halsschutz) mehr.«

»Wie gern wollt ich dir helfen mit meinem Schilde,
wagt ich ihn dir zu geben vor Frau Kriemhilde.
Doch nimm ihn hin, Hagen, und trag' in in der Hand.
Ach, dürftest du ihn bringen heim in der Burgunden Land!«

Als er ihm so willig den Schild als Gabe bot,
da wurden viele Augen von heißen Tränen rot.
Es war die letzte Gabe, die er je auf Erden mehr
einem Degen schenkte, der edle Markgraf Rüdiger.

Wie grimmig man sonst Hagen und harten Sinnes sah,
ihn rührte doch die Gabe, die seinem Tod so nah
der hochherzige Recke ihm bot mit seinem Schild.
Viele Ritter waren mit ihm von tiefem Weh erfüllt.

- Hagen dankt Rüdiger für die Übergabe des Schildes. Er zeigt sich mit Rüdiger verbunden und erwidert darauf. (2201/2209)

»Jetzt lohne ich die Gabe, edler Markgraf, dir.
Wie sich zu dir auch stellen diese Recken hier,
an dich rührt ich im Kampfe niemals meine Hand.
Erschlügst du auch alle die Recken von Burgundenland.«

- Bemerkenswert ist, dass gerade auch an dieser Stelle, die Helden weinen (auch 2225). Dies zeigt deutlich, dass der Dichter kein Heldenepos verfassen wollte. Auch an anderen Stellen werden Gefühle anders geschildert. Rüdiger ist die einzige Person im gesamten Epos, die mit edeler Gesinnung auftritt und so mag er der Vorstellung von einem wahren Christen entsprechen. Selbst der kühne Dietrich wird nicht derart herausgestellt. Wenn Hagen durchgehend als grimmig beschrieben wird, so deutet das nicht auf Übellaunigkeit hin, sondern ist dies mit Entschlossenheit zu übersetzen. (2202)

Da dankte ihm geziemend der edle Rüdiger.
Es weinten rings die Helden, dass jetzt keiner mehr
zum Ausgleich bringen konnte diese Herzensnot.
Der Vater aller Tugenden fand in Rüdiger den Tod.

- Durch Missverständnisse und Übermut gerät letztlich auch Dietrich von Bern in den Kampf, in dem er alle seine Krieger bis auf Hildebrand verliert. Auch auf Seiten der Burgunden gibt es nur noch Gunther und Hagen als Überlebende des Kampfes. Dietrich verlangt, dass sie sich nun ergeben sollen. Das könnte man entsprechend auch als »Nibelungen-Trotz« bezeichnen. (2238)

»Das möge Gott verhüten«, sprach Hagen, »dass so bald
zwei Helden sich ergeben in deine Gewalt,
die noch in Wehr und Waffen dir gegenüberstehen
und frei und unbezwungen noch vor ihren Feinden gehen.«

- Es ist Volker, der Dichter und Kämpfer, der uns daran erinnert, dass auch viele Juden sich durch Selbsttötung und Tötung ihrer Angehörigen, dem Zugriff des Mobs einst entzogen. Rüdiger wurde getötet und man fordert die Herausgabe seiner Leiche. Auch hier stehen Hagen und Volker Seite an Seite. (2266/2267)

»Niemand«, erwidert Volker, »gibt ihn euch heraus.
Holt euch doch den Toten, selber aus dem Haus.
Hier liegt mit Todeswunden der Held in seinem Blut.
Das wäre erst ein voller Dienst, den ihr dem Markgrafen tut.«

»Zu viel der Furcht«, sprach Volker, »wenn einer niemals wagt,
zu tun aus eigenem Willen, was man ihm untersagt.
Das kann ich nimmer heißen rechten Heldenmut.«
Die Rede schien dem Trojner von seinem Kampfgesellen gut.

- Dietrich macht sein ritterliches Angebot. (2240)

»Ich sichre meine Treue euch zu mit meiner Hand,
dass ich euch geleite heim in euer Land.
Dafür setz' ich mein Leben und meine Ehre ein.
Was ich durch euch erlitten, soll dann ungeschehen sein.

- Dietrich ringt sowohl den erschöpften Hagen als auch Gunther nieder und bringt beide gefesselt vor Kriemhild. (2353/2355)

Er fesselte Hagen und führt ihn mit sich fort.
Er suchte Kriemhilde und übergab ihn dort
den kühnsten aller Helden, der je ein Schwert gezückt.
Nach allen ihren Leiden, wie war Kriemhild jetzt beglückt!

Da sprach der edle Dietrich: »Ihr sollt den kühnen Mann
verschonen, edle Fürstin. Wenn das geschehen kann,
wird er Euch Sühne leisten; noch ist es nicht zu spät.
Er soll es nicht entgelten, dass er gefesselt vor Euch steht.«

- Hagen stellt sich seiner Verantwortung und es kommt nochmals zur Hortforderung. Bemerkenswert ist, dass sie sich immer nur an Hagen wendet. Da der Hort für alle erkennbar gar nicht vorhanden ist, ist diese Forderung nach Herausgabe nur dann verständlich, wenn der Hort eben nicht materiell und die Frage rein allegorisch zu verstehen ist. Ihr noch lebender Bruder Gunther wäre allemal der standesgemäße Adressat einer materiellen Forderung gewesen. (2367 / 2369)

Zuerst trat vor Hagen Kriemhild, die Königin;
zu dem Helden sprach sie mit feindseligem Sinn:
Was ihr mir genommen, gebt es heraus,
dann kommt zu den Burgunden vielleicht ihr lebend noch nach Haus.«

»Begehret, hohe Fürstin«, sprach Hagen, »solches nicht.
Umsonst sind Eure Worte; mich bindet Eidespflicht,
dass ich den Hort nicht zeige und dass ihn niemand hebt,
solange auch nur einer von meinen lieben Herren lebt.«

»So end' ich es«, sprach Kriemhild. Und auf ihr Gebot
gab man ihrem Bruder Gunther den Tod.
Sie ließ das Haupt ihm nehmen; bei den Haaren trug
sie selbst es vor den Trojner. Das war dem Helden leid genug.

➤ Kriemhild verschont ihren Bruder Gunther nicht. Hagen trotzt Kriemhilds Willen und sieht schicksalsergeben seinem Tod entgegen. Als Jude spricht er auch nur von seinem Gott. Er sieht in Kriemhild eine Teufelin, die selbst ihren (Glaubens-)Bruder opfert. Ich gehe davon aus, dass hier die Burgunder als arianische Christen gegen die trinitarische, römische Christin/Kirche stehen. Das Geheimnis des Hortes nimmt er sehenden Auges mit in den Tod. Der Singular ist sprichwörtlich, bei Hagen im Nibelungenlied ist aber nirgends davon die Rede, dass er nur ein sehendes Auge besessen habe. Auch dieses Interpretieren entspringt in erzählerischer, darstellerischer oder filmischer Hinsicht lediglich wiederum einer Anleihe aus einer der Vorlagen-Sagen, wo Hagen ein Auge verliert. Odin hatte auch ein Auge geopfert, um Weisheit zu erlangen. Doch der Dichter weicht bewusst dieser Fährte aus. (2370/2371)

»Du hast deinen Willen zu Ende jetzt gebracht;
Es ist auch so ergangen, wie ich es alles mir gedacht.
Der Schatz, den weiß jetzt niemand als Gott und ich allein.
Der soll für jetzt und immer dir Teufelin verhohlen sein.«

- Kriemhild ergreift dann das Schwert Hagens, Siegfrieds Balmung, und schlägt ihm den Kopf ab. Doch dies ist für Hildebrand anmaßend und die Tat an einer gefesselten Geißel unter dem Schutz Dietrichs dann zu schändlich. Hildebrand tötet sie nicht nur, der Dichter lässt hier seine ganze Verachtung aufblitzen, indem er sie regelrecht zerhauen lässt. Wer nach christlichen Gedanken oder nach einer Kriemhild-Verehrung Ausschau gehalten hat, sollte spätestens jetzt einsehen, dass er gänzlich im Irrtum war. Die Anklage richtet sich gegen Kriemhild und damit gegen die römische Kirche. Alles, was zuvor geschah, geht auf ihren Ehrgeiz und ihr Geltungsbedürfnis zurück. Durch ihr Verhalten gerieten ihre Brüder, Hagen und der ganze Hof in Bedrängnis und mussten in Notwehr handeln. (2376)

Er warf, vor Zorne sprühend, sich auf die Königin;
mit einem schweren Streiche streckte er sie hin.
Angstvoll sah sie drohen des Alten Strafgericht.
Sie schrie vor Entsetzen, doch das rettete sie nicht.

Da lagen sie nun alle, des Todes blut'ge Wahl
vom Schwert war zerhauen des Königs Eh'gemahl.

- Der Schluss – der Nibelungen Not. Das ist ihr zwangsläufiges und unausweichliches Schicksal, wie ein fanatisierter und indoktrinierter Mob sich entlang der Kreuzzugswege an den Juden verging.

Ine kán iu niht bescheiden, waz sider dâ geschach:
wan ritter unde vrowen weinen man dâ sach,
dar zuo die edeln knechte, ir lieben friunde tôt.
Hie hât daz maere ein ende: daz ist der Nibelunge nôt.

Ich kann euch nicht bescheiden, was weiter noch geschah.
Ich weiß nur, dass man Ritter und Frauen weinen sah
und auch die edlen Knappen um lieber Freunde Tod.
Hier hat die Mär ein Ende: ***das ist der Nibelungen Not.***

Resümee:

Was anscheinend nie gefragt wird: Warum fordert Kriemhild nur von Hagen den Hort? Selbst wenn ihre Brüder nicht wüssten, wo er in den Rhein versenkt worden war, aufgrund seiner Lehnspflicht hätte Hagen ihnen dies preisgeben müssen. Merkwürdigerweise hat aber auch sie ihn nicht einmal nach dem Ort gefragt, obwohl sie doch wusste, dass er im Rhein versenkt worden war! Und klar ist damit auch, dass sie kaum damit rechnen konnte, dass der Schatz nunmehr so einfach nach Etzelburg gebracht würde. Schon gar nicht, wenn er dermaßen riesig gewesen wäre. Das belegt, dass es mit dem Hort etwas ganz anderes auf sich haben muss. Gernot hatte geraten, ihn zu versenken, damit er niemandem mehr nutzen sollte. Eine doch immerhin überraschende Konsequenz, die wohl damals wie heute niemand ziehen würde. Der Hort wurde nicht versteckt, sondern versenkt – und nichts deutet darauf hin, dass die Könige ihn für sich nutzen wollten. Der Dichter verrät dadurch, dass es mit dem Hort eben mehr auf sich hat als nur Gold und Geschmeide. Die Gier, mit der er verlangt wird, ist das Streben nach Glück und Heil. Doch die Kirche erwies sich des Heils nicht würdig.

Als Gemahlin Etzels, die ihren Gemahl im Epos in jeder Hinsicht beherrscht, bedurfte sie auch keines materiellen Schatzes. Es ist offensichtlich, dass hier vor allem der Kampf zwischen Kriemhild und Hagen im Vordergrund steht. Dass sie mit Geld Einfluss gewinnen will, hat sie bewiesen. Dass sie als Gemahlin auch über genügend Mittel verfügt, ebenfalls. Der Hort als materieller Schatz macht für sie keinen rechten Sinn; als mythische Legitimation für ein Christentum, dass sich lediglich auf die jüdischen Wurzeln stützen kann und muss, jedoch schon.

Die Erklärung liegt in dem Sinn, den der Dichter dem Hort gibt. Gunther und seine Brüder wollten nie mittels eines religiösen und fremden Heils regieren. Kriemhild in ihrer Allegorie als Kirche wollte jedoch nicht nur schon, sondern unbedingt und dabei wahrlich über Leichen gehend regieren. Wenn man genauer hinsieht, bewegt sie die Erbschaft Siegfrieds – der neue Mythos eines Christentums– sie mehr als die Rache an Hagen. Das Christentum soll das Heil gewinnen – der Jude Hagen versagt ihr das.

Er will keine kirchliche Herrschaft, weil er weiß, was das für Juden und andere Religionen bedeutet, bedeutet hat und bedeuten wird.

Ein literarisches Werk kann keine Historie ungeschehen machen, aber es kann Frevel und Unrecht anklagen und die Erinnerung wachhalten. Es kann auch als Warnung für künftige Generationen dienen. Aber das eben nur, wenn man die Erinnerung und Warnung und das Motiv des Dichters verstanden hat. Dass der Judenhass noch über einen Luther hinaus und selbst noch über die maßlosen Verbrechen Hitlers und der Nazis hinaus bis in unsere Tage Bestand haben würde, konnte der Dichter nicht ahnen. So kann man in seinem Sinne dichten:

Die Saat, die einst gesät, sie schwärt in unsre Tage,
das ist der Nibelungen Not die ungehörte Klage.

Die zitierten Textstellen sollten in etwa den Verlauf der Geschichte und vor allem die jeweiligen Allegorien verdeutlichen, die diesem Epos seinen Sinn verleihen. Trotz aller Ausführlichkeit, mit denen das Epos hier dargestellt wird, sind dies noch lange nicht alle Stellen, die eine allegorische Sicht erfordern. Sie sollten aber genügen und vielleicht zur eigenen Lektüre anregen.

Um der Thematik jedoch in umfangreicherem Sinne gerecht zu werden, sollten zunächst auch andere Interpretationen vorgestellt werden. Trotz des zumindest teilweise anklingenden Zeitaspektes werden nirgends die Folgen der Kreuzzüge für die Juden gesehen. Und dies mag durchaus damit zusammenhängen, wie der Autor Kreis seine Sicht am Anfang dieses Buches bzw. an Ende seines Buches darlegt.

Bei den folgenden Zitaten gilt es im Bewusstsein zu halten, dass sie stets nur einen kleinen Teil der vorgelegten Argumente und Schlussfolgerungen wiedergeben können. Auch dass die Auswahl der Zitate subjektiv erfolgte, versteht sich von selbst. Ich hoffe aber, dass ich mit den wiedergegebenen Gedanken dieser Autoren deren Anliegen hinreichend verständlich und getreu deren Absichten wiedergegeben habe. Niemand ist daran gehindert, selbst die Texte zu studieren und sich auf deren Inhalt und Motive einen Sinn zu suchen.

Im Folgenden werden die Zitate *kursiv* dargestellt. Da sämtliche Autoren (Ausnahme Rudolf Kreis) ganz andere Thesen und Interpretationen oder gar nur den Inhalt vorstellen, nehme ich die Zitate zum Anlass, sie unter dem Blickwinkel der hier vertretenen These zu erläutern bzw. zu kommentieren. Der Text gibt also nur in Ausnahmefällen den Inhalt des besprochenen Buches wieder.

In den folgenden Buchbesprechungen werden die Zitate jeweils in *kursiver Schrift* dargestellt.

Andreas Heusler: Nibelungensage und Nibelungenlied – Die Stoffgeschichte des deutschen Heldenepos

Heusler wendet sich mit seiner Untersuchung den Quellen des Nibelungenlieds zu. Vor dem Hintergrund der zahlreichen Sagen, sieht er doch in dieser Dichtung ein eigenständiges und neues Werk des Dichters. Da dies heutzutage weitgehend unbestritten ist, kann ich es mit diesem Hinweis belassen. Es ist ausreichend zu wissen, dass die Personen und Handlungen durchaus nicht übereinstimmend sind, sondern oft sogar gegensätzliche Varianten bieten. Ich bin darauf bereits eingegangen. So tötet sich einmal Brunhild selbst, da sie Siegfried liebte und einst seine Braut gewesen war, andererseits tötet auch einmal eine Kriemhild/Gudrun Etzel/Atli, weil er ihre Brüder getötet hatte usw. Vor dem Hintergrund der hier angestellten Untersuchung mag dies alles auf sich beruhen und der Text so gewürdigt werden, wie ihn der Dichter mit seinem Nibelungenlied letztlich komponiert hat.

Heusler sieht keinen tieferen Zusammenhang mit irgendeiner historischen Wahrheit, wie es vor allem die Autoren Dieter und Jürgen Breuer oder Ritter-Schaumburg sehen. Einzig die Hochzeit Etzels in Wien lässt Heusler an die Hochzeit Leopolds IV. in Wien denken. Eine Bedeutung im Zusammenhang mit Geschehnissen vor 1200 sieht er ansonsten nicht.

Heusler fasst die Neuerungen des Dichters gegenüber vorhandenen Sagen zusammen (S. 52):

1. *Er hat die beiden Sagen zu einem Dichtwerk verkettet.*
   (Anm. R.W.: Nicht nur zwei!)
2. *Er hat dies in einer einheitlich neuen Form durchgeführt, in der Langstrophe.*
   (Anm. R.W.: u.a. mit einer charakteristischen Zäsur in der Mitte)
   Er hat die beiden Teile inhaltlich angeglichen.

3. *Er hat das Ganze höfisch verfeinert, in der Sittenschilderung wie in dem Seelenleben.*
   (Anm.R.W.: Das Seelenleben wird nur in einem Ausnahmefall literarisch entfaltet: bei Rüdiger. »Hof« und »Kirchenbesuche« bleiben klischeehaft)
4. *Er hat die Sprache und Vers in den Ansprüchen der Zeit gemacht.*
5. *Er hat ausgeweitet, bereichert, und gab beiden Teilen ungefähr gleiches Maß.*

Der Hort ist im staufischen Epos nach wie vor eine Klammer der beiden Sagen: Triebkraft im Sinne des Schicksalspiels ist er nicht. Weder die zauberische Wirkung des Albenschatzes noch die verderbliche Macht des Goldes im allgemeinen soll sich in unserer Doppelsage verkörpern. (S. 58)

Da wird man schon fragen dürfen, warum denn der Dichter ein angeblich bedeutungsloses Requisit als Klammer verwenden sollte. Heusler sieht offenbar nur die materielle Seite des Horts und nicht seine immaterielle. Es macht durchaus einen Sinn, wenn Kriemhild bis zum Ende nach dem Hort fragt und strebt.

Keiner der Helden stirbt mit einem Aufblick zur Gottheit, einem Gedanken an sein Seelenheil. Vor allem auch des Verfassers eigene Stimmung, wie sie in tausend Klängen das Buch durchzieht, ist nicht die des Strafpredigers. (S. 61)

Die Schicksale, die dieser zarte Dichter zu erzählen hat, sind eigentlich zu furchtbar für sein Nacherleben. Wohl glüht seine Einbildung noch für die Lust der Kriegertaten, sie scheut auch nicht das Waten im Blute; das zeigen uns seine eigenen Zudichtungen. Aber all das Harte und Unsittliche, das auf die geliebten Helden niederschlägt, zerbricht fast seine Seele. (S. 62)

In der Tat hält sich der Dichter erstaunlich zurück, wenn es um Wertungen oder Verurteilungen der Taten gehen könnte. Er schildert gewiss ausführlich, aber gewiss keine geliebte Helden, wie hier fälschlich unterstellt wird. Es sind ganz andere Seelenrührungen, die den Dichter zur Feder greifen ließen, wie bereits deutlich geworden ist.

Jene tatenlos-redseligen Strecken wird der heutige Leser am liebsten überschlagen. Der Dichter und wohl auch seine Hörer dachten darüber anders. Hier sah man die eigene Umwelt ausgemalt, aber nicht ins Vollkommene; so vornehm, rundhändig und so lebensfroh wünschte sich der Spielmann das Treiben seiner hohen Herrschaften. Die Hofkreise in Wien und Passau werden gern in diesen verschönernden Zeitspiegel geschaut haben. (S. 67)

Vor dem Hintergrund, dass es sich beim Nibelungenlied um eine Anklage gegen die Ausschreitungen im Zusammenhang mit den Kreuzzügen handeln könne, muss man schließlich erst einmal kommen. Es ist wie das Herumreichen fotografischer Stadtansichten, wie sie sich vor den Bombardierungen des Zweiten Weltkriegs zeigten. Für empfindsame und kulturell gesinnte Menschen bedürfte es sicherlich keiner anklagenden Worte mehr, um diese Gräuel auch für das geistige Auge sichtbar zu machen. Dem Dichter genügte das Aufzeigen, um den Hörern oder Lesern unausgesprochen seine Bewertung verständlich zu machen. Das friedfertige Leben durch alle Gesellschaftsschichten war nach 1095 beendet und reicht sogar noch über das Ende eines Zweiten Weltkriegs hinaus. Was der Dichter nicht ahnen konnte, gibt seinem Werk deshalb bis heute ein großes kulturelles Gewicht.

Diese Riesenblutbäder sind nicht aus dem Geiste altgermanischer Heldendichtung; die will kaum je durch hohe Zahlen beeindrucken. (S68)

Diese Feststellung sollte genau deswegen zu denken geben. Daran sieht man, dass es dem Dichter nicht um germanische Nachdichtungen ging, sondern um Aufmerksamkeit für die Blutbäder, die an den Juden und Nicht-Christlichen (1099 in Jerusalem) und im folgenden selbst an Christen in Ungarn und Konstantinopel angerichtet wurden und sich auf diese Weise ins Epos drängen.

Der Gedanke war nicht: Hagen ist im Grunde fromm – dies muss hier noch zum Ausdruck kommen, sonst hätte sein Bild eine Lücke. (S. 69)

Wer sich Hagen genau ansieht, entdeckt sehr wohl, dass er von einem Gott ausgeht. Ohne Gott hätte vor allem das Bild Hagens eine wesentliche Lücke, ohne die sein Handeln nicht recht verständlich wäre. Heusler sieht aber auch, dass dieser Gott Hagens offenbar nicht der trinitarische der christlichen Kirche ist. Mit diesem will Hagen in der Tat gerade nichts zu tun haben, aber der Leser oder Hörer erkennt, dass Hagens Könige und ihr Volk auf dem besten bzw. eher schlechten Weg sieht, diesem zu verfallen. Die Burgunden waren historisch zunächst, wie alle anderen Germanen, dem arianischen Christentum zugewandt. Auch diese kannten nur einen ungeteilten Gott. Der seit dem Konzil von Nicäa im Jahr 325 eingeführte dreifaltige Gott der katholischen Kirche gab den Monotheismus auf. Auch wenn dies mit theologischen Spitzfindigkeiten bis heute bestritten wird. Die Machtverhältnisse zugunsten des römischen Katholizismus änderten sich für alle erst endgültig mit der Vernichtung und Unterwerfung der anderen germanischen Stämmen und der erlangten Vorherrschaft der katholisch orientierten Franken.

Heusler hat herausgearbeitet, welche Ausweitungen der Dichter vorgenommen hat. Damit hat er eigene Akzente gesetzt. Der Kampf mit der Nachhut war wohl den aktuellen Spannungen zwischen dem Bischof von Passau und dem Herzog von Bayern geschuldet. Er erkennt aber leider nicht, dass diese Episoden der Untermauerung der unausgesprochenen Anklage gegen das Christentum dienen (S. 75):

1. *Der Sachsenkrieg*
2. *Siegfrieds Besuch im Zwergenland*
3. *Auf welche Weise Siegfried verraten wurde*
4. *Abreise Sigmunds nach Siegfrieds Tod*
5. *Überbringung des Nibelungenhorts nach Worms*
6. *Kampf der burgundischen Nachhut mit dem Gefolge Gelpfrats*
7. *Wie er nicht vor Kriemhild aufsteht*
8. *Das Massenturnier am Hunnenhof*
9. *Wie Blödelin erschlagen wurde*
10. *Kampf und Tod der Dietrichmannen.*

Daneben wären u.a. noch ergänzend erwähnenswert, was gegenüber vorliegenden Sagen aus religiös motivierten Gründen anders gestaltet wurde:

- Hagen wird ausdrücklich nicht als Bruder Gunthers bzw. dessen Geschwistern dargestellt
- Nirgends gibt es in den Sagen drei gleichberechtigte Könige
- Der doppelte Raub von Ring und Gürtel
- Die Rollen eines Markgrafen Rüdiger oder eines Blödelin gibt es nirgends
- Das Erschlagen des Fährmanns
- Die Weissagungen der Wasserfrauen
- Der Anschlag auf den Kaplan und seine Rettung
- Die doppelte Schildgabe zwischen Rüdiger und Hagen

- Das Bluttrinken der Krieger
- u.a.mehr

Heusler stellt zu recht fest (S. 80):

Der Nibelungendichter war ein belesener Mann.

Zum einen ist ein Bezug zum Umfeld des bischöflichen Hofs in Passau durchaus vorstellbar, wie es auch Heusler sieht. Nicht zuletzt die Fassung C und die angehängte Klage sprechen dafür, dass das Epos in christliche Kreise gelangte. Allerdings ist damit gerade nicht auch belegt, dass der Verfasser überhaupt ein Christ sein müsste. Die Haltung des weltlichen bzw. kirchlichen Hochadels in der Judenfrage war keineswegs so eindeutig wie in den Gassen und Elendsvierteln der Städte oder bei den bestenfalls halbgebildeten Adligen. Auf diese scheinbar banale Feststellung ist deshalb ausdrücklich einzugehen, weil von einigen Forschern vorgetragen wird, beim Verfasser könne es sich aufgrund der gezeigten Bildung nur um einen Kleriker handeln, da nur diese in der damaligen Zeit des Lesens und Schreibens kundig gewesen wären. Das stimmt zwar leider, weil außerhalb von Klöstern und klerikalem Bedarf keine Notwendigkeit für Bildung jedweder Art gesehen wurde. Es wurde als ausreichend erachtet, was in der Bibel für die Priester stand und was diese rudimentär und vor allem alttestamentarisch dem Volk predigten. Bilder genügten zur Manifestation des Glaubens (Adam und Eva im Paradies; Moses auf dem Berg; Plagen). Der Besitz von Bibeln war nicht nur unerschwinglich für das Volk, er war schlichtweg verboten. – Doch all diese Bedenken gelten für Juden und damit als Kritikpunkt gerade nicht! Die jüdische Erziehung legte Wert darauf, dass jeder schreiben und lesen können sollte. Deshalb konnten auch sehr viele Juden lesen und schreiben und ihre Synagogen waren Orte der Bildung und sie selbst deshalb auch oft Berater und Dienstleute der Herrscher. Gerade Worms wurde aufgrund seiner gebildeten und lehrenden Juden als das zweite Jerusalem angesehen. Worms hatte seinen Ruf und dies machte es für den Dichter zum Handlungsort, aber er kannte sich am Rhein und jenseits der Donau offenbar nicht aus. Die Bauteile des Epos müssen stimmig sein, nicht die historische oder geographische Korrektheit.

Das Argument gegen eine jüdische oder jüdisch wohlgesinnte Urheberschaft des Epos verkehrt sich somit nahezu in das Gegenteil. Das Epos war aufgrund seiner Schriftlichkeit für Juden viel eher zugänglich als für Christen. Es dauerte noch sehr lange, bis wenigstens im Adel der Analphabetismus überwunden war. Die Schriftlichkeit (Lesen, Schreiben und auch Rechnen) war für Juden als Gläubige und auch als Händler und Kaufleute unabdingbar, während sie bei Christen außerhalb der kirchlichen Interessen geradezu verpönt war. Deswegen wird auch bis heute viel zu wenig bedacht, dass wir bis in die Neuzeit stets nur eine kirchliche Geschichtsschreibung haben, die viel zu wenig hinterfragt wird. Zahllose mittelalterliche Urkunden sind nichts als Fälschungen. Die berühmt berüchtigte Konstantinische Schenkung ist nur die wohl weitestreichende und bis heute gleichwohl als Legitimation für einen Kirchenstaat dennoch anerkannte. Was das mittelalterliche kirchliche Fälscherwesen im Einzelnen und in letzter Konsequenz bedeutete und bedeutet, das ahnen bis heute die wenigsten. Es geht jedoch über unser Thema hinaus und dies mag sich jeder selbst ausmalen oder sich gezielt informieren.

Bezeichnend ist, dass nahezu gleichzeitig mehrere Fassungen erstellt wurden. Bis heute wird der Unterschied zwischen einer Fassung B und C kaum gewürdigt. Der geglätteten Fassung C hängte man zudem einen weiteren Text als Klage an, der diese Tendenz stützen sollte. Wenn man den Unterschied nicht erkennt, misst man den Differenzen auch keine größere Bedeutung bei. Und da liegt der Fehler.

Die Verarmung der Brünhildengestalt hat man wohl damit erklären wollen, der Epiker habe schlecht Bescheid gewusst und für den ersten Teil seines Werkes dürftige Quellen gehabt. Das ist ein Irrtum! Sein Brünhildenlied – auch wenn wir nur eines ansetzen – war eine ausgiebige Quelle; reicher ausgestaltet war diese Sage damals wohl nirgends in Deutschland. Wenn Brünhild verarmt ist, noch unter die Stufe des Liedes hinab, geschah es mit dem freien Willen des Österreichers. (S. 93)

Heusler hält aufgrund der Ortskenntnisse naheliegend einen Österreicher für den Dichter des Epos; möglicherweise könnte es auch ein Dichter aus Süddeutschland gewesen sein. Jedenfalls sind Wien und Passau Städte, die er mit ersichtlichem Wohlwollen einbindet. Das mag angesichts der eigentlichen Problematik und des Untersuchungsgegenstands (Motiv?) auf sich beruhen. Dass über Jahrzehnte nichts von den aufbrechenden Kreuzfahrern bis an die Donau gedrungen sein soll, ist vollkommen undenkbar. Die deutschen Kreuzzüge führten eben entlang des Rheins und der Donau und damit verbreitete sich auch die Kunde über ihre Auswirkungen.

Wir sahen, seine menschlichen Zu- und Abneigungen waren der eine Grund, der andere die bewusste künstlerische Absicht, aus Kriemhild die neue Heldin, die Heldin der Doppelsage, zu machen. Zu dieser bedeutsamen Umbiegung der Sagenlinie führen die beiden Kräfte, A und B.

Ob man die durchgängige Neugestaltung der Vorlagen noch als Umbiegen bezeichnen kann oder muss, mag auf sich beruhen. Umgebogen wurde anschließend die Urfassung, aber nicht A und B, sondern C! Dies ist der große Irrtum Heuslers, der der Eigenständigkeit des Epos zu wenig Gewicht beimisst. Wenn man mit jüdischem Denken nicht vertraut ist oder nicht einmal auf den Gedanken kommt, dass hier eine Spur zu finden wäre, übersieht man eben, dass es offenbar eine jüdisch geprägte Einstellung ist, so Berichtetes für sich sprechen zu lassen und nicht menschlich werten zu wollen. So damals, so auch nach der Shoah/dem Holocaust unter der Nazi-Herrschaft. So für Kriemhild, so für Eichmann. Warum wohl nennt sie der Dichter bis zum Schluss treue Königin, lässt sie jedoch zerhacken? Die Art ihres Todes ist ebenfalls eine dichterische Neuschöpfung. Der Dichter macht niemanden zum Helden oder Heldin, er erklärt auch nicht, wie man leben solle, was ansonsten den Antrieb für die höfische Dichtung darstellte. Alles wird nur verständlich, wenn ein Jude berichtet und sich literarisch auf Tatsachen und Anschauungen stützen bzw. dies literarisch als alte Mär gestalten will. Die christliche Kirche gehört in seinen Augen zerhackt, weil sie den Pogromen und dem Morden nicht nur kein Einhalt geboten hatte, sondern durch fortwährende Propaganda in den unteren Volksschichten zur Volksverhetzung maßgeblich beitrug.

Das Nibelungenlied erweist seine Stärke gerade in der wertfreien Schilderung der Ereignisse und der Personen. Nirgends wird getadelt oder lobend hervorgehoben – nicht bei Siegfried, nicht bei Hagen, nicht bei Gunther, nicht bei Kriemhild, nicht bei Etzel, nicht bei Rüdiger, nicht bei Dietrich und auch nicht bei Blödelin. Während bei anderen Namen Vermutungen über die Herkunft oder Bedeutung angestellt werden, macht sich hier niemand diese wohl leicht zu erledigende Mühe. Auch die schon durch ihre Tätigkeit inakzeptablen Boten, die Spielleute Werbel und Schwemmlein (oft ganz unterschiedlich geschrieben) lösen mit ihren Namen kein Sinnsuchen aus. Die naheliegenden ironisch-zynischen Gedanken, die den Autor mit großer Wahrscheinlichkeit bei der Namenswahl begleiteten, sind für die Interpreten offenbar allzu fernliegend.

Dass Brunhild in die zweite Reihe verwiesen wird, deutet vielmehr darauf hin, dass zwar auch sie als Opfer des Macht- und Täuschungswahns gesehen wird, aber sie trägt weder heidnisch zuordenbare, noch christliche, aber auch kein ausgesprochenes muslimisches oder jüdisches Gepräge. Sie bleibt in einer Zwitterrolle – nicht nur als erkennbares Mann-Weib. Hagen übernimmt jedoch staatstragende Verantwortung – wenn man dies modern so ausdrücken will –, die Rolle des Verteidigers, der die gute alten Ordnung wieder herstellen will, der der weltlichen Herrschaft das Primat in weltlichen Dingen und religiöser Herrschaft in religiösen Bereichen das Primat einräumt. Er stellt die Gürtel-entblößte und hintergangene Königin und seinen damit mit bloßgestellten König unter seinen Schutz, da er im Christentum, wie es mit Siegfried die Bühne betritt und wie es sich breitmacht und mit Kriemhild als institutioneller Inkarnation, als Kirche, die friedlich geordnete Welt bedroht.

Daneben bedeutet es keine Nachteil, dass nun immer der Gefolgsmann, eben Hagen, als einziger Horthüter erscheint. So selbstherrlich wie dieser Hausmeister im Epos dasteht, kann er auch hierin die Könige vertreten. (S. 94)

Auch hier haben wir es mit einer signifikanten Fehldeutung zu tun. Hagen tritt nie in eigenem Interesse oder gar selbstherrlich auf. Im Gegenteil: Er übernimmt sogar Verantwortung und Schuld, wo Gunther bzw. die Könige Mitschuldige waren – bei der Täuschung Brunhilds, der Zustimmung zu Siegfrieds Ermordung und bei der Sicherung bzw. Unschädlichmachung des Horts. Die Verantwortung fällt allen entgegengesetzten Deutungen nur dem bzw. den König/en als Herrscher/n zu. Es gilt das gleiche wie bei Jesus: Nicht die Juden – wie auch immer man ihr Verhalten schildern möchte – sondern allein die Römer waren für seine Hinrichtung als Herrschende verantwortlich. Hagen ist hier der Jude, dem allein die Schuld in die Schuhe geschoben wird, obwohl es sich aus den Texten jeweils klar ergibt, das andere das Sagen hatten. Hagen war stets aufrecht, aber nicht selbstherrlich – das ist ein gewaltiger Unterschied. Siegfried war unverkennbar Aggressor, Hagen stets nur Verteidiger und Schild. Das sagt schon sein Name: Mittelhochdeutsch »Hagen« weist auf Zaun, Umzäunung und Abwehr hin. In meinem Heimatort steht ein kleines, ironisierendes Denkmal mit »Zwei Nachbarn am Lallehaag«. Gemeint ist damit sinngemäß: »Latten-Zaun«, vielleicht auch »Schwätz-Zaun« (Lallen gleich undeutlich, wirr sprechen) und die ironische Botschaft gilt der gepflegte Nachbarschaft, bei der man sich mit Klatsch und Tratsch genüsslich austauscht. Hier schützt der Zaun gerade nicht.

Wir wissen, seitdem Kriemhild die Verräterin ihrer Brüder war – seit der zweiten Stufe –, beherrschten zwei Antriebe ihr Handeln: der alte, von dem Etzel der Ursage übernommenen, das Begehren nach dem ihr zustehenden Horte; und der neue, auf der zweiten Stufe geschaffene, die Rache für Siegfried. Die zwei Gedanken standen in einer Art Wettstreit. (S. 96)

Auch hier verrät ein genauerer Blick anderes: Mit ihrer Heirat ist Kriemhild ihres Racheanspruchs verlustig gegangen. Sie heiratet Etzel aus freien Stücken und betrügt ihn quasi dennoch, indem sie Siegfried jahrelang noch tagtäglich nachweint. Wäre der Aspekt Verlust und Rache tatsächlich der tragende, durchweg tragische, dann lässt sich eine erneute Verheiratung damit nicht vereinbaren. Auch dass sie Siegfrieds Sohn offenbar keine Träne nachweint und ihn bei seinen Großeltern in Xanten zurück und aufziehen lässt, lässt keine Siegfried-Treue oder tiefe Verbundenheit mehr erkennen. Was zu erkennen ist, ist der Verlust, den sie in ihrer Stellung an der Seite eines bewunderten und beherrschenden Helden erleidet. Das ist etwas ganz anderes. Ihr Streben ist bis zuletzt auf die Erlangung des Horts gerichtet. Doch dies ist eben nicht der materielle Hort. Schätze hat ihr Gemahl Etzel allemal genug und nirgends wird ersichtlich, dass nicht auch sie aus dessen unermesslichem Reichtum schöpfen konnte. Der Dramatiker Hebbel greift ebenso wie C dies auf und versucht sich an einer Erklärung, mit der er einfügt, ein Fingerhut sei ihr genug. Den Hort erstrebe sie nur, um ihn an die Untergebenen und das Volk verteilen zu können. Eine gewiss merkwürdige Großzügigkeit, die so hunderten Kämpfern das Leben kostete. Doch auch damit macht er erst auf diesen Bruch aufmerksam.

Hebbel gleicht damit dem vierten Evangelisten Johannes, der mit seinen Rettungsversuchen nur die Lücken und Widersprüche deutlich macht, die die Synoptiker des Neuen Testaments absichtlich geschaffen oder hinterlassen haben (fliehende Jünger; einjähriges Auftreten, keine Maria unter dem Kreuz; letztes Abendmahl als Passamahl; dagegen ergänzt: Ich-Botschaften; die Erweckung eines Jünglings aus Nain, die Erweckung eines Lazarus, das Wasser-Wein-Wunder etc.). Das Fazit zu Kriemhild – sie verrät nacheinander: Siegfried (durch ein Kreuz und die Heirat mit Etzel), ihren Sohn als Pflegekind in Xanten, ihre Brüder (durch Mord), Etzel (mit falscher Treue als Ehefrau), Blödelin (gegen die Interessen seinen friedlich gesinnten Bruders Etzel) – letztendlich opfert sie alle Hunnen, Rüdiger und seine Mannen, Dietrich und seine Mannen und alle Burgunder und Tronjer. Aber das sagt der Dichter nicht ausdrücklich. Er vertraut darauf, dass die Hörer/Leser aufgrund der Taten die Schuldfrage richtig zuordnen können.

Hildebrand vollstreckt den Wunsch der Überlebenden und erfüllt unser, der Zuschauer, Bedürfnis. Aber es ist wahr, der derbe Waffenmeister als Werkzeug des Schicksals gibt keinen so feierlichen Klang wie vormals Dietrich. Man möchte den Nibelungen einen höheren Rächer, der Heldin einen höheren Richter wünschen. (S. 108)

Diese Gedanken gehen an den Gedanken des Dichters vorbei. Kriemhild verdient eben ihr derbes Ende wie alle Juden entlang des Rheins ihr derbes Schicksal erlitten. Sie hat keinen höheren Rächer – aber, und da dürfte der Dichter der Deutung vehement zustimmen: einen höheren Richter verdient. Nur spielt der weder im Leben noch im Epos überhaupt mit. Rache auszuüben war den Juden weder möglich noch entsprach dies ihrem religiösen Verständnis (s.o.). Es ist trotz allem immer ein Vertrauen in eine göttliche Gerechtigkeit, die ein Nichtjude, ein Atheist, aber eben auch selbst ein Christ kaum nachvollziehen können. Nur Juden vertrauen dermaßen in eine göttliche Gerechtigkeit. Alle andern kommen dagegen ohne eine weltliche nicht aus und zünden auch Scheiterhaufen an, wenn sie es für angebracht halten.

Heusler stellt gegen Ende seiner Untersuchung die Frage (S. 113):

Hat der letzte Epiker, der Schöpfer unserer Nibelungen, die Sage verbessert?

Richtiger müsste es auch mit Heuseler selbst, im Plural die Sagen heißen. Hier springt einem das ganze Unverständnis entgegen: Dem Dichter ging es eben nie darum, irgendwelche Vorlagen und Sagen zu verbessern, sondern es ging ihm darum, seine Erlebnisse und die Situation der Zeit für Juden aufzuzeigen bzw. diese Vorkommnisse mittels Anleihen aus Sagen allegorisch zu verarbeiten. Der Dichter überschätzte womöglich die Wahrheitsliebe, das Interesse und das Hintergrundwissen der Menschen und unterschätzte die christliche Verdrängung und Beschönigung der Kreuzzüge. Diese Nichtverarbeitung der Geschichte, die bis in unsere Tage reicht, macht eben das Epos bislang durchgehend unverständlich, weil sich kaum jemand in die damalige Zeit hineinversetzen kann oder will. Allein der dichterischen Form Respekt zu zollen, wird dem Werk nicht gerecht. Aber dies ist nicht dem Dichter anzulasten.

In vielen Schriften verdrießt eine schulmeisterliche Tadelsucht, beinah als wäre es die Pflicht des Künstlers gewesen, seine Vorgänger abzuschreiben, während es doch sein bewusstes Erfinden zu würdigen gilt. (S. 114)

So richtig dieser Satz ist, so ist doch zu fragen, warum Heusler nicht nach dem Motiv sucht. Wenn man einem Dichter ein bewusstes Erfinden zugesteht, kann dieses Erfinden wohl kaum ohne Motiv und Sinn geschehen. Aber diese Fragestellung wird nicht erkannt.

Nur von einer seiner tiefgreifenden Neuerungen kann man sagen, dass sie entnervt hat. Das ist die lieblose, missgünstige Behandlung der Brünhild. Hier hat ein Strang in einem Saitenspiel versagt. Sonst war er fast überall fähig, Spielern und Gegenspielern ihr menschliches Recht zu geben. (S. 116)

Der Dichter gewährt Brünhild sogar das höchste Recht, dass man einem Menschen zu billigen kann: Er lässt Brünhild und auch ihren Sohn am Leben. Nur sie und ihr Sohn überleben als genannte Konflikt-Personen die literarische Mordorgie. Dietrich und Hildebrand werden nur als Sagenquellen eingebunden sind doch nicht viel mehr als nur Randfiguren des Konflikts. Ihr Überleben geht am Kern vorbei. Heusler übersieht, dass der Dichter alle Personen in gleicher Weise darstellt. Es ist sogar sein Markenzeichen, dass er nicht lobt und nicht tadelt, nicht verehrt und nicht kritisiert. Er lässt dafür seine Tatsachen sprechen.

Joachim Heinzle: Das Nibelungenlied

Das Unverständnis in der Beurteilung des Epos reicht von »keinen Schuss Pulver wert«, das vom Preußenkönig Friedrich II. stammt – so u.a. zitiert bei Heinzle, S.81 – bis in die gängige Forschung, die entweder eine Überhöhung deutscher Tugenden (Treue, Pflicht, Gastlichkeit, Aufrichtigkeit etc.) oder ein nur eine Verschriftlichung umlaufender Sagen – ohne jegliche Gestaltungswillen und Gestaltungskraft – sieht. Doch das jeder Dichter auch ein Motiv für sein Werk hat, darf man getrost unterstellen. Die Frage kann also immer nur lauten: Was will uns der Dichter mit seinem Werk sagen? Diese Frage stellt sich deshalb um so dringlicher, je unverständlicher ein Werk erscheint.

Eine durchaus hilfreiche Standortbestimmung liefert Heinzle mit seinem Buch »Die Nibelungen«. Man erhält einen guten Überblick über die Grundlagen, die historischen Dokumente, die Deutungen und insgesamt somit über die Vielschichtigkeit des Epos. Obwohl Heinzle die Version und auch die Klage als informativste Quellen ansieht, sieht auch er, dass die Version B (Not-Fassung) wohl doch die älteste und damit ursprünglichste ist. Die Begründung liest sich dann so (S. 41):

»Der fortgeschrittene Buchstatus der Bearbeitung zeigt sich zunächst darin, dass der Bearbeiter der C-Fassung die Unstimmigkeiten und Motivationsdefizite der Vorlage weitgehend beseitigt oder entschärft, Unklarheiten getilgt und Unwahrscheinlichkeiten erläutert hat. Der wichtigste Eingriff, der der Bearbeitung ein unverwechselbares Profil gibt, betrifft indes die die Makrostruktur. Im Grundtext bzw. in der Not-Fassung stimmen das Hagen- und das Kriemhild-Bild des ersten und des zweiten Teils nicht zusammen.«

Das liegt jedoch nicht daran, dass das Nibelungenlied aus zumindest zwei grundlegenden Sagen zusammengefügt wurde, wie Heinzle meint, sondern daran, dass man in den Figuren etwas stimmig sehen möchte, was eben nicht stimmt bzw. dessen Voraussetzung sich als verändert darstellen. Auch in dieser Interpretation geht man einzig auf die historische und literarische, aber eben nicht auf die allegorischen Wurzeln ein. Hagen zeigt sich in beiden Teilen mit dem gleichen Charakter. Kriemhild erhält ihr eigentliches Gesicht erst im zweiten Teil, da dies im ersten Teil durch den Siegfried/Christus überlagert wird. Ohne Christus ergeben sich für die Kriemhild/Kirche dann ganz andere Erfordernisse. Genau dies zeigt die Hortforderung, die Kriemhild bei der Ankunft der Burgunder in der Etzelburg erhebt, vor der jeder oberflächlich Informierte etwas ratlos steht. Auch die Konstruktion einer höfischen Minne rettet die Interpretationen nicht (S. 69):

»Was weiter wirkt, ist Kriemhilds Liebe zu Siegfried, die über seinen Tod hinausgeht, ja sich erst nach seinem Tod zur eigentlichen »Passion« auswächst, die die Rache motiviert. Ihre destruktive Gewalt scheint unhöfisch zu sein, doch gibt es im Text keinen Anhaltspunkt dafür, dass Kriemhilds lebenslange Bindung an Siegfried als pervertierte Liebe zu verstehen sei.«

Diese Umdeutung von Hass in Liebe ist dem zugrundeliegenden Verständnis geschuldet. Dass jemand einen anderen aus Rache töten will, ist ein zumindest nachvollziehbares Verhalten. Dass jemand aus Liebe tötet, ist absurd und wird so auch nur im Zusammenhand mit eben dem Nibelungenlied angeführt. Der Tod des Täters bringt den Gerächten auch nicht wieder ins Leben zurück, wie Hagen sogar ausdrücklich und zutreffend feststellt. Eine durchweg jüdische Haltung, wenn man erst einmal die diffamierende Deutung negiert. Dass es Kriemhild einzig um den Hort, nämlich das immaterielle Vermächtnis eines Siegfried geht, übersteigt die Fantasie der Interpreten – aber nur so findet sich darin ein Sinn. Die Interpreten sehen sich durch die Hortforderung Kriemhilds immer wieder überrascht. (S. 74):

»Die Forschung wollte sich mit dem scharfen Bruch im Handlungszusammenhang, zu dem die Beibehaltung der alten Szene im Nibelungenlied führen musste, nicht abfinden. ... Man kann sich nicht des Eindrucks erwehren, dass es so viele Hortforderungsszenen wie Interpreten gibt.«

Insgesamt ist festzuhalten, dass alles, was im Zusammenhang mit dem Hort interpretiert wird, falsch ist. Der Dichter war durchaus nicht durch alte Sagen genötigt, dies oder auch anderes zu übernehmen. Dies ist wissenschaftlich verbrämte Hybris. Der Dichter dichtet so, wie er etwas sagen will und er stellt dabei vor allem zwei Dinge in den Vordergrund, die den Rahmen bilden: Zum einen den allerersten Auftritt Siegfrieds in Worms (er fordert Herrschaft über Land und Leute) und die Hortforderung Kriemhilds (sie fordert für sich das Heil). Die Kirche nennt sich selbst zwar heilig, benennt Heilige und kennt für sich einen heiligen Vater, aber von Gott hat sie das nicht. Nirgends steht, dass Gott eine Kirche geschaffen habe. Allenfalls kann man sagen, dass nach den Texten die Jünger eine Kirche geschaffen hätten. Hierarchische Gedanken, wie sie gerade die Kirche predigen, wird man jedoch nirgends finden können. Nirgends steht, dass irgendein Mensch Gott näher sei als ein anderer. Doch die Kirche hat diese Hierarchie (Grundzüge: Papst, Kardinäle, Bischöfe, Priester, Mann, Frau) dogmatisch festgelegt. Der Hort ist die materielle Komponente des Heils und somit gerade kein Fremdkörper im Epos, wie auch Heinzle annimmt, sondern sein Kern, Rahmen, Bogen – wie auch immer. Es ist die Entstehung des Christentums mit dessen Einmündung in organisatorische Machtstrukturen mit ihren unterschiedlichen Kirchen – orthodox, arianisch und noch zig weiteren Varianten. Glaubensstreite wurden von Anfang an mit aller Härte und allen Konsequenzen geführt und waren wiederholt Anlässe zu Diffamierungen, Hinrichtungen und Kriegen – gerade unter Christen.

Schließlich will Kriemhild nach Hunderten von Toten (Gefolge, Sohn und Verwandten, Freunde) Hagen sogar ziehen lassen, wenn er ihr den Hort – gemeint ist nämlich das dem Christentum aus jüdischer Sicht fehlende – Heil beschafft. Dem Christentum fehlt es an einer unabhängigen Legitimation, wie wohl selbst seine Vertreter einräumen müssen. Wenn man schon auf kein eigenes Renommee verweisen kann, dann versucht man sich wenigstens eines anderen zu bedienen. Aber ein Jesus ohne seinen streng jüdisch-monotheistischen Gottesglaube wäre gänzlich unverständlich.

Die Passion, wie sie von Heinzle ins Spiel gebracht wird (s.o.) passt zweifach: Zum einen als Rache für die Leidensgeschichte Jesu Christi nach den christlichen Schriften und zur Leidensgeschichte der Juden. Schließlich herrschte bis in die Neuzeit die Meinung vor, die Juden seien für eine Hinrichtung Jesu verantwortlich gewesen. Erst zeitgemäßere Forschung bestätigt, dass man allein den Römern aufgrund der ihnen als Besatzungsmacht zukommenden Gerichts- und Vollstreckungsmacht auch die Kreuzigung anlasten müsste.

Friedrich Neumann: Das Nibelungenlied

Wer einfache Interpretationen lieber liest als den Text einer Dichtung selbst, der ist hier gut aufgehoben – zumindest wenn er sich mit dem Herkömmlichen begnügt. Er findet die Geschichte in ausführlicher und anschaulicher Prosa wieder.

Mit einer Feststellung hat Neumann vollständig recht: »*... dass man sich bei diesem epischen Gebäude, das aus Vorgegebenem zusammengebaut ist, nicht an unerwarteten Unwahrscheinlichkeiten stoßen soll*« (S.119). Insbesondere logistische Fragen, wie die nach der Versorgung von Recken und Tieren auf der Reise, denen nach dem Transport von Heerscharen, die Abfolge von Kämpfen und der Zahl der Kämpfenden und Getöteten stehen eben nur für die Bedeutung, die der Dichter diesen Vorkommnissen geben möchte, aber nicht für eine realistische Schilderung. Es gibt auch nur Tod oder Leben, aber keine Verletzten. Diese halten auch nirgends den Gang der Handlung auf. Auch den Löwen oder Bären, mit denen Siegfried im Odenwald bzw. Wasgenwald ringt, sollte man nicht auf die Goldwaage legen wollen, und gewiss auch nicht einen Drachen, eine Tarnkappe, eine Bahrprobe oder zukunftsschauende Meer- bzw. Wasserfrauen, etc.

Neumann vertritt die Ansicht, »*das man nicht ausgeprägtes politisches Denken in das Nibelungenlied hineinlegen sollte*« (S. 129). Hier müssen sowohl die Autoren Breuer als auch der Autor Kreis und auch explizit ich vehement widersprechen – wenn auch aus vollkommen unterschiedlichen Gründen (dazu unten). Das Nibelungenlied wäre ohne politisch-historischen Hintergrund nur eine sinnleere, höfisch nachgestaltete Sage. Dies allein konnte jedoch kaum die seltsame Faszination erklären, die das Nibelungenlied auch nach seiner Wiederentdeckung im 18.Jahrhundert schon bald (wieder) gefunden hat. Offensichtlich schwingt da doch etwas mit, das neugierig macht und Sinn stiftet. Nur welchen – daran beißen sich bis heute die Wissenschaftler, Autoren und Leser die Zähne aus.

Als bemerkenswert sehe ich auch seinen Hinweis an (S. 161):

»So schwer es dem Philologen fallen mag, er muss (er muss!) hart am Text bleiben, auch wenn sich im das Gelesene nicht aus seinen Teilen heraus zu einem Gefüge zusammenschließt, das sich mit neuzeitlichen Vorstellungen vom Entstehen einer großen Dichtung unterordnet«.

Das doppelte »muss« samt Ausrufezeichen setzt der Autor selbst. Vor allem sollte der Leser etwas im Text nicht überlesen oder weg-lesen wollen. Bedenklich sind Interpretationen oft nicht deshalb, weil etwas hinzugefügt wird, sondern vielmehr durch das, was weggelassen wird. So wird von vielen Philologen fälschlich von einem Eid Siegfrieds gesprochen, der seine Verschwiegenheit bezeugt hätte, obwohl der Dichter Gunther genau diese Eidesleistung zuvor abbrechen lässt. Im Hinzufügen mag man sich auch oft noch im Einklang mit den Absichten eines Dichters befinden, beim Weglassen tritt man anmaßend in einen Streit mit ihm. Gerade viele Interpretationen des Nibelungenlieds glänzen oft mit wissenschaftlicher Hybris, indem dem Dichter Fehler, Unzulänglichkeit oder Widersprüche entgegengehalten werden. Dazu kann man nur sagen: Wenn man eine Botschaft nicht im Gesamten versteht, wird man auch ihre Einzelteile nicht verstehen.

Auch der Autor Neumann, der gewiss von der hier vertretenen These keine Vorstellung hatte, äußert sich gänzlich unbefangen und bringt den Konflikt damit auf den Punkt (S. 18):

Diese »Teufelin« (Strophe 1748; 2371) ist keine Frau, die in die Träume der christlichen Ritter gehört.

Warum tobt Kriemhild gegen die Burgunden? Wer angibt, dass sie aus Treue zum ersten Gatten den Mörder Hagen wegschaffen will, sagt Richtiges. Aber er macht die Handlung des Nibelungenliedes eindeutiger als sie ist. In der Geschichte vom Untergang der Burgunden schreitet neben der Kriemhild, die an ihren Geliebten denkt, eine Kriemhild, die nach den Machtmitteln verlangt, die ihr der Besitz Siegfrieds brachte. Äußerer Ausdruck dafür ist Kriemhilds Drang zum Hort. Gerade an wichtigen Stellen ist die vorminnigliche, vorritterliche Kriemhild, die den Hort zurückhaben will, fast allein gegenwärtig. Als sie die Burgunden empfängt, da ruft sie nach dem Hort (Strophe 1739-1744). Am Schluss des Gedichts wird Hagen von ihr enthauptet. Diese Tat kommt jedoch nicht aus dem einstigen Willen, den Tod des Geliebten zu rächen. Wenn dem so wäre, würde dem letzten Auftritt die Spannung fehlen. Kriemhild müsste sich in diesem Falle unter den Satz stellen: Hagen ist gefangen, also muss er sterben. Das tut sie nicht. Im Gegenteil. Sie sagt, dass Hagen freikommen kann, obwohl er Siegfried erschlagen hat. Die Kriemhild, die in die letzten Strophen des Gedichts gebannt ist, will gar nicht bloß die Rache für den Tod des Geliebten, sie will vor allem die Machtmittel, die zu Siegfried und durch Siegfried zu ihr gehören, sie will den Hort (2367/2368). Über dem Ende des Nibelungenlieds steht die Frage: Wer erhält den Hort? Steht die Frage: Wird Hagen nachgeben oder wird er durch seinen Tod Kriemhild um den Hort bringen? Die Dichtung ist in den sprechendsten, tönendsten Strophen des Schlusses nicht die Geschichte von Kriemhild, die den Tod des Geliebten rächt, sie ist vielmehr die Geschichte vom erschütternden Ende der Burgunden. Erst nachdem Hagen seinen großen Augenblick gehabt hat, da kehrt die Erzählung für die Dauer einer Strophe zur treuen Kriemhild zurück (2372). Mit dem Tod Hagens könnte eine Geschichte zu Ende sein, die berichten will, wie die Ermordung Siegfrieds bestraft wird. Aber die Geschichte vom Untergang der Burgunden verlangt nicht so sehr die Rache für Siegfrieds Tod wie die Rache dafür, dass Hagen, der »aller beste degen« (2374), von eines Weibes Hand fällt. So muss denn Kriemhild dahin. Sie wird im Nibelungenlied durch Hildebrand erschlagen, sie stirbt als Unhold.

Auf die Merkwürdigkeit, dass Kriemhild erst die anreisenden Burgunden und dabei auch nur Hagen befragt, habe ich schon hingewiesen. Zu ergänzen ist jedoch, dass der Hort für alle verloren ist und dass er es auch für alle erkennbar auch schon zum Zeitpunkt der Nachfrage war. Einen am tiefsten Punkt des Rheines versenkten Schatz wieder heben zu wollen, musste damals jedem Hörer oder Leser als aussichtsloses Unterfangen erscheinen. Die tiefste Stelle deutet zudem darauf hin, dass dort die Strömung am stärksten ist. Ohne starke Strömung würde jede Tiefe bald mit Geröll aufgefüllt und so beseitigt. Hagen und alle drei Könige wissen, dass der Hort verloren ist und sehen das ganz in ihrem Sinne. Kriemhild hofft allem Anschein nach wider eigenes Wissen bis zum Schluss, dass Hagen noch ein Wunder vollbringen konnte oder dass er den Hort listreich an einer zugänglichen Stelle verborgen hätte. Es hat auch keiner der Könige oder Hagen das Verlangen gehabt, sich des Hortes zu bedienen oder wiederum in den Besitz des Hortes zu bringen. Da wäre man anders vorgegangen.

Das Christentum hatte sein Heil verloren oder eben nie richtig gewonnen – und das gilt einerseits für heutige Schatzsucher, die eine Allegorie aus dem Rhein bergen wollen und andererseits nach den Intentionen des Dichters auch damals schon für die Kirche. An der Sünde vom Übergang einer Lehre zur Bildung und Einbindung in eine zwangsläufig verfälschende Organisation nehmen bis heute selbst viele Christen Anstoß; siehe u.a.: https://theologen.wordpress.com/

Wie recht der Dichter mit seiner Einschätzung zur Kirche hatte, sollten die nächsten Jahrhundert sogar noch vermehrt (Inquisition, Reliquien, Ablasswesen, Urkundenfälschungen, Heiligsprechungen, Marienverehrung und Selbstherrlichkeit, Machtanspruch, Entmündigung, Macht- und Geldgier) und schließlich gar bis heute, auf unsägliche Weise beweisen. Wem dies zu drastisch formuliert erscheint, der befasse sich mit der Kirchengeschichte aus neutraler Sicht oder den Zuständen heutzutage z.B. mit den Finanzen der Kirchen, Frauenrechten oder Kindesmissbrauch. Die Verbrechen der Kirche füllen ganze Bibliotheken.

Walter Falk: Das Nibelungenlied in seiner Epoche – Revision eines romantischen Mythos

Die heutige Forschungslage erlaubt es nicht mehr, aus dem Vorhandensein von unverständlich gebliebenen Stellen im »Nibelungenlied« den Schluss zu ziehen, dass sein Dichter ein Dummkopf gewesen sei. Sie zwingt vielmehr dazu diese Stellen als Anzeichen dafür zu werten, dass wichtige Züge der Dichtung noch nicht hinreichend aufgehellt werden konnten. Angesichtes des Umstandes, dass die dunkel gebliebenen Stellen manchmal – wie im Falle der Ankunftsszene – für die Handlung entscheidende Bedeutung haben, muss man sogar annehmen, dass etwas vom Fundamentalen des Werkes bisher unbegriffen geblieben ist. Das aber heißt, dass die interpretatorischen Bemühungen fortgesetzt werden müssen in der Bereitschaft, dem Dichter das Gehör auch dann nicht zu verweigern, wenn sein Wort ungewöhnliche, ja befremdliche Gedankengänge erforderlich machen sollte. (S. 45)

So befremdlich, wie der Autor Falk mutmaßt, waren die Gedankengänge des Dichters nicht, wie wir inzwischen wissen. Abgesehen von dieser oft im literarischen Bereich anzutreffenden Hybris, mit der erklärt wird, ein Dichter habe fehlerhaft gearbeitet oder ähnlichem (s.o.), was schon an sich eine fragwürdige Aussage ist, gerät diese Art von Werksbetrachtung dann jedoch ins Lächerliche, wenn man genau die Bedeutungen überhaupt nicht erkennt, ja nicht einmal erahnt. Die o.a. zitierte Passage bildet den Abschluss, in dem der Autor Falk die bisherige Forschung und ihre Ergebnisse vorgestellt und bewertet hat. Es würde den Raum sprengen, auf all die unsäglich fehlgedeuteten und abstrusen Schlussfolgerungen einzugehen. Stattdessen möchte ich unter Hinweis auf die Ergebnisse, die Rudolf Kreis mit seiner Untersuchung vorgelegt hat, einfach sagen: Hier baut der Dichter konsequent und eben auch für die Literaturinterpreten deutlich und nachhaltig sichtbar seine Siegfried/Christus-Paraphrase und ihre historischen Folgen auf. Die Minne prägt nicht die ersten Begrüßungsworte, sondern die als Kriegserklärung zu verstehende Absicht Siegfrieds, von nun an über das Burgundenreich herrschen zu wollen. Sei es mit Kampf, für den er sich anmaßend genug, mit seinen 12 Recken stellt, sei es durch Unterwerfung. Nicht einmal die immer wieder erwähnte Zahl 12 vermag in sämtlichen Deutern ein Licht zu entzünden, wie ich schon mehrfach erwähnt habe. Der als Dummkopf im Raum stehende Dichter hat seinem Herrschaft fordernden Siegfried zur Unterstreichung die 12 Apostel zur Seite gestellt. Den damaligen Hörern oder Lesern wird damit ein unmissverständlicher Hinweis darauf gegeben, dass er in apostolischer Begleitung auftritt. Diese Begleitung führte nach herrschender Überzeugung letztlich zum Erfolg seiner Mission und zur Entstehung einer Kirche. Wer dabei einer nicht-christlich gefärbten Zwölf seine Stimme geben möchte, sollte sich um eine Begründung bemühen. Dabei darf man die Zahl allerdings nie von den Ereignissen trennen. Der Auftritt Siegfrieds ist nicht irgendwie irritierend, wie mancher meint, sondern in knappster Form die Darlegung seines Charakters: Eines auftretenden Christus und seiner Anhänger, dann einer Kirche, wie es die Juden nach 1095 zu spüren bekamen. Er bringt eben nicht Frieden und Nächstenliebe, wie seine Theologie verkündet, sondern für Juden tausendfachen Mord, Vergewaltigung und Totschlag. Darauf arbeitet der Dichter hin. Es geht schließlich nicht um eine Jesus-Geschichte, sondern um eine Allegorie aus diesem religiösen Ausgangspunkt.

Es wird nicht einmal irritierend zur Kenntnis genommen, dass Siegfried ein Jahr lang die ihm Vorenthaltene nicht einmal vermisst. So wichtig war Siegfried seine Kriemhild offenbar dann doch nicht. Wenn man heutiges Bibelverständnis zugrundelegt: Dies ruft in Erinnerung, dass Jesus nach dem Stand der heutigen unabhängigen Forschung niemals eine Kirche mit einem Christentum gründen wollte und diese Kirche demzufolge auch kaum vermisst haben würde. Nicht er hat eine Kirche, sondern die Kirche hat ihn gesucht – so eröffnet eben auch Kriemhild dann den Liebesreigen und die Verschmelzung, und nicht Siegfried. Siegfried und Kriemhild werden vordergründig eins, aber auch so eben nicht lange. Kriemhild steht dann ohne ihren mächtigen Mann und seinen Hort da. So wie eine Kirche eben schon bald ohne ihren Christus und dessen Lehre dastand und dasteht. Die anfängliche spirituelle Macht hat sich unversehens verflüchtigt und sich in eine ganz andere weltliche verselbstständigt. Wie sich beide unterscheiden, sieht man am besten in der Reichtumsfrage. Jeder Kirchenchrist müsste beim Vergleich von Bibeltexten und dem Reichtum der Kirche, einschließlich ihres allumfassenden Herrschaftsgepräge schamrot werden. Ein Christus verurteilte jegliche Art von Reichtum und sah diesen als Hinderungsgrund an, um in das Reich Gottes gelangen zu können. Doch die Kirche interessierte sich schon bald für nichts mehr als für Reichtum, Prunk und Macht.

Auch an späteren Stellen taucht im Nibelungenlied die Zahl 12 (z.B. bei Riesen/zwölffache Kraft der Tarnkappe) immer wieder auf, ohne dass dies Überlegungen auslöst. Und dies, obwohl auch Falk durchaus erwähnt, dass die Zahl 12 symbolisch sei. Nur wem diese 12 vor allem zugeordnet werden könne, wird nicht untersucht. Schon gar nicht, wenn z.B. auf Island exakt 86 Türme die Festung der Herrscherin zieren oder wenn 86 Jungfrauen als Begleitung genannt werden. Siegfried wird in die aktuelle Zeit des höfischen Mittelalters eingeführt. Das heißt, das Christentum macht sich in dieser Zeit auf ganz konkrete Weise bemerkbar. Natürlich gab es schon lange ein Christentum und die germanischen Herrscher waren alle bereits zum Christentum übergetreten – was immer sie auch darunter verstanden. Keine der christlichen Glaubensrichtungen hat dem Nibelungenlied seinen Stempel aufgedrückt. Aufgedrückt und unterdrückt hat das gemeinsame Christentum (unter Hinweis auf eben einen gekreuzigten Christus) der zu Kreuzzügen aufrufende Papst, kurz: das stellvertretende Christentum. An dieser Stelle sollte daran gedacht werden, dass es daneben auch das byzantinische Christentum gab, das seinen Kampf gegen die Seldschuken und Araber nur nachrangig als religiöse Auseinandersetzung verstand. Der Bruch der bis dahin geltenden Freundschaft und Duldung zwischen Juden und Christen im westlichen, europäischen Teil, fand durch den durch die Aufrufe aufgehetzten christlichen Mob sein jähes und überaus brutales Ende. Nie mehr würde das Verhältnis zwischen Juden und Christen so unproblematisch sein, wie in den Jahren vor 1095. Wer erst einmal seine Nachbarn überfällt und tötet, den plagen dann in der Fremde erst recht keine Skrupel mehr. Dieser Situation und Tragik gilt die Bedeutung des Nibelungenlieds.

Siegfried ist durchaus nicht der strahlende Held, den man populär und selbst in Fachkreisen so gerne sehen möchte. Zum Hort gelangt er nach der Vorlage, indem er die zerstrittenen Brüder und Herren des Horts und so nebenbei noch zahlreiche andere Nibelungen einfach erschlägt. Nibelungen sind in den Sagen sowohl Riesen als auch Zwerge – also keine gleichen Ethnien würde man heute sagen. Nibelungen hat offenbar etwas anderes verbunden. Im Nibelungenlied berichtet Hagen in knapper Form von Siegfrieds Taten. In den alten Sagen wird diesem Umstand jedoch mehr Platz und damit Bedeutung gegeben. In heutigem Nibelungenverständnis übergeht man den Mord an den Nibelungensöhnen und setzt einfach einen Drachen auf den Hort. Aber das ist eben nur die halbe Sagenwelt. In allen alten Sagen hat das Kämpfen, Erobern und Töten gewissermaßen Kultstatus. Reste dieser primitiven Lebensorientierung verdanken wir noch heute das überwältigende Interesse an jedweden Krimis, Horror- und Mordgeschichten. Kein Fernsehabend auf dem nicht mindestens zehn Verbrechen gleichzeitig serviert werden. So weit weg von urtümlichen Instinkten sind wir offenbar auch heute in der Masse noch nicht. Im Nibelungenlied geht es stellenweise und gar am Ende zwar auch brutal zu, aber Verherrlichungen oder eine Sucht nach Gewalt wird man nur über Kriemhild herauslesen können.

Falk weist darauf hin, dass der erste Auftritt Siegfrieds in Worms alles andere als bescheiden oder gar ritterlich ist: Er fordert die Herrschaft über Land und Leute. Darin liegt *etwas Usurpatorisches, fast Luziferisches,* wie Falk zu recht auf S. 49 formuliert. Er formuliert dies allerdings, ohne auch nur zu ahnen, dass es genau das ist, was Juden im Christentum, seinem Prätendenten und seiner Gefolgschaft sahen. Der Mob hatte sich mit dem ersten Kreuzzug und auch mit den folgenden durchaus als ein Christentum mit seiner teuflischen Seite gezeigt.

Beim Namen Hagen von Tronje gibt es schon aufgrund der unterschiedlichen Schreibweisen und damit zu unterstellenden Bezügen in der Forschung höchst unterschiedliche, aber bislang unbefriedigende Deutungen. Wenn man Tronje jedoch als Anspielung auf Troja deutet, wie ich bereits ausgeführt habe, dann könnte darin ein weiterer Sinn zu sehen sein: Troja wurde bekanntlich durch ein List (in einem Pferd eingeschleuste Krieger) erobert. Das Christentum hat sich mit List der Bibel der Juden bemächtigt und die Gläubigen darüber ebenso mit der Behauptung getäuscht, das Alte Testament enthalte die Prophezeiung für einen Messias/Christus, wie die angreifenden Griechen die Trojaner mit ihrem Geschenk täuschten. Hagen steht mit seinem Namen danach als Symbol für einen getäuschten und enttäuschten Juden. Denn auch Siegfried täuscht zunächst minnigliche Absichten vor, um dann doch zuerst seine wahren Absicht – Herrschaft über Burgund – offen zu legen. Dies wird interessanterweise auch in einem Roman von Wolfgang Hohlbein mit dem Titel Hagen von Tronje noch viel deutlicher ausgemalt, als ich dies bislang dargestellt habe. Überhaupt kann man sich in seinen Nibelungenromanen nur wundern, wie sehr die Sagenvorlagen umgestaltet werden. Da würde wohl selbst der Nibelungendichter noch staunen. Aber auch ein anderer bislang nicht erkannter Bezug könnte als Stütze fungieren: Um 1200 gab es einen bedeutenden jüdischen Rabbiner in »Troyes«. Vielleicht möchte der Dichter auf diesen anspielen. Dabei taugt nicht Troyes als Bezug, sondern Troja als Vorgabe für Troyes. Der Name Hagen verweist mit seinem hebräischen Kern auf Schutz und Schild, wie Kreis angemerkt und ich bereits untermauert habe. Damit ist dann auch ein Hagen von Tronje ausreichend charakterisiert: Als Kämpfer, der sich in Notwehr gegen eine feindliche Übernahme wehrt. Als Bewahrer der Sitten und nicht als deren Vernichter. Aber das versteht man erst, wenn man die gesamte Geschichte mit anderen Augen zu sehen vermag.

»Wenn in der Forschung die Forderung erhoben wurde, das Nibelungenlied müsse als Werk seiner Zeit begriffen werden, so war damit gesagt, dass es auf eine Epochenvorstellung von der Art der soeben skizzierten (christlichen Tradition) bezogen werden sollte. Die Schwierigkeiten, die sich der Lösung dieser Aufgabe entgegenstellen, bestehen zu einem großen Teil darin, dass seit alters die Auffassung besteht, diese Dichtung sei von »grundheidnischer« Art. Heidnischer Geist und höfische Epoche erscheinen als Widersprüche.« (S. 47)

Es ist leicht Schlussfolgerungen entgegenzutreten, wenn man erst einmal die grundlegenden Irrtümer erkannt hat, denen die Forscher bis heute unterliegen. Die zahllosen Widersprüche, an denen bislang alle Interpretationen scheitern, ist eben, dass nicht erkannt wird, dass wir es hier mit einem jüdischen bzw. den Juden wohlwollenden Schreiber bzw. Verteidiger des Judentums zu tun haben. Das angesprochen Grundheidnische, dass auch Goethe in diesem Epos sah, findet sich einzig in dem entfachten Christentum.

»*Um das Germanisch-Heidnische am Nibelungenlied zu charakterisieren, verwies man immer wieder auf den Schicksalsgedanken. Eine christliche Gesinnung ist nirgends zu erkennen. Das Nibelungenlied kennt weder einen waltenden Gott, noch eine Versöhnung um Christi Willen. Zum letzten Mal erklingt hier noch in ungebrochener Kraft der Schicksals- und Racheton des heidnisch-germanischen Heldenlieds in der deutschen Dichtung.*« (S. 48)

Mit dem letzten Satz wird es ganz falsch. Das passt nur auf Kriemhild. Ansonsten schildert das Nibelungenlied nirgends Helden und schon gar keine heidnische Rache. Helden weinen zum Beispiel nicht. Rache erfolgt außerhalb der Sippe, aber nicht innerhalb (Kriemhild und Brüder). Sowohl Hagen als auch die Könige stehen immer nur mit dem Rücken an der Wand. Heidnisch ist die Forderung und das Ansinnen einer Kriemhild als allegorische Verkörperung der Kirche. Der Wormser Hof befindet sich von Anfang an in einer Verteidigungsstellung, wie es Juden aus ihrer Sicht gegenüber dem Christentum mit Beginn der Kreuzzüge und den Mordzügen entlang des Rheins sehen mussten. Es schildert die jüdische Schicksalsergebenheit, die aus ihrer Religion herrührt und sie schildert den christlichen Rachegedanken für die angebliche Ermordung des christlichen Gottessohnes. Burgunder und Tronjer leben eigenständig friedlich zusammen und Hagen ist als Tronjer der allegorische Jude am Hof. Mit dieser Interpretation zu der Rudolf Kreis gelangt, wird nämlich seine Stellung und die seiner wenigen Tronjer klar. Darauf gibt auch seine erzürnte Antwort einen Hinweis, als Kriemhild fordert Hagen und einige Tronjer sollten sie nach den Niederlanden ins Reich Siegfrieds begleiten. Die Tronjer sahen sich nur zur Treue an ihren jeweiligen Landesherrn gebunden. Auch der Umstand, dass Kriemhild Hagen in der Szene des Kreuznähens auf Siegfrieds Gewand als Verwandten bezeichnet, findet eine einfache Erklärung: Solange Siegfried als Christus-Paraphrase noch lebte, waren Juden und Christen noch nicht getrennt. Man sah ihre Religionen somit als verwandt an, was zu dieser Zeit aus christlicher Sicht noch durchaus nachvollziehbar war. Schließlich stützt sich das Christentum maßgeblich auf die jüdische Tora bzw. den Tanach und übernahm sie nahezu vollständig als Altes Testament.

Als Paraphrase bezeichnet man ein Mittel zur Erklärung, Verdeutlichung oder Interpretation. Siegfried soll also nach dem Willen nicht der Christus selbst sein, sondern er steht an dessen (Wirkungs-)Statt und verkörpert die Idee seines Seins und den Willen seiner Anhänger. Dieser Aspekt gilt selbstverständlich für alle Beteiligten, die stets als Allegorien auftreten, aber deshalb nie reale Personen tatsächlich nachformen sollen. Diese Szene erinnert an den späteren Hass, den Luther entfachte, als er sich eingestehen musste, dass seine Missionsversuche gescheitert waren und sich die Juden nicht von ihrem Glauben abwandten. Bis um die Jahrtausendwende sahen Christen in Juden durchaus zu Recht noch als ihre Verwandten an. Und nur in diesem Kontext passt die Bezeichnung Verwandte. Wenn Hagen tatsächlich ein Verwandter gewesen wäre, hätte dies der Dichter in irgendeiner Form begründet bzw. ausgeschmückt. Die Vorlagen dazu gab es. Schließlich wäre er dann auch ein Bruder zu den drei Königen und Kriemhild selbst. In den Vorlagen werden immer wieder zwischen Hagen und den Burgunden verschiedene Verwandtschaftsverhältnisse genannt. Doch darauf verzichtet der Dichter ausdrücklich. Auch Fürsten sprachen sich als Bruder oder Vetter an, ohne damit eine biologische Verwandtschaft zu reklamieren.

Die Verwandtschaft kann man durchaus aus christlicher Sicht (nur Kriemhild sagt dies!) über die Gemeinsamkeit mit dem aus der Tora übernommen Alten Testament sehen. Dass sich das mit den Kreuzzugsaufrufen nach 1095 und dem späteren Mittelalter in das mörderische Gegenteil wandeln sollte, ahnte und wollte – außer einige Klerikern – noch niemand. Die Burgunder sind deshalb in dieser Mär noch Herrscher in friedfertigen Zeiten und erkennen nicht die durch Siegfried und damit die aus dem Christentum drohende Gefahr.

Aber auch eines wird klar: Erst nach der Donau-Überquerung werden das Heer der Burgunden und das kleinere Heer der Tronjer gemeinsam zu Nibelungen. Das Schicksal verbindet sie ab diesem Moment. Doch was war davor? Sie waren nicht von gemeinsamer Art. Die Tronjer waren Juden, aber für wen oder was standen danach die Burgunden? Zum einen muss man hier daran erinnern, dass alle germanischen Stämme, neben den Burgundern also Goten, Vandalen, Awaren, Alemannen und wie sie alle hießen, Arianer waren und damit in Jesus Christus keinen weiteren Gott, sondern einen nachgeordneten Propheten sahen. Offenbar und lediglich über die katholische Gattin des Merowingerkönigs Chlodwig wurden die Franken zu Anhängern der römisch-orthodoxen Glaubenslehre. Auf dem geschichtlichen Weg obsiegten dann die Franken unter den Karolingern über alle anderen und damit siegte in immer weiteren Schritten dann auch der Katholizismus in ganz Europa. Auch an dieser Stelle kann man sich darüber wundern, welche Kleinigkeiten und Zufälligkeiten gewaltige und kaum mehr zu korrigierenden Folgen eher banale Ereignisse haben können. Einerseits waren alle Germanen weder tiefgründige Theologen, andererseits galt Gefolgstreue und der Glaube des Herrschers bestimmte den Glauben seines Volkes. Dieses Unterliegen im Kampf gegen den römischen Katholizismus wäre somit in der Tat eine Gemeinsamkeit, die Arianer und Juden in den Augen des Dichters angenähert haben könnte. Beide Glaubensrichtungen haben gegen den katholischen Glauben mit einer göttlichen Trinität (Gott, Christus, Heiliger Geist) an ihrem Monotheismus festgehalten. Auch Arianer und andere Christen fielen sogar noch in ausdrücklichen als Kreuzzügen bezeichneten Kriegshandlungen dem herrschenden Katholizismus zu Opfer. So im 9. Jahrhundert bereits mit Heiligen Kriegen im Namen Gottes beginnend mit der Reconquista, dem Kampf der Christen gegen die Mauren in und um Spanien und so durch den Albigenserkreuzug 1209.

Gewiss hätten Juden mit Arianern aufgrund eines gemeinsamen Monotheismus nicht die gleichen Differenzen wie mit der intoleranten römisch katholischen Kirche. Vermutlich wären auch die Differenzen zwischen einem derartigen Christentum und dem Islam nicht in heutiger Schärfe aufgetreten. Der Islam respektiert z.B. Maria und sieht in Jesus einen Propheten. Erst die christlich ausgegebene Trinität und der damit einhergehende Machtanspruch führt zu den Spannungen und den Kämpfen, die wir heute rückblickend pauschalierend zwischen Christentum und Islam sehen. Die Intoleranz wurde maßgeblich durch den Katholizismus verschärft. Die Einschätzung, ob auch andersgläubige christliche Herrscher in gleicher Weise intolerant ihren Glauben hätten verbreitet oder wie man immer beschönigend formuliert: verteidigen hätten wollen, mögen Historiker untersuchen.

Diese Gedanken mag man als Spekulation zurückweisen. Aber es gilt auch zu bedenken, dass ein Dichter nicht immer ein ausgefeiltes und gänzlich schlüssiges Konzept verfolgt oder durchhält (Wer hat Goethe daran gehindert, sein Gretchen aus dem Gefängnis mit einem Happy End zu befreien?), sondern dass auch unbewusste Empfindungen und Sichtweisen in der Dichtung ihre Spuren hinterlassen.

Es ist eine spezifisch jüdische Sichtweise, die Gott handeln lässt und die Juden ihr Schicksal schicksalsergeben hinnehmen lässt. Nach jüdischer Sicht könnte schließlich nichts geschehen, was Gott nicht gewollt hätte. Zweifel, ob das Geschehene wirklich der Wille eines Gottes sein konnte, kannten und kennen sie offenbar bis heute nicht. Christen zeigen sich da flexibler. Tritt heute eine Katastrophe ein, beweist sich Gott nach Ansicht der Gläubigen auf der Seite der Geretteten, aber Gott ist beileibe nicht auch der Verantwortliche für die Opfer. Anfang dieses Jahres 2019 ereignete sich tragischer Weise, dass ein zweijähriges Kind in einem tiefen Rohrschacht gefallen war und letztlich dort verstarb. Wenn dieses Kind nach den mühseligen Rettungsversuchen gerettet worden wäre, hätte man dies gewiss weniger der Hartnäckigkeit der Helfer als vielmehr dem gütigen Eingreifen eines Gottes zugeschrieben. Diese einseitige Sichtweise zeigt sich stets bei Unglücken und Katastrophen: Für Überlebende dankt man Gott und mit Dankgottesdiensten, in Bezug auf die Verunglückten oder Verstorbenen stellt man keinen Zusammenhang her.

Als spezifisch jüdischer Zug zeigt sich die neutrale und objektive Sicht auf Ereignisse. Dies wurde auch zum Anfang des Jahres 2019 z.B. bei der Rede im Bundestag eines Überlebenden aus einem KZ im Gedenken an die Opfer des Holocaust wieder erlebbar. Auch unmittelbar nach dem Krieg schrien die Überlebenden der KZ nicht nach drastischer Vergeltung und Rache. Ein anschauliches Beispiel für diese Geisteshaltung findet sich in einer Neuverfilmung des Romans »Soweit die Füße tragen«, wo ein Jude dem aus der russischen Kriegsgefangenschaft geflohenen vormals deutschem Soldaten hilft, obwohl die Angehörigen des Juden in einem KZ von Nazi-Deutschen umgebracht worden waren. Dies ist offenbar eine Konsequenz aus ihrem Glauben, die Christen und auch Muslimen wohl weitgehend fremd ist. Bis zum Schluss verurteilt der Autor des Epos niemanden. Auch Kriemhild bleibt bis zum Schluss noch die edle Königin, selbst als sie Hagen den Kopf abgeschlagen hat.

Was das Nibelungenlied charakterisiert, ist, dass es in zwei Welten spielt und sowohl Siegfried und Hagen als auch Brunhilde den Zugang zur Ander- und Geisterwelt teilen. Doch es sind jeweils andere Welten. Hagen oder Brunhild hatten keinen Zugang zu den Nibelungen, Siegfried nicht die Kraft einer Brunhilde. Der Dichter nennt zwar die Burgunden nach ihrer Donau-Überquerung Nibelungen, doch das sind nicht die Nibelungenkrieger, die Siegfried einst zur Verstärkung nach Island geholt hatte. Als Protagonisten vertreten diese drei Personen ihre jeweilige Religionen. Während man den geschilderten Ereignissen oft nur Übertreibungen vorhalten könnte (z.B. Anzahl der Kämpfer und Gefolgsleute), erobert Siegfried einen Hort und eine Tarnkappe und wird bis auf eine Stelle unverwundbar, Brunhilde verfügt über unweibliche Kraft und Hagen sieht die Dinge hinter den Dingen (Kriemhilds Rachepläne, Siegfrieds Taten bzw. Untaten) und vermag mit Meerfrauen an der Donau zu sprechen. Zu wenig wird gewürdigt, dass Nibelungen auf ein Nebelland verweist und damit Welt und Geisterwelt trennt. Man überbietet sich in Deutungen, weil dies doch zu offensichtlich sei. Hätte man nur an anderen Stellen diesen Ehrgeiz in die Tiefe zu dringen. Doch das Christentum ist für Juden eine aus dem geschichtlichen Nebel erwachsene Kultur und Gefahr. Wie dies zusammenhängt, habe ich in meinen Büchern dargelegt. So wurden die Juden nach ihren Niederlagen gegen die Römer ab 70 bzw. 135 durch die Vertreibung aus ihrer Heimat ein Volk auf dem Weg ins geschichtliche Nebelland – ausgelöscht und nur noch schattenhaft.

Die Burgunden ringen um ihre Unabhängigkeit und ihr Weiterleben, wenn auch in der Geschichte nicht vorrangig aus Glaubensgründen. Alle Völker lebten vor dem Jahr 1095 mit Juden zusammen und zwischen ihnen gab es keine tief religiös motivierte Feindschaft, sondern in den Diensten der Herrscher Vertrauen und Treue. Das Abgeschlachtet-werden der Burgunden ist die Parallelisierung des real gewordenen Abschlachtens der Juden in den Kreuzzugzeiten. Beide mussten sich entscheiden: Die Burgunden, ob sie Hagen und seine Tronjer – also die Juden – der Kirche ausliefern oder ob sie diesen die Treue halten. Die Juden mussten sich zwischen Taufe und Tod entscheiden. Beide halten in Treue an ihrem Kampfgenossen bzw. ihrem Glauben fest und zahlen dafür einen hohen Preis.

Hort und Tarnkappe haben auch nicht nur eine materielle Gestalt, sondern auch eine mythische Bedeutung. Gerade der Hort ist das Synonym für das Heil. Dieser Gesichtspunkt muss in höchster Form hervorgehoben werden. Der Hort soll sich demzufolge auch niemals zu erschöpfen, wie der Dichter kundtut. Und nur die Gleichsetzung von Hort und Heil lässt verstehen, warum Kriemhild die ankommenden Burgunden und vor allem Hagen zuallererst nach dem Hort fragt. Für sie – die Kirche – sind Siegfried und der Hort (Heil und Reichtum) inzwischen eins. Dass es Kriemhild gar nicht um dem materiellen Schatz, sondern die Legitimation (dem immateriellen Wert des Heils) geht, mit der dieser Schatz verbunden ist, sieht man daran, dass die als Königin gewiss nicht noch weitere Reichtümer bräuchte, um angemessen leben und Macht ausüben zu können. Der Dichter stellt eindeutig klar, dass sie mehr Macht über die Hunnen hat als ihr toleranter und nachsichtiger Gemahl, der sogar eine absichtliche Tötung als Unfall ausgibt, um schon zu diesem Zeitpunkt einen Kampf zu vermeiden. So wie bei Siegfried könnte sie sich nun auch hier über die Stellung ihres Gatten definieren. Dieser ist schließlich Herr über Völker und deren Reichtümern. Doch bei ihm tut sie das offenbar nicht. Sie handelt nicht stellvertretend, sondern aus eigenem Machtverständnis. Auch dies muss man als Darstellung der klerikalen Verhältnisse sehen. Aus den Texten kann man nur entnehmen, dass Kriemhild Attila als Gatten aufgrund seiner königlichen Stellung und nicht wegen seiner Schönheit, seiner Belesenheit oder sonst irgendwie Hervorzuhebendes gewählt hatte. Doch seine Stellung verschafft ihr keine gleichwertige Befriedigung, sondern schaftt für sie die Gelegenheit, sich seiner Macht zur Erlangung des Horts zu bedienen. Seinen Reichtum, den er mit ihr teilt und dessen Verbrauch auch nicht ersichtlich ist, interessiert sie nur um damit Kämpfer zu gewinnen. Wie der Dichter vorführt, ist es letztlich nicht die Rache an Siegfrieds Tod, der sie umtreibt, sondern die Erlangung des Horts. An Siegfrieds Tod ändert auch eine erfolgreiche Rache nichts, wie der Dichter sogar Hagen feststellen lässt. Ebenso deutlich ist jedoch, dass ein unterstelltes Streben nach Reichtum keinerlei Sinn macht und dass deshalb nur das immaterielle Heil das Ziel sein konnte.

Unter materiellen Gesichtspunkten macht dieses Streben keinerlei Sinn. Zum einen weiß sie schon vor ihrer Abreise aus Worms, dass der Hort zumindest verschwunden ist. Doch von Nachfragen nach dessen Verbleib liest man nichts. Zum anderen macht es kaum Sinn, einen derartigen großen Schatz auf eine so lange Reise mitzunehmen, wobei zudem nie im Zusammenhang mit der Einladung die Rede von der Überbringung des Horts die Rede war. An der Seite Attilas/Etzels nach dem materiellen Hort (Gold und Geschmeide) zu fragen, ist überflüssig, kleinkariert und nach so langer Zeit direkt sinnlos. Nirgends ist erkennbar, dass Kriemhild irgendetwas an Reichtum vermisst hätte.

Auch der Hort würde ihren Siegfried, um den sie angeblich immer noch trauert, nicht wieder lebendig machen. Sie trauert auch nicht wirklich um Siegfried, sondern allein um dessen immateriellen Hort, der überirdische Macht verleiht. Bekanntlich wird Herrschaft bevorzugt durch eine höhere Gewalt legitimiert. Dieses Denken findet man noch heute – wenn auch nicht mehr so offensichtlich. Der Dichter sieht den Kampf ums Heil zwischen Christentum und Judentum. Die Juden durch ihren Repräsentant Hagen besitzen und hüten letztlich den Hort. Dieser ist spirituell und kann nicht vernichtet werden. Doch das Christentum kann ohne den spirituellen Teil keine höhere Macht legitimieren. Der Dichter sieht im Christentum keine göttliche Botschaft, sondern geht davon aus, dass das Christentum sein Heil nur über das Judentum gewinnen kann. Doch dieses Heil kann das Judentum nicht teilen, da Gott nur die Juden zu seinem auserwählten Volk erklärt hatte. Es geht hier nicht darum, theologisch zu entscheiden, ob das zutreffend ist oder ob dies überhaupt irgendeiner Wahrheit entsprechen kann, sondern nur darum, welche Weltsicht der Dichter hatte. Sowohl die Kreuzzüge als auch sein Schreiben finden ihren tieferen Grund in religiösen Überzeugungen.

Vielleicht ist genau das das große Geheimnis, warum die Kirche mit Prunk und Pracht glänzen will und glänzen kann. Bei ihr ist tatsächlich ein materieller Hort an die Stelle des spirituellen gerückt. Die formalisierte und ritualisierte Leere hätte man schon in Rom erkennen können als man dort in der ersten Jahren nach dem Kreuzigungsmythos in Griechisch predigte und später bis in die Neuzeit als man dann für die allermeisten

Menschen wiederum in einem für sie ebenfalls unverständlichen Latein predigte. Sprach Gott nur hebräisch, griechisch oder lateinisch? Erst mit verschiedenen Reformationen (z.B. mit Hus und Luther) wuchs die Einsicht, dass Gläubige auch etwas von dem verstehen sollten, was gesprochen wurde. Der Schein überstrahlte schon mit der Entstehung der Kirche das spirituelle Sein.

Der Widerspruch, den viele Christen auch zwischen dem Reichtum ihrer Kirche und einem jesuanischem Armutsgebot sehen, findet so seine überzeugende Erklärung. Man stelle sich nur einen Jesus im Petersdom, bei der Sichtung der Aktienpakte und Grundbuchauszügen vor. Hagen erklärt stellvertretend für alle Juden, dass nur er und sein Gott wüssten, wie es um diesen Hort bestellt ist. Selbst angesichts seines absehbaren Todes nimmt er dies selbstbewusst hin. So wurde nach den Motiven des Dichters dem Judentum der Kopf abgeschlagen. Diese Stelle wurde in der Forschung noch nie richtig verstanden.

Kriemhild war nie die wahre Gattin Etzels – nur Herrin der Hunnen. Ihre Verbindung war von vorneherein auf Rache an Hagen, an seinen Tronjern und an ihren arianischen Brüdern angelegt. Noch jahrelang heult sie Siegfried und damit seiner Macht hinterher. Sie spielte nur die Gattin, da sie an der Stellung ihres Siegfrieds/Christus festhalten wollte. Ihre Rache entspricht der Rache an den Juden, die angeblich ihren Heilsbringer ans Kreuz gebracht und damit getötet hätten. Wie viele Widersprüche in diesen theologischen Gedanken stecken, kann hier gar nicht dargelegt werden. Ein wahrer Gott wäre unsterblich gewesen – und das weiß auch die Kirche. Aber um selbst als göttlich auftreten zu können, verfiel sie auf den Gedanken, Stellvertreterin und stellvertretende Macht eines Gottes zu sein. Kriemhild sieht sich als Kirche und damit als Braut und Erbin Christi. Doch genau das wurde sie nicht. Dies steht offensichtlich in schärfsten Widerspruch zum jüdischen Monotheismus und genau deshalb versagt ihr der Dichter und im Epos eben dann auch Hagen die Anerkennung als er ihr, die gekrönt vor ihn tritt, das Aufstehen verweigert. Das war die Antwort als pure Missachtung für das, was die hetzende Kirche an Juden verbrochen hatte.

In der Tarnkappe findet sich eine weitere Allegorie. Wenn man diese

Episoden scharf ins Visier nimmt und nicht nur selbstgefällig Wirrnisse und willkürliches Fantasieren attestieren möchte, dann erkennt man, dass sie merkwürdigerweise augenscheinlich nur im Hellen ihre Kraft, die ihr auch zukommt, entfalten kann. Sie verleiht zwölffache (!) Kraft, die Siegfried im Wettstreit mit Brunhilde (Stein, Sprung, Wurf) gut gebrauchen kann, deren Kraft im Brautgemach aber in der Dunkelheit kläglich versagt, wie Siegfried selbst schmerzhaft erfahren muss. Nur mit äußerster Mühe und mit eigener, überirdischer Kraft vermag er Brunhild doch noch zu überwältigen und die Oberhand zu behalten. Das ist die personifizierte Allegorie des Kampfes zwischen Christentum/Kreuzfahrern und dem Islam. Doch nur, wo Unsichtbarkeit überhaupt täuschen kann, im Hellen, kann sie täuschen. Täuschen mit Prunk und Pracht. Wenn es dunkel ist, sieht man ohnehin nichts und damit entfällt auch ein Täuschen. Eine Wahrheit könnte man nur noch ertasten. Es wird geradezu verdreht, was man ansonsten glaubt: Im Hellen zu sehen und im Dunkeln nichts zu sehen. Doch die Täuschung funktioniert nur, wenn sie durch Bilder, Skulpturen und Äußerlichkeiten ins Licht gesetzt wird. Die Täuschung ist das Sichtbare, das sich Aufdrängende, der Schein, die Wahrheit muss man im Dunkeln suchen, dort wird sie zu einem Sein, nur dort spürt man sie und kann sie fassen. Ein sichtbarer Glaube ist deshalb immer Täuschung. Jedes Bildnis, jedes Gemälde, jegliche priesterliche Kleidung, jede Skulptur, jede Reliquie, jede Kirche oder Dom, einfach alles ist immer nur nachgemachter Schein. Nichts führt tatsächlich an die wahren Wurzeln. Spirituelles kann eben nicht sichtbar gemacht werden, und wer es dennoch versucht und es so tut, weiß, dass er damit von Grund auf täuscht. Keine noch so künstlerische Darstellung kann einem Gedanken Wahrheit verleihen. Es bleibt immer ein erdachtes Bild. Doch mit diesen Täuschungen kommen Religionen der menschlichen Einfalt entgegen. Dazu nochmals am Ende.

Der Dichter nutzt Allegorien, um sein Anliegen auszudrücken, was aber nur für Eingeweihte sichtbar wird. Dass er sich dabei unterschiedlicher Werke bedient, mindert nicht den Wert. Ganz im Gegenteil: Der Dichter spielt dabei eben auch mit dem Wissen seiner Zuhörer über das von ihm Nicht-Gesagte, aber den Hörern Bekannte. Gerade Siegfrieds Braut-Kampf, den er gewollt und zwangsläufig anstelle Gunthers führt, lässt Deutungen offen. Nach dem Nibelungenlied gibt es keine geschlechtliche Vereinigung. Siegfried kämpft Brunhilde nur bis zur Erschöpfung nieder. Wie kommt Kriemhild dazu, derart deutlich und öffentlich Brunhilde als Kebse/Hure zu bezeichnen und sie in die Schranken zu verweisen? Der Dichter will offenbar, dass man ihm an dieser Stelle doch nicht ganz glaubt und man sich eine eigene Version ausdenken soll. So macht Siegfried/Christus seiner Kriemhild/Kirche Ring und Gürtel zum Geschenk, auf das weder er noch sie unstrittig einen Anspruch hatten. Auch dies wird nirgends als erwähnenswert angesehen. Ein christlich verdrehtes Braut-Geschenk sozusagen. Er nimmt Brunhild, was dieser gehört. So oder so. Die Kreuzritter raubten schließlich im Namen des Christentums den Muslimen, Sarazenen und Arabern bis dahin ihr Land, ihre Güter und deren Freiheit und oft genug auch deren Leben. Selbst eine sogenannte Heilige Lanze, die man angeblich fand, wäre allenfalls christlich entwendetes Raubgut.

Auch an anderer Stelle spielt der Dichter mit dem Wissen seiner Hörer oder Leser aus anderen Sagen. Dann nämlich, wenn er Hagen den Weg nach dem Land Etzels kennen lässt. Nach der Atli-Sage war Hagen Gefangener Attilas und kannte deshalb den Weg und den Hof Attilas. Heutige Lesern fallen diese gesetzten Hinweise auf andere Sagen gar nicht auf, weil diese unbekannt sind. Wer sie kennt, misst diesen augenscheinlich und im Ergebnis aus heutiger Sicht und im Hinblick auf das Nibelungenlied zu recht keine sinnstiftende Bedeutung zu. Gerade dieses Wissen um mehr machte wohl für damalige Hörer oder Leser die Faszination des Stoffes aus und stellt heute die herkömmlichen Nibelungen-Deuter deshalb vor unlösbare Schwierigkeiten und vermeintliche Widersprüche. Dabei gilt es jedoch sorgfältig zu prüfen, ob z.B. die Atlisaga tatsächlich von einem Attila sprechen will – oder ob diese Deutungen nur als Kurzschluss so verstanden werden.

Falk wirft angesichts der Schilderung, dass sich Siegfried als scheinbarer Vasall in die Dienste Gunthers bei seiner Brautwerbung stellt, die Frage auf (S. 132):

Um des Dienstes willen nahm Siegfried als eine tiefste Erniedrigung auf sich. Verhält sich so ein Mensch, der die Welt zu erobern gedenkt?

Eingedenk unserer These, dass der Dichter die Parallelität zwischen dem geglaubten Jesus Christus und Siegfried herstellen will, eine Fragestellung, die nahe ans Ziel führt. Ging es doch auch einem Jesus darum, die Welt mit seiner Gewaltfreiheit, gar seiner eigenen Unterwürfigkeit im Glauben zu erobern. Doch dessen angebliches Sein, diese Botschaft missriet schon bald zu klerikalem Schein. Kann sich ein gläubiger Christ tatsächlich einen Jesus mit einer Tiara, einer Papstkrone, auf dem Kopf und im kostbarstem Gewand oder als Predigender und Segnender in seinem Petersdom vorstellen – oder auch nur einfacher in einer Kirche?

Der Buchautor Falk denkt schon selbst in die richtige Richtung weiter (S. 132):

Doch mag man sich daran erinnern, dass Siegfried einst den Hort gewann, indem er seine Besitzer über seine Absichten täuschte; er hatte von ihnen das Schwert Balmung als Lohn für den zu leistenden Dienst der Teilung des Schatzes angenommen und dann dasselbe Schwert gegen die Hortbesitzer gewandt. Als er jetzt Gunther auf erniedrigende Weise diente, lockte er diesen in eine Falle. Gunther meinte, der Betrug richte sich nur gegen Brunhild und sei für ihn günstig. Aber indem er ihn akzeptierte, erklärte er sich damit einverstanden, dass ein Grundprinzip seines Hofes der Ehre durchbrochen wurde. Dessen Bedeutung hat der Dichter vor der Abreise nach Isenstein mit großem Aufwand sichtbar gemacht, indem er bei der Schilderung der Zurüstung der Kleider den Glauben an die Identität von Sein und Schein demonstrierte. Als Gunther bereit wurde, dass Siegfried, ohne es zu sein, als sein »eigen man« erscheine, verlor er die tragende Kraft seines Hofes.

Diese zutreffenden und Siegfried zu recht entlarvenden Aussagen erhalten noch ein ganz anderes Gewicht, wenn man sie in die damalige Zeit stellt. In Gunther mag man im ersten Teil der Erzählung durchaus einen gutwilligen, aber naiven Herrscher der damaligen Zeit, der Zeit des Erzählten und dem Aufkommen des Christentums sehen. Diese Herrscher gehen in die christliche Falle, indem sie diese Religion übernehmen. Die Germanen begegneten im Rahmen der Völkerwanderung und quasi auf dem Weg nach Rom dem Christentum. Ob es sich als dermaßen erniedrigend darstellte, als Diener oder Gefolgsmann eines Königs dazustehen, mag bezweifelt werden. Zur Zeit der Niederschrift dieses Epos, im Jahr 1200, stellten sich die Verhältnisse nun gänzlich anders dar. Die Päpste machten eine Oberherrschaft über die weltlichen Herrscher geltend, nahmen Einfluss auf die weltliche und insbesondere die Reichspolitik und waren nun alles andere als nur Stellvertreter Christi oder Priester im Auftrag ihrer Herrscher. Genau dieser Kampf fand schon unter Friedrich I. Barbarossa, seinem Sohn Heinrich VI., Kaiser Otto und König Philipp von Schwaben sowie Friedrich II. von Hohenstaufen statt bzw. war um 1200 bei diesem noch höchst aktuell. Die in sich ruhende und weltliche Kraft, wie sie der Dichter sehen möchte, war so und eben auch durch die damit indirekt verbundenen Kreuzzüge aufgelöst. Die Zeit von 1095 bis 1250 war die Zeit eines gewaltigen Umbruchs und Neuanfangs.

Siegfrieds Angebot, zum Scheine als »eigen man« aufzutreten, hatte dazu geführt, dass in Wirklichkeit das gegenteilige Verhältnis eingetreten war. Von nun an konnte Gunthers Königtum nur noch zum Schein bestehen. Der König war in eine unbedingte Abhängigkeit von Siegfried geraten. (S.133)

Die weltliche Herrschaft wurde durch die Herrschaft des Glaubens abgelöst. Dies sieht der Autor bemerkenswert deutlich. Der Glaube begann zu dominieren. Mit päpstlichem Bann und Exkommunikation schufen sich die Päpste ein neues Machtmittel. Dazu kam bald die Inquisition, die dann zum Alptraum für die Menschen wurde. Absetzungen, die Könige und Kaiser ihrerseits über die gegnerischen Päpste verhängten, blieben dagegen nahezu folgenlos und trafen die Kirche nie im Kern. Im ungünstigsten Fall regierten dann eben zwei Päpste. Umgekehrt spielte eine Exkommunikation eines Königs dem jeweiligen Adel geradezu in die Hände. Das galt jedenfalls für das Reich und seine Herrschaftsstruktur. Der Adel konnte ab sofort jegliche Gefolgschaft verweigern und seine eigenen Interessen in den Vordergrund stellen. Ein König oder Kaiser war viel zu schwach, um diesen Widerstand gewaltsam zu brechen, wie sich gerade unter Heinrich IV. eindrucks- oder leidvoll zeigte. Gerade dem Adel in feudalen Strukturen kamen also Exkommunikationen durchaus gelegen und verschaffte ihm ausreichend Spielraum um die eigenen Interessen als Landesfürsten zu verfolgen. Selbst unser heutiger staatlicher Föderalismus in Deutschland geht im wesentlichen noch auf diese Machtkonstellationen vor rund 1000 Jahren zurück. Die Landesfürsten konnten in Deutschland verhindern, dass sich die Macht in einem Königtum zentralisierte wie dies in Frankreich oder England geschah.

Bei all diesen Erklärungen darf man nicht unterstellen wollen, dass der Dichter eine realistische, sondern muss einräumen, dass er mit seiner jüdisch geprägten, eine allegorische Sicht auf die Zustände zum Ausdruck bringen wollte. Siegfried tritt als Christus-Paraphrase als doppelter Herrscher auf, zum einen als König der Niederlande (bzw. König der Juden) und zum anderen als der Herrscher des Geistesreichs (bzw. eines religiösen Mystizismus) der Nibelungen. Auch dessen Krieger vermag Siegfried zu mobilisieren, als Brunhild sich nach ihrer Niederlage nicht sofort bereit erklärt, Gunther an den Rhein zu folgen. Siegfried vermochte also durchaus Geister in Gestalt von 1000 Nibelungen-Rittern zu rufen, und wenn man es richtig sieht, sind es ja die real gewordenen bösen Geister des Christentums, die ihre Blutspuren entlang des Rheins und der Donau bis nach Palästina ziehen. Der Dichter sagt nicht, dass der christliche Jesus dafür verantwortlich sei, sondern dass das ausgerufene Christentum diese Geister ins Leben ruft. Wenn man das Christentum tatsächlich ernst und botschaftsgerecht genommen hätte, hätte es niemals zu einem derartigen Auftreten der Kirche und gewiss auch nicht zu den Aufrufen und kriegerischen Kreuzzügen kommen dürfen. Aber dieser Geist und diese Geister wurde real. Von Barmherzigkeit, Gnade, Erlösung, Nächsten- oder gar Feindesliebe finden sich somit im klerikalen Bereich höchstens vereinzelt noch derartige Spuren. Vereinzelt haben sich wohl christliche Herrscher um den Schutz der Juden bemüht, aber eben nicht aus religiösen Gründen, sondern überwiegend dann wohl auch nur um ihre Juden als Geldquellen zu schützen. Theologische Argumente können nur ausnahmsweise beobachtet werden.

Nirgends habe ich übrigens einen Gedanken zu den drei burgundischen Königen gefunden. Diese Konstellation ist eine gelungene Erfindung des Dichters und findet sich verständlicherweise auch nirgends in einer Sage. Er erwähnt stets, dass nicht nur Gunther, sondern auch sein Bruder Gernot und sogar der jüngere Giselher Könige seien. Wo bitteschön hätte es jemals drei gleichberechtigte und herrschende Könige gegeben? Gerade unter Germanen war das Prinzip des realen Gebietsteilens oder der Vorrang des

Ältesten die maßgebliche Verfahrensweise. Drei Herrscher in einem Gebiet ist nur als Allegorie zu verstehen. Wenn man einmal kurz an dieser Stelle verharrt, so fallen einem doch auch die neutestamentlichen Drei Könige ein, die einem neugeborenen Friedensbringer huldigten. Doch diese Könige hier sind keine Boten einer höheren Botschaft, sondern werden selbst Opfer kriegerischer Machenschaften. Vielleicht steht dahinter aber auch eine Anspielung auf eine trinitatische Herrschaft, die das Christentum mit seiner Dreifaltigkeit (Gott, Christus, Heiliger Geist) vorgegeben hat und die bis heute als kirchliche Zauberformel Verwendung findet. Die göttliche Dreifaltigkeit als eher missratenes Vorbild für eine weltliche Herrschaft. Dreifaltigkeit und Dreieinigkeit führten nicht zur Stärkung, sondern zur Schwächung der weltlichen, aber auch der göttlichen Herrschaft – so könnte es jedenfalls ein Jude gesehen haben. Dem Epos würde direkt etwas fehlen, wenn man an der Seite Gunthers nur zwei brüderliche Prinzen sähe. Sogar Kriemhild wird als Königin bezeichnet. Damit sehen wir eine Anspielung auf die Dreifaltigkeit und möglicherweise sogar auf eine vergötterte Maria vor uns. Diese spielte von Anfang im Volksglauben und Katholizismus eine herausragende Rolle. Der Dichter zeigt jedoch, dass Brüder und Schwester durchaus nicht eins sind, wie sich mit den vom Geschlechtername G (Gunther, Gernot, Giselher) abweichende Name mit K/Kriemhild zeigt.

Auch zur Minne, die immer wieder im Nibelungenlied gesucht und doch nicht so recht gefunden wird, macht der Autor Falk, der von der jüdischen Sicht der Dinge keinerlei Kenntnis oder Vermutung hat, interessante Feststellungen. Siegfried wird merkwürdigerweise immer erst aktiv, wenn Gewalt ins Spiel kommt. Über ein Jahr lang bekommt er Kriemhild nicht einmal zu sehen. Aber als die Sachsen und Dänen Burgund angreifen wollen, trägt er seine Brautwerbung für Kriemhild vor (S. 140):

Siegfried fasste den Plan erst angesichts der Schwierigkeiten, die er bei seiner Werbung zu gegenwärtigen hatte. Dieser Umstand ist bedeutsam. Er zeigt an, dass Siegfrieds ursprüngliches Motiv nicht der Eroberungswille, sondern das Liebesbegehren war.

Besser konnte man auch nicht die Absichten eines Christus umschreiben. Nichts am Christentum an sich wäre anstößig. Anstößig ist allein, was daraus an Lehre und Praxis erwuchs. Dieser Siegfried als ausgerufenes Christentum ist im Kern eroberungswütig und entschließt sich zu einer Reise nach Worms als er erfährt, dass dort tüchtige Recken anzutreffen seien. Er gibt dann jedoch als Ziel eine Werbung um die ihm unbekannte Kriemhild an. Das ist die Liebesbotschaft der Evangelien. In Worms angekommen, erklärt er dann unverfroren, dass er in Burgund über Land und Leute herrschen will. Lediglich der mit dem geisterhaften Hintergrund eines Geisteskriegers verbundene Hagen erkennt die Gefahr, warnt die darüber erzürnten Könige und kann dafür sorgen, dass ein merkwürdig einvernehmliches Herrschen zur Grundlage der Verbindung wird. Die Macht, mit der ein Siegfried auftritt, ist eben nicht nur eine weltliche, sondern eine geistig-mythische, die die Herrscher erahnten und erhofften; richtig erkannt: eine religiös legitimierte. Der Jude Hagen steht als Jude dem aufkommenden Christentum ablehnend und vorläufig ohnmächtig gegenüber. Doch der Verlauf der Geschichte zeigt, dass Notwehr geboten war und nicht anders als eben auf die geschilderte Weise ergriffen werden konnte. Und sei es nur durch eine literarische Antwort. Dem Christentum konnte nur Einhalt geboten werden, indem man seinen Repräsentanten beseitigt. Das weltliche Reich der Burgunder und das friedliche Zusammenleben zwischen Juden und Christen drohte unter der Herrschaft eines Christentums zu einem Marionettenreich zu werden. Im Epos will Hagen, wie man den Juden ohnehin unterstellte, den falschen Neu-Gott beseitigen, bevor er noch mehr Irrlehren und Machtverlust für den wahren Glauben verbreitet. Dass nicht die Juden, sondern die Römer die Verantwortung für die – geglaubte – Hinrichtung trugen, wurde bis weit über das Mittelalter hinaus überhaupt nicht zur Kenntnis genommen. Auch heute glauben wohl immer noch die meisten Christen, dass Juden für die Hinrichtung Jesu verantwortlich gewesen seien bzw. dies gar bis heute seien– auch wenn heute von einigen Theologen geflissentlich betont wird, darin keinen Grund mehr für eine Judenfeindlichkeit sehen. Ein langer Weg war es, bis es aufgrund der Aufklärung gelang, derartiges Denken als kriminell zu erkennen. Selbst ein Luther predigte noch massiv gegen die Juden, und sprach sich für deren Diskriminierung und gar Ausrottung aus. Diese Ungeheuerlichkeit wurde sogar in der vergangenen Luther-Dekade tunlichst verheimlicht.

»Einstens hat Siegfried den Hort im Geisterreich erkämpft. Seither war er Herr über ihn. Seit er den Hort aus dem Geisterreich ans Tageslicht gehoben hat, ist seiner Herrschaft keine Grenzen mehr gesetzt.« (S. 160)

Damit wird das Christentum gekennzeichnet. Der Glaube um einen Christus machte maßlos. Siegfried verzichtet in Worms sowohl auf die Macht des Hortes als auch auf die Macht der mit dem Hort verbundenen Tarnkappe. In den Sachsenkriegen kämpft er nur ritterlich und ohne seine Überlegenheit zu missbrauchen. So könnte ein Jude das Auftreten eines Jesus gesehen haben. Bis dahin war er selbst noch ehrlich. Doch das änderte sich durch die Kirche.

Der Verrat Kriemhilds an ihrem Gatten Siegfried gehört zu den eigentümlichsten Motiven des Nibelungenliedes. Denn wenn man von Verrat spricht, so setzt man regelmäßig eine schlechte Absicht voraus; Kriemhild liefert ihren Mann in der besten Intension, sein Leben zu schützen, an den Mörder. Da das Motiv nicht nur ungewöhnlich, sondern im Handlungsgefüge auch höchst bedeutsam ist, möchte man annehmen, sein dichterischer Sinn sei eingehend diskutiert worden. Doch hat die Forschung darin kaum je ein Problem gesehen. (S. 216)

Mit unserer Deutung liest sich dieser Aspekt eher so: Die Kriemhild/Kirche wollte die Bedeutung und den Einfluss eines Siegfried/Christus mit ihrem Symbol des Kreuzes schützen. Doch die Kirche lieferte die Botschaft durch ihr Machtstreben dem Untergang aus. Den ersten Christen kann man keinen Verrat unterstellen. Zum Verrat konnte es erst kommen als dieser Glaube überhaupt Gestalt angenommen hatte. Das wahre Ur-Christentum als reine Lehre war den Machtansprüchen seiner Institution erlegen. Und noch etwas sollte nicht aus dem Blick geraten: Wer sich entschloss, an einem Kreuzzug teilzunehmen, nahm das Kreuz. Das war eine stehende Redewendung. Als Fürst, Ritter oder auch einfacher Pilger kennzeichnete seine Kleidung mit einem aufgenähten Kreuz, um seinen Status kundzutun. So gelangte dieses Kreuz in die Symbole vieler Orden, u.a. der Johanniter, Templer (rotes Kreuz) oder des Deutschen Ordens (schwarzes Kreuz), die sich so mit ihrer Kennzeichnung und angenommenem Auftrag zu erkennen gaben.

»Wenn man sich von der behutsamen Leitung des Dichters führen ließ, wurde man nämlich allmählich inne, dass Kriemhild bei allem Liebreiz doch mit je-

ner ungeheuerlichen Frau verglichen werden konnte, die auf Isenstein (Island) herrschte, ja dass sie in ihrem Willen mit dieser sogar identisch war. Hatte man dies erkannt, so verloren nachträglich die anfänglichen Worte des Dichters von Kriemhilds verderblicher Schönheit einiges von ihrer Befremdlichkeit.« (S. 165)

Diese Aussage untermauert meine Sicht, dass der Dichter mit Kriemhild die römische Kirche darstellt und mit Brunhild die griechisch-orthodoxe Kirche Konstantionpels. An Pracht und Macht glichen sich damals beide. Dazu mehr bei der Besprechung der These von Rudolf Kreis (unten).

Diesem Kampf konnte man damals aus jüdischer Sicht jeweils die Wahl zwischen zwei falschen Schönheiten unterstellen. Brunhild/Konstantinopel wird durch Siegfried bekämpft und im Kampf dann niedergeworfen. Der Kampf im Brautgemach entspricht dem Kampf der Kreuzzüge. Siegfried/römisches Christentum siegt jedoch nur, weil er noch mehr Täuschungsmittel (Tarnkappe) einsetzen kann. Die Tarnkappe steht für das aus dem Judentum stammende getarnte unsichtbare Judentum, das der Katholizismus nunmehr ganz für sich in Anspruch genommen hat. Brunhild/Konstantinopel will hinter das Geheimnis der Macht kommen. Sie ahnt, dass sie grundlegend getäuscht wurde (angeblich Kampf um die Heiligen Stätten, in Wahrheit gegen seine/ihre Brunhilds Machtstellung) und dass der geltend gemachte Anspruch und ihr wahren Bezwinger nicht der naive machtlose Gunther, sondern dieser selbstherrliche »eigen man« (Gefolgsmann) sein musste. Schließlich trat der Papst als Gefolgsmann Jesu und als dessen Stellvertreter auf, der sich jedoch mehr Rechte herausnahm als es ein Jesus je für sich getan hatte (nach den Texten).

Vor dem Dom wird der Konflikt offenbar. Aber der Dichter lässt das Ausmaß der Täuschung offen. Er verneint die geschlechtliche Unterwerfung. Aber Siegfried mag Brunhild immerhin durch die Wegnahme des Gürtels entblößt und damit bloßgestellt haben. Auch dieser Akt (!) ist zu dieser Zeit nicht hinnehmbar und rechtfertigt die Rache Hagens. Ob man vor das Wort Gürtel noch Keuschheits- setzen sollte, lasse ich offen. In keiner der zahlreichen Interpretationen stellt ein Autor überhaupt diese naheliegende Überlegung an – sei sie nun zutreffend oder nicht. Der jüdische Anstrich findet sich – egal, wie man interpretieren möchte, immer wieder. Aber kein anderer. Weder das Judentum noch der Islam oder der Herrschaftsbereich Konstantinopels wurden dem Katholizismus zugeführt. Auch die Mission der Juden in Europa gelang über Jahrhunderte nicht. Der Orient und Jerusalem wurden nicht dauerhaft erobert. Auch heute noch vertreten manche Theologen die Auffassung, dass der Islam lediglich aus dem Judentum und dem Christentum entstanden sei. Immerhin stützt sich der Koran auch auf einen Propheten Jesus und eine jungfräuliche Mutter Maria. Wenn das Christentum – in welcher Form auch immer – entlarvt würde, hätte dies unweigerlich auch Folgen für den Islam. Bei all diesen Gedanken muss man sich vor Augen halten, dass es dem Dichter ja nie um eine realistische und historisch korrekte Beschreibung der Ereignisse gehen konnte, sondern dass er gezwungen war, seine Anklage durch Allegorien auszudrücken.

Die Dom-Szene wird zu recht als eine der prägnantesten Szenen des gesamten Epos verstanden. Aber der Hintergrund ist eben ein ganz anderer als der immer wieder gemutmaßte. Hagen musste danach auf die Seite Brunhildes treten. Juden waren nicht nur entlang des Weges Opfer christlicher Schlächterei, sondern eben auch im Orient und Jerusalem. Vor dem Dom galt es beider – Judentum und aller Andersgläubigen – Ehre zu retten und den katholischen Machtanspruch zurückzuweisen. Hagen und Brunhild mussten sich verbünden. Hagen wird zur treibenden Kraft für den Anschlag auf Siegfried.

Auch wenn sich die Kreuzzüge gegen Araber, Sarazenen und Mohammedaner (Muslime) richteten, auf dem Weg dorthin gerieten im Kampf um den wahren Glauben eben – und für den Dichter vor allem ungerechtfertigerweise wie im gesamten Unternehmen – auch die Juden in die Rolle des Opfervolkes. Ihrer Not ist das Epos gewidmet. In Jerusalem wurden bei der Eroberung im 1.Kreuzzug 1099 tausende Einwohner von den christlichen Kämpfern niedergemetzelt. Gefragt wurde da nicht viel. Dass der Dichter in Brunhild jedoch keine allegorische Jüdin (Synagoge) sieht, wie es Kreis vertritt, sieht, lässt sich daraus erkennen, dass er auch sie einmal von Gunther als »Teufelin« bezeichnen lässt. Sie kann demnach nur umfassender als Allegorie auf Konstantinopel und alle Andersgläubigen insgesamt verstanden werden. Sie alle, weltliche Herrscher, Muslime, arianische oder orthodoxe Christen, sie litten unter dem römisch-christlichen Herrschaftsanspruch. Die Formulierungen sind keine unbedachten Ausrutscher des Dichters, sondern wohlgesetzte Spuren. Die Gemeinsamkeiten gegen den Katholizismus lässt für Brunhild und Hagen ihre Unterschiede zurücktreten und lässt sie kurzzeitig zu einer Verteidigungsgemeinschaft werden.

In heutiger Zeit wäre dies wohl geradezu eine sensationelle Entdeckung, wenn Juden und Muslime von dieser Interpretation Kenntnis erlangten und erkennen müssten, dass sie in einem deutschen – vermeintlichen Nationalepos und einer angeblichen Germanen-Verherrlichung – als gemeinsame Opfer gewürdigt und damit literarisch verteidigt und zu Anklägern gemacht wurden. Dass sich christlich Gesinnte vehement weigern werden, diese Sicht zu akzeptieren und sich ihr nationales Epos nicht wie umgekehrt die Juden ihre Bibel einfach rauben lassen werden, kann unterstellt werden. Konkret hilft da jedoch nur verschweigen, übersehen, ggf. diffamieren. Diskussionen wären zu gefährlich. Die Wahrheit könnte jedoch so nach und nach doch durchsickern.

Wer Zweifel an dieser Deutung hat, dem sei noch in Erinnerung gerufen, dass sowohl Brunhild im Brautkampf mit Gunther als Teufelin bezeichnet wird als auch Kriemhild nachdem sie Hagen den Kopf abgeschlagen hat. Aus jüdischer Sicht sind sowohl das Christentum in Gestalt seiner Kirche als auch der Islam beide Religionen des Teufels. Der Dichter, der sich ansonsten darauf beschränkt, das Christentum lediglich in seiner Äußerlichkeit darzustellen (Messen/Kirchenbesuche/Feste) ohne religiöse Begleitmusik, bedient sich hier ausnahmsweise und einzigartig übereinstimmend der gleichen christlich geprägten Kennzeichnung. Mit dieser Erkenntnis stehen zwei Religionen auf einer Stufe und das Judentum auf einer anderen. Der Jude Hagen fällt, gewiss, aber er stirbt aufrecht und wissend, im Unterschied zu den beiden Protagonistinnen hat er auch nie mit Hinterlist seinen Vorteil gesucht. Die Tötung Siegfrieds geschah nicht um eines Vorteils Willen. Brunhild lädt Siegfried und Kriemhild an den Hof in Worms ein, um hinter das Geheimnis ihrer Niederlage zu kommen, Kriemhild lädt ihre Brüder, Burgunder und vor allem Hagen an den Etzelhof ein, um an ihnen Rache zu nehmen und sich dabei auf noch ungeklärte Weise wieder in den Besitz des Horts zu bringen. Beide Listen missraten auf ungewöhnliche Weise und entfalten Wirkung weit über das hinaus, was geplant war. Eine wahrlich treffende und entlarvende Sicht auf diese Religionen.

»Kriemhild sieht sich vor allem als Frau des mächtigsten Mannes. Diese Position ihres Gemahls ist für Kriemhild von höchster Bedeutung, wie sich beim Streit der Königinnen zeigt. In ihm nimmt zugleich Kriemhilds Verrat an ihrem Gatten den Anfang.« (S. 172)

Wie wenig von Eifersucht ist da zu Recht die Rede. Kriemhild demütigt Brunhild ohne jegliches Anzeichen von Eifersucht. Ihr geht es ausschließlich um den Vorrang. Angesichts der unendlichen Liebe, die eine Kriemhild in sich trägt, doch verblüffend. Erst recht nach dem Ehrenkodex der damaliger Zeit, der Zeit der höfischen Minne. Ein Sich-damit-Abfinden mag ja angehen, aber den Ehebruch des eigenen Gatten vor dem Dom in aller Öffentlichkeit zu skandalisieren, ist geradezu haarsträubend. Sie glaubt bei alledem ja nach ihren eigenen Worten, dass es zwischen Siegfried und Brunhild zur geschlechtlichen Vereinigung kam – oder setzt ganz bewusst zu einer Lüge an, wenn ihr Siegfried den Ablauf wahrheitsgemäß geschildert hätte.

Der Autor Falk hat selbstredend keinerlei Verdacht, wie ich ihn hier ausbreitet und begründe. Doch wenn man seinen Ausführungen die Namen Siegfried durch Christus/Christentum, Kriemhild durch Kirche oder Brunhild durch Islam/Nicht-Gläubige ersetzt, kommt man zu verblüffenden Erkenntnissen. Dies kann in dieser sinnvollen Häufigkeit kein Zufall mehr sein.

Bezeichnend ist, dass Kriemhild in der Fassung B ihren Sohn dem wütenden Hagen opfert. Dies ist Sagenhintergrund, in dem Kriemhild ihren Sohn zweimal auffordert, Hagen die Faust ins Gesicht zu schlagen. Hier kann man dies aus dem Ablauf ohne Worte deuten. Schließlich hatte sie kurz zuvor den Befehl erteilt, das Gefolge, 9000 Knappen, wie der Dichter schreibt, abschlachten zu lassen. In der C-Fassung wird dies unterdrückt. Damit zeigt der Dichter, dass Kriemhild auch nicht in ein germanisches Schema passt, sondern, dass man für ihre Rolle eine andere Erklärung suchen muss. Auch hätte keine Germanin ihre Brüder einer Blutrache ausgeliefert. Da war die Atli-Sage schon stimmiger, indem dort Gudrun (Kriemhild) dem goldgierigen Atli die Herzen ihrer gemeinsamen Söhne als Rache für den Mord an ihrem Bruder Gunnar (Gunther) und Högni (Hagen) serviert. Der Dichter hat auch hier mit seinem Motiv den Ablauf geradezu umgedreht. Mag man das Verhalten gegenüber ihrem Bruder Gunther, dessen Mitwisserschaft offensichtlich war, noch für möglich halten, so widerlegt der Verweis auf ihren Lieblingsbruder Giselher, der ebenfalls von ihr geopfert wird, diese sippentreue Deutung. Auch dieser wird nicht verschont.

»In einer wichtigen Hinsicht ist die Kriemhild der »not« genauso ungermanisch wie die des »liet«: sie handelt nie aus dem Bezug zu den germanischen Göttern. (S. 207)

Auch an einer weiteren Stelle wird ein Unterschied deutlich (S. 209):

Nach der »liet«-Fassung (C) war Etzel einst Christ. Ganz anders verhalten sich die Dinge jedoch in der »not«: Hier hat sich Etzel niemals taufen lassen. Kriemhild heiratet ganz bewusst einen Heiden.

Für diese Schilderung mag der Dichter durchaus einen Bezug gesehen haben: Die christliche Kirche verband sich mit dem Heidentum (Stichwort: Heidenchristen), um die Vorherrschaft über die Ur-Christen zur erhalten und dadurch die Verbindung zum Judentum zu trennen. Welchen Sinn macht dagegen die C-Fassung, die Etzel als ehemaligen und möglicherweise wiederum als Christ zu gewinnenden Herrscher auftreten lässt? Es ist nicht mehr als eine glaubensbedingte Verharmlosung der Vorlage. Derartige Missgriffe haben für die Interpretation erhebliches Gewicht.

»Kriemhild nimmt im Königinnenstreit die ehemalige Position ihres Gatten ein, der auch verkündete (!), dass er über alle Länder herrschen wolle. Kriemhild teilt diese Auffassung. Mit ihm strebt sie zum Höchsten. Der beste Weg dazu sei die Vernichtung der Rivalin. (S. 174)

Kann man den Kreuzzugsgedanken in personeller Allegorie und als Ausdruck klerikalen Machtanspruchs kürzer fassen? Genau so verlogen wie die Hetzrede eines Urban II., dass Christen im heiligen Land ermordet würden und ihnen kein Zugang mehr zu den heiligen Stätten gewährt werde, genauso verlogen behauptet Kriemhild Siegfried sei Brunhildes »man« gewesen, d.h. er habe sie sexuell besessen. Der Text des Nibelungenlieds lässt genau das vollkommen offen bzw. widerspricht dem Versprechen, das Siegfried Gunther gegeben hatte. Der Papst/die Kirche haben gelogen und

Kriemhild/die Kirche haben gelogen. Kriemhild ist eben der Name der Kirche. Entweder hätte Siegfried mit Brunhild geschlafen, richtiger aber allemal: sie vergewaltigt (!), dann hätte Kriemhild nicht gelogen, aber Siegfried hätte sein Versprechen als Gefolgsmann Gunthers gebrochen. Entweder ist er ein dreister Eroberer, indem er Ring und Gürtel an sich nimmt und sogar seiner Frau schenkt, oder es ist nichts Anrüchiges geschehen, dann steht Siegfried nicht nur als Betrüger, sondern stattdessen nur als gemeiner Dieb vor uns. Man könnte es sich fast aussuchen. Die Rache Hagens ist in jedem Fall aufgrund der schwerwiegenden Untreue, auch durch die Geschwätzigkeit vertieft, nach damaligen Maßstäben gerechtfertigt. Gegen einen unverwundbaren Recken wäre ein offener Zweikampf sinnlos, zumal ein Jude nicht an die Gerechtigkeit von Gottesurteilen glaubt, wie es Christen taten. Es ist schon merkwürdig, dass bei vielen Autoren überhaupt nicht diskutiert wird, ob Hagens Rache und Siegfrieds Tod als gerechtfertigt anzusehen seien. Schon gar nicht wird thematisiert, wie die Bloßgestellten weiter hätte vorgehen können, ohne dass nicht noch mehr Schaden angerichtet worden wäre. Ein öffentlicher Prozess, wie man sich dies heute auch bei Hochverrat zwingend vorstellen müsste, war unter dem Aspekt des Königsheils in damaliger Zeit vollkommen undenkbar. Auch das ist ein Unterschied zwischen Juden und Christen: Siegfrieds Tötung war kein Mord, sondern gerechtfertigte Notwehr gegen einen Usurpator. Beide werden wieder eins: Ein Kreuz bringt Christus und ein Kreuz bring Siegfried den Tod.

Die wissenschaftliche Spekulationen, dass Hagen ein Schurke, ein Mörder und ein Verräter sei, erweisen sich als haltlose Fehlinterpretationen. Auch seine aufrechte Haltung in der Etzelburg wird fälschlich als germanisches Heldentum verkauft. Es ist kein germanisches, sondern ein jüdisches Heldentum, dem hier die Referenz erwiesen wird. Das ist ihre und dann aller Not. Not übersetze ich für uns mit Schicksal und mit diesem Wort endet auch die hier als maßgeblich angesehene B-Fassung.

Falk zieht auf S. 195 schon ein vorzeitiges Fazit:

»Der Dichter des Nibelungenlieds verdient höchste Bewunderung. Er hat es vermocht, eine tiefgründige und komplexe Handlung in klarster Konsequenz zu gestalten. Und er besaß den Mut, einer Gesellschaft, die in den Freuden höfischen Glanzes lebte, ihren eigenen Untergang vor Augen zu bringen.«

Das Lob ist verdient, noch um ein Vielfaches mehr als dies der Autor Falk mit seiner Untersuchung darlegt. Aber der Dichter besaß eben aus mehr als berechtigten Befürchtungen nicht den Mut, sich als Jude oder judenfreundlicher Mensch zu offenbaren. Auch dieser für die damalige Zeit eher ungewöhnliche Umstand, dass ein offensichtlich selbst dichterischer Verfasser seinen Namen nicht preisgibt, löst nirgends Nachdenken oder Sinnsuche aus. Hätte er gar seinen wahrscheinlich jüdischen Namen bekanntgegeben, wir würden sein Epos wohl nicht kennen, weil dann der Hintergrund leicht hätte entdeckt werden können und es damit der christlichen Zensur zum Opfer gefallen wäre. Nur das germanische Missverständnis rettete sein Epos, in dem es abgeschrieben und sogar mit einer Fassung C und der angehängten Klage lediglich als christlich überarbeitetes Werk weitergegeben wurde. Doch diese Bearbeitung ist wie ein Fingerzeig auf den ganz anderen und wahren Hintergrund.

»Die Kriemhild der »not« handelt nicht heidnisch und nicht vorchristlich, sondern teuflisch und wider-christlich. Ihre Gestalt muss von einem Dichter konzipiert worden sein, der von der Gültigkeit des christlichen Gebots der Feindesliebe tief überzeugt war. Nur ein solcher konnte den Gedanken fassen, dass ein Mensch, der sich diesem Gebot widersetzt, zum infernalistischen Unmenschen wird.« (S. 210)

Mit seiner Beurteilung steht Falk im Widerspruch zu fast allen anderen Autoren, die doch für eine Kriemhild noch verhaltene Sympathie erkennen lassen. Der erste Satz ist somit überraschend zutreffend, das Übrige allerdings unzutreffend. Nirgends geht es im Nibelungenlied ansonsten christlich zu. Was der Autor hier dem Dichter als den Gedanken an christliche Feindesliebe unterstellt, ist das menschlich-jüdische Entsetzen über die von der Kirche losgetretene Judenverfolgung bzw. das Nicht-Verhindern der Übergriffe. Jeder Mensch, nicht nur ein wahrer Christ, muss sich von den Mordtaten und den Massakern angeekelt und abgestoßen fühlen. Es ist gerade diese christliche Barbarei, die den Autor zur Verteidigung des Judentums und der Menschlichkeit zu Feder und Papier greifen ließ.

S. 258 – Schlussworte:

»Da der Geist dieses großen Werkes so abgründig verkannt wurde, konnten sich die Züge seines Dichters nur in den befremdlichsten Verzerrungen zeigen.

Es ist anscheinend kein Zufall, dass seine wahre Geschichte erst seit der Katastrophe des Zweiten Weltkrieges allmählich hervortreten konnte. Wir dürfen hoffen, dass uns künftige Jahre erlauben werden, seine Person und sein Werk noch genauer zu begreifen. Was er zu sagen hatte, war gewiss seiner eigenen Zeit zugedacht. Sein Werk ist die Deutung dessen, was die Ritter und Damen, die Könige und ihre Gefolgsleute damals erstrebten und erlitten. Es ist das Denkmal einer großen und auch unseligen Zeit, das gewaltige Grabmal einer glanzvollen Epoche. Das »Nibelungenlied« handelt nicht von den Deutschen des zwanzigsten Jahrhunderts. Aber der Gang der Geschichte trennt nicht nur, er verbindet auch. Es gibt einen geistigen Zusammenhang zwischen uns und jenen Menschen, zwischen unserer Katastrophe und der ihren. Und wir haben Anlass über ihn nachzudenken.

Falk hat nur die allgemeine Barbarei des Zweiten Weltkriegs im Blick. Wie nahe er damit aber auch der spezifischen Barbarei, die die Juden in der Zeit nach 1095 betraf, ist, übersieht er dabei. Wer bis hierher die Kommentierungen gelesen hat, weiß, wo sich die Einschätzungen decken und wo der entscheidende Geschichtspunkt einfach nicht gesehen und damit alles vollkommen falsch gedeutet wird. Was würden Forscher und die Öffentlichkeit denken, wenn sie die wahren Hintergründe und die Motive und Verarbeitungen des Dichters richtig einordnen könnten?

Um dem geneigten Leser weitere alternative und bislang so gängigen Interpretationen anzubieten, verweise ich auch auf zwei Beiträge im Internet. Diese enthalten auch einige Hinweise und Deutungen, auf die ich bislang noch nicht eingegangen bin. Dem aufmerksamen Leser werden die Denkfehler und Deutungen, die in diesen Ausarbeitungen enthalten sind, nicht länger verborgen bleiben. Auffallend ist insbesondere bei der zweiten Fundstelle, dass man sich offensichtlich an der Fassung C orientiert, obwohl nach der Forschung vor allem – und für mich einzig – die Fassung B als die ursprünglichste und am wenigsten verfälschte Variante zu berücksichtigen ist. Die Charakterisierung Hagens in diesen Beiträgen, die offenbar einem verbreiteten Deutungsmuster entsprechen, kommt somit eher einer Verleumdung, wenn nicht sogar teilweise einer Hetze gleich. Genau damit wären wir auch wieder am Ausgangspunkt. Auf die Motivlage Hagens ging ich bereits ausführlich und mehrfach ein. Nie hat er aus Selbstsucht,

Neid, Gier, Untreue oder sonstigen Gründen gehandelt. Zudem sollte man auch nicht übersehen, dass er in seiner Zeit handelt und dass sein Verhalten durch sein Umfeld geradezu provoziert wurde. Er war auch kein Verwandter der Könige und damit auch nicht Kriemhilds, sondern ein Vasall mit einem Sonderstatus. Die Mängel der anderen Figuren im Epos werden übergangen. Kriemhild begeht durch die Beleidigung Brünhilds schlichtweg Hochverrat, die Könige wollen den Hort versenken, erweisen sich selbst jedoch als zu feige etc. Ob die Lage damals zwischen Juden und ihren Herrscher tatsächlich so eng gewesen war, wie es vom Dichter geschildert wird oder nicht, ist nachrangig. Entscheidend ist, was der Dichter uns mit seinen Worten nahelegt und was er aussagt. Wer das Nibelungenlied verstehen will, sollte sich strikt am Text – und damit auch an der Fassung B – orientieren und nicht Elemente aus anderen Sagen über das vom Dichter Gesagte hinaus hineinmischen wollen. Andere Gestaltungen in den Sagen liefern nur die Aspekte, die Anlässe liefern, darüber nachzudenken, warum der Dichter in seinem Werk diese Passagen umformt. Wer darüber hinaus die Fassung C zum Gegenstand seiner Überlegungen machten möchte, sollte diese tun – aber dann auch deutlich machen. Selbst diese naheliegende Selbstverständlichkeit wieder kaum beachtet. Die Fassung B und C trennen Welten – auch wenn dies den Wenigsten auffällt – , es sind Glaubenswelten:

http://gutenberg.spiegel.de/buch/geschichte-der-deutschen-poesie-im-mittelalter-5080/16

http://www.nibelungenlied-gesellschaft.de/03_beitrag/riha/fs14_riha.html

Otfried Ehrismann: Das Nibelungenlied

Dieses Bändchen ist sehr informativ und deshalb zu empfehlen. Gerade deshalb ist es interessant, die Aussagen und Schlussfolgerungen des Autors mit der von mir vertretenen These und ihrer Deutung zu vergleichen. Es beginnt damit, dass Ehrismann durchaus einen allein schreibenden Autor des Epos sieht, aber gleichzeitig zu Recht feststellt, dass dieser die bereits vorliegenden Sagen doch ziemlich durcheinanderwirbelt (mein Ausdruck!).

Warum so fragen wir, ließ der Dichter seine Prinzessin Kriemhild und seinen Prinzen Siegfried, seine Königin Brünhild, seinen König Gunther und seinen Vasallen Hagen, warum seinen Markgrafen Rüdiger, seinen Fürsten Dietrich und seinen Hunnenkönig so handeln, wie sie es tun? (S. 8)

Er gibt eine Antwort, die jedoch nichts wirklich erklärt:

Das Nibelungenlied siedelt als Reflex dieser Geschichte am Hof der Hunnen eine Vielzahl germanischer und slawischer Fürsten mit ihren Gefolgsleuten an, von denen Kriemhild einige als Rachehelfer gewinnen kann, namentlich Iring und seinen Lehnsherrn Harwart von Dänemark, sowie Irnfried, Landgraf von Thüringen. An Etzels Vielvölkerhof herrscht Religionsfreiheit – bei ihm waren stets – was wahrscheinlich kaum mehr geschieht – Christentum und Heidentum zu Hause. Dies erlaubt es letztendlich der Kriemhild des Nibelungenlieds, die Werbung des Königs anzunehmen, wobei der Erzähler in der C-Variante subtiler als der in der A – oder B-Variante arbeitet. Auch kann ihr Sohn Ortlieb christlich getauft werden.

Die historische Basis der Sage ist durch eine jahrhundertalte Erinnerungskultur, die die Geschichte zum Mythos gemacht hat, allerdings gründlich und unwiederbringlich zerstört. (S. 32)

Das Einzige, was man sofort akzeptieren kann oder gar muss, ist die Erkenntnis, dass das Nibelungenlied einen »Reflex« darstellt. Nur auf was, das wird hier nicht beantwortet. Es wird auch falsch dargestellt, wenn behauptet wird, es bestünde eine annähernd gleiche Anzahl von slawischen und germanischen Fürsten. Die Germanen sind eindeutig die maßgeblichen; nur Hunnen sind ihre quantitativ mächtig auftretenden Gegner. Die Peinlichkeit um Kriemhild, die in B deutlich dargestellt wird, wird in C als christliche Umarbeitung geglättet. Kriemhild verbindet sich mit einem Heiden und versucht ihn und sein Volk auf ihre Seite zu ziehen. Warum stellt also der Dichter in der älteren B-Fassung gerade die Religionsfreiheit so heraus, die einem realen Attila ziemlich gleichgültig gewesen sein wird? – Weil er einen idealen Hof beschreiben will, ihn aber nur noch unter Attilas Führung ausmachen kann. Seine Hunnen sind jedoch bereits durch Kriemhild korrumpiert.

Unzutreffend ist auch die Aussage des Autors zur historischen Basis. Es gab nie eine gemeinsame historische Basis dieser unterschiedlichen Sagen. Der Dichter hat also keine Geschichten zerstört, sondern bereits zerstörte und erfundene Geschichte/n für seine Zwecke und seine Botschaft ein- und ausgebaut. Ehrismann übersieht diese Sagenvielfalt jedoch nicht, was sein Buch eben für einen am Hintergrund Interessierten schließlich interessant macht. Aber das Werk des Dichters wird damit gerade nicht erklärt.

Auf den Rat Hagens hin reiten die Burgunden in Waffen und mit einem großen Heer nach Etzelnburg; sie heißen jetzt auch Nibelungen. (S. 18)

Dass es historisch einmal Burgunden gab und dass diese womöglich vom Rhein (nicht unbedingt Worms!) nach ihren Niederlagen gegen das römische Heer und anschließend gegen ein hunnisches Heer nahezu vernichtet wurden, dürfte den Tatsachen entsprechen. Dass sie jedoch nach Ungarn gezogen wären, ist reine dichterische Fantasie. Auch bei Ehrismann finden wir keine Erklärung, warum denn nun die Burgunden auf einmal zu Nibelungen geworden sein könnten. Mit einem Nibelungen-Schatz hat dies schon einmal nichts zu tun – der wurde schon Jahre zuvor im Rhein versenkt. Auch mit einem Nibelungen-Fluch hat das nichts zu tun – wer sollte und wofür sollten sie verflucht worden sein? Einzig Hagen hätte sich in einer Mörder-Tradition als Nibelunge bezeichnen dürfen, weil er seinerseits den als Nibelunge bezeichneten Nibelungen-Mörder Siegfried ermordete – doch er bleibt der Tronjer.

»Der Name Nibelung selbst bleibt ungeklärt. Man bringt ihn gerne mit

germanischem nebula, nibila (Nebel) und niflheim (die dunkle Welt) zusammen.« (S. 24)

Dass auch ein historisch nachweisbares Geschlecht der Nibelungen im damaligen Frankenreich existiert haben soll, habe ich schon angeführt. Vielleicht wollte der Dichter auch in diesem Fall einfach eine historisch anklingende Benennung zuordnen und nutzen. Im Kleinen dringt oft eine Wahrheitssuche durch, die man bei den Interpreten im ganz Großen des Epos jedoch immer vergebens sucht. Schließlich besteht das Epos auch ansonsten aus genug schlichtweg Erfundenem, Vermischtem, Übertragenem, was für die Umsetzung des Motivs Bausteine und Bezüge liefern konnte.

Ehrismann stellt fest, dass der Ort Xanten ziemlich *»blass konturiert«* bleibt (S. 24) und auch wie Worms denn in die Sage hatte kommen können, erscheint ihm allenfalls nur über Wortspiele mit Wurm/Lindwurm/Drache erklärlich. Von Nibelungen in Worms wissen nach herrschender Meinung bekanntlich nur Nibelungen-Fans und Vermarkter, aber kein Archäologe oder Historiker. Dass es zu dieser Zeit (Anfang 5. Jahrhundert) ohnehin auch noch keinen Dom gab, sei nur nochmals zur Abrundung erwähnt. Kriemhild und Brunhild vor dem Nordtor streiten zu lassen, kann einem nur einfallen, wenn man die Zeiten der Sage und die Zeit ihrer Niederschrift durcheinander geworfen hat. Die Antwort nach den Örtlichkeiten findet sich jedoch in den jüdischen Gemeinden entlang des Rheins mit eben Worms als deren theologischer Hauptstadt, worauf ich schon hingewiesen habe.

Der Autor sieht, dass Hagen als königlicher Berater, sein Bruder Dankwart als Marschall und sein Neffe Ortwin als Truchsess allesamt als Tronjer herausragende Stellungen begleiten. Von einer Verwandtschaft mit den ungewöhnlichen drei Königen ist im Nibelungenlied nirgends die Rede – nur von ihren jeweiligen Sonderstellungen. Dass das Amt eines Truchsesses erst 1204 am Hofe des Staufers Philipp von Schwaben eingeführt wurde, erlaubt eine genaue Datierung des Epos. Wenn Ehrismann fragt (S. 24), warum ein Truchsess Rumolt für die Zeit der Heerfahrt ins Etzelland dann ersatzweise als Statthalter zurückbleibt: *»Welche Würde besaß diese Herrschaft über die Küche eigentlich?«*, dann erkennt er offenbar nicht die Würde, die diesen Ämtern zukam. Mit der Versorgung von Pferden oder

der Essenszubereitung hatten diese Ehrenämter nichts zu tun. Sie waren dienende Symbolik, wie das Steigbügelhalten oder Ringküssen.

»Zwischen dem Wormser und dem Xantener Raum gab es relativ dichte kirchliche und wirtschaftliche Verbindungen.« (S. 25) – Ersteres kann bezweifelt werden, da jeder Bischof sich an seinem Ort um Vorherrschaft bemühte und die Verhältnisse eben bis zur Zeit des Investiturstreits und dem Kampf zwischen Staufern und Welfen ohnehin nicht als geklärt angesehen werden können. Bei wirtschaftlichen Verbindungen kann man dagegen sehr gut an den jüdischen Handel denken, der über Sippen hinweg bis in den Orient gepflegt wurde. Selbst den Weihrauch für die Kirchen besorgten die Juden mit ihrem Orienthandel. Der Dichter hat die realen Verhältnisse bei seinem Epos durchaus im Blick.

»Die Eroberung von Nibelungs Land verschafft Siegfried Zugriff auf die wunderbare Welt des Mythos, deren leises Rauschen wir im Nibelungenlied, wenn wir denn möchten, immer wieder einmal vernehmen können – bis hin zu dem Fluch, den Andvari über den Hort spricht. Für die Gattung der Heldensage sind solche Untertöne nicht ungewöhnlich; der exorbitante Held, der alle überragt, entrinnt niemals ganz der Welt der Halbgötter. Nicht poetologisch und motivgeschichtlich, sondern tiefenpsychologisch gesehen, ist er der Träger spezifisch männlicher Allmachtsfantasien mit ihrem dunklen Hintergrund von Leidens- und Todesverachtung, die die dialektische Psychologie heute als eine subtile Kompensation von Leidens- und Todesängsten interpretieren kann«. (S. 28)

Der hier genannte Andvari gehört in eine andere Sage und wird vom Dichter des Nibleungenlieds weder genannt noch sein Fluch übernommen. Die Hortbewahrer fluchen bei ihm gerade nicht. Ich möchte an dieser Stelle ausdrücklich nochmals daran erinnern, dass ich von einer Christus-Paraphrase ausgehe und man den Text einmal nach dieser These lesen sollte. Diesem Christus selbst wird im Epos kein dunkler Hintergrund zugeordnet. Dieser dunkle Hintergrund kommt erst durch die selbsternannten Christus-Nachfolger, deren Denken und vor allem deren Kirche und damit mit Kriemhild ins Spiel.

Man kann es fast als unstrittig ansehen, dass der Nibelungendichter sich sowohl der alten Sagen bediente und auch, dass er die zu seiner Zeit bemerkenswerten politischen Ereignisse in sein zusammenfassendes Epos einbaute. So kann man bei Ehrismann lesen (S. 31):

»Wir vermuten die Residenz Attilas /Etzels aufgrund archäologischer Funde im heutigen Esztergom, dem früheren Gran, dem Königsitz der Arpaden; unter anderem hatten König Konrad III. und Kaiser Friedrich Barbarossa dort auf ihren Zügen ins Heilige Land Aufnahme gefunden. Mit dem Bau der im ausgehenden 10.Jahrhundert auf einer alten römischen Siedlungsstätte ist vor allem der Name Stephan I., des Heiligen (997 – 1038), verbunden. Das Reich der Ungarn, an der Schnittstelle zwischen dem erstarkenden Römischen und dem zerfallenden Byzantinischen Reichs gelegen, war ein Schmelztiegel vieler Völker und politisch und kulturell eng mit seinen nördlichen Nachbarn verbunden.«

Ehrismann kommt auch zu der Feststellung (S. 32):

»An Etzels Vielvölkerhof herrscht Religionsfreiheit – bei ihm waren – was wahrscheinlich kaum mehr geschieht – Christentum und Heidentum zu Hause.«

Mit einer Verortung eines Attila-Hofes ist keineswegs geklärt, dass dies der Etzelhof des Epos sei oder das jemals Burgunden in diese Richtung gezogen wären. Historisch gesehen wären sie sogar einem gefürchteten Feind hunderte Kilometer entgegengezogen. Dies wäre militärisch, versorgungstechnisch usw. vollkommen unsinnig gewesen. Die Feststellung zur Religionsfreiheit müsste eher auf das mangelnde Interesse Attilas an Religionen zurückzuführen und mehr als Rückblick des Dichters auf eine tolerantere und wünschenswert friedlichere Zeit zu verstehen sein. Anmerkungen zu einer Hochzeit Etzels mit Kriemhild in Wien, die historisch weder nach Personen noch nach dem Ort je stattgefunden hat (S. 36):

»Vielleicht ließ sich der Dichter aber auch von der Hochzeit Herzog Leopolds VI., des Glorreichen, mit der Prinzessin Theodora Komnena aus dem byzantinischen Kaiserhaus 1023 inspirieren. Babenberger und Staufer waren weitläufig verwandt. Dann hätte das Nibelungenlied nicht nur die Chiffre für eine berühmte Stadt gewählt, sondern würde auch das Staufer-Spiel weitertreiben.«

Mit großer Wahrscheinlichkeit darf unterstellt werden, dass der Dichter die Welt durchaus aus der Sicht der Staufer und ihrer Widersacher beschreiben wollte. An dieser Stelle muss deshalb daran erinnert werden, dass die Autoren Breuer das Nibelungenlied als Kritik an der staufischen Reichspolitik verstanden wissen wollen (s.u.). Dazu passt dann jedoch nicht, dass die gesamte Staufer-Partei mit der Vorlage einer Hochzeit ins positive Licht gerückt wird.

»Nach sieben Jahren (Vers 1387) – wieder eine Unglückszahl – kommt Ortlieb zur Welt; nach weiteren sechs Jahren – die Unglückszahl dreizehn ist erreicht – gewährt ihr Etzel die Einladung an ihre Brüder. Die Verwandten des Königs mit ihren Landsleuten und zwölf Könige stehen ihr zu Diensten.« (S. 36)

Auch Ehrismann ist ein Autor, der nicht versäumt, auf die Symbolik von Zahlen zu verweisen. Umso überraschender ist es dann bei allen Autoren, dass ihnen offenbar die Zahl Zwölf so gar nichts zu sagen scheint. Die Zahl Zwölf taucht mehrfach im Epos auf und man sollte sich durchaus an die Zahl der Apostel erinnert fühlen, mit denen die Kirche Legenden bildend immer wieder missionierte. Die Zahl Zwölf ist eindeutig christlich kontaminiert. Aber vielleicht ahnen dies die Autoren und vermeiden deshalb vorsorglich und ängstlich jegliche zu Komplikationen führende Deutung des Epos in eine kirchen-christliche Richtung.

Staunen muss ich, wenn ich bei Autoren lese, dass die Brücke bei Regensburg im Epos nicht erwähnt werde oder erörtert wird, wo sich die Königinnen vor dem Dom in Worms gestritten hätten. Der Dichter springt zwar mit seinen Ereignissen zwischen realen Anleihen und denen aus Sagen und damit auch in den Zeiten hin und her, wie man getrost annehmen darf, aber er ordnet alles seinem Motiv unter. Einen Grund, die Königinnen nicht im Fluss, sondern just vor dem Dom streiten zu lassen und damit in sakrale Nähe zu rücken, gibt es schon, das Heer der Burgunden jedoch über eine Brücke ziehen zu lassen, die ebenfalls erst im 11.Jahrhundert fertiggestellt wurde, gibt es aus den Motiven heraus anscheinend nicht. Auf diesen zeitbedingten Ernüchterungs-Effekt in seinem Epos hat der Dichter sinnvollerweise verzichtet.

»Kriemhild sagt nicht, mit welchen Worten sie seinerzeit die Geschenke empfangen hatte, die sie aber nach allem, was wir aus Brünhilds Niederlage im Ehebett wissen, offenbar höchst kreativ als Sexualzeichen interpretiert. Warum brachte sie sie eigentlich aus Xanten mit? Warum schenkte sie Siegfried ihr? Wenigstens die zweite Frage beantwortet der Erzähler, leider nur mit dem Topos der Unwissenheit (ich weiß nicht, ob er das tat, weil er so in Hochstimmung – hôhen muot –war; 680). Dem Gürtel, den wir als Kraftgürtel kennen gelernt

haben, schreibt der Epiker jetzt ein zweites, ein teuflisches Zeichen ein, denn es ist Seide aus Ninive. Die große Stadt der Assyrer ist eine biblische Chiffre für den Zorn Gottes.« (S. 53)

Der Epiker regt zum Nachdenken an: Wer weiß, was von Christus tatsächlich und wie zur Kirche gelangt ist? Das weiß in der Tat bis heute niemand. Der Epiker kannte gewiss die Tora/den Tanach – das Alte Testament der Juden – und deren Einverleibung in das Christentum. So sagt er uns hier, wie Ehrismann ohne Absichten mitteilt, dass auf Kriemhild schon der Zorn Gottes liegt. Wie sich die Christen zu Unrecht des Alten Testaments bemächtigten, so bemächtigt sich hier Kriemhild einer andersartigen Religiosität, die bei ihr jedoch keine Kraft entfaltet. Bei Brünhild hatte der Gürtel die Kraft von zwölf (!) Männern, bei Kriemhild ist es ein bloßes Schaustück; ein gestohlenes zudem. Auch bei den Übersetzungen ist stets Vorsicht geboten: Der Dichter spricht vielleicht mehr von Hochmut als von Hochstimmung. Dass das Christentum mit Hochmut auftrat, passt haargenau in die Motiv-Landschaft, die der Dichter ausbreiten will.

»Siegfried hat den enormen politischen Schaden, den seine Frau angerichtet hat, sofort erkannt.« (S. 54)

In seiner Tiefe hat nur Hagen den Schaden erkannt. Dass Siegfried seine Frau verprügelt, zeigt noch keinen Durchblick. Hier kann man dies aber als Allegorie auf einen Christus (-Gedanken) und die Kirche interpretieren. Wie weit war die Kirche schon bald nach der Etablierung eines Christentums von den Botschaften und Gedanken eines Jesus entfernt – Stichworte: Reichtum, Macht, Hierarchie, Reliquien, Ritualen etc. Nichts davon lässt sich bei dem überlieferten Jesus finden. Ein Christus hätte den Schaden in eigener Sache ebenfalls so erkannt. Man muss sich dagegen fragen, warum von Philologen der Schaden nicht erkannt wird und Siegfrieds Tötung immer nur als Mord gesehen wird. Wenn dem königlichen Heil hoher Schaden entstanden ist, kann man eine zeitgemäße Bestrafung nicht verurteilen.

»Kriemhild beharrt auf dem Eid, den ihr Rüdiger geleistet hat, sie vollzieht jedoch darüber hinaus zusammen mit Etzel einen dramatischen Akt von hoher Zeichenhaftigkeit. Das Königspaar kniet vor Rüdiger nieder und kehrt auf diese Weise symbolisch den vasallitischen Vertrag um (2152). Als historisches Vorbild bietet sich Barbarossas Kniefall vor Heinrich dem Löwen 1176 an.« (S. 55)

Wenn der Dichter darauf zurückgreift, dann sicherlich, weil er die Treuepflicht zum Gegenstand machen will. Was Heinrich der Löwe seiner Lehnspflicht zuwider verweigerte, seinem Kaiser Barbarossa in den Krieg zu folgen, dies fordern hier Kriemhild und Etzel über die Standesgrenzen hinaus ein. Der Vergleich oder Bezug passt zweifellos. Es genügt ihnen auch keine Neutralität, sondern sie wollen uneingeschränkte Gefolgschaft. Dies wird bei den allegorischen Bildern übersehen: Diese sind nicht sinngleich zu übertragen, sondern sie geben das Muster vor. Heinrich war im Unrecht als er seinen Kaiser vergeblich vor sich knien ließ, Kriemhild und Etzel sind als Knieende im Unrecht, weil sie mehr fordern, als geschuldet wird. Rüdiger weigert sich nicht grundlos und dass seine Hilfe unabdingbar erforderlich gewesen wäre, kann man auch nicht erkennen. Doch der Dichter wollte mit dieser Szene, den ungerechtfertigten Druck auf Unentschlossene deutlich machen. Bedingungsloser Gehorsam und Unterwerfung wurde von der Kirche gefordert.

»Der Held (Hagen) ist gut gewachsen, langbeinig, breit zur Brust und grauhaarig. Das Gesicht allerdings erregt Schrecken – wahrscheinlich eine Anspielung auf das fehlende Auge; davon erzählen die Waltharius –Sage und die Thidrek-Sage.« (S. 58)

Auch hier verrät der Dichter sein Wissen und setzt dies auch bei seinen Zuhörern voraus. Auch heutige Zeitgenossen werden sich Hagen nur mit Augenklappe vorstellen wollen. So werden heute durch Bilder oder Filme, früher durch Kenntnis der Sagen, Inhalte in das Nibelungenlied transportiert, die man dort gar nicht findet. Hagen ist die einzige Person, die zumindest in Ansätzen beschrieben wird, bei allen anderen Personen behilft sich der Dichter mit blumigen, aber nichtssagenden abstrakten Formulierungen. Damit steht Hagen mit dem Johannes dem Täufer der Evangelien auf einer Stufe. Auch er ist die einzige Person, deren Aussehen überhaupt beschrieben wird (Kamelhaar-Mantel; Gürtel). Alle anderen Personen bleiben hier wie dort unbeschrieben und damit blass. Es findet sich nichts über das Aussehen eines Jesus, seiner Jüngern, eines Pilatus, Paulus oder anderer Personen. Auch nur in der Ausweitung der Evangelien verpasst man dann Judas einen roten Bart und auch Maria Magdalena wird gern rothaarig präsentiert. Aber hier folgte diese Beschreibung und Darstellung einfach einer gängigen Wertung. Rothaarig oder Linkshänder zu sein, waren im Volksglauben schon immer verdächtig. Und so mussten sie dargestellt werden.

Von Einäugigkeit steht wiederum nichts im Nibelungenlied. Das ist allein wieder nordische Sage, deren Inhalt den Nibelungendichter jedoch in diesem Aspekt nicht interessiert. Die Einäugigkeit, die Hagen nach der Sage gekennzeichnet haben soll, wäre ohnehin nicht ein Anzeichen, dass er weniger als andere sähe, sondern dies sollte in der germanischen Sagenwelt genau das Gegenteil belegen. Odin opferte genau deshalb ein Auge, um Weisheit und Weitsicht zu gewinnen. So verwundert es nicht mehr, dass Hagen auch mehr vor seinem geistigen Auge sieht, als die Welt im zur Ansicht bietet. Symbolisch einäugig oder blauäugig waren lediglich die drei Könige – Hagen dagegen weder symbolisch noch tatsächlich.

»Gunther ist nicht an Siegfried zu messen; auch nicht an Brünhild. Diese beiden »phantastischen« Figuren sind durch magische Kräfte über die Norm des Menschlichen hinausgeschoben. Wenn Gunther um Brünhild, die stärkste/mächtigste aller Königinnen, »kämpft«, so ist dies zwar moralisch ein Zeichen von Hybris, politisch jedoch ein Zeichen seiner Herrschaftskompetenz.« (S. 62)

Ehrismann irrt hier. Gunthers Bemühungen kennzeichnen seine Hybris und offenbaren seine Inkompetenz und Impotenz. Er verfügt gerade nicht über den erforderlichen Weitblick um die Perspektive zu erkennen. Diese heißt Abhängigkeit von Siegfried. Und so haben auch die ersten germanischen Fürsten das hehre Ziel einer christlich verheißenen Herrschaft ins Auge gefasst, aber nicht erkannt, wohin das letztlich führen wird. Genau dahin, wo der Dichter mit seinem Epos Stellung bezieht: Die Zeit des Investiturstreits, dem Streit zwischen Kaiser, Fürsten, Päpsten und Bischöfen mit jeweils wechselnden Interessen, aber durchgängig zum Schaden des Volkes. Gunther steht somit allein für den gutmütigen, aber überforderten König. Dies zeigt er durchgehend und vor allem schon bei der ersten Begegnung mit einem zur Herrschaft über Burgund strebenden Siegfried.

Während Siegfried und Brünhild aufgrund ihrer Stärke aktiv in die Ander- und Geisterwelt eingreifen können, kann Hagen nur passiv teilnehmen. Er kann mit den Donau-Weibern sprechen, aber nicht deren Voraussagen beeinflussen. Kriemhild ist sogar noch weiter von der Geisterwelt entfernt, sie hängt vollständig von Siegfried ab. Um zu dem ihr vermeintlich zustehende Recht als Witwe zu kommen, kann sie sich nur auf intensive Weise der weltlichen Mittel bedienen.

»Die beiden mit List eingefädelten Ehenächte Gunthers bilden die politische »Eroberung« der Königin auf der erotischen Ebene ab. Brünhilds Kraftgürtel wird jetzt durch den Raub der Seide von Ninive durch Siegfried auch als ein Symbol der Virginität lesbar. Der Raub des zuvor nicht erwähnten Rings stützt diese Umwidmung der Symbolik nach dem biblischen Erzählmodell des doppelt Ki-tov – doppelt hält besser. Wir lesen den Geschlechterkampf gerne als eine Burleske.« (S. 62)

Das Wort Eroberung sollte man nicht in Anführungszeichen setzen. Es geht um Eroberung – die Eroberung des Heiligen Landes! Und dazu bedarf es eines Sieges über die dort herrschende Religion. Diese Burleske hat für den Dichter gewiss einen bitteren Beigeschmack. Dass nichts von der Kraft oder der Bedeutung von Ring und Gürtel von Brünhild auf Kriemhild übergehen, habe ich schon dargelegt. Auf Siegfried gingen dagegen alle mythischen Aspekte, derer er habhaft werden konnte auch über. Der Hort war unerschöpflich, die Tarnkappe konnte er benutzen und über seine Nibelungenkrieger konnte verfügen.

Das Christentum gelangte bis nach Jerusalem, aber danach hatte die Eroberung des Landes mit Christentum nur noch herzlich wenig zu tun. Die Kreuzzüge scheiterten, weil die Rivalitäten unter den Anführern zu Konflikten führten und ein dauerhaftes Reich konnte nirgends errichtet werden. Die italienischen Handelsstädte bestimmten mit ihren Interessen die Wege der Kreuzritter und die Päpste wollten das griechisch-orthodoxe Byzanz ausschalten. In Frankreich richteten sich die Kreuzritter zum Kampf gegen die Katharer und im Osten ging es blutig gegen die Slawen. Der Spuk im Heiligen Land war rund 200 Jahre später vorbei, was der Dichter als grandioses Scheitern noch nicht wissen, aber vielleicht schon erahnen konnte. Die religiöse Unschuld war auf der Strecke geblieben, wie die biologische Kriemhilds und Brunhilds. Mit Erotik hat das Gewaltspiel zwischen Siegfried und Brunhild nichts zu tun. Auch ein Gunther konnte den verursachten Schaden dann als Ehemann nicht vergessen machen. Die durch Täuschung besiegte Brunhild blieb misstrauisch und der Islam hatte nun auch ein religiöses Feindbild. Nicht zufällig geht der kriegerische Dschihad auf diese Erfahrungen mit dem Christentum zurück.

»Indem Hagen die Ermordung Siegfrieds selbst durchführt, beschädigt er zwar die Ehre seines Königs nicht, setzt aber eine tödliche Spirale der Gewalt in Gang.« (S. 64)

Hagen handelt staatstreuer als der König selbst. Auch bei der Versenkung des Horts fallen die Könige durch ihre Feigheit und Inkonsequenz deutlich auf. Es ist aber nicht Hagen, der die Gewaltspirale auslöst, sondern Kriemhild. Ihr Angriff auf die Königin war ein Staatsstreich – vollkommen unabhängig davon, ob Siegfried mit Brunhild geschlafen hätte oder nicht. Nicht einmal Eifersucht kann man als Entschuldigungsgrund erkennen. Dieser Akt war nicht für sie demütigend, sondern aus ihrer Sicht ausschließlich für Brunhild. Das Niederwerfen allein war schon ein Affront Siegfrieds und erst recht die öffentliche Beleidigung durch Kriemhild. Das Heil des Volkes hing nach damaliger Anschauung vom Heil des Königs ab. Ein derart bloßgestellter König war untragbar. Zu recht lässt Hagen deshalb die Leiche Siegfrieds auch vor die Kemenate Kriemhilds legen: Er bezichtigt sie damit der Täterschaft. Die eine Tat war somit gerächt, mit der folgenden dann gerichtet. Die Kälte, die Hagen zeigt, ist die schlichte Nüchternheit des Rechts. Was im Epos später folgt, ist die alleinige Entscheidung Kriemhilds.

»Von ihrem komfortablen Witwensitz neben dem Münster aus besucht die tief gläubige Kriemhild die Messe. Auf diese Weise verknüpft sie die memoria an das Leiden und Sterben Christi mit der memoria an ihren toten Gatten.« (S. 71)

Ehrismann sieht als einer der ganz wenigen Interpreten, eine christliche, gar tiefgläubige Kriemhild. Doch an dieser Kriemhild ist nichts christlich. Schon ihr Rachegedanke widerspricht dem zutiefst. Nirgends im gesamten Epos lässt sich eine christliche Gesinnung ausmachen, erst recht nicht bei ihr. Erstaunlich ist, dass Ehrismann gleichwohl den Schluss zieht, dass für Kriemhild die Erinnerung an das Leiden Christi und an den Tod Siegfrieds Hand in Hand gehen sollen. Das überrascht dann schon, da Jesus in Haft und sechs Stunden am Kreuz gehangen sein soll, während Siegfried sicherlich mit Schmerzen, jedoch nach wenigen Minuten gestorben sein soll. Aber das Sakrale, das hier aufgezeigt wird, entspricht durchaus dem

Zusammenhang zwischen einem Christus und einem Siegfried und stützt die hier vertretene These. Es ist immer wieder überraschend, wenn bei Autoren doch ein Hauch Theologie hereinweht.

Die Ausführungen Ehrismanns sind auch deshalb von Interesse, da er die drei Varianten A,B und C samt der Klage im Blick hat. Deshalb liest man bei ihm zum Ende Kriemhilds (S. 78):

»Das Recht holt die Rächerin ein, denn als Frau hätte sie die Strafe nicht selbst vollziehen dürfen. Hildebrand, Dietrichs rechte Hand, schließt die patriarchal konzipierte Rachehandlung ab und schlägt Kriemhild in Stücke. Sie schreit grässlich. Der Schrei und die Exekution als Zerstückelung, die Hildebrand vollzieht, sind typisch für das Gericht über eine Hexe und ihren Tod. Das Hexenzeichen wählt nur der Nibelungen-Fassung A/B; Nibelungenlied C beschreibt Kriemhilds Schrei als ängstlich und lässt Hildebrand einen schrecklichen Schlag führen. Solche Änderungen zeigen, dass wir mit der Deutung als Hexe nicht falsch liegen. Die Fassung C integriert in seinen Text eine Rezeptionssteuerung mit dem Ziel, Kriemhild für die Kirche zu retten. Es zeichnet sie immer wieder weicher und wärmer als A/B und lässt Hagen und den Teufel, dessen Wirken in der Geschichte im Übrigen auch ein beliebtes histografisches Muster ist, das Böse repräsentieren. Diu Klage, die den in Nibelungen C eröffneten kirchenfreundlichen Diskurs stringent fortsetzt, verstärkt die Macht des Bösen. Der Teufel braut die Rache zusammen.«

Treffender hätte ich es auch nicht ausdrücken können. Auch wenn der Autor von der hier vertretenen These keinerlei Kenntnis hat, bestätigt er diese mit diesen treffenden Worten. Kriemhild wird nicht für die Kirche milder gemacht, sondern sie macht sich selbst durch einen Nach-Schreiber milder, um nicht zu sagen, versucht sich von aller Schuld zu befreien. Wer so ändert, weiß genau, warum er ändert. In der B-Fassung stirbt Kriemhild schlicht als Hexe; genauer: alles andere als schlicht, sondern unter Schlägen als Zerhacken. Das ist genau das, was der Dichter im Christentum und seiner Kirche sieht: einen bösartigen, mörderischen Dämon. Ein Erschlagen allein genügt ihm nicht. Seine ganze Verachtung für dieses Christentum steckt in den Schlägen Hildebrands. Diese Kriemhild hat genau diesen Tod verdient. Vielleicht sollte der Leser dieses Zitat zweimal lesen. Welchen anderen als den hier aufgezeigten Anlass sollte der Dichter haben, in seiner Fassung Kriemhild als Hexe darzustellen? Angeblich soll sie ja verherrlicht werden. Die Inquisition und damit die Verfolgung von vorgeblichen Ketzern und Hexen hatte die Kirche 1215, also wenige Jahre nach der Abfassung des Nibelungenlieds, auch offiziell sanktioniert. Der Dichter wusste also genau von wem und warum er sprach.

»Nach 1945 hatte das Nibelungenlied als Nationalepos ausgespielt. Das durch die Ring-Rezeption und den nationalsozialistischen Germanenkult überreizte Nibelungenthema füllte außerhalb des Wissenschaftsbetriebs nur eine sehr kleine Randnische.« (S. 106)

Es muss direkt als makaber angesehen werden, dass ausgerechnet das Nibelungenlied in die Ächtung geraten ist. Wenn die Nazis auch nur die leiseste Ahnung gehabt hätten, was für ein Epos sie da verherrlichen! Kein Epos ist in seiner Aussage deutlicher und humaner – gerade wegen des »großen Mordens« für das das Nibelungenlied steht. Zur deutschen bzw. christlich-abendländischen Geschichte gehören die Kreuzzüge mit ihren Morden, Taten, Machtkämpfen und sonstigen Aspekten und ihrem maßlosen Herrschaftsanspruch, Anspruch auf Länder, über Menschen und ihren Glauben. Das sollte und darf als kulturelles oder zutreffender: un-kulturelles Erbe niemals vergessen werden.

Jörg Oberste: Der Schatz der Nibelungen – Mythos und Geschichte

Oberste gelangt zu der Feststellung, dass das Nibelungenlied selbst ein Schatz sei. Da stimme ich ihm vollkommen zu. Und dies nicht zuletzt deshalb, weil ich mit meiner Untersuchung des Motivs auf eine noch viel weiter tragende Bedeutung gestoßen bin. Sein Buch bietet eine Fülle von Informationen und übertrifft damit nach meiner Meinung alle gängigen Darstellungen. Hier wird eine ausgezeichnete Übersicht über alles geboten geboten, was mit dem Thema Nibelungenlied in Verbindung zu bringen ist. Dies umfasst sowohl die Berücksichtigung der Ausgangssagen, die in die Stauferzeit fallenden Ereignisse als auch eine literarische und politische Einschätzung dieses Epos.

Der Text ist gut zu lesen, sehr verständlich abgefasst, was bei dieser Thematik schon etwas heißen will. Auch sorgt eine Vielzahl von Abbildungen dafür, dass das Bild sozusagen durchweg bunt bleibt. Gerade, weil die zahlreichen Quellen mit untersucht werden, sollte man sich durch die Zuordnungen von Namen, Schreibweisen und Charakteren nicht verwirren lassen. Die Wertschätzung, die dieses Buch verdient, fordert mich heraus, die Aussagen des Autors einmal aus meiner Sicht in den Blick zu nehmen. Auf eine Wiederholung meiner These kann ich in jedem aufgeführten Fall verzichten, da diese Sicht durch vorausgegangene Aussagen der*dem Leser*in hinlänglich vertraut sein müsste. Wo keine Kommentierung erfolgt, bedarf es aus unterschiedlichen Gründen aufgrund meiner Aussagen keiner.

An einigen Stellen lässt Oberste auch einfach offen, was das Wahrscheinlichere sei – z.B. ob der Begriff Nibelungen von eher von Nebel oder von einem Ortsnamen abzuleiten sei oder von einem Adelsgeschlecht dieses Namens abstammen könnte. Gleiches gilt für Tronje, von Troja, da man die griechischen Sagen auch kannte. Für meine These ist dies zwar alles ohne Bedeutung, weil dies nichts zur Erhellung des Motivs beiträgt, aber daraus lassen sich auch Indizien ableiten, die die Wahrscheinlichkeit für die aufgestellte These verstärken können. So sehe ich durchaus auch einen Bezug zu Troja – und habe diese Parallele zwischen Trojanern und Juden als dichterische Trojaner auch aufgezeigt. Ob sich die Bürger eines Troyes als Trojaner verstehen, lasse ich offen. Ebenso, ob die Niflungen ihren Namen von einer Gegend oder einem Fluss ableiteten oder umgekehrt eine Gegend bzw. ein Fluss ihren bzw. seinen Namen nach einem dort lebenden Geschlecht benannt wurde.

Was von vielen Autoren viel zu selten ins Auge gefasst wird, ist, dass eventuell mehrere Aspekte für die Übernahme eines Begriffes oder eines Verhaltens in Frage kommen. So kann ich mir gut vorstellen, dass der Dichter das historische Geschlecht der Nibelungen bzw. Niflungen kannte, aber auch dem Nebel einer Andeutung zur Schattenwelt etwas abgewinnen konnte. Letzteres ist für mich der ausschlaggebende Punkt, wie ich dargelegt habe. Auch Oberste vermag weder zu erklären, wieso die Burgunden zu Nibelungen geworden sein sollen oder warum sie dazu erst mit dem Übergang über die Donau wurden.

Dass sich an der ein oder anderen Stelle die Antworten aus anderen Sagen ergeben, sollte nicht herangezogen werden. Diese hat der Dichter gewiss gekannt, da er bewusst immer wieder mit Andeutungen und Wissen aus diesen Sagen spielt, aber genau deshalb verbietet es sich strengstens sein eigenes Werk mit diesen Zusätzen anzureichern und dies dann zu interpretieren. Wenn der Dichter nicht schreibt, was Siegfried Kriemhilde über die Brautnacht mit Brünhilde mitgeteilt hat, dann steht damit nicht fest, dass er damit auch ein unzüchtiges Verhalten eingeräumt hätte. Auch Oberste übersieht, dass Siegfried hier gar nichts beeidet, sondern dass im Gunther quasi ins Wort fällt. Man sollte nichts hinzu denken, aber eben auch nichts hinweg denken. Es gilt stets der Text. Anders wäre es nur, wenn man allen Sagen, einschließlich des Nibelungenlieds die gleichen Gründe und gleichen Motive unterstellen könnte. Dann könnte eine übergreifende Gesamtschau tatsächlich zielführend sein – aber genau so ist es eben nicht!

Beispielhaft Aspekte, bei denen nach meiner Meinung sich Oberste irrt bzw. seine Aussagen am Kern vorbeigehen:

- *Siegfried ist eine Lichtgestalt und ein sympathischer Drachentöter.* (S. 11)
- *Hagen führte die Burgunden starrköpfig in ihr Verderben.* (S. 11)

- *Der machtvolle und verwunschene Schatz wird in anderen Nibelungentexten, nicht zuletzt im NL, als eigentliche Ursache für des Helden Tod angegeben.* (S. 40)

Der Schatz war kein Anlass für Siegfrieds Tod. Diese Deutung rührt allein aus der Fassung C des NL und der Klage, die Hagen bewusst Gier unterstellen, um Kriemhild zu entlasten.

Oberste unterliegt einem kleinen Missverständnis, wenn er auf die Prosa-Edda und ein dort aufgeführtes Wäschewaschen verweist und sich wundert, warum der übernommene Königinnenstreit statt wie in der Vorlage im Fluss nun vor dem Münster ausgetragen wird. Das Wäschewaschen sei doch eine für Königinnen überraschende Szene. Wie wahr. Nur ging es dort nicht um Wäschewaschen, sondern um das sich (!) waschen. Aber überraschend ist auch dies, wenn es nun an einem Fluss, wie dem Rhein geschehen sein sollte, wo stets ein langer Strand Fremden auch unerwünschte Einsichten gewährt hätte. Wer weiter flussabwärts steht, badet im möglicherweise verschmutzten Wasser der anderen. Somit wird dies zu einer Standesfrage. Und hier wird deutlich, warum der Dichter diesen profanen Streit in einen sakralen Bereich (auf die Treppe zum Münster) befördert. Genau dort ist nämlich der Ausgangspunkt und Anlass für alles weitere zu suchen. Aus dem feuchten Nass geraten wir schnurstracks in die trockene Theologie sozusagen. Kreis sieht hier den Kern des Epos als Streit zwischen Ecclesia und Synagoga – den ich als den zwischen der Kirche und erweiternd allen anderen sehe.

- *Um sein erwartungsfrohes Publikum nicht ganz zu enttäuschen, konzipiert das Nibelungenlied die Hochzeitsnacht als Doppelakt. Die Szene wechselt zwischen der Kemenate Brünhilds und der Kriemhilds. Hier prüde Tristesse, die sogar in Gewalttätigkeit mündet. Dort zärtliches Liebesspiel.* (S. 95)

Es ist kein exakter Doppelakt – weder nach dem Geschehensablauf noch nach der Zeit. Zunächst gibt sich Kriemhild erst einmal Siegfried willig hin. Brunhild hängt ihren Gatten dagegen höchst unwillig erst einmal zwei Nächte gefesselt an einen Haken. Siegfried und Kriemhild werden zur Partei, indem sie ihre ehelichen Bande gefunden und gefestigt haben, während Gunther und Brunhild selbst nach Siegfrieds Brautkampf zu keiner nennenswerten Gemeinsamkeit finden. Gerade auf die Beleidigungen gegenüber Brunhild zeigt Gunther keine Solidarität und Verbundenheit, sondern muss er durch Hagen zu einer Reaktion gedrängt werden.

Auch hier verfällt wieder ein Autor seinem Vorverständnis. Nicht das Nibelungenlied selbst konzipiert oder die Sagen geben dem Dichter handgreiflich etwas vor, wie es auch bei anderen Autoren oft mitschwingt, sondern ein Dichter konzipiert nach seinem Willen, Können und vor allem seinem Motiv. Man sollte dem Dichter schon zubilligen, dass er selbst eigenverantwortlich konzipiert und sich durchaus etwas bei seiner Formulierung, Verbindung und Auswahl gedacht hat. Immerhin ist bei allem deutlich, dass sich historische oder sagenhafte Spuren finden lassen, die sich jedoch nie auf einen Aspekt alleine beschränken. Das kann natürlich auch einmal ein bewusster auf ein Publikum gezielter Einwurf sein, das kann aber auch schlichtweg als die zwingend gedachte Fortführung seines Hauptgedankens aufzufassen sein. Der Ernst seines Anliegens spricht für das Letztgenannte. Aber um dies zu verstehen, muss man eben den Hauptgedanken erst einmal erfasst und verstanden haben. Da liegt stets das Problem.

- *Brünhild verlässt die Bühne nicht, bevor nicht auch Siegfried, Kriemhild und Gunther mit allen Burgundern ein schreckliches Ende bereitet ist.* (S. 96)

Auch hier spricht das Vorverständnis des Autors. Wer das Nibelungenlied B liest, muss erkennen, wie sehr sich der Dichter bemüht, jegliche Schuld einer Brunhild erst gar nicht aufkommen zu lassen. Wo sie in anderen Sagen über Siegfrieds Tod lacht oder Hagen anstiftet, berichtet er nicht einmal, dass Brunhild überhaupt Siegfrieds Tod gefordert hätte. Und dies ist mehr als korrekt, wenn Brunhild für den damaligen Orient steht und Siegfried als Christus-Paraphrase und Heil versprechende Kreuzzugs-Rechtfertigung herhalten musste. Rächer ihres Herrn und Aggressoren waren die Päpste, die Kirche und die Kreuzzugheere, aber nicht die Überfallenen – für die die allegorische Brunhild steht. Oberste übersieht, dass der Dichter sich still von Brunhild verabschiedet, lange bevor das Ende naht.

- *Brünhild und Kriemhild sitzen beim Plausch zusammen. Wiederum geht es nur um die Männer.* (S. 97)

Dieser Satz ist richtig – wenn man dahinter die jeweilige religiöse Ideologie sieht. Beide definieren sich über den über ihnen stehenden religiösen Mythos.

- *Das Problem besteht darin, dass Kriemhild das verräterische Kreuz zuvor auf das Kriegsgewand genäht hätte, das der Held zu Jagd gar nicht trug.* (S. 100)

Der ohnehin vom Dichter schon zuvor erfundene und nun erneut angekündigter Sachsenkrieg war abgesagt worden und stattdessen lockte man Siegfried zur Jagd. Aber bei aller Spitzfindigkeit, die Oberste hier an den Tag legt: Welches Kriegsgewand hätte Siegfried getragen, wenn es zu Kampfhandlungen gekommen wäre? In dieser Situation sollte ja das Kreuz durch Hagen geschützt werden. Hätte Oberste geschrieben: auf seine Rüstung genäht, dann wäre ihm selbst sicherlich sofort sein eigener Denkfehler aufgefallen. Viel eher näht man ein Kreuz auf ein Jagdgewand als auf eine Rüstung. Das Kreuz wäre unter einer Rüstung überhaupt nicht mehr sichtbar gewesen. Aber auch hier: Der Dichter schreibt allegorisch und spielt damit auf die Kreuzritter an, die tatsächlich das Kreuz genommen, richtiger: sich auf die Kleidung haben aufnähen lassen. Kriemhild und damit die Kirche selbst hat mit ihrem Kreuz Siegfried und damit Christus verraten – das liefert den richtig Sinn. Auch das Nähen auf den Mantel hätte an dieser Misslichkeit nichts geändert. Man mag sich damit begnügen, dass Hagen eben sah, an welcher Stelle Kriemhild ein Kreuz aufgenäht hat. Zumal, wenn man unterstellen darf, dass wohl nur das Herz als ungepanzerte Stelle eindrucksvollen Sinn macht. Der Dichter lässt nicht zufällig das Lindenblatt Blatt auf die Stelle fallen unter der sich das Herz befindet. Nur dies war die einzig passende Stelle. Was hätte es gebracht, wenn er das Blatt auf dem Hinterteil oder gar einem Fuß hätte landen lassen? Aus der Tragödie wäre unversehens eine burleske Komödie geworden.

- *Den Mördern fällt nichts Besseres ein, als die blutüberströmte Leiche direkt vor Kriemhilds Kemenate abzuladen. Woher die Grausamkeit gegen die eigene Schwester und Verwandte kommt, ist nicht ganz nachvollziehbar.* (S. 102)

Der mitschwingende Tadel des Autors ist verfehlt. Dies ist sogar mehr als nachvollziehbar, wie bereits dargelegt wurde! Zum einen geht es generell um die Grausamkeiten, die die Juden erleiden mussten und hier darum, Kriemhild in klarster Weise als Schuldige zu überführen. In der Sagenvorlage wird der blutige Leichnam sogar neben die schlafende Kriemhild in ihr Bett geworfen. Dieser überschießenden Brutalität versagt sich jedoch der Dichter. Einzig mit ihrem Verhalten und ihrem Verrat am Königtum durch die Bloßstellung Brunhilds hat sie dies herausgefordert. Der einen öffentlichen Bloßstellung folgt die andere auf dem Fuß. Das Heil des Königs und damit das des gesamten Volkes waren bedroht. Es ist quasi das Gegenstück zur Bahrprobe, bei der das Bluten der Leiche Hagen als Mörder entlarvt habe. Diese allerdings hat der Dichter wohl eigens für sein Epos erfunden. Historisch lässt sich nirgends nachweisen, dass jemals eine Bahrprobe zur Anwendung gekommen wäre. Schon eher das Gegenteil: Unter kirchlicher Rigidität wurden bekanntlich Wasser- und Feuerproben in aberwitzigster Weise (auch wenn dies gewiss keine Witze waren!) für Ketzer und Hexen praktiziert. Dass die Grablegung Siegfrieds in anderen Sagen und Überlieferungen geradezu sakrale Züge gewinnt, kann nicht überraschen. Der Hintergrund schwingt immer mit, auch wenn dies nicht so erfasst wird. Vor allem schwingt der Lanzenstich in Jesu Seite mit, den der Evangelist Johannes einführt – ungeachtet und unbeachtet der Tatsache, dass aus anatomischen Gründen eine Leiche, weder am Kreuz noch auf einer Bahre überhaupt bluten kann.

- *In der nordischen Sage begeht Brünhild aus Liebeskummer Selbstmord und lässt sich mit Siegfried zusammen verbrennen; im Nibelungenlied wird sie mit der »damnatio memoriae«, dem Urteil des Vergessens bestraft.* (S. 106)

Ob man bei Brunhild von Bestrafung sprechen kann, erscheint mir grundlegend fraglich (s.o.). Der Dichter sagt schließlich überhaupt nichts zu ihrem weiteren Schicksal. Damit teilt weder sie noch ihr Sohn das Schicksal, das die Nibelungen – in Gestalt der Burgunder und Tronjer – ereilte. Was man daraus schließen will, sei dahingestellt. Mit der hier vertretenen These macht ihr Ausscheiden jedoch einen gravierenden Sinn: Sie/den Orient galt es zu erobern/zu brechen. Das schien um 1200 vorläufig geschehen. Das Augenmerk des Dichters richtet sich aber von Anfang an auf das Schicksal der Juden. Brunhild und die Kreuzzüge waren der äußere Rahmen, den der Dichter gestalten und ausfüllen musste. Seinem Hauptanliegen mit schicksalhaftem Abschlachten folgt die weitere Handlung. Um Brunhild geht es nicht mehr.

- *Worms und Lorsch sind gemäß dem Nibelungenlied Zentralorte der burgundischen Herrschaft und Schauplätze wichtiger Ereignisse. Worms als Königsstadt, Lorsch als Begräbnisstätte Siegfrieds.* (S. 43)

Diese Aussage kann man nur für Worms stehen lassen. Worms war für die Juden eine der bedeutendsten Städte und durch die staufischen Herrscher auch immer wieder im Mittelpunkt und mit Vergünstigungen für Juden. Das stellt auch Oberste ausführlich dar. Dass Worms für Juden sogar das europäische Jerusalem gewesen wäre, wie es Kreis in seinem Buch ausführlich darlegt, ist sogar naheliegend. Lorsch dagegen ist einzig das faule Ei aus C und der Klage, um alles christlich um- und aufzuwerten. So rächt es sich eben, wenn man die Ausgangslagen nicht sauber trennt. Der angebliche Sarg Siegfrieds, den man in Lorsch ausfindig gemacht zu haben glaubt, ist nach anderer Darstellung ohnehin lediglich ein Schweinetrog, den man später bearbeitete als man für die Siegfried-Sage nach einer Heimat suchte. Dass das Kloster Lorsch zu dieser Zeit jedenfalls nicht einmal existiert haben kann, sieht auch Oberste. Die Fassung C und noch verräterischer die Klage sind eben eindeutig christlich kontaminiert – und mehr ist dazu nicht zu sagen. Für die Interpretation der Urfassung geben sie nichts her.

- Oberste sieht, dass die deutschen Sagen *wohl über Kaufleute in den Norden getragen wurden.* (S. 40)

Es ist ja in der Tat merkwürdig, dass die ältesten Sagen und Texte um Sigurd, Siegfried, Nibelungen, Brunhild, Attala, Atli, usw. aus den skandinavischen Ländern überliefert wurden und weder Bezüge zu Frankreich, England oder ihren eigenen Ländern aufzeigen. Das Epos kam aus Süddeutschland und damit viel eher aus Stauferland (österreichische Babenberger als Verwandte bzw. Verbündete). Allerdings findet sich nirgends in den nordischen Sagen ein Worms. Wie ist dies zu erklären?

Die Lieder und Erzählungen konnten wohl nur durch Händler und Kaufleute überhaupt in den Norden gelangt sein und wurden dann wieder re-importiert. Erst der Re-Import lässt den Dichter zur Feder und Gestaltung greifen. Auch dies verweist auf Juden. Vor allem Juden waren

Händler und Kaufleute und hatten Verbindungen in viele Länder. Daher auch die Kleider- bzw. Schneiderstrophen: Ein Hinweis auf den jüdischen Handel – und das, was die Gesellschaft Juden zu verdanken hatte. Der Dichter lässt Siegfried nicht nur einen Ring stehlen, dem im Unterschied zu den Sagen allerdings keinerlei magische Bedeutung zukommt, sondern auch einen kostbaren Gürtel. Auch diese Dopplung hat ihren Reiz – im wahrsten Sinn des Wortes. Die Erwähnung von Kaufleuten und das Ausschmücken durch die Schilderung von Kostbarkeiten ist generell auch ein Indiz gegen die damalige höfische Abenteuer-Literatur (Artus- und Ritter-Sagen). Das Nibelungenlied spricht seine eigene Sprache. Damit erklärt sich auch die Faszination, die es nicht zuletzt im politischen Raum immer wieder ausübte.

Auch wenn man die Interpretation teilweise kritisch sehen muss, so liefert Oberste mit seinem Buch doch eine recht anschauliche Übersicht über den Themenkompex Nibelungen. Er geht dabei auch ausführlichst auf Wagners Oper ein, so dass auch ein Nicht-Wagner-Fan über deren Inhalt informiert wird und erkennen kann, wie weit Wagners Verständnis doch vom Nibelungenlied entfernt ist. Auch Hebbel weicht davon gravierend ab. Und das ist vielleicht die wichtigste Erkenntnis: Dass der Sagen-Fundus Material für vielerlei Ansichten und ihre Ausgestaltungen bietet, beweisen zahlreiche Romane und Verfilmungen, die sich des Nibelungen-Themas annehmen. Die Autoren sehen offenbar sogar ihre grundlegende Aufgabe immer darin, alles ganz anders darzustellen, als es im Nibelungenlied oder in den Sagen erzählt wird. So gesehen wandeln sie auf den phantasievollen Spuren des Nibelungendichters. Der Spannung mag dies entgegenkommen, aber etwas erklären oder ein tiefer gehendes Motiv finden, lässt sich so nicht.

Dieter Breuer / Jürgen Breuer: Mit Wahrheit oder nach Sage – »Nibelungenlied« und Kreuzzüge

Es dürfte nahezu unbestritten sein, dass sich das Nibelungenlied, so wie es sich uns heute präsentiert, zum einen an die germanische Sagenwelt anknüpft und zum andern jedoch genau die Parallelen zu den Zeiten des Dichters, d.h. zu der politischen und gesellschaftlichen Position der Jahre vor 1200 zieht. Was jedoch durchgängig fehlt, ist eine Einsicht in die Motive des Schreibers.

Die Autoren Dieter und Jürgen Breuer legen mit ihrem Buch ein historisch fundiertes Werk vor, dass sich nahezu ausschließlich mit den historischen Aspekten befasst und diese Ereignisse auch eindrucksvoll herausstellt. Auf den historischen Teil gehen die meisten Sinnsucher überhaupt nicht ein und ganz gewiss nicht in der bemerkenswerten Tiefe wie diese beiden Autoren. Im Unterschied zu Ritter-Schaumburg (s.u.) sehen sie den historischen Hintergrund ausschließlich in Zuständen und Ereignissen der Stauferzeit. Ritter-Schaumburg sieht dagegen die historische Motive des Nibelungenlieds ausschließlich in den Kämpfen des 5.Jahrhunderts im Westfälischen zwischen Franken, Friesen, Sachsen und Nachbarvölkern.

Gewiss hat noch nie ein Dichter oder Künstler ein Werk ohne Bezüge geschrieben. Man kann immer rätseln, ob es allgemeine, historische oder vor allem ganz persönliche Erfahrungen und Ansichten sind, die verarbeitet werden. Aber beim Dichter des Nibelungenlieds sieht man problemlos einen Schreiber der Sagen, der mehrere historische und wahrscheinlich auch erfundene Personen über einige Jahrhunderte zusammenfasst, ohne sich dabei auch nur das Geringst zu denken? Es gilt zu untersuchen, ob eine dieser unterschiedlichen historische Ansätze eine Deutung des Nibelungenlieds trägt – oder ob ihr Sinn erst durch einen anderen historischen Zusammenhang hergestellt wird.

Die Autoren können viele Aspekte aus der Stauferzeit für ihre Geschichtssicht anführen. Aber selbst historisch zutreffende Tatbestände belegen nicht zwangsläufig, dass diese tatsächlich als Muster vom Dichter aufgegriffen wurden. Erst eine abschließende Gesamtschau, bei der möglichst alle Indizien für die jeweiligen Argumente benannt und gewertet werden, kann dies beantworten.

Hier sehen die beiden Autoren nahezu ausschließlich eine Parallelisierung zur Zeit des Dichters und dabei die Kritik des Dichters an der Eroberungspolitik der Staufer zwischen 1095 und 1250. Die Tendenz im Lied: Eine Kritik – das wird richtig erkannt. Dieser Ansatz ist durchaus hilfreich und im Weiteren zielführend. Kritisiert werden somit nach Auffassung der Autoren allerdings ohne überzeugende Heraushebungen die staufischen Kaiser Friedrich I. Barbarossa , sein Sohn Heinrich VI. und zuletzt Friedrich II. von Hohenstaufen. Ich will darlegen, warum ich ihnen hierin bei allem Respekt vor ihrem historischen Wissen, ihren Argumente und ihre These nicht folgen kann. Formal zunächst einmal, weil die Schuld an den Katastrophen der Kreuzzüge allein diesen Kaisern zugeschrieben wird und die maßgebliche Rolle der Päpste und damit einhergehend auch die Rolle des Adels erst gar nicht in den Blick geraten. Es wird auch gar nicht weiter ausgeführt, worin denn die zu kritisierende Katastrophe eigentlich zu sehen ist. Dass diese Politik insgesamt tausende von Toten forderte ist gewiss, aber nicht einmal das wird als Kriterium so herausgestellt. Soll die Erfolglosigkeit der Kreuzzugspolitik herausgestellt werden? Auch dazu verweigern sich die Autoren. Man sieht also nicht, welche Kritik sie konkret dem Dichter unterstellen wollen. Auch die französischen Herrscher, die die beiden ersten Kreuzzüge dominierten und auch diejenigen, die im dritten Kreuzzug eine maßgebliche Rolle spielten, bleiben außen vor. Dies ist in meinen Augen ein großes Manko, weil es kaum denkbar ist, dass ein Autor um 1200 die treibende Kraft der Päpste (es ist die Zeit des Investiturstreits! Canossa mit Heinrich VII. im Jahr 1077 und u.a. die Exkommunikationen Heinrich VI. und Friedrich II.), andere Herrscher und die Interessen des Adels übersehen haben kann. Auch die Stoßrichtung gegen Konstantinopel und dabei auch die wirtschaftlichen Interessen, insbesondere der Genueser und Venezianer als Handelsmächte zwischen Orient und Okzident, finden in der These der Autoren keinerlei Berücksichtigung.

Für eine Kritik an der Politik der Staufer hätte es sicherlich klarerer Worte bedurft. Der Dichter des Nibelungenlieds hatte dagegen gute Gründe, sein Motiv zu verbergen.

So sehen die Autoren in Großbongart/Pieper die Problematik durchaus mit anderen Augen, wie sich aus deren Kapitelüberschriften erkennen lässt:

- *Zwischen den Päpsten und den Staufern tobte ein erbitterter Kampf um die Frage: Wer ist der wichtigste Mann auf der Welt?* (S. 121)
- *Um ihr riesiges Reich zu regieren gerieten die staufischen Herrscher im Zug der neuen Zeit in immer stärkere Abhängigkeit von den Fürsten.* (S. 141)
- *Alle Staufer-Könige ließen sich von den Päpsten zu Kreuzzügen verpflichten, die blutigen Expeditionen dienten auch ihren Machtinteressen. Aber nur einer zog in Jerusalem ein: Friedrich II.* (S. 177)

Doch auch die beiden Autoren Breuer sehen durchaus die Verquickungen, was die Einseitigkeit ihrer gemutmaßten Kritik des Dichters doch in Zweifel ziehen müsste:

Gerade die Kreuzzugsbewegung war ja keineswegs auf das Deutsche Reich beschränkt.

Dass hinter den päpstlichen Aufrufen zum Kreuzzug und der Kreuznahme der europäischen Könige immer auch machtpolitische Interessen stehen, hält der Dichter für so offensichtlich, dass er in seinem Epos geistliche Begründungen mit Schweigen übergeht. (S. 12/13)

Dabei handelt sich gewiss um keine Lappalie, sondern die Erkenntnis, dass das wirkliche Geschehen keineswegs so monokausal war, wie es die These der Autoren nahelegt. Der Dichter soll das Offensichtliche bewusst verschweigen, obwohl er seine Kritik gerade am Offensichtlichen festmachen will? Gerade wenn man historisch korrekt verfahren will, muss man möglichst viele Fakten aufgreifen und darf keine unterschlagen – auch wenn man alles umschreibt. Wenn man dagegen ein Phänomen – wie ein gesellschaftlicher Umbruch durch die Kreuzzüge – zum Gegenstand der Dichtung macht, spielen einzelne Aspekte eine geringe und beispielhafte Rolle, wenn das Ganze verständlich bleibt.

Mit dem Untertitel verweisen die Autoren auf die Kreuzzüge. Umso erstaunlicher ist, dass sie auf diese so gut wie gar nicht eingehen. Vollkommen übersehen wird ausgerechnet der Aspekt, was diese Zeit für Juden bedeutete. Dieser Aspekt wird in vielen anderen Darstellungen zumindest erwähnt. Gerade so bleibt der Blick zwangsläufig unvollkommen.

Wer tatsächlich die Kreuzzüge oder die Herrscherpolitik als solche und in ihrer historischen Wirklichkeit kritisieren möchte, der hätte zwangsläufig nicht derart zurückhaltend kritisieren dürfen. Er hätte auch andere Akteure einbauen müssen. Auch ein Richard Löwenherz war in der Realität alles andere als ein bewunderungswürdiger oder vorbildlicher Herrscher. Dazu machten ihn erst später Romanschriftsteller und Legenden-Erfinder. Es ist auch darauf hinzuweisen, dass bis heute die Forschung einen eher weiten Bogen um das Thema Kreuzzüge und die Verantwortlichkeiten macht, da man auch heute noch immer kein bezeichnendes Licht auf die Kirchenpolitik werfen möchte. Bei Breuer kommt die Kirche als Machtinteressent und Initiator erst gar nicht vor. In Siegfried wird nichts Böses gesehen, was an der Realität im Epos vorbeigeht. Die Instrumentalisierung des Glaubens um der Macht und des wirtschaftlichen Herrschaftsbereichs willen, ist wohl deshalb auch heute insgesamt ein noch gemiedenes Randthema.

Auf welche konkreten historischen Ereignisse der Dichter eingegangen sein könnte, wird durch die beiden Autoren ausführlich und überzeugend dargelegt. Darüber kann man nicht leicht hinwegsehen. Nach ihrer Meinung schöpft der Dichter aus Ereignissen der Stauferzeit und somit aus rund 200 Jahren. Die Sagenvorlagen existierten bereits. Deshalb gilt es, den historischen Rahmen auszuloten und in was sie die Umsetzung durch den Dichter sehen. Auch hier gilt: Wenn aus Bauteilen etwas zusammen-komponiert wird, muss eine Absicht dahinter stecken. Ihre These enthält durchaus Überraschendes.

Zunächst die sicherlich erst einmal verblüffenden und hinsichtlich ihrer Historie an sich unstrittigen Ereignisse und Personen und die Zusammenhänge, die die Autoren sowohl hinsichtlich der Orte als auch der Personen sehen (Zitate *kursiv*; ggf. Seitenzahlen in Klammern):

<table>
<tr><th>Akteure im Nibelungenlied:</th><th>Tatsächliche historische Personen:</th></tr>
<tr><td>Siegfried</td><td>Richard Löwenherz, König von England, Herzog der Normandie und Führer im dritten Kreuzzug</td></tr>
<tr><td colspan="2">In der Vergangenheit suchten die Normannen »fremidiu lant« auf und wagten den Angriff auf das Reich der Franken; sie eroberten im Jahr 885 die Stadt Paris. (S. 44) Die kräftemäßige Überlegenheit und das Gewaltpotential zeichnen Siegfried aus, ähnlich wie die Normannen unter Wilhelm dem Eroberer. Durch den gewaltigen Zugriff der Normannendynastie auf das Reich ist das Gleichgewicht der Kräfte in Europa nachhaltig gestört. Ähnliches erkennt Hagen in Sivrits (Siegfrieds) Ansprüchen gegenüber dem Hof der Burgunden in Worms. (S. 45) Damit ist die Positionierung der Dynastien klar: Die normannische, in der Figur Sivfrits verkörpert, droht durch ihre militärische Stärke die burgundische zu vernichten; Hagen erkennt die drohende Gefahr und sieht seine politische Aufgabe darin, die Ambitionen des normannischen Dynasten mit List zu zerstören. (S. 45) König Richard Löwenherz starb allerdings nicht auf der Kreuzfahrt, sondern »daheim« (bezeichnenderweise in der Normandie) am Armbrustpfeil eines rebellischen Untertans. Ähnlich Sivrit: Er starb nicht auf dem Sachsen-Feldzug, der abgesagt wurde, sondern durch ein Mordkomplott seiner Wormser Anverwandten. (S. 79)
Es gab in der Tat eine historische Gestalt, die »in recken wise« im März 1193 unter der »Tarnkappe« eines Pilgers am Hof des Stauferkaisers auftauchte, als Gefangener dem Kaiser überstellt, aber im ungebrochenen königlichen Machtbewusstsein den Zweikampf fordernd: König Richard I. von England, genannt Löwenherz, widerrechtlich auf der Rückkehr vom Kreuzzug verhaftet und vom Kaiser ein Jahr lang, zunächst im Kerker der Reichsfestung Trifels und in Hagenau, später am Wormser Hof in »lockerer Haft« festgehalten, bis er laut Speyrer Vertrag vom 25.3.1193 und Wormser Vertrag vom Juni 1193 das horrende Lösegeld aufgebracht und in die Lehnsabhängigkeit vom Deutschen Reich eingewilligt hatte. (S.88) Die Sivrit-Gestalt vereinigt tatsächlich zwei historische Personen, die verwandtschaftlich verbunden sind als Onkel und Neffe: Richard Löwenherz und Heinrich von Braunschweig, der Sohn Heinrichs des Löwen. (S. 91)</td></tr>
<tr><td>Hagen</td><td>Reichskanzler Heinrich von Kalden</td></tr>
<tr><td colspan="2">Heinrich von Kalden diente den Königen bzw. Kaisern Friedrich Barbarossa, Heinrich VI., Philipp von Schwaben, Otto IV. und Friedrich II. als Marschall. (S. 30) Heinrich von Kalden blieb der Marschall König Philipps und bestritt als Heerführer dessen Auseinandersetzungen mit dem Gegenkönig Otto IV. Als der Staufer 1208 durch den bayrischen Pfalzgrafen Otto von Wittelsbach ermordet wurde, vollzog 1209 Heinrich von Kalden an dem für vogelfrei Erklärten die Rache mit eigener Hand: Er schlug ihm den Kopf ab und warf ihn in die Donau. Er ist so auch Vorbild für die Tat Hagens im Epos, der den bayrischen Fährmann ebenso behandelt. (S. 33) Das Gebot der Königin,</td></tr>
</table>

<table>
<tr><td colspan="2">die Waffen abzugeben, weist er zurück. König Etzel kann sich nur wundern, als seine Wormser Gäste zum Gottesdienst und bei Tisch hochgerüstet unter Waffen erscheinen. Möglicherweise ist das eine Anspielung des Dichters auf das Auftreten einer staufischen Gesandtschaft Kaiser Heinrichs VI. am Hof von Konstantinopel unter der Führung des gefürchteten Reichsmarschalls Heinrich von Kalden, der mit seinen Begleitern ebenfalls in voller Rüstung von dem Basileus (Herrscher) erschien.</td></tr>
<tr><td>Brunhild</td><td>Konstanze, Königin von Sizilien und Gemahlin Heinrich VI.</td></tr>
<tr><td colspan="2">Das Eheprojekt der Verbindung von Barbarossas Sohn König Heinrich (VI.) mit der Normannin Konstanze von Sizilien wurde 1186 in Mailand mit der Hochzeit realisiert. Prunhilt und Sivrit verkörpern zwei Dynastien der Normannen, er ist Repräsentant des englischen Königtums, des angevinischen Reiches, der Normandie und Sachsens, sie ist die Repräsentantin des normannischen Königtums in Sizilien. (S. 46)</td></tr>
<tr><td>Etzel</td><td>Kaiser Zeno von Konstantinopel</td></tr>
<tr><td colspan="2">Kaiser Zeno hatte die Goten als Bundnispartner nach Konstantinopel eingeladen. Er wollte sie vorsorglich ausschalten. Etzel ist nach der Atlisage derjenige, der hinterhältig die Burgunder einlädt, um ihnen ihren Schatz zu entwenden. Dies entspräche in etwa dem Charakter des Vorbilds Atili.</td></tr>
<tr><td>Dietrich</td><td>Gefolgsmann des Kaisers Zeno</td></tr>
<tr><td colspan="2">Dort ist jedoch nicht König Etzel der Herrscher, sondern der oströmische Kaiser Zeno in Konstantinopel – einer von vielen versteckten Hinweisen, dass der Etzelhof für den Kaiserhof von Konstantinopel steht. Dietrich ist dort Kaiser Zenos vornehmster Lehnsmann und Heermeister der kaiserlichen Armee, mit der er sein eigenes Königreich in Italien begründet: der historische Ostgote Theoderisch der Große. (S. 47)</td></tr>
<tr><td>Rüdiger</td><td>König Bela III. von Ungarn</td></tr>
<tr><td colspan="2">All das entspricht den Umständen, unter denen die Kreuzfahrer von König Bela und Königin Margarete verabschiedet werden. (S.127) Markgraf Rüdiger selbst in seiner Grenzmark ist sowohl den Burgundenkönigen als auch König Etzel verpflichtet. Ähnlich die ungarischen Könige: Sie versuchten ihrer wechselnden Lehnsabhängigkeit gegenüber dem Deutschen Reich und Byzanz gerecht zu werden. (S. 70)</td></tr>
<tr><td>Armelich</td><td>Zwei christliche Könige von Jerusalem; tritt nur als Name in Erscheinung, den Hagen nennen soll, um den Fährmann an der Donau zum Überholen zu bewegen.</td></tr>
<tr><td>Burgunden</td><td>Staufer</td></tr>
<tr><td colspan="2">Diese Machtzentren sind durch Decknamen verfremdet, die erst dann durchschaubar werden, wenn man die politische Geschichte des deutschen Reiches und seiner Anrainer in</td></tr>
</table>

<table>
<tr><td colspan="2">der Epoche der Staufer zum Vergleich heranzieht. So gesehen steht »Burgondenlant« für das von der staufischen Dynastie beherrschte Deutsche Reich, näherhin für die Söhne und Enkel der salischen Kaisertochter Agnes aus deren beiden Ehen mit Herzog Friedrich I. von Schwaben (Sohn Konrads III., Enkel Kaiser Friedrich I. Barbarossa) und Markgraf Leopold III. von Österreich, Herzog von Bayern; Heinrich Jasomirgott, Pfalzgraf bei Rhein, Herzog von Bayern, Herzog von Österreich; Otto, Bischof von Freising; Konrad, Bischof von Passau. (S. 63)</td></tr>
<tr><td>Nibelungenland</td><td>Burgund/Frankreich (S.41)</td></tr>
<tr><td>Niederlant</td><td>Normandie (S.64)</td></tr>
<tr><td>Etzelhof</td><td>Konstantinopel (S.54)</td></tr>
<tr><td>Island</td><td>Sizilien; normannisches Königreich (S.69)</td></tr>
<tr><td>Bechelaren</td><td>Ungarn</td></tr>
</table>

Zu nächst einmal ist es denkbar, dass ein Dichter allein aus historischen Ereignissen und historischen Personen eine Komposition erschafft. Dennoch stellt sich dabei immer die Frage, was damit ausgesagt werden soll. Die Autoren sehen darin eine Verurteilung der stauferischen Reichspolitik, die sich nach Burgund und Sizilien ausgedehnt hatte. Nur war dieses Burgund kein normannisches Territorium. Nicht einmal als Heiratskonkurrent ist ein Normanne dem heiratswilligen Barbarossa entgegengetreten. Wenn man den Normannen weitere Eroberungen zuordnen will, dann in Richtung des französischen Zentrums mit Paris. Eine Konfrontation ergab sich erst später als Konstanze nach dem Tod ihres staufischen Gatten, Heinrich VI., alle Staufer aus Sizilien ausweisen ließ. Doch das geschah ohne größeres, womöglich gar ohne jegliches Blutvergießen und lässt sich somit nicht mit der Gewalt suchenden Kriemhild gleichsetzen.

Die Kreuzzüge selbst spielen in der Kritik der Autoren eine gänzlich untergeordnete Rolle. Das dürfte in den entscheidenden Jahrhunderten, denen sich die Autoren zuwenden, jedoch nicht dem Zeitgeist entsprechen. Gerade der päpstliche und kirchliche Schutz aller Kreuzzfahrer macht deutlich, dass dieser Aufgabe eine höhere Priorität zukam als den gewöhnlichen Auseinandersetzungen und Kriegen. Wer gegen diesen durch die Kirche ausgerufenen inneren Frieden verstieß, dem drohte Exkommunikation. Verständlich ist deshalb auch die negative Reaktion vieler Zeitgenossen auf die Gefangennahme Richard Löwenherz auf seiner Rückreise durch Österreich. Herzog Leopold V. lieferte diesen anschließend an Kaiser Heinrich VI. aus. Erst nach einer enormen Lösegeldzahlung gelangte Richard wieder in Freiheit. Staufer und Normannen wurden keine Freunde.

Festzustellen ist auch, dass viele Episoden aus dem Nibelungenlied aus heutiger Sicht mit keinen geschichtlichen Tatsachen zu verknüpfen sind. Dann stellt sich wiederum die Frage, warum und wozu dieses Füllmaterial eingebaut worden sein soll. Wer die o.g. Liste aufmerksam gelesen hat, dem wird eines besonders auffallen: Kriemhild als personifizierte Heldin oder Täterin fehlt gänzlich!

Im Nibelungenlied scheint die burgondische Prinzessin Kriemhilt der schönen intelligenten Kaiserin aus Burgund nachgebildet. (S. 23)

Der Text bezieht sich auf die Königin und spätere Kaiserin und Ehefrau Friedrich I. Barbarossas, Beatrix. Was diese allerdings ausgerechnet zur tragenden Figur des Epos machen sollte, wird von Breuer/Breuer nirgends näher ausgeführt. Da passt überhaupt nichts, was eine Anspielung auch nur ansatzweise rechtfertigen könnte. Eine tragende Rolle hatte Kriemhild (Gudrun) bereits durch die viel älteren Sagen. Was sie dann zu einer herausragenden Figur im Nibelungenlied werden lassen sollte, ist nicht ersichtlich.

Da wir damit bei der wichtigsten Person des gesamten Liedes sind: Das Fehlen einer Kriemhild im Rahmen der historischen Zuordnungen und Gleichsetzungen muss man als ein K.o.-Kriterium werten! Ohne die Zuordnung einer Kriemhild an irgendeine Person, an der die Autoren ihre Kritik orientieren könnten, entbehrt das Epos weitestgehend eines Sinnes. Richtiger: Es kann kaum den Sinn haben, den ihm die Autoren geben wollen. Sie schrecken vor einer Historisierung selbst zurück, wie die einzige hierzu passende Stelle (s.o.) in ihrem Buch zeigt. Ein Kaiser Zeno von Konstantinopel scheidet nicht nur mit dem etwas schwachen Gegenargument aus, dass er ein Mann wäre, sondern weil Konstantinopel im gesamten damaligen Geschehen eher passiv unterlegener Zuschauer und Gegner war. Weder normannische Herrscher (Richard Löwenherz, seine Tante Konstanze) noch Konstantinopel (Kaiser Zeno u.a.) haben weder die Staufer noch die Burgunden vernichtet. Wir hätten einen Endkampf zwischen Normannen oder Byzantinern und Staufern vor uns. Vernichtet haben in der Realität jedoch die Römer und Hunnen im Wechselspiel die die Burgunder. Damit knüpft das Nibelungenlied an eine Historie an, die der Deutung der Autoren widerspricht. In der tatsächlichen Geschichte köpften die Franzosen den Sohn Friedrich II. in Neapel als letzten Staufer. Während Kriemhild genau wusste, wen sie sich da als Gäste nach Etzelburg eingeladen hatte, waren die Kaiser von Konstantinopel darüber geradezu entsetzt, als sie sahen, wen sie sich da als Kampfgefährten und schon bald als Gegner eingeladen hatten. Da bleibt nicht mehr viel Handlungsspielraum für einen Auftritt als Kriemhild im Epos.

Kriemhild ist neben Hagen die tragende und im zweiten Teil geradezu treibende Figur des gesamten Epos. Ausgerechnet sie soll nur als literarische Erfindung und ohne konkreten Bezug daherkommen? Dann fragt man sich, warum der kritisierende Dichter dann so viel Wert auf die historischen Ereignisse und die personellen Verknüpfungen Wert gelegt hätte, wenn er seine Hauptschuldige ohne historische Zuordnung auskommen muss. Gerade die unmäßige Rache einer Kriemhild steht unübersehbar im Zentrum des zweiten Teils, der üblicherweise deshalb auch mit Kriemhilds Rache betitelt wird. Doch ausgerechnet für diese Person hätte der Dichter keine historische Person benennen können?

Ähnliches gilt für Hagen. Hier sehen die Autoren den mächtigen, aber insgesamt nachrangigen Reichskanzler Heinrich von Kalden. Damit wird es sogar brisant: Dieser Heinrich soll Otto von Wittelsbach den Kopf abgeschlagen haben. Dieser Otto war für vogelfrei erklärt worden, nachdem er als abgelehnter Bewerber um die Tochter des Königs Philipp von Schwaben diesen ermordet hatte. Philipp sah sich als staufischer Vertreter des noch unmündigen Friedrich, der noch in Sizilien unter der Obhut des Papstes stand. Daraufhin war der Thronstreit zwischen Staufern und Welfen vorerst beendet und der Welfe Otto wurde König. Heinrich von Kalden handelte also durchaus im Rahmen des Rechts, als er den Wittelsbacher köpfte. Wenn ihn die Autoren mit Hagen gleichsetzen, soll damit dann auch anerkannt werden, dass Hagen zu recht Siegfried tötete? Wohl kaum. Geköpft werden im Epos auch andere. Siegfried wird mit einem Speer getötet und seine historische Parallelgestalt Richard durch einen Pfeil. Man sieht in Sachen Tod: Ähnlichkeiten gewiss ja, aber doch kein greifbares Konzept. Im Nibelungenlied wird um die Zustimmung zur Ermordung/Hinrichtung Siegfrieds lange debattiert. Richard stirbt durch einen eher zufällig treffenden Pfeilschuss. Reicht dies für eine Parallele zwischen Historie und Epos?

Ausgerechnet Kriemhild im Epos so ohne Bezug zu einer historischen Person stehen zu lassen, ist vollkommen unplausibel. Der Dichter hat Kriemhild eine tragende Rolle zugeordnet und wenn man dieses Epos als Kurzgeschichte im wahrsten Sinne des Wortes verstehen will, dann müsste auch ihre Geschichtlichkeit an irgendeiner Person festzumachen sein. Die Kritik, die vermutet wird, hätte sich aber vor allem gegen alle Kaiser bzw. Könige und nicht zuletzt gerade auch gegen die päpstlichen Kreuzzugsaufforderungen richten müssen. Diese trieben die Staufer schließlich in die Kreuzzugs-Abenteuer. Wenn man es nur unter eroberungspolitischen Gesichtspunkte sehen will, wären die Lombarden, Franzosen oder Normannen mit ihrem Streben als Teilnehmer an den Kreuzzügen oder kriegerischen Auseinandersetzungen denn als gerechtfertigt anzusehen? Gab es einen rechtskräftigen oder historisch gewachsenen Anspruch des Papstes, die deutschen Kaiser aus Italien zu drängen? Wollten die Staufer ein eigenes Reich für sich, obwohl sie in den Kreuzzügen stets mit anderen Herrschern zusammen kämpften? Strebt man so nach kritikwürdiger Alleinherrschaft? Richards oder Konstanzes Anspruch auf ein stauferfreies Sizilien war nach der Heirat genauso anmaßend wie der Anspruch der Staufer auch über Sizilien herrschen zu wollen. Das kann hier nicht vertieft werden. Der Vorranganspruch der Päpste überlagerte nach ihrem Selbstverständnis sogar den Machtanspruch der Herrscher. Nicht nur die Staufer waren als weltliche Herrscher in das Kreuzzugs-Geschehen eingebunden, sondern auch und zuerst die französischen. Wo bliebe die Kritik an diesen? An diesen Zentralstellen versagt m.E. die von Breuer/Breuer vorgestellte These. Übrig davon bleibt allerdings eine Kritik an den Kreuzzügen, doch genau diese bezieht sich nach meiner Auffassung auf die begleitenden Pogrome und nicht auf die kaiserlichen Ambitionen. Dass die Staufer mit ihren Heiraten zunächst Burgund und dann sogar Sizilien für sich gewinnen konnten, ist durchaus zutreffend, aber kritikwürdig ist das alleine gewiss noch nicht. Dafür hätten sich die Schandtaten eines Richard I. Löwenherz oder auch die eines Friedrich I.Barbarossas in der Lombardei viel eher als Anknüpfungspunkte angeboten.

Mit zwei bislang nicht thematisierten Erkenntnissen warten die Autoren auf: Der Wortstamm Hagen spiele auf eine historische Stammeslinie, der Hagenow, an und auch der Wortstamm Nibelungen ginge auf eine konkrete im kaiserlichen Dienst stehende Adelsfamilie zurück. Das alles mag jedoch auf sich beruhen, da für mich nicht die Historie, sondern das Motiv der gesamten Dichtung im Fokus steht. So sollten auch heutige Leser das Epos verstehen. Auch die Erkenntnis, dass Bilger II. von Stockach nach den Auffassungen der beiden Autoren der Verfasser des Epos sei, kann ich nicht überprüfen. Für wahrscheinlich halte auch ich dies mangels christlicher Aspekte in B jedoch nicht. Dass ein christlich gesinnter Autor das Nibelungenlied verfasst haben soll, erscheint unverständlich – es sei denn, man könne von einem humanistisch und über den Kirchturm hinaus denkenden Autor ausgehen. Für die Variante C mag dies zwar zutreffen, aber damit ist dann kein Original gemeint, sondern eben nur diese Variante der Ab- und Umschrift der originalen Vorlage. Dass der Dichter aus Sagen und nebenbei auch aus historischen Ereignissen geschöpft hat, ergibt sich schon daraus, dass alle Sagen regelmäßig einen mehr oder weniger geschichtlichen Hintergrund haben. Es handelt es sich also nie um zwei getrennte Bereiche, wie die Autoren mit ihrer Untersuchung nahelegen, sondern um ein von vorneherein konstruiertes Beziehungsgeflecht, das neu gestaltet wurde.

Bedauerlich ist deshalb, dass sich die Autoren die Handschrift C zur Darlegung ihrer Erkenntnisse ausgewählt haben. Damit fällt schon viel Ursprüngliches und mit der Fassung B zu Erklärende weg. Eines dürfte sicherlich richtig sein: Sowohl A, B und C sind zeitlich ganz nahe beieinander entstanden. Soll man eher in C das Original vermuten, weil diese Fassung noch eine Lesehilfe mit der Klage vorweisen kann, oder muss man nicht den Umkehrschluss für naheliegender halten, dass die Fassung B für die herrschende kirchliche Gesellschaft nur schwer erträglich war und unverzüglich verbessert werden musste? Die Annahme, dass jemand zu dieser Zeit ein immerhin christlich lau durchhauchtes Werk in ein Christentum-freies hätte umschreiben wollte, halte ich für etwas weit hergeholt.

Aber diesen Streit muss man auch gar nicht entscheiden, sondern man kann auch einfach sagen: Die einen Schreiber wollten mit einer Abschrift christliches Denken verbreiten; ein anderer Schreiber, der Verfasser von B mit einer ganz ähnlichen, aber doch markant abweichenden Gestaltung, wollte auf die Pogrome und die Schädlichkeit des Christentums hinweisen. Wer mehr Erkenntnis oder Unterhaltung bietet, möge jede*r Leser*in für sich entscheiden.

Auch die Autoren erkennen, dass der Autor des Nibelungenlieds in der C-Fassung nicht auch der Autor der Klage ist. Von ihrem Standpunkt aus ist es konsequent, wenn sie nur die historischen Zusammenhänge aufdecken wollen. Doch äußerst bedenklich ist, wenn dazu noch ein Sinn des Ganzen herausgearbeitet werden soll. Verzerrt schon die Handschrift C das Original des Nibelungenlieds ins Christliche, so gilt das umso mehr für die Klage. Gerade der Einbau mit einem damals noch gar nicht vorhandenen Kloster Lorsch verrät die Absicht. Wenn man sich zu recht fragt, warum sich denn der Autor so viel Mühe mit seiner Verschleierungstaktik gemacht hat, dann zeigen aufgeweichte Spuren nicht mehr die ursprüngliche Kontur. Alles christlich Ergänzte und Kriemhild Glorifizierende einerseits und andererseits Hagen stattdessen Dämonisierende, hat mit dem Ursprung gerade nichts zu tun. Das Nibelungenlied hat keine christliche Motivation oder Ethik und auch kein christlich oder sonst irgendwie geartetes Vorbild. Und genau das ist die Spur, die mit mehr Überzeugungskraft zu anderen Motiven führt. Der Sinn des Nibelungenlieds liegt in der Not-Fassung.

Wenn der Held Siegfried als der englische König und Normanne Richard I. Löwenherz verstanden werden müsste, dann müsste diesen zumindest die gleiche Kritik wie die an den Staufern treffen. Auch er greift schließlich aggressiv weit über seinen eigenen Herrschaftsbereich hinaus (da ist schon Ähnlichkeit mit einem Siegfried!), indem er an den Kreuzzügen teilnimmt. Doch die Geschichte eines Richard I. Löwenherz in der Gefangenschaft durch Leopold IV. und dann Heinrich VI. passt nur schlecht zur Gestalt des literarischen Helden Siegfried. Ein Löwenherz dominiert nicht auf Burg Trifels, sondern ist eine Geisel für dessen Freilassung das englische Volk eine riesige Summe aufbringen musste. Schon gar nicht passt, dass Löwenherz sich als Lehensmann dem deutschen Kaiser Heinrich VI. verpflichten musste. Der Siegfried des Nibelungenlieds ist und bleibt selbstherrlich und er tobt sich wild kämpfend oder auch jagend aus. In ihrer Kampfeswut und ihrem Hochmut (Beleidigung Leopolds IV. dadurch, dass Löwenherz dessen Fahne vom Turm des eroberten Akkons herabwerfen lässt), war später der Anlass für seine Gefangennahme auf dem Rückweg durch Österreich.

Das Niederringen Siegfrieds einer Brunhild wäre nach dieser Lesart dann der Kampf des Neffen mit seiner Tante. Wo hätte Siegfried/Richard an der Täuschung seiner Tante Brunhild/Konstanze mitgewirkt? Wer dies dann auch noch als Kampf um die Jungfräulichkeit sehen will, kommt hier doch in arge Argumentationsbedrängnis. Was hätte er ihr im Brautkampf entwendet? Im Epos kommen sich Siegfried und Brunhild nur auf diese Weise nahe. Was wäre hierzu der historisch verbrämte Vorgang? Das Lösegeld für Richard mag man als Hort ansehen, der im Epos seine Würdigung erfährt. Richard und Konstanze zogen historisch gewiss an einem Strang und waren sich vor allem nach dem Tod Heinrichs VI. im Hass auf die Staufer einig. So zögen also Siegfried und Brünhild an einem Strang? Damit stellen die Autoren das Epos gewaltig auf den Kopf .

D.Breuer / J. Breuer bieten bei ihrer Personalisierung und Historisierung an (S. 69):

»Königin Prunhilt zeigt wie die Normannin Konstanze eine Selbstsicherheit, die die sonst so kühnen Helden aus »Burgonden lant« klein und furchtsam erscheinen lässt. Auch dass die Erringung Prunhilts nur mit verborgener Hilfe Sivrits gelingt, hat ein Gegenstück in staufischer Zeit: Kaiser Heinrich kann das Erbe Konstanzes nur mit (allerdings unfreiwilliger) Hilfe König Richards Löwenherz in Besitz nehmen.«

Die Autoren sehen das enorme Lösegeld, mit dem Löwenherz sich freikaufen musste, das zur Ausrüstung des Heeres gebraucht wurde und das erst die Eroberung Siziliens möglich gemacht hätte. Ob diese Gleichsetzung – nur in Klammern gesetzt überhaupt verständlich – dann tatsächlich als Täuschung angesehen werden kann, mit der Siegfried Brünhild täuscht, erscheint mir etwas weit hergeholt. Welches Motiv sollte der Dichter haben, auf diese Weise aus einer Konstanze eine Brunhild gestalten zu wollen?

Auch wenn ich in dieser Übersicht die Argumente nur verkürzt darstellen kann, so bleibt doch festzuhalten, dass die historischen Bezüge durchaus als möglich anzusehen sind. Man kann sicherlich viel Ähnliches, aber vielleicht auch nur Zufälliges ausmachen. Das Gesamtbild wird nicht stimmig. Es bleiben einfach zu viele Leerstellen im Nibelungenlied offen, für die die Autoren keine geschichtlichen Ereignisse anführen können oder die sich aufdrängen. Da müsste ggf. nachgearbeitet werden und die Schildgabe, den Doppelraub, das Blut trinken, den Kindesmord etc. ebenfalls als historische Ereignisse vorgestellt werden. Jede offene Stelle schwächt zwangsläufig die vorgestellte These.

Genau betrachtet, handelt es sich somit durchaus nicht um eine widerstreitende Theorie zu den Interpretationen von Kreis oder meiner Erweiterung, sondern allein um eine Quellen-Sicht. Was war für den Dichter in seinem Konzept möglicherweise brauchbar? Die Deutungs-Sicht bleibt davon gänzlich unberührt. Ob man deshalb die historischen Bezüge als wahr oder als zusammengereimt ansieht, ändert an der Interpretation des Nibelungenlieds letztlich überhaupt nichts. Ob der Epiker ganz oder mehr auf die germanischen Sagen (Ritter-Schaumburg) oder die Zeit der Staufer (D. Breuer/J. Breuer) anspielt, kann ich offenlassen. Das gilt für Geschichtliches und für Sagen – und sagt dies doch nichts über sein Motiv. Nur beides verknüpfen und als neuen Geschichtsbeitrag ausgeben wollen – wozu? Aber ein drittes Bewahren wollen – viel wahrscheinlicher!

Vieles findet keine Parallele in der Welt der Staufer. Die drei Könige z.B. spielen in der These Breuers überhaupt keine Rolle, finden sich jedoch im Epos im steten Dreiklang. Sie haben keine erkennbar historischen Vorbilder. Warum wollte der Dichter denn diese sinnfreie Personen einführen?

Es wäre durchaus denkbar, dass der Dichter die historistischen Bezüge ähnlich gesehen und verarbeitet hat, wie die Autoren Breuer es ausbreiten, aber dies lässt sich in der Umsetzung nicht gänzlich bestätigen. Welches Motiv sollte ein deutschsprachiger Dichter haben, eine normannisch-französisch-englische Herrschergestalt zum Mittelpunkt seines Epos zu machen? Laut ihrer eigenen Aussage gilt ja das Epos als Kritik an den Staufern und eben nicht als die an einem Richard. Wenn man gar eine historische Kriemhild suchen würde, würde man allenfalls bei der merowingischen

Fredigunde im 5.Jahrhundert landen. Dann wäre man bei einem über Jahre durch Frauen geprägten Kampf zwischen Fredigunde/Kriemhild und Brynhildis/Brünhilde. Die Autoren bieten für die Rolle der Kriemhild Kaiserin Beatrix an, von der jedoch nicht bekannt ist, dass sie jemals jemand ins Verderben gelockt hätte.

Hildebrand und sein Sohn Nibelung gehen beide über die Norm der frühmittelalterlichen Geschichtsschreibung hinaus, indem sie das Programm von Georg von Tours (538-594) fortsetzen, insbesondere »die Aufhebung des traditionellen Gegensatzes von ecclesia und res publica«. Dieser Gegensatz löst sich bei Hildebrand und Nibelung vollends auf, da Papst und König mit dem gemeinsamen Ziel zusammengefunden haben, die Feinde der katholischen Kirche zu bekämpfen. (S. 38)

Der Dichter soll nach dieser Aussage hier auf eine Zeit zurückgreifen wollen, als es noch unstrittiges Recht der Könige war, Bischöfe einzusetzen. Dieser Zustand steuerte unter den Staufern jedoch gerade auf eine dramatische Wende zu als sich die Päpste anmaßten nicht nur über das Deutsche Reich und ihren Kaiser, sondern über allen weltlichen Herrschern zu stehen. Die Spannungen zwischen weltlichen und kirchlichen Herrschern prägten geradezu diese Zeit und lieferten gewiss keinen Anlass nun eine Einigkeit verkünden zu wollen. Denn die Frage, wem die Oberherrschaft zukommt, wäre damit gerade nicht beantwortet. Unser Dichter hätte somit einen gewaltigen Fehlgriff getan, wenn er diese Aspekte übersehen hätte. Einem kirchenfreundlichen Schreiber könnte man dies zwar zutrauen, aber der Text des Nibelungenlieds zeigt nirgends, dass er überhaupt kirchenfreundliche Gedanken darbieten will. Eher im Gegenteil, wie festzustellen ist.

Wir müssen akzeptieren, dass die Namensform »Changanrich« bis Ende des 12.Jahrhunderts in »Heinrich« gewandelt hat. ...Man braucht sich in der Zeitgeschichte des Nibelungenlieds nicht lange umzuschauen, um in der Person Heinrich von Kalden die entsprechende Gestalt des Obermarschalls zu finden. Heinrich von Kalden diente den Königen bzw. Kaisern Friedrich Barbarossa, Heinrich VI., Philipp von Schwaben, Otto IV. und Friedrich II. als Marschall. (S. 30)

Bei allem verschleierndem Ehrgeiz, den man zu Recht unterstellen darf, muss man doch fragen, was den Epiker dazu bewogen haben könnte, in diesem Mann die Vorlage für seinen Hagen zu sehen. Seine lange Mitverantwortung an der Spitze des Reiches ist sicherlich eine Würdigung wert – aber in ihm Hagen zu sehen? Dass der Marschall dem geächteten Otto von Wittelsbach, der König Philipp von Schwaben 1208 ermordet hatte, den Kopf abschlug (S.33), lässt sich kaum als epische Parallelität anführen. Siegfried starb dem Anschein nach als Held, während die Tötung des Mörders Otto durch den Reichsmarschall durchaus im Einklang mit der damaligen Rechtsordnung stand. Gäbe es heute Nachfahren dieses Heinrich von Kalden, sie könnten den Dichter einer üblen Verleumdung bezichtigen, wenn dieser in ihm einen Hagen (nach bisher herrschendem Verständnis) gesehen haben will – oder die Autoren, die heute derartiges behaupten. Wenn man dagegen Hagen mit der hier vertretenen Ansicht sieht, stellt dies gerade keine Beleidigung, sondern eine Anerkennung dar.

Über Art und Ausmaß anderer Gesichtspunkte mag man streiten, aber sie völlig auszublenden, ist eine gar zu naive und unhistorische Betrachtungsweise, die man auch einem Dichter um 1200 nicht ohne weiteres unterstellen sollte.

Fazit: Sicherlich muss nicht alles punktgenau aus den Sagen in die einigermaßen aktuelle politische Lage vor 1200 übertragbar sein, aber als sinnstiftende Erklärungen für das Epos reichen die geschichtlich aufgelisteten Daten nicht aus. Viele Aspekte des Epos stünden ohne jeglichen historischen Bezug da. Aber wenn man den Untertitel des Buches »mit Geschichte und Sage zur Wahrheit« liest, kann man es in weiten Teilen so stehen lassen. Doch diese historisch zutreffenden Teile machen nach meiner Meinung gar nicht den Sinn und die Botschaft des Epos aus.

Heinz Ritter-Schaumburg: Die Nibelungen zogen nordwärts

Der Autor hat mit seinen Untersuchungen zum Nibelungenlied und der Thidrekssaga (unterschiedliche Schreibweisen: Thidrek Sage/ Thidreksage/Dietrichsage) große Beachtung gefunden. In seiner Einleitung nimmt der Autor sein Ergebnis vorweg und schreibt (S. 15):

»Thidrekssaga und Nibelungenlied (NL) sind Parallel-Erzählungen. Aber was für eine seltsame Nibelungensage ist das! Hier ziehen die Niflungen (nicht Burgunden!) mit 1000 Gewappneten (im Nibelungenlied 10000) von ihrer Burg in Vernica (nicht Worms!) aus und reiten, bis sie an den Rhein kommen, da wo Duna und Rhein zusammenströmen. Dort schlagen sie ihre Zelte auf. Sie setzen über den Rhein (nicht die Donau!) in einem Fährboot, das eine Hundertschaft fasst (im Nibelungenlied – NL –über 500). Sie treffen nach einem Halbtagesritt (im NL nach Tagen) den schlafenden Wächter, dem Hagen einen Goldreif schenkt und dieser führt sie zur nahen Burg Bakalar des Markgrafen Rodinger (im NL Rüdiger). Mit ihm zusammen und 7 seiner Ritter (im NL 500!) reiten sie in mehreren Tagen an die Burg Thorta (Dortmund) vorbei nach Susat/Soest und gehen dort durch ihre Schwester Grimhild und deren zweitem Gatten, den in Friesland geborenen und über das Hünenreich Westfalen herrschenden König Attala (im NL Etzel für Attila, den Hunnenkönig) in zweitägigen Kämpfen zugrunde. Es ist Zug um Zug dieselbe Sage wie im Nibelungenlied, und doch Zug um Zug in andere Umwelt gesetzt, anders dargestellt und anders begründet. Wo liegt der Grund für diese doppelte, widersprüchliche Fassung?«

Erst am Ende des Buches wird diese Diskrepanz aufgeklärt: Nordische Schreiber hätten zur Verherrlichung des norwegischen Königs und Auftraggebers Hakon IV. die Sage mit einem bedeutenderen Theoderich und nicht einem Provinzfürsten verbinden und so in einen größeren Zusammenhang stellen wollen. Das klingt nicht unplausibel, leistet jedoch keinen Beitrag zur Deutung des Inhalts des Nibelungenlieds.

Diese Sichtweise soll hier dennoch vorgestellt werden, denn auch so vertieft sie den Blick auf das Nibelungenlied gerade durch die Untersuchung zu Abweichungen. Der Autor vertritt die These, dass die Thidrekssaga historische Ereignisse im westfälisch-fränkischen Raum mit dem Hauptsitz in Zülpich (bei Köln) und Soest (Susa genannt) wiedergibt. In ihrem Bestand wäre sie dann sicherlich älter als das Nibelungenlied. Bei allen genannten Fürsten handle es sich um fränkische, friesische oder sächsische Adlige der damaligen Zeit. Dies gilt für Thidrek, der fälschlich mit Theoderich dem Großen gleichgesetzt werde, für Siegfried, der als Sigfrid eine Rolle spielt, auch für Hagen und alle anderen.

Dieser These kann und will ich hier nicht widersprechen, weil dies für die Beurteilung des Nibelungenlieds ohne durchgreifende Bedeutung ist. Als von gewisser Bedeutung mag man lediglich die Frage einstufen, ob das Nibelungenlied eher den Ursprüngen der Sagen zuzuordnen ist oder die Thidrekssaga. Es mag auch auf sich beruhen, ob die in die Thidrekssaga gelangten Episoden über das Nibelungenlied nach Norden, Norwegen, Island und Schweden gekommen sind, wo sie dann aufgeschrieben wurden oder ob der Weg umgekehrt verlief. Jedenfalls lassen sich die ältesten Aufzeichnungen der Sagen, aus denen sich vor allem die Sigurdsage teilweise im Nibelungenlied niederschlägt in Norwegen, Island und Schweden finden.

Ritter-Schaumburg sieht den Ursprung der Nibelungen in den Niflungen, die in der Thidreksage als Geschlecht im Westfälischen genannt werden. In der Thidrekssaga gibt es gar keine Nibelungen! Während man ansonsten die unterschiedlichsten Namensvarianten der Akteure zuordnen kann und weiß, wer jeweils gemeint sein soll, muss man hier – ganz im Sinne des Autors selbst übrigens – scharf trennen. Die Nibelungen sind keine Niflungen – und umgekehrt. Nach Norden mögen Niflungen gezogen sein, aber keine Nibelungen. Dies ist meiner Meinung nach einzig das schöpferische Werk des Nibelungendichters, der seine Truppe bewusst mit ganz klaren Motiven in eine ganz andere Richtung, auf die Wege der Kreuzritter schickte. Er hat die Sagen auch nicht missverstanden, sondern selbst komponiert. Allerdings kommt man so zu einer Übereinstimmung mit anderen Autoren, die das Wort Nibelungen eben auf eine Sippe zurückführen, die im südlichen Belgien bzw. nördlichen Lothringen geherrscht haben soll. Offenbar hat der Nibelungendichter zumindest Teile der Thidreksage gekannt, wie man aus seinen zahlreichen Anspielungen schlussfolgern kann oder muss. Wenn er sie aber gekannt hat, muss man schon fragen, warum der die Charaktere und vor allem die gesamte Marschrichtung – im wahrsten Sinne des Wortes – massiv veränderte. Der Clou der Erkenntnis ist nicht, dass er sich geirrt habe, sondern dass er eine ganz eigene Sichtweise entwickelte und dabei sicherlich gerade die Thidrekssaga als Vorlage benutzte. Für die Botschaft des Nibelungenlieds spielen Niflungen schlichtweg keine Rolle.Man gelangt zu den Irrtümern, weil man harmonisieren möchte, wo es gälte die Unterschiede und die Motivation herauszuarbeiten.

Der Titel des o.g. Buches ist somit irreführend, weil in der Thireksage nur von Niflungen gesprochen wird. Nibelungen sind nie nach Norden gezogen, auch nicht als Burgunder, gezogen sind die Burgunder literarisch als Nibelungen Richtung Donau. Mit einem Titel »Die Niflungen zogen nordwärts«, hätte der Autor gewiss geringeres Interesse und vielleicht nur Schulterzucken erwarten dürfen. Da machen Nibelungen traditionell doch mehr her. Und noch einmal: Es gilt nicht zu bewerten, was der Nibelungendichter und wo er einen passenden Baustein gefundenen hat, sondern zu untersuchen und zu bewerten, warum er so gestaltete, wie er es tat. Es wird bei einem Vergleich zwischen beiden Werken deutlich, dass sie vollkommen andere Stoßrichtungen haben. Bei den vielen Namensabweichungen ist von besonderem Interesse, dass Sigfrid eine Grimhild (Anfangsbuchstabe des Namens damit passend zu ihren Brüdern) heiratet, und dass Hagen als Halbbruder (gleiche Mutter, aber sein Vater ist ein Albe, d.h. ein Geisterwesen.) der drei Könige dargestellt wird. Man ordnet viel zu leicht die jeweiligen Namen zu. Ein Sigfrid ist eben kein Siegfried, eine Grimhild keine Kriemhild und ein Högni eben kein Hagen. Man sieht stets grundlegende Abweichungen und damit wird es einfach falsch, einen Namen aus einer anderen Sage zu verwenden, weil man eine Parallelität sieht. Man sollte viel eher die Unterschiede herausstellen. Damit würde man jedem Sagendichter mehr gerecht. Widersprüche kann man nicht zu einem harmonischen Bild zusammenfügen, sondern man interpretiert dies bereits mit der Namensverwendung um.

Von Liebe ist bei Sigfrid wenig zu spüren. Brünhilde gab er eine Eheversprechen, das er durch die Heirat mit Grimhild brach. Von Liebe ist zwischen ihm und seiner Angeheirateten auch keine große Rede. Brünhild verschachtert er direkt zu deren Ärger an Gunther. Es bedarf auch keines Brautkampfes, sondern Sigfrid darf sie einfach mit Billigung durch Gunther entjungfern, um sie damit für ihn gefügig zu machen. Sigfrid erwählt Grimhild lediglich wegen ihrer kampfstarken Brüder. Auch das lässt sich nicht mit der Liebesgeschichte des Nibelungenlieds harmonisieren. Diese Vorlagen musste der Nibelungendichter erst einmal für sein Werk neu konzipieren.

»Unter allen Parallelen zum Nibelungenlied ist die Thidrekssaga die umfassenste, geschlossenste und, in Ähnlichkeiten wie in Abweichungen, die wichtigste. Sie ist eine Sammlung früher niederdeutscher Überlieferungen, aufgeschrieben in den alten nordischen Sprachen: Altnordisch-isländisch und Altschwedisch, alle kreisend um den rheinfränkischen König Didrik von Bern-Bonn, dessen Leben, von seinen Vorfahren an bis zu seinem Tod, sie in allen Einzelheiten beschreibt. Die Nibelungen-Saga ist nur ein Ausschnitt von ihr.« (S. 32)

Über die unterschiedlichen Schreibweisen von Namen kann man sich immer nur wundern. Die Thidreksage handelt inkonsequenterweise doch von Didrik. Woher die Autoren immer wieder den Mut nehmen, mit Namensänderungen aufzuwarten, mag man spekulieren. Bemerkenswert ist, dass sich die Teile um Sigfrid herum vom sonstigen Schlachtengetümmel und Heldenbeschreibungen in der Saga abheben. Ob das ein Indiz dafür ist, dass diese Teile erst nach Kenntnis des Nibelungenlieds Eingang gefunden haben, mag auf sich beruhen.

»Die Thidrekssaga erzählt auch die Sage von Wieland dem Schmied. Sie erzählt sie deshalb, weil Wielands Sohn Wideke/Wiga später ein Geselle Didriks von Bern wird und Wielands berühmtes Schwert Mimung führt. Dieses Schwert spielt in vielen Kämpfen eine entscheidende Rolle; ja die Geschichte des Schwertes durchzieht die ganze Thidrekssaga.« (S. 40)

Es gibt nicht nur dieses Schwert, sondern auch Thidreks Schwert Ekkisax. Schwerter und Rösser haben ihre Namen. Der Nibelungendichter übergeht dies alles und erwähnt stattdessen nur Balmung als Siegfrieds Schwert. Die Sagen warten dafür mit den Namen Notung und Mimung auf. Im großen Unterschied zum Nibelungenlied spielt vor allem ein Hort bzw. Schatz dagegen eine untergeordnete Rolle.

»*Die Thidrekssaga berichtet nicht Märchen, sondern* (nächste Worte im Originaltext durch den Autor kursiv hervorgehoben) *Wirklichkeit in früher Zeit.*« (S.43)

»*Die Niflungenerzählung enthält einen genauen Bericht über das wirkliche Geschehen, auch in Einzelheiten.*« (S. 95)

Eine sehr gewagte Schlussfolgerung, da es über diese Zeit keinerlei Berichte gibt, mit denen man die Aussagen und Schilderungen der Sage vergleichen könnte. Die Nennung von Orten mag man als Realitätsbezug deuten, aber das alleine reicht nicht, um auch dem Geschehen historische Bedeutung zuzumessen. Auch Shakespeare, Goethe, Schiller oder Karl May warteten stets mit Örtlichkeiten auf, ohne dass jemand allein darin schon den Beweis für Historizität sehen würde. Die Verherrlichung von Kämpfen und Kämpfern ist doch viel zu offenkundig, als dass man dies als Beschreibungen der Realität durchgehen lassen könnte. Heutzutage bedient man sich fantastischer Actionszenen um zeitgemäße Unterhaltungseffekte zu erzielen. Aber all das ist für die Beurteilung und Bewertung des Nibelungenlieds selbst unerheblich und soll hier nur der Vollständigkeit halber, zur Darlegung der Quellen und ihrer Problematik aufgezeigt werden. Es ist der Unterschied, der den Wert und die Qualität des Epos ausmacht.

Obwohl die Thidreksage anscheinend erst nach 1200, um 1260, niedergeschrieben wurde, kann man daraus nicht schließen, welche Überlieferung tatsächlich die ältere ist. Der Autor macht geltend, dass die Thireksage das ältere Werk sei, weil sie konkretere geographische Angaben zu den Örtlichkeiten im damals fränkisch-sächsich-westfälischen (Niederrhein; Harz) Bereich enthalte.

Im Nibelungenlied ist davon die Rede, dass an einer Stelle Donau und Rhein zusammenfließen. Da das geographisch schlicht falsch ist, ermittelt Ritter eine andere Stelle, die maßgeblich seine These eines Didreks/Thidreks im Westfälischen und die damit verbundenen Örtlichkeiten stützt: Die Duna/Dhün als kleines Nebenflüsschen des Rheins nördlich von Köln. Dann folgen Soest/Susa, auch Dortmund wird als Örtlichkeit ausgemacht. Es kann durchaus sein, dass dies alles korrekt ist, doch richtig ist eben auch, dass der Dichter des Nibelungenlieds dies bewusst abwandelte, um die aus seiner Sicht prägenden Zusammenhänge zwischen Rhein (dortigen Pogromen) und der Donau (als Heerstraße bis nach Ungarn bzw. zum Bosporus) mit seinem gezielt unkorrekten geographischem Hinweis doch deutlich zu machen. Bei ihm ging es gewiss nicht um historische oder geographische Korrektheiten, sondern um allegorische Motive um das Geschehen darzustellen.

Ritter-Schaumburg verweist auf eine geschichtliche römische Quelle (S. 100/101):

»Unter diesen Konsuln bezwang Aetius den König der Burgunden Gundichar durch Krieg und gab ihm auf seine Bitten den Frieden wieder. Ihn vernichteten nicht viel später die Hunnen. Jene klugen Männer – so vermute ich – verbanden nun die »Alten Maeren« der Thidreks-Überlieferung und die Berichte der Chroniken mit einander, indem sie meinten, der Untergang der Niflungen unter dem König Gunther durch die Hünen sei dasselbe Ereignis gewesen wie der Untergang der Burgunden unter dem König Gundichar durch die Hunnen. Und das schien ja auch ziemlich einleuchtend. Aber diese Gleichsetzung war willkürlich und, wie sich jetzt herausstellt, falsch. Auf dieser falschen Gleichung beruht das Nibelungenlied.

Nicht von historischen Daten ist der Ausgang zu nehmen, sondern von den Quellen, das heißt von den Texten. Das ist für das Nibelungenlied auch ausgiebig geschehen, nicht aber für die Thirekssaga. Hier hat man bis heute mit Texten gearbeitet, deren geographischen Angaben man, zugestandenermaßen, nicht verstand. Man umging diese Notwendigkeit, indem man die Thirekssaga in Bausch und Bogen für eine Quelle minderen Ranges, für unzuverlässig und irrtümlich erklärte.«

Hier ist nochmals daran zu erinnern, dass Aetius als römischer Befehlshaber die Burgunder angriff, als sie Einfälle ins heutige Belgien unternahmen. Wahrscheinlich bediente er sich dabei sogar hunnischer Hilfstruppen. Nachdem die Burgunder kapitulierten und sich wieder in ihr Gebiet zurückgezogen hatten, war es mit großer Wahrscheinlichkeit dann ein hunnisches Heer, das sie endgültig besiegte. Die Reste des Volkes begaben sich anscheinend wieder notgedrungen unter römischen Schutz, was dann zu ihrer Umsiedelung in die Gegend des heutigen Burgund zur Folge hatte. Es ist also durchaus denkbar, dass diese sich im westfälischen Großraum abspielenden Ereignisse zu einer lokalen Sagenentstehung beigetragen haben, die dann durch Kaufleute nach Norden, insbesondere ins norwegische Bergen, getragen wurden, wo sie zur Glorifizierung des dortigen Herrschers Hakon IV. in den europäischen Raum mit Anspielungen auf Italien (Verona, Salerno etc) verlegt wurde. Der Nibelungendichter bringt dafür Worms, Donau und Etzelburg ins Spiel. Dieser örtliche Thidrek wurde offenkundig zudem in einen Theoderich der Große hochstilisiert und eine kleine, aber einflussreiche Sippe, die Niflungen, wurden über Nibelungen zu Burgunden. Die Zuordnungsmöglichkeiten, die Ritter-Schaumburg aufzeigt, lassen sich jedenfalls nicht so leicht von der Hand weisen. Der Autor Oberste geht in seinem Buch davon aus, dass doch eher der große Burgunden-Untergang der Ausgangspunkt der Nibelungensage war und erst danach Lokalpatrioten aus dem Westfälischen den Ursprung räumlich umgefärbt hätten.

Bei beiden Autoren – Ritter-Schaumburg und Hube – wird immer wieder darum gekämpft, dass die Sagen als historische Quellen gewürdigt werden müssten. Dabei gibt es genügend Anhaltspunkte, dass die Erschaffer beider Werke, die der Thireksage und der des Nibelungenlieds mit einem geringen Maß an Geschichtlichkeit gearbeitet haben, um die Menschen neugierig zu machen, dann aber auf beiden Seiten die Phantasie das Ruder übernahm. Weder über Niflungen noch über Burgunden liegen genaue Quellen vor, die einen Vergleich mit den Sagen zuließen.

»Immerhin: Obwohl das Nibelungenlied seine Quelle ganz missverstand, hat es doch dadurch, dass es die erregenden Ereignisse um die Nibelungen in kostbar gebundener Form zu großer Dichtung gestaltete, diesen Stoff, wenn auch in eine andere Landschaft und in eine christliche Umwelt übertragen, dem allgemeinen Bewusstsein tief eingeprägt.« (S. 102)

Hier zeigt sich leider die verkürzte Sicht des Autors. Die Niflungen sind keine Nibelungen und verständlicherweise lässt diese der Eposdichter erst gar nicht an die Donau ziehen. Er spricht von Nibelungen – und damit seiner Gestaltung. Vielleicht gab es historisch greifbare Niflungen. Doch dies hieße noch nicht, dass damit die Geschichtlichkeit der Sage erwiesen wäre. Gewiss ist das Nibelungenlied einfach Dichtung/gestaltete Erfindung. Ob der Dichter tatsächlich nur einem Missverständnis erlegen ist, oder ob es sich nicht vielmehr um eine bewusste Umgestaltung und Sinnstiftung handelt, darüber hat offenbar noch niemand nachgedacht. Warum auch? Alles scheint doch so leicht durchschaubar. Festzuhalten ist auch, dass aus den Hunen der Thidrekssage im Nibelungenlied Hunnen wurden. Damit wurde das Epos in einen größeren geschichtlichen Zusammenhang gestellt. Dies würde zu der Annahme passen, dass die nordischen Sagenschreiber die ihnen bekannt gewordene Sage aus dem Westfälischen zur Verherrlichung ihres Königs und dessen Abstammung ins europäische Machtzentrum verlagern wollten und der Nibelungendichter dies aufgegriffen hat.

»An Sigfrids Heirat ist manches merkwürdig. Zunächst fällt das nicht auf. Vergleichen wir aber mit dem Nibelungenlied, so sehen wir schnell den vollkommenen Gegensatz. In der Thidrekssaga wird nämlich nicht erzählt von der Begegnung zwischen Sigfrid und Grimhild, nichts von einem Gespräch, nichts von Zuneigung und Bewunderung für einander. Von dem, was das halbe Nibelungenlied erfüllt, von der Liebe zwischen den beiden, weiß die Thirekssaga nicht ein einziges Wort. Sie bringt dafür an dieser Stelle, mitten in den Brauttagen mit Grimhild, aus Sigfrids Mund ein hohes und ungewöhnliches Lob auf eine andere Frau, und nicht auf Grimhild. Sigfrid sagt da zu König Gunter: »Ich weiß eine Jungfrau, die weiseste und die schönste, die es bisher auf der Welt gibt. Sie heißt Brünhild (Brynilla). Sie hat ein Schloss, dass heißt Seegard. Willst du um sie werben, so will ich dir den Weg dahin weisen und dir helfen, was ich kann.« (S. 127)

Als Begründung für seine Heirat mit Grimhild gibt er gegenüber Brünhild schlicht an, dass sie eben so wackere Brüder habe. Von Liebe oder Romantik ist da keine Rede; auch nicht von Erotik. Ritter-Schaumburg stellt einen ganz entscheidenden Unterschied zum Nibelungenlied fest und schreibt deshalb (S. 127):

»Nichts also (außer dem üblichen Brautlauf-Fest) wird von einer Brautzeit mit Grimhild berichtet, nichts von der Brautnacht, nichts von Gesprächen, nichts von Begrüßung oder Abschied von ihr. Grimhild scheint für Sigfrid und seine Schwäger keine große Wichtigkeit zu haben. Von einem Verhältnis zwischen Sigfrid und Brünhild aber erfahren wir viele Einzelheiten.«

Spätestens hier muss jeder erkennen, dass da nicht irrtümlich nachgedichtet wurde, sondern anerkennen, dass dann mit einer Kriemhild im

Nibelungenlied eine eigenständige und prägende Figur vom Dichter eingebaut wurde. Hier geht ein tiefer Schnitt zwischen beide Kompositionen, die sich nicht weg-harmonisieren lassen.

Nachdem er also sein Eheversprechen gegenüber Brünhild gebrochen und Grimhild geheiratet hat, bietet er nun seine Ex-Verlobte Gunther an. Auch die Werbung in Seegard verläuft deutlich anders als die auf Island bzw. Isenstein geschilderte. Dies zeigt, dass sich der Nibelungendichter doch Gedanken gemacht hat, wie er die Figuren ausgestalten muss. Die Beziehung zwischen Siegfried und Kriemhild musste dort wahrlich erhöht werden, um die versteckte Allegorie, mit der der Nibelungendichter arbeitete, überhaupt tragen zu können. Nicht einmal Eifersucht quält dort Kriemhild. In der Thidrekssaga dagegen kann man nur Brünhild mit einer irdischen Eifersucht in Verbindung bringen. Sie stirbt mit ihrem unerreichbaren und aufgebahrten Sigfrid/Siegfried auf dem Scheiterhaufen.

»Die Thidrekssaga braucht die Brautreise König Attalas und Grimhilds nicht ausführlich zu beschreiben, wie es das Nibelungenlied tut; denn es war keine lange Fahrt vom Neffelgau nach Soest. Die Thidrekssaga braucht sich auch keine Sorgen zu machen um Etzels Heidentum und Grimhilds Christentum; denn der in Friesland geborene König Attala ist kein Hunne, wenn auch kein Christ, und Grimhild ist ebenfalls keine Christin. Sie stammen aus verwandter Umwelt. Kein Priester und kein Sakrament gegen der Ehe Attalas und Grimhilds die Weihe.« (S. 149)

Auch hier wieder: Attala ist eben auch nach Auffassung Ritter-Schaumburgs nicht Attila – und Grimhild ist eben nicht Kriemhild. Der Autor übersieht in seiner Orientierung an der Fassung C des Nibelungenlieds, dass sich in B nichts Christliches finden lässt. Auch dort segnet kein Priester die Ehe. Lediglich die Episode mit einem Kaplan baut der Dichter ein, um das christliche Umfeld einzubinden. Vielleicht ist das versuchte Ertränken des Kaplans auch nur als Spott auf die christliche Taufe zu sehen. Doch auch seine Kriemhild zeichnet nichts Christliches aus. Alles Christliche ist im Nibelungenlied gefühllose Fassade. Das wird fast von allen so gesehen, die sich mit diesen Sagen schon befassten, deshalb ist es immer wieder erstaunlich, dass dies anderen offenbar vollständig entgeht oder von diesen bewusst ignoriert wird. Eine Problematik im Hinblick auf die Geschichte der Kreuzzüge und das Christentum hat außer dem Autor Kreis ohnehin niemand auf dem Schirm.

Einen interessanten Unterschied gibt es auch noch: Während Hagen als letzter der Kämpfer von Kriemhild enthauptet wird, gestattet Thidrek dem schwerverletzten Hagen noch eine Nacht mit einer Frau, um noch Nachwuchs zeugen zu können. So viel zu wahrem Heldentum und Mannhaftigkeit. Es versteht sich von selbst, dass dieser dann auch den Namen Aldrian annehmen soll. Aldrian rächt später seinen Vater Hagen, indem er den goldgierigen Attala in einen Berg lockt, wo der Nibelungenschatz versteckt war, den Ausgang verschließt und den Mörder seines Vaters so dort umkommen lässt.

Ritter-Schaumburg gibt den Text der Sage wieder (S. 348):

»König Attala starb in dem Berg. Seitdem wird der Nibelungenschatz niemals gefunden; weil Aldrian, der es allein wusste, danach nie mehr in den Berg kam nach König Attala.«

Wenn wir also in der Thidrekssaga historische Wurzeln sehen müssen, wie gerade von ihm vertreten wird, dann sollte man nicht nur im Rhein nach einem Hort suchen, sondern auch einmal im Bergischen Land oder an sonstigen Stellen in Westfalen oder Niedersachsen sich in einen Berg graben. Wem es als erstem gelingt, auf diese Weise dichterische Phantasie und Allegorie in die materielle Welt zu befördern, dem wäre größte Anerkennung sicherlich gewiss.

So wie der Nibelungendichter die Rolle der Kriemhild ganz gewaltig steigert, so steigert er auch die Bedeutung eines Hagens, indem er ihn zum gleichwertigen Gegner Kriemhilds und zum verantwortlichen Vernichter des Horts macht. Sein Motiv findet sich so dieser Gestalt.

Auch dies sei nur zur Deutlichmachung der Unterschiede bzw. Abgrenzung erwähnt.

Als Fazit kann man festhalten: Der ursprüngliche Kern der Thidrekssaga mag tatsächlich in den Gegenden zwischen Köln, Harz und Trier spielen. Gute Gründe sprechen zumindest dafür. Er ist möglicherweise durch deutsche Kaufleute (wie der Prolog ausdrücklich festhält) in den Norden gelangt und wurde dann von norwegischen, isländischen und schwedischen Schreibern zu Papier gebracht. Auf irgendeinem Weg ist die Sage aber auch nach Süddeutschland gelangt und der Dichter des Nibelungen-Epos hat in erstaunlicher Weise diese Geschichten oder andere ähnlich umlaufenden Geschichten zu seinem Werk versponnen. Es ist offenkundig, dass er sich anders orientierte als die Schreiber im Norden. In deren Erzählungen lässt sich kein überzeugender Hintergrund finden. Ganz nordisch zählen die kämpferischen Heldentaten für sich und dienen mit ihrer Verherrlichung der Unterhaltung. Thidrek sollte wohl als überlegener und legitimierter Herrscher stellvertretend für alle Könige – wie der norwegische König auch – dargestellt werden. Das könnte sein. Ein darüber hinausgehendes stimmiges Motiv wird man in diesem Hin und Her an Kämpfen und Schlachten aber kaum finden. Dass unser Eposdichter nur gutgläubig oder versehentlich die Örtlichkeiten verlegt habe, kann man bei ihm mit Sicherheit ausschließen. Wer Personen kennt, kennt auch die Orte. Wenn die Personen gewaltig umgeformt, die Ereignisse wesentlich verändert und ganz neue Örtlichkeiten ins Spiel kommen, dann muss man eine sinnstiftende Absicht dahinter vermuten. Reiner Lokalpatriotismus war es zumindest beim Nibelungendichter nicht. Es wäre auch höchst erstaunlich, wenn ausgerechnet im süddeutschen Raum und in Österreich ein derart positives Bild von Attila vorzufinden gewesen wäre. Da mag man die nordische Atli-Sage und auch die westfälische Thidrekssaga mit ihrem Attala gekannt haben, die jeweils mit einem goldgierigen und hinterhältigen Attila gleichgesetzt wurden. Wie jedoch die Hunnen über die Ostgoten und andere germanischen Stämme hergefallen sind, wird aber kaum zu einem so positiven Bild eines Attilas in Süddeutschland oder Österreich beigetragen haben können, wie er uns dann als Etzel begegnet. Dies ist allein gezielt gesetzte, dichterische Komposition. Das Barbarentum der Kreuzfahrer wird sogar noch deutlicher, wenn ein als Barbar verschrieener Attila auf einmal als toleranter und großzügiger Herrscher namens Etzel dargestellt wird. Durch Kriemhild wird ihm offensichtlich die Herrschaft über seine Krieger und damit sein Volk entrissen. Genau dies spiegelt aus der Sicht des Dichters die Verhältnisse im Reich wieder: Kaiser und Fürsten wurden von der Kirche bedroht und ihnen die Macht über das Volk bestritten. Ihre Machtlosigkeit zeigte sich in den Pogromen, die sie nicht verhindern konnten. Diese barbarischen Folgen hätten sich bei einer starken weltlichen

Herrschaft niemals auf diese Weise zeigen können. Ihre ursprüngliche und zumindest aus der Sicht des Dichters friedenserhaltende Macht war den Herrschern entglitten.

Die Dichter der Thidreksage mögen ihre Gründe gehabt haben, mit ihren Episoden das Heldentum und die damaligen Machtkämpfe zu beschreiben und zu verherrlichen. Wenn es tatsächlich die Vorlagen mit einem Attala, einer Grimhild, einem Gunnar oder Gundahar, Niflungen und auch einem Drachen gab, so konnte durch den Zeitentransfer auch diese Botschaft Formen annehmen. Der Nibelungendichter schreibt dagegen geradezu anti-heldisch, da er gerade keine aggressiven Kämpfer verherrlicht, sondern die sich verteidigenden Kämpfer. Bei ihm sehen wir zwar eine rachsüchtige Kriemhild, aber ansonsten Helden aus Notwehr, bei den Sagenschreibern sehen wir Helden aus Eroberungssucht, Übermut, Eitelkeit und Rachsucht. Das ist der gewaltige Unterschied, der übersehen wird. Zur Deutung des Nibelungenlied können diese Vorlagen nichts beitragen.

Bislang stehen immer nur die Übereinstimmungen im Fokus der Untersuchungen. Man sollte sich jedoch auf die Unterschiede zwischen den Sagen und dem Nibelungenlied konzentrieren, denn dort lässt sich die Antwort auf alles finden.

Hans-Jürgen Hube: Thidreks Saga – Die nordische Dietrich- und Nibelungensage

Auch Hube vertritt die Auffassung, dass es sich mit der Thidreksage im Wesentlichen um reale geschichtliche Ereignisse gehandelt haben müsse. Nachweise, dass dem so ist, gibt es allerdings nicht; Nachweise, dass vieles auch wohl reine Phantasie ist, dagegen reichlich, wenn man sich die Inhalte vornimmt. Festzustellen ist, dass sich der Inhalt des Nibelungenlieds ganz erheblich von den Charakteren unterscheidet, mit denen die Thidreksage mit ihrem Niflungen-Teil aufwartet. Zur Vervollständigung des Themenkomplexes sollte man diese Sage jedoch einbeziehen, weil sich dann gerade aus den Abweichungen die Botschaft des Nibelungenlieds selbst viel klarer herauskristallisiert. Oder hält es jemand für möglich, dass ein Dichter Charaktere, Namen und Abläufe ändert, Teile hinzufügt und andere weglässt, ohne sich dabei etwas zu denken? Gewiss nicht, wenn sich daraus ein anderes schlüssiges Bild ersehen lässt.

»*Spät in König Thidreks Tagen wurde die Irrlehre des Arius von den Christen verdammt, und all jene, die der Irrlehre gefolgt waren, wandten sich nun dem rechten Glauben zu. Da bekehrten sich auch König Thidrek und Meister Hildebrand zum Christentum, und ebenfalls die Leute von Romaburg* (d.h. Trier)«. (S. 353)

Diese als Teil der Nacherzählung des Autors enthaltene Aussage überrascht zum einen, da in der gesamten Sage und auch beim Autor selbst bis auf diese Stelle und einen verdächtigen Schluss von Christentum jedweder Art überhaupt keine Rede ist. Diese spärlichen Abrundungen dürften einfach spätere Hinzufälschungen sein. Wunderlich ist auch, dass die Arianer als christliche Abweichler offenbar vom Autor kirchentreu erst gar nicht als Christen anerkannt werden. Damit wird die lange Zeit völlig offene Frage, welches Christentum und welcher germanischer Stamm sich letztlich durchsetzen würde, zumindest einmal gestreift.

Manche Forscher halten die Thidrekssaga für eine konkrete Chronik aus

Nordrhein-Westfalen und sehen dagegen im Nibelungenlied lediglich ein Spiel dichterischer Phantasie. (S. 389)

Das Nibelungenlied passte also sehr genau hinein in die Zeit der katholischen Kreuzzugsmentalität des 13. Jahrhunderts. Der fiktive Nibelungenzug nach Ungarn – auch eine Art des Kreuzzugs? (S. 390)

Der Autor wirft nur hier diese Frage auf, ohne sie jedoch zu beantworten. Was hat die katholische Kreuzzugsmentalität denn gezeigt oder bewirkt, wenn sie schon vor dem Nibelungenlied ihren Niederschlag gefunden hätte? Ein Zusammenhang mit dem ausbrechenden Antisemitismus wird auch hier nicht gesehen. Das Nibelungenlied ist durch seine Botschaft geprägt und in dieser Form sicherlich weitgehend Phantasie. Was allerdings die Thidreksage zu einem geschichtlichen Dokument machen soll, erschließt sich weder beim Lesen selbst noch durch andere Quellen.

Manche italienisch angehauchte Namen der Thidreks Saga ergeben sich daraus, dass die Römerherrschaft im Rheinland um 526 herum erst knapp vorüber war und manche Orte noch Namen aus alter Zeit trugen. Roma-burg ist von Forschern wie Ritter als die alte Kaiserstadt Trier identifiziert worden, in der Spätantike gern Roma secunda tituliert. Dietrich von Bern wäre somit ein König am Rhein, der Trier besetzt. Es gibt jedoch keine historische Quelle, die ausweist, dass Teile des Rheinlands damals fränkisch waren. (S. 400)

In der Thidrekssaga werden überhaupt keine Burgunden vernichtet (R.W. Anm.: und auch keine Nibelungen!), sondern nur Niflungen im westfälischen Susat von Hunen (nicht Hunnen!) unter ihrem König Atli. (S. 401)

In der Konsequenz: Dietrich von Bern ist nicht der Thidrek der Sage. Schon Bern ist falsch und steht nicht für Verona, sondern wahrscheinlich für Bonn. Bern und Bonn sind nach Ritter-Schaumburg ein und dieselbe Stadt und haben mit einem Ostgotenkönig in Italien nichts zu tun. Lediglich die klangähnlichen Namen führten somit zu einer Verschmelzung.

Auch wenn es keine anderen Textzeugnisse über einen heidnischen Eifel-Hochsitz beim späteren Aachen über eine von Ermanrik (R.W. Anm.: Herrscher gegen den Thidrek kämpft um sein Königreich wieder zu erlangen) beherrschte Moselmetropole Romaburg oder über einen Gunnar in der Voreifel gibt, kann man doch nicht generell glauben, die Thidrekssaga bringe hier nur fiktive Angaben. Auch wenn es keine anderen Mitteilungen über einen Kampf um 500 bei

Soest gegen vorrückende Franken gibt, darf man das in unserer Sage Vorgestellte wegen fehlender Geschichtsquellen nicht schlichtweg als Dichtung bezeichnen! Warum spricht man in manchen Publikationen immer noch von Namen wie Etzel oder Burgunden, die dort nie umkamen? Soll es denn nur einen hunnischen Attila und keinen hunischen (Volksstamm in Westfalen) Atli/Attala gegeben haben? (S. 408)

Der Versuch der Autoren, der Sage historische Bedeutung beizumessen, kann auf sich beruhen, da dies für das Nibelungenlied selbst ohne Bedeutung ist. Die beiden Autoren Ritter-Schaumburg und Hube sind jedenfalls davon überzeugt, dies so sehen zu dürfen. Zu stark weicht aber das Nibelungenlied von der Thidrekssaga ab, als das man sie einem gemeinsamen Motiv oder einer gemeinsamen Quelle zuordnen könnte. Das Nibelungenlied wurde gestaltet. Im Unterschied zum Nibelungenlied, dem man fälschlicherweise Historizität zutraut, traut dies offenbar bislang ansonsten der Thidrekssaga nicht zu. Bislang gräbt jedenfalls jedoch noch niemand in Westfalen oder Niedersachsen nach einem Nibelungenschatz, der nach dieser Sage in einem Berg versteckt sein soll. Für das wesentlich bedeutendere und hier zu untersuchende Nibelungenlied ist dies unerheblich. Der Dichter des Nibelungenlieds weicht jedenfalls markant von dieser möglichen Vorlage ab. Einige Autoren, wie Oberste, gehen davon aus, dass die Thidrekssaga nach dem Nibelungenlied von westfälischen Lokalpatrioten übernommen wurde.

Da das Nibelungenlied mehr und etwas anderes ist als ein Auszug aus der Thidrekssaga, kann es offenbleiben, ob es sich mit der Thidrekssaga um Historie handelt oder nicht.

Badenhausen, Rolf: Die Nibelungen – Dichtung und Wahrheit

Auch dieser Autor sollte nicht unerwähnt bleiben. Auch er schließt sich im Ergebnis den Vorarbeiten Ritter-Schaumburgs an und sieht die Quelle des Nibelungenlieds in historischen Kämpfen im Westfälischen um Köln, Weser Bergland, Harz und weiterer Umgebung. Seiner ausführlichen Darstellung kann man sich durchaus anschließen, jedoch ohne deshalb – wie offenbar andere Forscher – befürchten zu müssen, es ginge damit auch ein beachtenswerter Kern des Nibelungenlieds verloren. Um genau diese Wertschätzung nochmals hervorzuheben, schließe ich im nächsten Kapitel einen Vergleich mit Erläuterungen an. Mit diesem wird die dichterische Leistung und sein Motiv nochmals deutlich.

Badenhausen geht auch auf die nordischen Sagen und vor allem auch auf die Anleihen aus der merowingischen Geschichte mit einer Brünhild und Fredegunde ein. Immerhin bringt eine merowingischeHerrscherin um 600 eine Erwähnung der Stadt Worms ins Spiel. Sie soll dort residiert haben. Allerdings deckt sich dies nicht mit den Darstellungen im Nibelungenlied, da diese historische Brünhild eben keine Burgundin war. Beide merowingisch-fränkische Frauen waren sozusagen Mordmonster, die der jeweils anderen und deren Verwandtschaft mit jeweils mehreren Morden nachstellten und so Forscher an das Nibelungenlied denken ließen. Aber zutreffen kommt Badenhausen zu der Erkenntnis (S.97):

»Wir stellen bei dieser Exkursion in die anerkannte Geschichtsschreibung über die Franken und Burgunder zwar eine Menge an intrigantem Mord und Totschlag fest, aber insgesamt kaum signifikante Parallelen zum Nibelungenlied.«

Den Wert der Thidrekssaga für die Erforschung des Nibelungenlieds haben nach Badenhausen schon deshalb viele Forscher falsch eingeschätzt (S.147), weil sie den hier genannten Thidrek mit Theoderich dem Ostgotenkönig gleichsetzten und damit zum Schluss kamen, das könne deshalb keine Historie sein. Ob die Thidrekssaga tatsächlich ernst zu nehmende Historie beinhaltet oder nicht, lasse ich wieder offen, aber mit einen Theoderich dem Großen hat sie nach Auffassung aller Autoren gewiss nichts zu tun.

Der Autor verweist auf einen anderen, Aloys Schröfl, dem Badenhausen am Ende seiner eigenen Ausführungen nochmals die Ehre gibt, dessen These als die eigene zu übernehmen (S.151):

»Nach ausgiebiger Analyse des Not-Epos und der sogenannten Klage steht für den süddeutschen Sagenforscher fest, dass der Nibelungendichter den aus noch zu bestimmenden Hauptvorlagen entnommenen Stoff aus machtpolitischen Interessen gezielt umgedichtet hat.«

Dass wir eine Umdichtung vor uns haben, wurde schon mehrfach und zu Recht betont. Schwerwiegend falsch ist der Ansatz jedoch deshalb, weil auch hier wieder Not und Klage zu einem Brei verrührt werden. Darauf ist noch einzugehen. Wer das Nibelungenlied unvoreingenommen liest, wird beim besten Willen nicht auf den Gedanken kommen, dass es dem Dichter hierbei um machtpolitische Interessen ginge.

Vollkommen richtig und damit eine von ihm sogar als Absatz hervorgehobene Aussage, die sich jedoch noch gegen den Autor selbst und seine Schlussfolgerungen richten wird, ist (S.156):

»Das unrealistische Nibelungenlied kann nicht nachträglich glaubhaft historisiert werden!«

Auch dieser Aussage kann man so zustimmen (S.157):

»Wir werden noch weiter erschließen können, dass wegen seines besonderen Vorhabens der Lieddichter für sein Werk noch mehr offenkundige Wahrheiten zu opfern hatte. Gleichwohl ermöglichte sein grundsätzlich attestierbarer vorzüglicher Bildungsstand es ihm dennoch nicht, für seinen eigennützigen zweckdienlichen Großauftrag aus gänzlich eigener Feder ein so höchst spannendes Drama zu entwickeln, wie es das Leben eben doch nur durch wirkliche Ereignisse, und dazu zählt auch der historische Nibelungenuntergang, schreiben kann – denken wir bis in die Gegenwart nur an die unfassbare Tragödie des 11.September.«

Diese Aussage ist nur vor dem Hintergrund verständlich, den der Autor sieht. Er sieht nämlich den historisch einigermaßen zuverlässig überlieferten Bischof Pilgrim (gest. um 991) und markanten Urkundenfälscher als den ursprünglichen Nibelungendichter an. Auch Badenhausen unterliegt einem Kurzschluss, wenn er nur die höheren Kleriker als Schreibkundige ansieht. Wie ich schon dargelegt habe, waren diese Tugenden nur für Christen und durch den Klerus verpönt. Für eigene Zwecke pflegte der höhere Klerus die Kunst des Schreibens und Lesens durchaus, nicht zuletzt auch, um umfangreiche Fälschungen in die Welt zu setzen, wie die Forschung inzwischen weiß. Für Juden dagegen war es nahezu eine Selbstverständlichkeit, dass möglichst jeder schreiben, lesen und rechnen lernen und können musste.

Badenhausen traut der Phantasie der Literaten wohl doch zu wenig zu, wenn er meint, es müsse ein historisches Ereignis vorliegen. Ihm fällt gar nicht auf, wie historisch weit das Nibelungenlied vom tatsächlichen Untergang der Nibelungen/Burgunden entfernt ist. Dass der Autor des Nibelungenlieds jedoch an einer Realität anknüpfte, ist zutreffend – aber eben an einer ganz anderen. Immerhin begibt sich Badenhausen auf die Suche nach einem Motiv und dies ist schon fast die Ausnahme in der Nibelungenforschung. Ob die Tragödie um den 11.September so oder anders unfassbar ist, sei dahingestellt. Unfassbar war der Untergang eines jedenfalls der große Teil eines Volkes nicht, wenn es zu kriegerischen Auseinandersetzungen kam, wie auch die Kämpfe zwischen Römern, Burgundern und Hunnen zeigten. Auch der Untergang der Juden war alles andere als unfassbar, er war und bleibt ganz konkret fassbar. Aufgrund der klerikalen Hetze war er nicht nur fassbar, er war absehbar – aber um so mehr nur als ethisches Versagen tatsächlich unfassbar.

Der Autor stellt zu recht fest, dass der Dichter nicht nur seine Phantasie bemühte, sondern dass er dabei durchaus aus der Niflungensage bzw. Thidrekssaga geschöpft hat (S.159).

Konnte man dem Autor bislang in seinen Ausführung folgen, so trennen sie ab sofort die Wege. Badenhausen sieht, wie bereits erwähnt, in einem historischen Bischof Pilgrim den ursprünglichen Verfasser des Nibelungenlieds. Dies möchte ich stark bezweifeln. Sein durchgreifendes Motiv sei die Bekehrung der Ungarn und dabei die Erlangung eines eigenen Erzbistums gewesen. Nicht einmal die Abfassung der Klage möchte ich diesem Bischof zutrauen. Dies schon allein aufgrund des zeitlichen Abstands. Vor 1200 gibt es keinen Hinweis auf ein Nibelungenlied. Die Klage setzt als christliches Beiwerk schließlich ein anstößiges Hauptwerk voraus. Wäre das Epos im übrigen selbst schon eine geeignete christliche Missionsarbeit, wie es Badenhausen sieht, hätte man sich die christlich gefärbten Zusätze mit der Klage sparen können. Ob ein späterer Nachfolger zu Lebzeiten des Nibelungendichters, nämlich der Passauer Bischof Wolfger als Mäzen diese Klage in Auftrag gegeben haben könnte, ist immerhin vorstellbar. Dass die Klage tatsächlich zeitnah mit dem Epos entstanden wäre, schließt man nur aufgrund des gemeinsamen Auffindens. Zwingend ist die Schlussfolgerung nicht. So konnte die Klage auch erst nach Jahrzehnten hinzugefügt worden sein, als man die Tendenz zum Christlichen verstärken wollte.

Nahezu alle Forscher können im Nibelungenlied selbst – und schon gar nicht in der Not-Fassung – nichts oder nur wenig Christliches erkennen. Badenhausens These läuft darauf hinaus, dass eine ursprünglich christliche Fassung, die zu Missionszwecken einsetzbar gewesen wäre, vorlag, die dann später umgeschrieben wurde. Doch nicht einmal dies sagt er eindeutig. Wir hätten also so etwas vor uns wie die Evangelien und die Verfilmung »Das Leben des Brain« – ohne weitere Kommentierungen und das in dem Glauben hier ein abgestimmtes Werk vor uns zu sehen. Welcher Schreiber hätte es denn wagen können, eine bischöflich-christliche Missionsschrift in ein unchristlich-archaisches Germanen-Epos umzuschreiben? Aus welchem Grund?

Dieser Bischof Pilgrim um 950 war jedenfalls ein groß-krimineller Fälscher, wie es die Forschung und auch der Autor mit ausführlicher Darstellung inzwischen sehen. Er erfand Schreiben zwischen sich und Päpsten und ließ Urkunden erstellen, die auf erfundenen und damit gefälschten Ansprüchen beruhten, um die religiöse Herrschaft über die Ungarn zu erlangen. Dass nach der Schlacht auf dem Lechfeld 955, bei der Otto I. der Große die Ungarn besiegte und aus dem Reich drängen konnte, gewiss verstärkte Bemühungen folgten, diese Ungarn auch religiös zu besiegen oder zu gewinnen, entspricht dem Zeitgeist. Doch was gibt das Nibelungenlied denn als Missionswerk her? Badenweiler übernimmt diese Sicht Schröpfls und verweist dabei auf die Zehn Gebote, die mit dem Nibelungenlied den Ungarn nahegebracht werden sollten. Dies halte ich für abwegig. Weder die Gebote einem Gott gegenüber, noch die Verbote Menschen gegenüber, werden im Epos erwähnt, geachtet, erklärt oder verherrlicht. Es wird gestohlen, reihum gemordet, verraten, getäuscht etc. Wo wären Barmherzigkeit, Nächstenliebe, Erlösung, Gewissen, Sünde etc. zu finden? Nichts von alledem. Wenn man so missionieren wollte, hätte Siegfried hätte durch Handauflegen einen Krüppel geheilt, Gunther hätte seinen Mantel oder sein Schwert verschenkt, Kriemhild ein paar Nüsse an Kinder verteilt oder ähnlich Anrührendes wäre zu berichten gewesen. Aber kein Sterbender blickt auf einen Gott oder eine Erlösung. Die Missionierung erfolgte zeitgemäß über unsägliche Heiligenlegenden (mit oben beispielhaft angegebenen Inhalten), mit denen man den zu jeglichem Aberglauben bereiten Menschen das Christentum schmackhaft machen wollte und konnte. Die Botschaft des Nibelungenlieds war gewiss nicht dazu geeignet, einfältige Gemüter dem Christentum zuzuführen. Seine eigene Rolle hätte ein schreibender Bischof mit eigener Selbstherrlichkeit und Anspruchsdenken gewiss auch anders dargestellt als durch seine eigene beiläufige Erwähnung im Nibelungenlied. Da legte sich der wahre Nibelungendichter mit seiner Rolle als Volker doch ganz anders ins Zeug.

Als irritierend muss man es ansehen, wenn Badenhausen auch das Nibelungenlied zitiert (S.203) und dabei das Kloster Lorsch erwähnt. In der Not steht davon nichts. Dies ist die C – Fassung und vor allem die Klage, die Lorsch dermaßen aufwerten. Siegfried soll dort gar begraben worden sein – doch nicht nach der Not. Auch dieses Lorsch wurde inzwischen als Fälscherstätte ausgemacht. Aber was ist mit dem Kloster Lorch (ohne »s«) an der Enns, das Badenhausen als Herrschaftsbesitz des Pilgrim ins Spiel bringt? Dass der Arm des Passauer Bischofs bis ins rechtsrheinische, nahe Worms gelegene Lorsch gereicht hätte, kann man ausschließen. Dass die Abteien Worms und Lorsch 972 vereinigt worden wären, schreibt Badenhausen (S.203), aber das Verhältnis zwischen Lorch und Lorsch erklärt er leider nirgends. Aber dass Lorch an der Enns Pilgrims Fälscherwerkstatt für seine Herrschaftsansprüche war, steht fest. Vielleicht war auch dies für die Umschreiber der Not, die Lied- und Klageschreiber ein Hinweis ein »Lorsch« in ihrer C-Fassung ins Spiel zu bringen. Wahrscheinlich waren die Urkunden aus Lorch 1200 noch nicht als Fälschungen bekannt und der Bezug zu einem bekannten Kloster Lorsch bei Worms verschaffte der C-Fassung samt Klage als vermeintlich zuverlässige Urkundenwerkstatt zu größerer Glaubwürdigkeit?

Badenhauser sieht in Bischof Pilgrim den Ur-Verfasser des Nibelungenlieds. Die historischen Elemente sieht er in der Thidrekssaga. Wie käme eine regionale Quelle aus dem Westfälischen, teilweise norwegisch und nordisch umgearbeitete und ergänzte Geschichte dazu, als Vorlage für einen in Süddeutschland bzw. Österreich herrschenden Bischof mit nach Ungarn gerichteten Machtansprüchen zu dienen? Badenhausen erklärt dies so (S. 193):

»Pilgrims Werk, hier als Archeschrift des Heldenliedes gesehen, kann schon deswegen ein nur für den Exportbestimmtes Produkt, ein nur für den internen Gebrauch zu verwendendes Mittel zum kirchlich-missionarischen Zweck gewesen sein, weil es schon wegen seiner eklatanten geschichtlichen wie geografischen Unstimmigkeiten und seines insbesondere beschämenden historiographischen Inhalts für die siegesgewohnte deutsche Leserschaft im geeinten Ottonen-Reich kaum zumutbar war. Die zumindest ein Jahrhundert dauernde Vorenthaltung von Pilgrims Urschrift gegenüber dem deutschen Publikum – durch welche Umstände auch immer – sollte übrigens noch von Schöfls Rüdigernamen-Statistik bestätigt werden: Wie aus ihr leicht entnommen werden kann, wurde die Sage erstmals um 1100 im deutsch-österreichischen Raum verbreitet.«

Zu dieser Statistik ist anzumerken, dass ihr Ersteller lediglich festgestellt hat, dass nach 1000 der Name Rüdiger regional mit zahllosen Abweichungen stark zugenommen hat. Mit gleicher Logik werden vermutlich spätere Generationen zu dem Schluss kommen, dass Kevin in Deutschland eine bedeutende Persönlichkeit gewesen sein müsse, weil dieser Namen oft auftaucht. Der Rüdiger des Nibelungenlieds ist zwar eine markante Gestalt, aber dass ein zwischen Pflichten gefangener Kleinherrscher und Krieger aus der Nibelungensage für diesen Namensboom verantwortlich zu nennen wäre, erscheint mir doch höchst fragwürdig. Dafür geboten wird von den Autoren ansonsten nichts. Dessen ungeachtet: Das Nibelungenlied, so wie wir es kennen, könnte es aufgrund seiner Neutralität gewiss nicht gewesen sein. Jemand müsste diese angebliche Ur-Fassung gravierend umgeschrieben haben, womit wir dann wiederum bei einem »eigentlichen« Nibelungendichter wären. Das Motiv eines herrschaftssüchtigen und missionseifrigen Bischofs passt einfach nicht zu den Texten des Nibelungenlieds; nicht einmal zur C-Fassung. Dies ergibt nach meiner Meinung keinen Sinn und aus den oben genannten Misslichkeiten des Nibelungenlieds auf eine kirchen-interne Strategie schließen zu wollen, ist auch deshalb nicht nachzuvollziehen, weil genau andere Bischöfe und nicht zuletzt der Salzburger Nachbar ebenfalls Ambitionen auf Machterweiterung hegten. Entweder man will missionieren, demonstriert dies und geht in die Öffentlichkeit oder man verfolgt eine geheime Strategie, aber dann schreibt man kein Epos. Was hätte der Kaiser oder die anderen Fürsten zu diesem angeblich internen Arbeitspapier gesagt?

Und noch eine Kleinigkeit zum Abschluss, die exemplarisch zeigt, woran viele Forscher immer wieder scheitern. Statt zu trennen und zu verstehen, werfen sie alles zusammen.

»In der Untergangsschlacht der Burgunder stirbt nach dem Heldenlied im Interesse eines optimierten Spannungsverlaufs der Burgunderkönig Gunter kurz vor seinem Halbbruder Hagen, also nach Ende des großen Gemetzels am Schluss des Epos. Gleichwohl lässt sein Dichter die Darstellung des Schicksals der weiblichen Hauptperson unverändert, nämlich Grimhilds Erschlagung durch König Dietrich auf Bitten von Etzel.« (S.205)

- Richtig wäre – nach der Thidrekssaga: Didrek/Thidrek erschlägt Grimhild auf Bitten von Attala. Einen Etzel kennt die Thidrekssaga nicht.
- Richtiger wäre nach nordischen Sagen: Hagen stirbt vor Gunter; diesem wird das Herz Hagens präsentiert, um ihn zur Herausgabe des Horts zu bewegen.
- Richtig wäre – nach Nibelungenlied: Gunther stirbt vor Hagen; Hildebrand erschlägt Kriemhild – ohne Aufforderung. Etzel dabei spielt keine Rolle.

Badenhausen sieht den Kern des Geschehens in den historischen Vorgängen und deren Verarbeitung durch den Passauer Bischof kurz vor der Jahrtausendwende (S.189):

»Aus den sich seinerzeit bietenden historischen Zusammenhängen ergibt sich nach Aloys Schöfls zeitlich differenzierter Indiziensammlung letztlich kaum ein anderer triftiger Grund als der für Pilgrims wie Deutschlands Machterweiterung versuchte missionarisch-politische, dem östlichen Nachbarn unterschwellig mit attilanischem Heldentum zu schmeicheln und gleichzeitig mit dem Bild des

bedächtig handelnden Etzel-Géza das sich dem Westen zaghaft öffnende neue Ungarn einzuschieben. Der mit einer solchen Symbiose geschilderte klägliche Untergang von urdeutschem Heldentum wäre nunmehr – sozusagen in ausgleichender Weise – sowohl für den hohe expansionspolitische Erwartungen knüpfenden Lieddichter leicht verschmerzbar als auch für seine Zielgruppe bekömmlich.«

Die Rede ist hier von König Géza, dem Vorgänger Stephans, der Ungarn für das Christentum öffnete. Beide Autoren übersehen offenbar, dass Etzel zwar als friedlicher, aber durch Kriemhild dominierter Herrscher dargestellt wird. Das dürfte kaum geeignet sein, die sich in der Nachfolge eines Attilas sehenden Volkes geeignet sein, diese Herkunft zu glorifizieren. Auch die Feigheit der Hunnen, es mit den beiden Torwächtern Hagen und Volker aufzunehmen, dürfte kaum zur Glorifizierung der Vorfahren beitragen. Von den aus deutscher Sicht durchaus konkurrierenden Ambitionen muss ich erst gar nicht sprechen. Hätte ein Bischof oder sonst irgendwer es zu dieser Zeit der Ottonen gewagt, ein Epos mit dem hier unterstellten Sinn zu schreiben und damit deutsches Heldentum herabzuwürdigen? Er hätte sich die Feindschaft der Könige, der Fürsten und der Bischöfe zugezogen. Liegt die Bedeutung dieses Epos im »kläglichen Untergang«? Es ist doch wohl der heroische Untergang dem Referenz erwiesen wird. Die hier vorgetragene Sinnstiftung wäre gewiss sein Ende gewesen – auf welche Weise auch immer. Die Schlussfolgerungen, dass damit die Missionsarbeit in Ungarn zugunsten eines deutschen Bischofs außerhalb der Reichspolitik hätte vorangetrieben werden können oder sollen, erscheinen mir nicht haltbar. Diese Zielsetzung grenzt an Hochverrat. Die Kirche stand in dieser Zeit noch eindeutig unter den weltlichen Herrschern. Wieder einmal erweist sich der Weg der Historisierung der Handlung selbst als Irrweg. Hier wird zwar mit dem bischöflichen Ehrgeiz ein Motiv geliefert, doch dies kann nicht überzeugen. Was erheblich mehr und plausibel für die von Kreis und mir vertretene These, einer Zuordnung zu den Pogromen der Stauferzeit, spricht, habe ich bereits angeführt. In der folgenden Übersicht wird deutlich, wie der Dichter die vorliegenden Sagen – vollkommen unabhängig, ob Historie oder Phantasie – für seine phantasievolle Allegorie verwendet hat.

Badenhausen kann sich das Motiv des Nibelungenlieds nur so erklären (S.182):

»Damit passt das Heldenlied mit seiner Klage zu keinem besseren Land als Ungarn, wo nach urheidnisch tief verwurzelter Volkssitte seiner Steppenvölker in einem für sie bestimmten Heldenlied eine solche Elegie als Schlusskapitel unbedingt enthalten musste! Und insoweit dürfte nunmehr kaum ein anderer als ein politischer bzw. missionarischer Grund für die Herkunft und Verwendung des Gesamtwerks glaubhaft darzustellen sein!«

Diese Auffassung kann ich mich aus den dargelegten Gründen keineswegs anschließen. Aber wer etwas über die möglichen historischen Hintergründe und dabei etwas über die Thidrekssaga erfahren möchte, findet in den Ausführungen Badenhausens gewiss eine interessante Lektüre. Einen zielführenden Ertrag zum Verständnis des Nibelungenlieds und der Nibelungen-Not findet man so jedoch nicht. Es geht im Nibelungenlied weder um der Hunnen-Not noch der Hunnen-Glanz.

Vergleiche zwischen Thidrekssaga und Nibelungenlied und die Gründe, warum der Nibelungendichter anders gestaltete

Hier können nur einige wenige Beispiele angeführt werden. Je mehr man jedoch diese Sagen vergleicht, um so mehr signifikante Unterschiede und Gründe wird man erkennen. Bei jeder Abweichung kann man fragen und sich beantworten, warum er geändert hat, direkt ändern musste.

Hinweis: Obwohl Ritter-Schaumburg und Hube sich beide mit der Thidrek-Sage beschäftigen, heißt beim Erstgenannten einer der Anführer Attala und beim andern Atli.

Thidrekssaga bzw. nordische Sagen	**Nibelungenlied**	**Grund für die Abweichung**
Thidrek ist der Hauptheld; Sigfrid/Sigurd wird aufgrund einer Täuschung sein Gefolgsmann; Sigurd kommt auch ausführlich vor, bleibt dennoch nur Nebenfigur	Siegfried ist eine der drei Hauptfiguren (Kriemhild/Hagen); Dietrich ist positive Nebenfigur Siegfried und Dietrich begegnen sich nicht im Epos; Dietrich hat nur Nebenrolle bei Kriemhilds Rache	Siegfried taugt nur als souveräne Persönlichkeit für die zugedachte Rolle; Der Zweikampf Hagen/Kriemhild verträgt daneben keinen neuen Helden; selbst ein Attila muss als Etzel in seiner Bedeutung zurücktreten
... spielt im Westfälischen; Soest/Susat; Übergang von Rhein/Dünne; Niflungen-Saga ist nur ein Teil dieses Werkes	... spielt in Worms, entlang der Donau und in Etzels Burg; Burgunden werden nur nur im 2.Teil (Kriemhilds Rache) Nibelungen genannt	Das religiöse Zentrum der Juden; Etzel soll für die Bedeutung Attilas und des gesamten Epos stehen; Geschildert wird der Weg der Kreuzzugsheere

Berichtet wird von Niflungen; diese waren vermutlich eine Stammeslinie im frankisch-burgundischen Gebiet	… spricht von Nibelungen, dies wird z.T. als fehlerhafte Übernahme der Niflungen gedeutet; keinerlei historische Verbindung	Es ist zu vermuten, dass doch der Name als Anspielung auf Nebel und Schattenwelt durch den Epiker schicksalhafte Bedeutung erlangte
Sigurd wächst als Findelkind bei einem Schmied im Wald auf und kommt als Schmied an den Hof und erfährt dann erst von seiner königlichen Abstammung	Siegfried wächst als Prinz in Xanten auf	s.o.; Auftritt muss als Christus-Paraphrase standesgemäß sein
Sigurd bricht das Verlöbnis mit Brünhilde und heiratet Grimhild wegen ihrer starken Brüder; er überlässt Gunnar ohne weiteres seine ehemalige Verlobte Brünhild	Siegfried ringt Brunhild im Wett- und Brautkampf unerkannt für Gunther nieder und überlässt sie ihm als Braut	Brunhild konnte auf keinen Fall als von Siegfried abhängig dargestellt werden. Beide verkörpern im Epos Gegenpositionen; Brunhild steht für Konstantinopel
Brünhild/Brynhild liebt Sigurd und tötet sich als dessen Leiche verbrannt wird	Brunhild sieht in Siegfried zwar den rechten Mann, doch die Standesschranken verhindern eine Beziehung, da sie in ihm nur den anmaßenden Vasallen Gunthers sieht; in der Thidrekssage gibt sie Siegfried an Gunther einfach weiter (ohne Brautkämpfe, aber mit Beischlaf Siegfrieds)	Die Standes- und Religionsschranken sind unüberbrückbar; s.o. Es gibt keine Vereinigung zwischen römischen Katholiken und griechsch-byzantinischen Orientalen
Thidrek erschlägt Drachen; Ungeheuer waren Teil der germanischen Weltvorstellung	Siegfried erschlägt einen Drachen	Der Drachen-Mythos ist nicht Teil des Epos; nur Hagen berichtet, dass sich der Ruhm seines Siegfrieds darauf stützt; Drachenkampf gilt als christliche Symbolik mit dem Drachen als dem Bösen/dem Widersacher/dem Teufel

Högni/Hagen schläft nach schwerer Verwundung vor seinem Tod mit einer Frau; diese gebiert den Sohn Aldrian	Hagen wird von Kriemhild enthauptet; er stirbt ohne Nachkommen	Das Epos hat seinen eigenen Höhepunkt und dazu passt keine Fortsetzung mit einem Sohn Hagens
Aldrian rächt seinen Vater Hagen, der von Attala/Atli erschlagen wurde, in dem er ihn in den Berg lockt, wo der Nibelungenschatz verborgen ist	Das Ende Etzels ist für den Nibelungendichter ohne Bedeutung, deshalb auch keine Auskunft	Hagen hat keinen Sohn. Etzel war nur die Symbolfigur für einen gutmütigen und gutwilligen Herrscher
Aldrian verschüttet den Eingang zu der Höhle; er kehrt nie dorthin zurück und niemand weiß, wo der Schatz verborgen ist	Hagen versenkt den Hort/Schatz im Rhein; in der Wirkung wird er über die Könige gestellt; Hort bleibt unauffindbar	Diese Tat stellt den Helden zusätzlich heraus; er zeigt sich als Herr über den Hort. Auch hier wird ein Schatz nie gefunden. Mit dem Versenken wird deutlich, dass niemand in noch nutzen können soll
Die Brüder sind Gunnar, Gernoz und Giselher; Schwester heißt Grimhild und ist unbedeutend; Högni ist Sohn eines Alben und ihr Halbbruder	Kriemhild wird zur Hauptfigur; ihre Brüder heißen Gunther, Gernot und Giselher. Alle drei werden als Könige bezeichnet	Änderung ihres Namens mit K um einen Unterschied zu ihren Brüdern zu verdeutlichen; in der ihr zugedachten Allegorie muss sie die Hauptrolle spielen
Högni erschlägt die beiden Wasserfrauen ohne erkennbaren Grund	Hagen erschlägt sie nicht, sondern will mit einer Wasserprobe (Tötungsversuch am Kaplan) den Wahrheitsgehalt ihrer Prophezeiung prüfen bzw. ändern	Ein schnöder Mord wäre für die Rolle des Hagen undenkbar und fehlt deshalb; der Tötungsversuch wurde als Rettungsversuch unternommen, um die Propheziung scheitern zu lassen, doch der Versuch selbst scheitert
Hagen erschlägt aus Wut einen Fährmann vor den Augen Gunthers	Hagen erschlägt ohne Zeugen einen Fährmann in Notwehr	Hagen handelt nur in Notwehr; er darf kein Aggressor sein, um sich von Siegfried abzuheben

Atli/Atalla wird in einen Berg gelockt und wird von Aldrian, dem Sohn Högnis eingeschlossen und muss verhungern. Aldrian nutzt den Schatz nicht und er bleibt unauffindbar	Hagen versenkt den Hort (Schatz) im Rhein; schon deshalb ist er unwiederbringlich und unauffindbar	Der Hort ist aus jüdischer Sicht das Heil, das mit seiner spirituellen Kraft nur vom Judentum ausgehen kann; außerhalb gibt es kein Heil
Grimhild tötet ihre Brüder Gernoz und Giselher, indem sie ihnen glühende Pflöcke in den Hals steckt	Ihre Brüder fallen im Kampf mit gegnerischen Helden (Recken Rüdigers und Dietrichs; Hunnen bleiben trotz Überzahl in der Nebenrolle (Statisten)	Kriemhild selbst soll nicht durch beliebige Brutalität bloßgestellt werden, sondern im Höhepunkt mit der Hortfrage
Thidrek tötet auf Wunsch Atlis/Attalas Grimhild wegen deren Grausamkeit, da sie ihren beiden Brüdern einen brennenden Holzscheit in den Hals steckt	Hildebrand schlägt Kriemhild den Kopf ab, da diese den gefesselten Hagen enthauptet	Hildebrand stellt sich mit seiner Tat über Kriemhild; diese steht damit auf einer unteren Stufe. Sie wird sogar in Stücke gehauen
Die Kämpfe finden in einem Garten statt	Die Kämpfe finden vor allem in der Königshalle statt; Kriemhild verweigert den Hunnen ausdrücklich einen offen, nämlich im Freien fortzusetzenden Kampf	Die Kirche (Rom) bedient sich nicht eines offenen Streits bzw. Kampfes mit ihren Gegnern (Konstantinopel, Arianern oder Juden); sie versucht sie in die Enge zu drängen und zu vernichten; die Gegner stehen mit dem Rücken an der Wand
Hagen lässt Kochhütte anzünden, um Licht für den nächtlichen Kampf zu haben	Kriemhild lässt die Königshalle anzünden, um die Gegner zu töten	Der Brand in der Königshalle gibt Gelegenheit, das Abendmahl als widerwärtiges Ritual darzustellen

Ein Spielmann wird auch unter den Kämpfern genannt	Volker von Alzey ist viel mehr veritabler Kämpfer als Spielmann; die Hunnen fürchten ihn sogar mehr als Hagen!	Mit einer allzu bescheidenen Rolle wollte sich unser Nibelungendichter nicht zufrieden geben; bei aller Tragik, die dem Epos zugrundeliegt, versäumt es der Dichter nicht, seine Rolle als Volker mit einem Schuss Selbstironie auszugestalten
Gunnar stirbt in Schlangengrube; Hagen an seinen Verletzungen	Kriemhild lässt zunächst Gunther köpfen und köpft dann Hagen als dieser sich nicht bereit erklärt, ihr den Hort zu verschaffen	Gunther wird als Geisel auf Befehl Kriemhilds geköpft; Hagen stirbt aufrecht in der festen Überzeugung das Beste erreicht zu haben

Mit diesen beispielhaften und stichwortartigen Vergleichen soll unterstrichen werden, dass es sich beim Nibelungenlied mit größter Wahrscheinlichkeit zwar um eine von der Thidrekssaga abhängige Dichtung handelt, aber keineswegs um Missverständnisse oder Irrtümer. Der Dichter hatte eine eigene Vorstellung, wie er die Sagen und sein Motiv verbinden konnte. Seine Änderungen waren derart massiv, erkennbar beabsichtigt und entsprechen genau dem übergeordneten Motiv. Der Sinn des Nibelungenlieds kann deshalb nur aus ihm selbst heraus interpretiert werden.

Dietrich von Bern-Forum – Forschungen zur Thidreksaga
Hunnen und Hunen, Burgunder und Nibelungendichter – Im Spannungsfeld von Sage und Geschichte –

Dies ist nicht nur eines der neuesten Werke zum Umfeld des Nibelungenlieds, sondern auch eines, das am markantesten mit wissenschaftlichem Anspruch auftritt. Und das gewiss zu recht. Thidrekssaga und Nibelungenlied sind mit einander verbunden, wie auch hier festgestellt wird. Mein Problem ist dabei stets, auf was ich in der gefundenen Literatur hinweisen soll, was ich erwähnen, was ich besser übergehen sollte, da es zum engeren Thema nichts beiträgt und deshalb alle Sicht für den Leser noch mehr verkompliziert. Es ist eine Gratwanderung, der ich mir durchaus bewusst bin, und wofür ich nur um Nachsicht bitten kann, wenn das Pendel dann doch des einen oder anderen mal zu weit auf diese, dann auf die andere Seite ausschlägt. Für Interessierte gibt es das Literaturverzeichnis um sich ggf. dort ausführlicher informieren zu können.

Der Waltharius/das Walthariuslied ist eine eigenständige Sage. Sie ist nachweislich älter als das Nibelungenlied und die Thidreksaga, in der sich sich auch wiederfindet. Sie enthält auch ironische Elemente. Man kann diese Sage nicht übergehen, da dort zum ersten mal Worms erwähnt wird– siehe dazu unten.

»Wie bekannt verfügte Aetius über hunnische Hilfstruppen. Als Aetius 432 in Oberitalien die Schlacht gegen seinen Rivalen, den weströmischen Feldherrn Bonifatius auf Seiten der Reichsregierung, verlor, floh er über die Adria und ging er zu den Hunnen jenseits der Donau. Von dort kehrte er im folgenden Jahr mit hunnischen Kriegern zurück und übernahm die Macht im ganzen Weströmischen Reich. Er verfügt über Hunnen, die er in Gallien mit Erfolg einsetzte. Einer seiner Unterfeldherren, Litorius, verspielte diese schlagkräftige Truppe im Kampf mit den Westgoten bei Toulouse im Jahr 439. Die Hunnen,

die die Burgunder besiegten konnten also durchaus die Hunnen von Aetius gewesen sein, die die Niederlage vor Toulouse noch nicht erlitten hatten.« (S.164)

»Worms ist im Waltharius eine Stadt der Franken historisch zutreffend für die Zeit nach 500 n.Chr.. Burgund wird in dem Gedicht weitab von Worms an der Saone mit der Stadt Chalons sur Saone lokalisiert, das 471 Teil des zweiten Burgundischen Reiches wurde und in der Nachfolgezeit, seit nach 534 n.Chr., zum fränkischen Teilreich Burgund gehörte. Der Waltharius reflektiert in diesem Punkt nicht Sage, sondern Geschichte. Im Nibelungenlied verbleibt von dem geographischen Bild des Waltharius lediglich Worms.

Es wird also sehr deutlich von Worms am Rhein gesprochen. Zwischen der Abfassung des Waltharius und dem Nibelungenlied liegen mehr als zwei Jahrhunderte. Was ist in der Zwischenzeit geschehen? Bei der Bewertung der Entwicklung von Sagen muss man stets im Hintergrund fragen:

Was hat der Verfasser/Überlieferer übernommen, was hat er daraus gemacht, was weggelassen, was ergänzt, was neu hinzugedichtet, was interpretiert. Und – wieso und warum?

Der frühmittelalterliche Dichter des Waltharius hatte einen anderen kulturellen Hintergrund als der des hochmittelalterlichen Niblungenliedes. Worms hat er zwar nicht erfunden, vielleicht noch nicht einmal mit eigenen Augen gesehen, und Burgund und Burgunder waren in der Sage schon länger im Schwange. Und Worms war zu jener Zeit be- und gerühmt: als merowingische Residenz unter Brunichilde, als Reichtagsort der Karolinger, als Stauferstadt und mit prächtigem Dom, und daher für seine Dichtung geeignet. Irgendein unwichtiger Ort, falls ihm vom Namen bekannt, wäre den Intentionen des Dichters nicht zuträglich gewesen. (S.204)

Mit meinen Worten: durch das Waltharius war ein fränkisches Worms bekannt, der Untergang der Burgunden war bekannt – also kombinierte der Nibelungendichter zur Aufwertung seiner Burgunder ihre Residenz als Worms/Burgund. Der gleiche Gedanke gilt auch für Xanten. Auch wenn diese Stadt ihren Namen von angeblichen Heiligen (ad sanctos) ableitet, so kann man sich für einen Siegfried als Christus-Paraphrase kaum einen passenderen Herkunftsort ausdenken.

Ob die Burgunder je bei Worms ihr Reich gegründet, in der Stadt selbst geherrscht haben, ist zweifelhaft, sehr sogar, wie schon gezeigt wurde. Also – wie und warum? Warum gerade Worms? Die tieferen Gründe interessieren – nicht die oberflächlichen!« (S.203)

Im obigen Text habe ich die Frage und die Antworten ausdrücklich hervorgehoben, da sie den Mittelpunkt aller Überlegungen darstellen. Der Autor beendet hier ein Kapitel und widmet sich der Thidreksage, die überhaupt kein Worms im Zusammenhang mit Thidrek/Dietrich/Attala/usw. kennt, da ihr glaubhafter Schauplatz konsequent im Westfälischen und dessen näheren Randgebieten liegt. Ein dort genanntes Verniza ist eben dann auch nicht Worms. Und die Antwort auf die Frage: Warum auf einmal eine Sage in Worms spielt, kennen wir: Es ist die Bedeutung, die das Judentum mit dieser Stadt um die Jahrtausendwende verbindet. Nicht in der weiten Vergangenheit sucht der Dichter die Verbindung, sondern er findet sie in der Zeit der Staufer und Kreuzzüge. Keine andere Stadt hätte für sein Anliegen damit passender sein können. Das ist der tiefere und einzige Hintergrund. Worms und die Burgunder liefern den geschätzten Rahmen – Juden den Sinn des Epos.

Das Fazit des Autors S.224:

»Man wird künftig nicht drumherumkommen, Burgunder von Nibelungen, Worms von Verniza zu trennen – soweit man bereit ist, die vorstehenden Ausführungen zur Kenntnis zu nehmen – nicht nur in der Sagenforschung, sondern auch in der Germanistik und der Nordistik und in der Geschichtswissenschaft. Umdenken, das ist mir sehr wohl bewusst, ist schwierig, wenn auch nicht unmöglich.«

»Ist Kriemhild, die Attala/Etzel-Gattin in der Thidreksaga und im Nibelungenlied überhaupt der ursprüngliche Name, oder wurde er gegen einen anderen ausgetauscht? In nordischen Überlieferungen – Edda-Lieder, Wölsungensaga – lautet der Name Gudrun, Tochter des Gjukis. In der isländischen Handschrift A der Thidreksaga steht statt Kriemhild ebenfalls Gudrun.

Sowohl K/Griemhild als auch Gudrun lauten mit gutturalem K bzw. G an, was mit den Namen ihrer Brüder – Gunther, Gernot und Giselher alliteriert, beide Formen – Kriemhild und Gudrun – fügen sich lautlich in das Namensgut der Nibelungenkönige. Mit scheint jedoch, dass Gudrun der ursprünglichen Namenstradition näher steht. Das zeigt sich auch im Namen von Gudruns Vater Gjuki.« (S.239)

Meine Erklärung für diese Verwirrung: Mit einem K statt einem zu erwartenden G zeigt der Nibelungendichter, die Distanz bzw. sogar Kluft zwischen den Geschwistern. Mit einer mittelalterlichen Lautverschiebung ist dies nicht zu erklären, da dadurch alle Namen in gleicher Weise (G/K) betroffen wären. Durch den Verzicht auf eine Gudrun verschafft er Abstand zu den nordischen und ihm vielleicht auch sogar vom Ursprung her bekannten westfälischen Sagen. Er setzt zwischen eine Thidrekssaga aus dem Westfälischen und den Sagen des Nordens bewusst einen eigenständigen Handlungsablauf. Man sollte eben die Farben Gelb und Blau nicht komplett mischen, wenn man anschließend nicht alles in grün haben möchte. Blau nach Norden zu Thidrek, Sigfrid, Högni, Soest, Attala, Mimung und Niflungen – Gelb an Rhein und Donau mit Siegfried, Hagen, Kriemhild, Etzel, Balmung und Nibelungen. Gelb ist genau passend: Seit 1215 wurde auf einem Konzil beschlossen, dass sich Juden mit einem gelben Kreis, gelbem Hut und daraus folgend später mit einem gelben Davidstern auf ihre Kleidung erkennbar zu machen hätten. Die Juden blicken damit auf eine über tausendjährige eigene Geschichte zurück.

»*Die Historizität des Niflungenuntergangs der Thidrekssaga setze ich in die Zeit der 80er Jahre des 5. Jh. n. Chr., den Beginn der Niflungengeschichte in die 30er Jahre des 5. Jh., nimmt man noch ca. 2-3. Jahrzehnte Vorlauf für den Niflungen-Ahn Gilbich, kommt man ins 2. Jahrzehnt des 5. Jh. Ob es bei den Niflungen um einen Teilstamm der Burgunder, oder von diesen dort als Schutzmacht zurückgelassen wurde, oder ob nur das Herrschergeschlecht, wie schon beschrieben, bei den Nibelungen ausgetauscht wurde, kann ich nicht beantworten.*« (S.254)

Noch eine Anmerkung zur Geschichte: Angeblich wurden die Burgunder 435/436 in einer Schlacht durch den römischen Feldherrn Aetius und sein Heer geschlagen. In der Literatur spricht man sogar von Vernichtung und gleicht damit die historische Bewertung dem Kern des Nibelungenlieds an. Doch dieser Zusammenhang erscheint höchst fraglich. Zum einen könnte man schon hier fragen, ob Aetius dabei tatsächlich asiatische Hunnen auf seiner Seite hatte, wie immer geschrieben wird, oder ob es sich nicht doch eher um die westfälischen Hunen gehandelt hat. Von Vernichtung der Burgunder in dieser Schlacht kann ohnehin kaum glaubhaft gesprochen werden, da auch berichtet wird, dass Burgunden 451 bei der Schlacht auf den Katalaunischen Feldern (in Frankreich) an der Seite von Aetius und anderen germanischen Stämmen gegen die (unzweifelhaft) asiatischen Hunnen und deren Verbündete gekämpft hätten und diesen die weitreichende Niederlage beigebracht hätten. Also sollte man auch hier Geschichte und Epos einzeln bewerten und nicht stringent von einem auf das andere schließen wollen.

Bedenklich ist allein im o.a. Zitat wiederum die Gleichsetzung von Niflungen und Nibelungen. Erste scheinen doch historisch nachweisbar zu sein – wie auch immer – , letztgenannte sehe ich allein als dichterische Namensanleihe an. Zwischen Nibelungenlied und Historie wird so immer wieder ein Zusammenhang hergestellt, den man nicht herstellen sollte. Genau wie den zwischen Hunnen und Hunen, Thidrek und Dietrich oder Atalla/Atli und Atilla. Die Thidrekssaga hält man wohl deshalb für geschichtlich, da ansonsten keine Dokumente über die Verhältnisse und Kämpfe nach dem Abzug der Römer existieren. Das muss hier auf sich beruhen. Das Nibelungenlied hingegen mag vielen rätselhaft erscheinen, aber es erhebt erkennbar keinen Anspruch darauf, überhaupt geschichtliche Ereignisse getreu wiederzugeben.

Die Autoren haben die gesamte Problematik zusammengefasst. Dazu das vorletzte Zitat am Ende dieses Buches.

Victor Millet: Die germanische Heldendichtung im Mittelalter

Die Kirche versuchte nach ihrem Erstarken nicht nur die heidnischen Kultstätten zu übernehmen, sondern auch die heidnischen Feiertage. So findet man unter Kirchen oft heidnische Kultstätten oder als Ursprung der christlichen Feiertage heidnische Spuren. Bei Weihnachten streitet man, ob es ursprünglich der römische Feiertag zu Ehren des Gottes Mithra war oder das germanische Sonnenwendfest. Ostern hat germanisch-heidnische Wurzeln. Maria Himmelfahrt war ursprünglich der ägyptischen Göttin Isis geweiht usw. Dies alles will man nicht recht sehen, es wird verdrängt oder als unwesentlich eingestuft, obwohl genau diese Ursprünge viel über die Originalität und Zuverlässigkeit des Christentums verraten.

Auch die Geschichte von Helden versuchte man durch Legenden zu ver-christlichen. So findet sich auch der Drachenkampf Siegfrieds als Relief an vielen nordischen Kirchen oder auf Steinen. Auch so versuchte die Kirche vorgefundenen Glauben mit ihrem Glauben in Übereinstimmung zu bringen. Der Autor zieht aus diesen frühen Darstellungen an Stabkirchen und Kreuzen die Schlussfolgerung (Zitate S. 166 ff):

»Siegfried wird also durch die Überwindung des Drachen nicht ungeheuerlich, sondern halbgöttlich.

Die überlieferten Darstellungen erscheinen also ausschließlich in religiösem Kontexten. Das bedeutet, dass es neben einem traditionell profanen Verständnis der Sage auch eine spezifisch christliche Interpretation geben musste, die im angelsächsich-skandinavischen Raum verbreitet war. Dabei kommt nur eine typologische Deutung in Frage.

Die Typologie gehört zu den mittelalterlichen analogistischen Denkformen. Sie entstand schon in frühchristlicher Zeit, um die Figuren des Alten Testaments in ein christliches Weltbild zu integrieren. Das Prinzip der Typologie besteht darin, Figuren und Ereignisse des Alten Testaments mit solchen des Neuen sinnvoll in Beziehung zu bringen, um zu beweisen, dass sich die Verheißungen der Propheten tatsächlich in Christus erfüllt haben. Die Vorgänge oder Typen werden als Ankündigungen gedeutet.

Aus dieser Perspektive ließ sich Sigurds bzw. Siegfrieds Drachentötung als typologische Präfiguration von Christi Sieg über den Satan verstehen.

Damit wird auch ersichtlich, warum es für den Nibelungendichter nahe liegen konnte, einen Siegfried in seinem Epos als einen typologisierten Christus einzubauen.

»Siegfried/Sigurd erscheint neben Samson, der alttestamentarischen Figur, die ein Ungeheuer besiegt. Offenbar handelt es sich bei Sigurd um das, was die Forschung als naive Typologie bezeichnet, die nicht theologisch entwickelt wird und die die gesamten Motive der Sage in die typologische Bezugnahme einschließt, obwohl viele von ihnen gar nicht dazu passen, wie z.B. die mythische Vorgeschichte des Hortes. Vielleicht war dies aber gar nicht so naiv, wie man meinen möchte, denn der Schatz konnte sich auch als die Verführung zu Macht und Herrschaft gedeutet werden wodurch auch der Fluch, der auf ihm liegt, durchaus von klerikalem Interesse sein konnte.« (S. 168)

Der Autor sieht gewiss keinen Zusammenhang, wie in Rudolf Kreis aufzeigt (vgl. nächstes Kapitel), aber man spürt, wie nahe er mit seiner Deutung an den funktionalen Gebrauch einer Figur im religiösen Kontext geraten ist. Es ist allerdings nicht der Fluch, der im Mittelpunkt des kirchlichen Interesses steht, sondern das Heil und damit die Macht, die der Hort darstellt und symbolisiert. (Zur Erinnerung: siehe Ausführungen zu Ehrenabzeichen, Pokalen und Medaillen)

»Diese Beispiele zeigen, wie sehr der geistliche Stand bemüht war, die weltliche Erzähltraditionen so zu beeinflussen, dass sie möglichst unangetastet in eine christliche Weltsicht eingebaut werden konnten.« (S. 168)

Wie bereits eingangs erwähnt, strotzt die Kirchengeschichte direkt vor derartigen feindlichen Übernahmen.

Ganz in inhaltlicher Übereinstimmung kommt der Autor zu folgender Feststellung bei seiner Untersuchung des Nibelungenlieds:

»Der Dichter vermeidet nicht nur konsequent einfache Schuldzuschreibungen, sondern unterstreicht auch die schier unabwendbare Fortbewegung der Handlung auf den Untergang zu. Jeder Auftritt ist wie eine Weiche, die jeweils derart gestellt ist, dass sie den Zug auf das Gleis führt, auf dem er nicht fahren dürfte.

Alle Motive, egal wie sie sind und woher sie kommen, sind dieser Funktion unterstellt worden, die Handlung in die Katastrophe zu führen. Die Häufung von Momenten, die in diese Richtung weisen, erzeugt den Eindruck der Unvermeidbarkeit; politische und moralische Werte der dargestellten Gesellschaft werden vernichtet., die Figuren scheinen zu wollen, dass die Handlung so verläuft, wie sie es tut, und niemand kann am Ende entkommen. Diese fatalistische Gesamtkonzeption die Doppelung in scheinbaren Widersprüchen zwischen einzelnen Motiven erschweren eine Deutung nach klassischen Vorbildern. Man hat deshalb mit Recht gesagt, dass sich das Nibelungenlied nicht zusammenfassen oder erklären lässt, sondern dass man immer nur das, was es erzählt und beschreibt, feststellen und wiederholen kann.« (S. 200)

Auch wenn der Autor keinen Zusammenhang zwischen den Kreuzzügen, den Pogromen und der allegorischen Gestaltung des Nibelungenlieds sieht, so passen die folgenden Zitate auf geradezu merkwürdige Weise –

– nach der Ermordung Siegfrieds:

»Die neuerlichen Tränen der Frau sind nicht nur auf ihre Liebe zurückzuführen, sondern auch auf ihren gesellschaftlichen Verlust. Die Geschichte hat ihren Tiefpunkt erreicht. Der Hof und seine gesetzlichen Grundlagen haben sich als bloße Szenographie erwiesen, hinter der sich Täuschung, Verrat, Verwandtenmord, Diebstahl und Hinterhältigkeit mit der stillen oder ausdrücklichen Zustimmung jener breitmacht, die die Ordnung garantieren sollten. Die höfische Welt wird ausgehöhlt von den Kräften und Motivationen, die im Verborgenen agieren und deren Logik der Macht sich auf die Gewalt und das Gesetz des Stärkeren stützt. Die elegante und friedvolle Weise, in der Siegfrieds Ankunft in Worms kaschiert und ausgenutzt wurde, hat sich in einen kaltblütigen und brutalen Mord verwandelt.« (S. 213)

Der Autor überblickt leider nicht den Gesamtzusammenhang. Es wurde keine moralische Schieflage kaschiert, sondern die moralische Verkommenheit (schon mit der Verheiratung Kriemhilds und der Brautwerbung Gunthers) kamen erst mit Siegfried an den Hof. Ursache und Folgen sollte man nicht verdrehen.

– nach der Gefangennahme Hagens am Ende der Kämpfe mit der an diesen gerichteten Forderung nach Herausgabe:

»Kriemhilds Forderung ist nicht nur mehrdeutig (sie kann sich sowohl auf den

Ehemann beziehen wie auch auf den Hort), sondern vor allem zynisch, denn sie weiß, dass der Gefangene ihr keines von beiden zurückgeben kann.« (S. 222)

– nachdem Kriemhild Gunther hat hinrichten lassen:

»Sie hält das Haupt an den Haaren gefasst dem Gefangenen hin. Der triumphiert nun, weil angeblich nur noch er das Geheimnis des Hortes kennt und nicht die Absicht hat, es zu verraten. Aber in Wirklichkeit liegt der Hort in den Tiefen des Rheins und ist niemand mehr zugänglich. Hagen hat also durch sein Manöver die Unerbittlichkeit der Frau entlarvt.« (S. 223)

– nachdem Kriemhild Hagen den Kopf abgeschlagen hat:

»Wütend und erschrocken über diese Tat erschlägt Hildebrand die Königin und haut sie in Stücke, eine archaische Strafe für Verräter. Die Szene vermeidet jede Eindeutigkeit und verhindert jegliche moralische oder kausale Wertung. Sie beschränkt sich auf die Gegenüberstellung von Kriemhild und Hagen, ohne dass es möglich wäre zu sagen, wer ruchloser oder brutaler handelt. Hagen erschlug zwar Siegfried, aber ihrer beider Begabung für Trug, Hinterhältigkeit und Verrat sind vergleichbar. Der Autor ergreift zu keiner Zeit Partei; die Konsequenz ist ein absolutes Ende: Fast alle sind tot, und die, die es nicht sind, jammern. Es gibt nichts weiter zu erzählen, daher beschließt der Erzähler zu schweigen. Das Ende kommt so abrupt, dass es den Eindruck allgemeiner Trostlosigkeit noch steigert.« (S. 223)

Den Eindruck, der hier mit dem letzten Satz beschreiben wird, darf man dem Dichter gewiss als beabsichtigt unterstellen. Als grob unzutreffend muss man deshalb die Auffassung des Autors ansehen, wenn er dann schreibt:

»Eine Textfassung des »Liedes« ohne die »Klage« ist jedoch nicht denkbar.« (S .232)

Natürlich ist sie nicht nur denkbar, sondern eine Trennung ist sogar dringend geboten. Auch hier wird wieder verkannt: Ist schon die Fassung C christlich kontaminiert, so erst recht die Klage. Die Klage führt nicht weiter, erklärt nicht den Kern, sondern ergänzt, wo es gerade nichts mehr zu ergänzen gibt und manipuliert diesen Kern. Aber wer den Kern und die Gestaltung nicht erkannt hat, der merkt gar nicht, welcher gewaltigen und grundlegenden Täuschung er mit seiner unautorisierten Zusammenschau anheim fällt.

Der Autor irrt leider, wenn er in herkömmlicher Weise die Tat Hagens mit dem Auftreten Kriemhilds in einen Topf wirft. Hagen musste aus Vasallentreue gegen einen Usurpator handeln. Sein Tun war stets aus Notwehr geboten. Kriemhild handelt eigeninitiativ, das fängt damit an, dass sie Brunhild als Kebse verleugnet und diffamiert. Im Nibelungenlied hat Siegfried eben nicht mit Brunhild im Beisein Gunthers geschlafen und es geht nicht an, diese Komposition aus anderen Sagen hinzuzudichten. Dem Dichter genügen Anspielungen, Interpreten sollten sich einfach strikt an seinen Text halten.

»*Aus all diesen Gründen besteht für mich kein Zweifel daran, dass das Nibelungenlied als eines der großen literarischen Werke des europäischen Mittelalters betrachtet werden muss.*« (S. 225)

Da muss man dem Autor und vielen anderen, die zu einer ähnlichen Einschätzung kommen, nicht widersprechen oder etwas relativieren wollen. Von welcher Sage wird irgendwo auch nur ähnliches konstatiert?

Diese Einblicke in die Literatur mögen genügen. Es gilt nun, den Autor Rudolf Kreis mit seiner These zum Zusammenhang von Kreuzzügen und Pogromen und die jüdisch geprägte literarische Notwehr vorzustellen.

Rudolf Kreis: Wer schrieb das Nibelungenlied?

Meine Aufgabe sehe ich darin, die Gedanken des Autors Kreis aufzugreifen und diese um meinen eigenen Schlussfolgerungen zu erweitern. Diese Ausweitungen halte ich deshalb für geboten, da die Kreuzzüge nicht nur für Juden, sondern auch für Muslime und nicht zuletzt für Konstantinopel schwerwiegende Folgen hatten. Dies alles hätte der Dichter kaum außer Acht gelassen – und hat es nach meiner Meinung auch nicht. Nicht jeder Leser ist vermutlich mit den pointierten und theologisch geformten Gedanken vertraut, mit denen Kreis seine Schlussfolgerungen dargelegt und untermauert hat. Um jedoch den*die Leser*in von seiner religiösen, historischen und sprachlichen Kompetenz zu überzeugen, möchte ich auch von ihm einiges zitieren. Wo ein Zitat aus sich heraus ausreichend verständlich ist, verzichte ich auf Wiederholungen. Worin er den Mangel der Forschung sieht, habe ich am Anfang des Buches zitiert.

Kreis weist darauf hin (S.7), dass aufgrund des Analphabetismus, der bis in Klerikerkreise reichte, vor allem mit Bildern missioniert wurde (siehe Zitat am Ende des Buches). Gerade die Darstellung eines gequälten Gekreuzigten mussten bei jedem Menschen und vor allem denjenigen, die glaubten, dass mit der Kreuzigung eines Christus ihr Seelenheil beeinträchtigt worden wäre, Mitleid aber auch Abscheu und Rachegelüste hervorrufen. Sichtbares Töten und getötet werden hatte zu dieser Zeit ohnehin mehr Realität als heute. Theologisch war es ein sinnvoller Schritt, dies in Form eines gemarterten und geschundenen Christus in seiner Passion in Abgrenzung zum Judentum zu tun. Die Geschichte der Kreuzdarstellungen spricht Bände. Von einer ursprünglich die Arme ausbreitenden Siegerpose des Gekreuzigten, wie z.B. mit der bekannten Jesus-Skulptur in Rio de Janeiro, gelangte man so nach und nach zu einem am Kreuz schmerzhaft durchhängenden.

Das Volk war dabei geistig nicht einmal in der Lage zu erkennen, dass Rachegedanken explizit ihrem Glauben, dem von Jesus nach den Texten gepredigten Christentum, widersprachen. Sie erkannten auch nicht, dass es nach den Texten gar nicht die Juden waren, die Jesus hingerichtet hatten, sondern dass es die Römer waren, die demnach allenfalls ihr Hass treffen müsste. Immer noch glauben viele Menschen, dass die Juden, insbesondere durch den Hohepriester bzw. den Mitglieder des Sanhedrin (Hoher Rat) für die Hinrichtung Jesu verantwortlich gewesen wären. Diese Betrachtung war jahrhundertelang klerikale Propaganda und hält einer historischen Betrachtung nicht stand. Niemals hätte sich ein römischer Statthalter gegenüber den Juden, sei es der Hohepriester, sei es der Mob der Straße, derart devot und willenlos gezeigt. Rom war die herrschende Besatzungsmacht und nicht auf das Wohlgefallen der Juden angewiesen. Die Kreuzigung war allein die römische Antwort für Aufrührer. Zu dieser unhistorischen Betrachtung habe ich in meinen Büchern ausführlich Stellung genommen, weil so ziemlich alles unhistorisch ist, was über den Prozess und die Kreuzigung Jesu berichtet wurde und noch immer wird.

Selbst wenn da Juden verantwortlich gewesen wären, ist es ohnehin absolut unsinnig nach zahllosen Generationen vollkommen anderen Nachkommen noch die möglichen Verfehlungen ihrer Stammesvorfahren vorhalten zu wollen. Wüster Aberglauben dominierte ohnehin und man glaubte eben vor allem das, was Pfaffen dabei vorgaben. Je schlichter die Botschaft desto massiver der Glaube.

Dass zwischen der blutigen Passion eines gekreuzigten Jesus und den Morden an Juden ein enger Zusammenhang besteht, dürfte für jede*n Leser*in einsichtig sein. Schließlich wurde um die Befreiung des sogenannten Heiligen Landes und für den Schutz der Pilger gebetet. Jedenfalls war dies die allgemeine Überzeugung. Wer bereit war, sich als Märtyrer und Kämpfer für seinen Glauben zu opfern, dem fiel es nicht schwer, vorab ausgemachte Feinde seines Glaubens zu opfern.

»Dass das »Nationalepos der Deutschen« im Kontext der Kreuzzüge gesehen werden könnte, hat auch die Nachkriegsgermanistik niemals wirklich in Betracht gezogen, obwohl sich die Rhein-Main-Donau-Geographie des Nibelungenzugs mit der der Kreuzzüge deckt, in denen wiederum Worms eine besondere Rolle spielte. Ging doch der Eroberung Jerusalems durch Gottfried von Bouillon die Vernichtung der Wormser Judengemeinde 1096 voraus. Das europäische Ju-

dentum aber blickte damals auf Worms als sein »Jerusalem«. Die Träger der ersten Kreuzzüge waren vor allem fränkische (französische) Ritter. Zum dritten Kreuzzug rief Kaiser Friedrich Barbarossa 1188 in Mainz auf. Während des Zuges durch Kleinasien ertrank dann der Kaiser am 10.6.1190 im Fluss Saleph. Mit ihm ertrank nicht nur eine große Hoffnung der Deutschen, sondern auch der deutschen Juden. Die ihm nachfolgenden Könige Frankreichs und Englands (Richard I. Löwenherz) brachten durch ihren Zwist nach der Eroberung Akkons 1191 auch diesen Kreuzzug um einen Erfolg. So wie die weiteren Kreuzzüge (bis zum 7. und letzten 1270) in immer größeren Katastrophen endeten. Die Entstehung des Nibelungenlieds fällt nicht nur in die Zeit der von Barbarossa veranstalteten Mainzer Feste 1184 und 1188, sondern auch in die von Not und Hohn beherrschte Zeit nach der Schlacht von Hattin am 4.7.1187, in der Saladin den fränkischen Kreuzzugsfahrern die bis dahin gewaltigste Niederlage beibringt. (S. 15)

»Insbesondere die Wormser Juden garantierten sowohl die wirtschaftliche Stabilität des Fürstentums als auch seine militärische Sicherheit durch regelmäßige Zahlungen. Da die weltliche und geistliche Herrschaft somit auf ihre jüdischen Bürger angewiesen war, besaßen diese umgekehrt trotz ihrer Minderheit einen nicht unerheblichen politischen Einfluss. Unter Kaiser Heinrich IV. werden den Wormser Juden 1090 sowohl Schutz- und Rechtsgarantien für freie Religionsausübung als auch wirtschaftliche Privilegien eingeräumt, die sie den christlichen Bürgern praktisch gleichstellen. Sie tragen Waffen und leisten der Stadt und dem König Kriegsdienste! Noch 1157, inmitten der Kreuzzugzeit, bestätigt Kaiser Barbarossa den Wormser Juden die durch Heinrich IV. gegebenen Privilegien und Rechte. Genossen sie doch damals Rechte, wie sie ihnen – gegen den erbitterten Widerstand der Kirche – erst wieder unter dem Druck der bürgerlichen Revolutionen (Menschenrechte) und mit der Reichsgründung durch Bismarck zuteil wurden. (S. 18)

»In Wort, Bild und Gebet leiden die Mönche und die Nonnen, die ekstatischen Bräute Christi, das Blutopfer des Gekreuzigten. Es ist diese tief aufwühlende Emotionalität des Karfreitagsgeschehens mit der die Kirche den Prozess der Über-Ich- und Ideal-Ich-Bildung steuert.« (S. 21)

In all den Jahren hatten die durchweg christlichen mittelalterlichen Herrscher nichts dafür getan, um Juden zu integrieren. Man hielt sie sich für Handel und Geldverleih, aber – und das war das Fatale – durch das von Pfaffen immer wieder aufgehetzte Volk diffamierte man sie auch immer als Sündenböcke. Nichts ist bekanntlich einfacher, als dem Volk Sündenböcke anzubieten, an denen sich der Unmut und der Volkszorn abreagieren kann. Das ist heute nicht anders. Neu war aber die mit einem ausgerufenen Krieg einhergehende Gewaltbereitschaft. Diese ist in einem Krieg zwar unumgänglich, aber sie wurde auch immer wieder durch Ablässe, insbesondere mit angeblich zu erlangender Sündenfreiheit und ewigem Leben zusätzlich befeuert. Wer allen Ernstes und in der Oberflächlichkeit seines Fanatismus glaubt, dass die Kirche in der Lage sei, alle Verbrechen, die jemand auf einem Kreuzzug begeht, ja sogar die seiner zuhause gebliebenen Verwandten, gar für schon Verstorbene, im Jenseits auslöschen könnte, dem ist wahrlich nichts mehr heilig. Und so muss man sich auch nicht wundern, wenn die Kriegsgräuel dann alles andere als zu einem Heiligen Krieg führten. Jeder Krieg spottet per se schon jeglicher Heiligkeit.

Kreis stellt zwangsläufig die historischen Zusammenhänge heraus, im Unterschied zu den Autoren Breuer verbindet er damit jedoch keine personellen Zuordnungen aus der Geschichte. Er sieht vollkommen zu Recht als maßgebliche Ursachen den Kampf zwischen den Kaisern und den Päpsten und damit auch den Machtverlust, den die weltlichen Herrscher hinnehmen mussten. Die anmaßenden Aufrufe zu Kreuzzügen stärkten das Ansehen und die Macht der Päpste und führten damit zwangsläufig auch zu einer tiefgehenden Destabilisierung im Römischen Reich deutscher Nationen.

»Mit der Doppelwahl zweier Könige (Philipp von Schwaben und Otto von Braunschweig) scheiterte dann der Versuch Heinrichs VI. (1190 – 1197), die Königswürde erblich zu machen und damit so zu stärken, wie das den Briten und Franzosen gelang. Dieses Scheitern führte dann endgültig zur Vorherrschaft des Papsttums unter Innozenz III., ein Ereignis, das die Wende markiert in der Verfassungsgeschichte des Reiches. (S. 25)

Kreis sieht als das stärkste Indiz für eine Gleichsetzung von Jesus bzw. Christus und Siegfried in der Art und Begründung seines ersten Auftritts in Worms. Da es sich in der Nibelungensage mit ihren Personen um Allegorien handelt, ist darauf hinzuweisen, dass man dies nicht so lesen darf, als solle ein Jesus oder Christus sich so verhalten haben. Nein, man muss dies aus der Gedankenwelt der Christen tun mit dem Blick auf Siegfried tun. Weder ein Mensch Jesus, noch ein mystisches Wesen namens Christus, noch ihre Verschmelzung zu einem Jesus Christus haben für sich die reale Weltherrschaft reklamiert. Auch der Jude Jesus prophezeite nur die Weltherrschaft Gottes. Die Weltherrschaft hat das Christentum, d.h. seine entstandene Kirche, seine Machteliten und Kleriker dann jedoch umso energischer für sich in Anspruch genommen. Die schleichende Ausweitung von einem Stellvertreter Petrus, zu einem Stellvertreter Christi bis hin zu einem Stellvertreter Gottes sind nur die markanten Schritte auf diesem Weg. Siegfried steht also für den Christus-Gedanken und das, was Kirche und Volk sich religiös zusammen gebastelt, theologisch dogmatisiert und verbrämt haben. Mit ihrer Herrschaft könne schon vor dem Jüngsten Tag das Heil in die Welt gebracht werden.

»Siegfried will, wenn nötig, den Burgunden Land und Leute mit Gewalt abzwingen. Mit zwölf seiner Ritter und hoch zu Ross hält er Einzug ins rheinische Jerusalem. Niemand weiß dort, wer dieser Recke wirklich ist. Außer Hagen. Der weiß geradezu steckbrieflich alles über ihn. Dabei fällt auf, dass der Autor die Lückenlosigkeit dieses Wissens so weit treibt, dass sie die verwundbare Stelle im Rücken in sich einschließen muss. Bei seiner Ermordung trägt Siegfried nicht das mit einem Kreuz gekennzeichnete Kriegskleid, sondern das Jagdkleid. Dennoch trifft die Lanze genau.« (S. 33)

»Nach höfischem Recht ist Hagen ein Untertan, der aber nach dem paradoxen Willen seines Schöpfers selbst die Könige dominiert. An allen Aktionen Siegfrieds ist er beteiligt, aber immer auf Distanz. Niemals macht er, wie die anderen, gute, sondern immer »grimmige« Mine zum bösen Spiel. Es gibt – und das ist aufschlussreich – für diesen Hagen »kein historisch belegtes Vorbild«. (S. 35)

Auf die allegorischen zwölf Apostel als Gefolge eines Siegfrieds habe ich schon hingewiesen. Hier sind die Autoren J. Breuer und D. Breuer sicherlich anderer Meinung, da sie in Richard Löwenherz das Vorbild für den streitsüchtigen und machtgierigen Helden und in Marschall Heinrich von Kalden den dichterischen Hagen sehen. Aber all das tritt hinter der Aufdeckung des eigentlichen Motivs zurück. Aus meiner Sicht ist es deshalb vollkommen gleichgültig, ob es sich bei Hagen um eine vorbildlose, eine nur aus den Sagen entwickelte oder eine real historische Anleihe mit einem König, Herzog oder Bischof soundso handelt. Ich gehe darauf auch nur ein, um insgesamt dem Mythos Nibelungenlied und seiner Botschaft näher zu kommen. Das Grimmige bei Hagen ist kein Hinweis auf seine Übellaunigkeit, sondern muss als »mit Entschlossenheit« übersetzt werden.

Kreis sieht nicht in den Personen, sondern eben den Ereignissen die Vorlagen und Bausteine aus denen der Dichter sein Werk geschaffen hat:

»Nun stellt die neueste Forschung zwar einen Zusammenhang her zwischen dem Wormser Pfingstfest und dem Mainzer Pfingstfest Kaiser Barbarossas von 1188, sie erkennt auch in der Verlobung Siegfrieds mit Kriemhild die ironischen Verknüpfung von »Minne und Massensterben«, aber das Allerwesentlichste daran rückt sie nicht in den Horizont des Lesers: Die Theologie, aus der diese blutrünstige Verknüpfung von Liebe und Tod damals hervorging. Schließlich war das Kernstück des Mainzer Festes der Aufruf zum Dritten Kreuzzug, dem 1189 als erstes die Mainzer Judengemeinde zum Opfer fiel. …

Dass das Verbrechen dennoch geschehen konnte, ist aber ein Indiz für die Auflösung der kaiserlichen Macht zugunsten der Willkür der Territorialherren und ihres neuen Dienstadels, wie auch zugunsten der Kirche. Denn sie war es, die für die antijüdische Prägung der Kreuzfahrer im Massenmaßstab gesorgt hatte.« (S. 41)

»Die Ermordung Siegfrieds, des Drachentöters, ist für Worms ebenso eine Erlösung, wie sie eine einzige Gestalt unerlöst zurücklässt: Die mit Siegfried zu »seinem Leib« zerflossene Kriemhild. Dabei verfährt er so, dass er die Gegenwart des Gekreuzigten mit Fleisch und Blut in Brot und Wein, die Eucharistie also, die 1215 auf dem 4.Laterankonzil dann auch dogmatisch fixiert wurde, in einer so übertriebenen Weise wörtlich nimmt, dass das ganze Geschehen zur Parodie gerät.« (S. 43)

»Das Konstrukt der Wesensverwandlung (Transsubstantiation) von Christi Wein in Christi Blut nimmt in Kriemhild so, als wäre sie die Ecclesia (Kirche) selbst, die denkbar rachsüchtigste Gestalt an. Die durch Hagen und ihre Brüder nicht anders als durch Mord zu verhindernde Siegfriedisierung der Welt setzt sie kriemhildisierend fort. Etzels Reich der Toleranz verwandelt sie in ihr Reich der Rache, um Hagen und die Burgunden auszulöschen.« (S. 44)

Die Bedeutung des Abendmahls ist für Christen ein zentrales Thema.

Wie ein Jude Jesus allerdings auf den Gedanken gekommen sein sollte, sein Leben oder seinen Tod mit Blut-trinken seiner Anhänger verbinden zu wollen, ist eine Frage auf die kein Theologe eine überzeugende Antwort geben und jeder Jude nur schockiert den Kopf schütteln kann. Auf die Idee konnte nur jemand kommen, der entweder die jüdischen Speisegesetze überhaupt nicht kannte – was aber durch andere Stellen jedoch zwingend auszuschließen ist – oder jemand, der bewusst eine Spaltung zwischen Juden und einer neuen Sekte herbeiführen wollte. Auch diese Entwicklungsgeschichte habe ich in meinen Büchern ausführlich dargelegt.

»Da ist kein Zweifel: Das so genüsslich ausgemalte ritterliche Gerangel ist eine einzige Parodie auf den Mystizismus des Minnedienstes. Einundzwanzig Strophen dauert es, bis der drei-einige Beischlaf den Widerstand der Braut bricht. Aber weder das Mysterium des Zerfließens noch die Glut des Rausches hat sich ereignet. Brunhild geht daraus nicht blühend und alles zum Blühen bringend hervor wie die Braut im Hohen Lied, sondern die zuhälterische Vergewaltigung einer völlig anders gearteten Frau, die Siegfried damit gutheißt, dass Brunhilds »Übermut« sonst auf »alle Frauen« abfärben könnte. Um seinen Sieg total zu machen, raubt der Drachentöter der so unfair Besiegten Ring und Gürtel. Damit entblößt und entehrt er sie nicht nur, er zerbricht sie auch an Leib und Seele. Der Autor lässt sieben Jahre vergehen, bis sich aus dieser Un-Ehe das ihr gemäße Unkind fortzeugt: ein neuer »Siegfried«. Ist es Zufall oder ist es ein Indiz für die Herkunft des Autors, dass Ring und silberdurchwirkter Gürtel das traditionelle Geschenk der jüdischen Braut an den Bräutigam waren?« (S. 53)

Zahlen sind nie Zufall. Sieben war schon damals eine bezeichnende Unglückszahl, derer sich der Dichter bedient. Auch diese Komposition ist allein die seine. Hagen verweist auf die Lebensweise der »Tronjer«. Dazu habe ich bereits Ausführungen gemacht. Insbesondere der Namen Hagen von Tronje passt danach doppelt. Am schlüssigsten und damit auch für das Folgende am einfachsten ist es, mit Kreis hinter dieser Bezeichnung die Juden zu sehen. Dies allerdings nicht mit den Augen eines Antisemiten, sondern eines verständigen Zeitgenossen vor 1200: Anders ja, aber Todfeinde: Nein! Doch die Kreuzzüge und ihre Ideologie änderten die Lebensverhältnisse zwischen den Angehörigen der Religionen grundlegend. Der abendländische Antisemitismus war geboren und ist bis heute nicht überwunden.

Sicherlich war der Antisemitismus nicht gänzlich neu. Schon in der Antike bestanden Spannungen zwischen Griechen und Juden. Dies wird sicherlich auch auf den jüdischen Glauben, Gottes auserwähltes Volk zu sein und ihre Absonderung von anderen Menschen, zurückzuführen sein. Aufgrund der jüdischen Speisevorschriften gab es nie gemeinsames Essen oder gemeinsame Feiern mit Andersgläubigen. Das dadurch zum Ausdruck kommende Überlegenheitsgefühl musste zwangsläufig auf eine ablehnende Grundhaltung, Misstrauen und Neid stoßen. Doch dieser Aspekt muss nicht weiter vertieft werden, weil diese Spannungen seit Jahrhunderten vom Misstrauen zwischen Christen und Juden überlagert wurde. Dabei wird man zwischen den höheren Schichten der Gesellschaft und dem niederen Volk jedoch unterscheiden müssen.

»Die kirchliche und die weltliche Macht sind zu jener Zeit in einer Weise in einander verhäkelt wie später niemals wieder in der abendländischen Geschichte. Wenn es auch wegen der päpstlichen Obergewalt immer wieder zu Machtkämpfen kommt, so verdankt sich die weltliche Macht der religiösen Erregung und Prägung der Massen. (S. 56)

»Nur einer Gruppe ist die Angleichung an die Krise von vorneherein verwehrt: den Juden. Die Verdrängung aus dem Binnen- und Fernhandel können sie nicht dadurch kompensieren, dass sie in handwerkliche Berufe ausweichen. Die Zünfte bleiben ihnen verschlossen.« (S. 57)

Auch Kriemhild macht sich des Hochverrats schuldig, indem sie – ob zu Recht oder sogar den Taten nach zu Unrecht – Brunhilde als Königin der Burgunder öffentlich als Kebse bloßstellt. Das kann man fast wörtlich verstehen. Einzig Hagen als – modern gesprochen: Staatsdiener ordnet diesen Vorgang sofort und voller Entrüstung richtig ein.

»Wenn der Dichter Hagen voll des Grimms ausrufen lässt: »Sollen wir uns denn alles gefallen lassen?«, was bedeutet dann dieses »Alles«? Dass Kriemhild Brünhild zur Dirne oder Hure erniedrigt, rechnet auch die Forschung zu den »tiefsten Ehrverletzungen der Zeit«. Kriemhild verweist triumphierend auf den wertvollen »seidenen Gürtel aus Ninive«, den sie nun trägt, so als sei sie die rechtmäßige Erbin all dessen, was einst Brünhild ausmachte. Allzu offensichtlich ist

dies nicht realistisch, sondern symbolisch gemeint. Denn sonst wäre zu fragen, warum Brünhild Ring und Gürtel nie bei Gunther vermisst hat.« (S. 60)

»Als er die Königin weinen sieht, gelobt Hagen, dass Kriemhilds Mann dafür bestraft werden müsse, »oder er selbst werde nicht mehr froh sein«. Es ist der Tronjer, der, von der Gegenseite herausgefordert, nur seinerseits die Machtfrage stellt, genauer gesagt: die Staatsrechtsfrage, die einzig plausibel ist vor dem historischen Hintergrund der kaiserlichen Schutzbürgschaft.« (S. 61)

Für uns ist es heute in unseren Breiten nur noch schwer vorstellbar, in welchem Maße die Kirche den Aberglauben der Menschen förderte, ausnutzte und ihre gezielte Hasspropaganda gegen Juden einsetzte. Die Erde war zweifellos eine Scheibe, Krankheiten waren die Strafe Gottes, die Kirche konnte über Himmel oder Hölle entscheiden und sprach im Namen Gottes. Die abendländische Geschichte wird geradezu von diesen daraus resultierenden Konflikten mit rational denkenden Menschen geprägt. Man sieht dabei auch schnell diese Problematik, wenn man sich für die Hintergründe und nicht nur für Herrschaftshäuser und Kriege interessiert. Die Kirche prägte das Mittelalter – aber nicht zum Wohl der Menschen. Mit der Rückeroberung Spaniens von den Mauren (1492) wurden nicht nur diese, sondern vor allem auch alle Juden ausgewiesen. Diesem Beispiel folgten bald Frankreich und England, so dass sich diese Länder für einige Zeit als »judenfrei« erklären konnten. Schon dieses Verhalten blamiert das Christentum. Bereits 1215 wurde auf dem IV. Laterankonzil festgelegt, dass Juden sich durch gelbe Kleidung bzw. Hüte kenntlich machen müssten. Diese kirchliche Ideologie prägte somit auch das Leben des einfachen und ungebildeten Volkes. Zum Verhältnis Christentum – Judentum gibt es zahlreiche historisch orientierte Romane, die die Auswirkungen und Verhältnisse zumindest literarisch abbilden.

»Zur Bewertung der historischen Hintergründe muss man wissen, dass die Kirche damals den Konflikt der beiden Religionen dadurch verschärfte, dass sie den Lanzenstich des (römischen) Soldaten Longinus in die Seite Christi zum Mordanschlag Synagogas auf Christus verdrehte. Damit verwandelt sie das Symbol des Kreuztodes in ein Paradox aus Heilsbotschaft und Corpus delicti jüdischer Niedertracht, das unzählige Male gemalt und gepredigt den Charakter einer steckbrieflichen Großfahndung annahm, zu deren Fahndern

und Vollstreckern Ecclesia damals die Kreuzritter und den sie begleitenden Pöbel machte.« (S. 65)

In der B-Fassung ist noch deutlich zu lesen, dass der Dichter auch bei Kriemhild keine tiefer gehende Christlichkeit ausgestaltet. Das gezeigte Christentum ist mit Kirchenbesuch und Festen eine rein formalisierte Glaubenswelt, der keine Innerlichkeit entspricht – eine Heil-lose Welt. Das anschaulich Bildliche prägte die Geisteswelt der Gläubigen und dabei nicht zuletzt auch ein Lanzenstich, der dem toten Jesus galt. Dass allein der Evangelist Johannes diesen Vorgang behauptet, aber keiner der Synoptiker, ist selbst heutigen Gläubigen keinen kritischen Gedanken wert. Noch heute glaubt man, dass es so gewesen wäre. Dass keine Leiche blutet – weder ein Jesus noch ein Siegfried noch eine sonstige Leiche – und es selbst nach dem Evangelisten Johannes doch ein römischer Soldat gewesen sei, der den Eintritt des Todes feststellen wollte, ficht auch heutigen Glaubenseifer kaum an. Entscheidend ist eben nicht, was war, sondern was geglaubt wird, oder oft sogar nur das, was man sogar entgegen aller Wahrscheinlichkeit oder Naturgesetzlichkeit einfach glauben will. Psychologisch orientiert sich das Unterbewusstsein stets intensiver an bildlichen Vorstellungen. Auch eine Krippe wirkt glaubhafter, wenn noch Ochs und Esel die Szenerie bereichern, auch wenn bei den Evangelisten nirgends etwas davon steht. Magier werden zu Königen und diese werden glaubhafter, wenn man sie prächtig gekleidet darstellt (merkwürdigerweise ohne jegliches Gefolge) und ihre Anzahl mit drei samt Namen festlegt – auch wenn das in keinem Text so steht.

Kreis stellt fest, dass es eigentlich Hagen ist, dem wir auf seinen Spuren folgen. Er ist eigentlich die Hauptperson. Und es war schon immer reizvoller einem schwer durchschaubaren oder bösen Helden zu folgen als einem gefälligen. So stößt selbst der Drache auf mehr Interesse als Siegfried. So auch die Drachenkämpfer wie der geheiligte Georg. Doch zu analysieren, ob und inwieweit sich Hagen hinsichtlich seiner Bösartigkeit oder sonstigen negativen Eigenschaften von anderen abhebt, macht gerade den Reiz der Untersuchungen aus. Bei genauerer Betrachtung erst erkennt man, dass vor allem bei ihm Schein und Sein oft Gegensätzliches ausdrücken. Siegfried ist der Usurpator, nachfolgend seine Gattin als die Rächende. Hagen dagegen ist ständig um Abwehr bemüht.

Kreis folgt der Forschung soweit sie im Umfeld des Passauer Hofs den Schreiber vermutet. Interessant ist dabei eben auch sein Hinweis, dass im Nibelungenlied beim Empfang des dortigen Bischofs auch ausdrücklich die Anwesenheit von Kaufleuten erwähnt wird. *Wo gäbe es das sonst in der damaligen Literatur?*, fragt er zu Recht. Einem damaligen Hörer oder Leser musste man damit nicht ausdrücklich sagen, dass mit dieser Erwähnung darauf hingewiesen wurde, dass Juden am Hof weilten. Vor allem sie waren damals Kaufleute und ihre Anwesenheit deutet damit auch zwangsläufig auf das gute Einvernehmen und ihre Stellung an den Höfen hin.

Vollkommen eindeutig ist, dass vor allem der König Etzel des Nibelungenlieds, nichts mit dem historischen Hunnenkönig gemeinsam hat. Das gilt auch für seinen Bruder Bleda, der als Blödin, Blödel oder ähnlich auftaucht. Der historische Bezug zu Hunnen ist nach den Vermutungen Kreis wahrscheinlich auf die Gründung der ungarischen Kirche zurückzuführen. Dies soll auf Stephan I (997-1038) zurückzuführen sein. Das Verwirrspiel zwischen westfälischen Hunen, einem westfälischem Attala und asiatischen Hunnen, einem asiatischen Attila bin ich bereits eingegangen. Das ist für die Deutung des Epos ohne Belang.

Bemerkenswert ist ja in dieser Zeit stets, dass die Taufe eines Herrschers auch zugleich das gesamte Volk dem Christentum, arianisch oder römisch-orthodox, zugeführt hat. Auch diese Frage wurde so nebenbei im Rahmen der Kreuzzüge mitentschieden, wie ein Kreuzzug gegen die Albigenser und Waldenser belegt. Auch das griechisch-orthodoxe Konstantinopel war der Romkirche durchaus ein Dorn im Auge und wurde deshalb auch Ziel der Kreuzzugsritter. Durch die ungarische Kirche kommt es zu Beziehungen zum Westen, insbesondere zu Aachen, wohin für 1221erstmalig eine Wallfahrt überliefert ist. In der Symbolsprache der Zeit gesprochen, kommt es Anfang des 11.Jahrhunderts zur Vermählung von Ecclesia mit dem bis dahin heidnischen Stephan I.. Kreis hält es für wahrscheinlich, dass sich dort Heiden und Christen sehr viel länger als im Westen großer Duldsamkeit erfreuten. Die Toleranz schwand immer erst dann, wenn die Stellung der Kirche gefestigt und die Herrscher durch Glaubensübertritt sich nicht wieder von dieser Kirche lossagen konnten, ohne Unruhen unter ihrem Volk auszulösen. Man kann in dieser Schilderung aber auch einfach einen Rückblick des Dichters auf die Zeiten vor den Kreuzzügen sehen. Der Nibelungendichter hätte jedenfalls mit dem ungarischen Hof eine passende Anleihe für sein Epos gefunden.

Dass Hagen nur ein kleines Kontingent von Tronjern stellen konnte, weist auf seinen Minderheitsstatus hin. Sein Bruder Dankwart als Anführer die Knappen führte, ist lediglich ein Spiegelbild Hagens, der die Burgunden führt. Auch so wird die Bedeutung der jüdischen Gefolgsleute sichtbar, die als Berater ihrer Herrscher tätig waren. So überliefert es jedenfalls der Dichter, so stellt er es heraus.

Kreis weist im Unterschied zu anderen Autoren dezidiert auf die Bedeutung der Schildübergabe hin. Diese ist eben keine Nebensächlichkeit, sondern ein ethischer Pfeiler, der über dem unethischen Geschehen, dem gegenseitigen Abschlachten steht. Diese erfolgt zweimal. Einmal friedlich und in Freundschaft und einmal im Kampf aus Freundschaft. Warum breitet der Autor des Epos ausgerechnet dies aus?

»Die Antwort ist so einfach wie verblüffend: Der Schild ist das Symbol seines Wesens – bis in den Namen hinein. Aus der Vorlage macht der Dichter aus dem Namen Högni Hagen. »Hag« bedeutet Einhegung. Aber Hagen ist ebenso ein Hinweis auf das hebräische Wort »Haganah« gleich Verteidigung, Schutz, Schild (Verb: lehagen). Verfolgt man von Gotelinds Schildgabe an Hagen die Handlung noch einmal zurück bis zu dem Tag, als Siegfried mit zwölf Recken in Worms einritt, dann ist der Tronjer niemals so wie dieser aggressiv aufgetreten, sondern immer reaktiv mit der Notwehr als letzter Konsequenz. Anders als der ritterlich-höfische Angriffskrieger ist er der typische Schild- oder Verteidigungskrieger und bleibt es bis zum Tod.« (S. 70)

Kreis siedelt das Epos noch näher an der Theologie als ich. Indem ich Kriemhild direkt der Kirche zuordne, wird nach meiner Auffassung die gewollte Verknüpfung viel deutlicher, als wenn man sie rein theologisch zu fassen versucht. Im letzten Sinn vertrete ich jedoch keine andere Auffassung. Mit meinen Formulierungen möchte ich die Aussagen für theologisch wenig Geschulte oder Interessierte mit dem Blick auf die erzählte christliche Praxis etwas greifbarer machen.

»Daraufhin erschlägt Hagen in einem grausigen Akt der Opferung das Kind Ortlieb, »dass an der Schwertscheide entlang das Blut auf die Hände zufloss und

der Kopf in den Schoß der Königin sprang« In diesem Opferritual, dem gleich hinterher das »große Morden« folgt, ist abermals die Verknüpfung von Eucharistie und Passion nicht zu übersehen. Hagen reagiert daher weder einfach auf den Tod der Knappen noch einfach auf Kriemhilds rachsüchtige Opferung des eigenen Kindes, vielmehr wandelt er die Szene – in memoriam Siegfrieds – in eine Parabel des missbrauchten Kreuztodes Christi und demonstriert (parodiert) mit priesterlichen Gebärden, wie sich der damals so rachsüchtig getränkte Wein der göttlichen Minne in das Blut seiner an die Wand gemalten Feinde verwandelte, aber auch in das der eignen Leute. Dieses Kindsmord-Motiv hat, wie sich zeigen wird, zum einzig plausiblen historischen Hintergrund die von den Kreuzfahrern erzwungenen Selbstmorde ganzer jüdischer Gemeinden einschließlich ihrer Kinder, wie das nicht nur 1096 in Mainz geschah. (S. 75)

Kreis verwendet fast durchgehend nur die Bezeichnung Tronjer, wenn er die Ereignisse schildert. Aber auch für ihn ist klar, dass damit nur Juden gemeint sein können. Deswegen habe ich auch an anderer Stelle darauf hingewiesen, dass man das Epos auch einmal gleich mit den hintergründigen Botschaften lesen sollte. Also »Christus-Anspruch« für Siegfried; »Kirche« für Kriemhild; »Nicht-Christen« für Brunhild, »Mob« für Hunnen; »Sinn-Suchender« für Gunther; »Herrscher der alten Ordnung« für Etzel; »Wahrer Christ« für Rüdiger und die »Burgunden« möglicherweise allesamt als »Arianer« etc. Nicht jede dieser Übersetzungen muss in jeder Szene als Allegorie Bedeutung erlangen, aber sie bleiben am Kern.

Was der unbekannte Dichter in seiner Symbolarbeit leitmotivisch geradezu obsessiv vereint, ist der Passionskomplex aus Blut, Wein und einer Rache, die im (Höllen-) Feuer der Vernichtung triumphiert. Dabei ist nicht zu übersehen, dass er überwiegend aus der Sicht Hagens und der Tronjer erzählt, der eigentlichen Zielgruppe der Rache. Es ist räumlich gesehen, die Perspektive von Zusammengetriebenen und Eingekesselten, kämpfen müssend mit dem Rücken zur Wand, wie die Saalbrand-Episode gleichnishaft zeigt, und der gnadenlos Inbrandgesteckten. Aus dieser Sicht aber hatte sich die höfisch-ritterliche Welt um 1200 nur einer einzigen Gruppe von Menschen seit langem dargeboten: den Juden. Deshalb schon kann die Urfassung des Nibelungenlieds eigentlich nur von einem Juden stammen. Denn wo sollte ein Christ (Kleriker, Ministeriale, Spielmann) diese Sicht hergenommen haben, geschweige denn die so naturalistisch erinnerte

Unmittelbarkeit und die analytisch demontierende Ironie des Erzählens, die das Dabei-Gewesensein und das Mitgelitten-Haben so fühlbar voraussetzte? (S. 78)

Mit dem Tod Barbarossas fand die letzte Hoffnung der Juden ihr Ende. Jedenfalls schildert der Dichter Kriemhilds Rache so maßlos alles überwältigend, dass Freund und Feind, Christ und Heide beide »in ihr Blut stürzen« müssen. Die Parole der Kreuzzugsritter: »Gott will es!« macht damals auch die Täter zu den Opfern ihres eigenen Wollens, wie umgekehrt die Opfer zu Schlächtern werden mussten, um nicht wie Schlachtvieh zu enden. (S. 78)

Kreis wählt zu lobende, drastische und einprägsame Worte. Er sieht sich zu diesen Feststellungen genötigt, weil dieser entfachte Anti-Judaismus und Anti-Semitismus bis heute ins 21.Jahrhundert reicht. Selbst die bestürzenden Erfahrungen mit dem Holocaust/der Schoah, haben daran nichts Wesentliches geändert. Gerade in unseren Zeiten lebt diese Geisteshaltung offenbar erneut auf. Sie wird selbstverständlich heute auch durch die israelische Politik (Siedlungsbau/Einschränkungen für Palästinenser) und dem grundsätzlichen und nun auch damit verbundenen Hass vieler Muslime und ihrer arabischen Staaten weiter befeuert. Es ist ein gar merkwürdiges Phänomen, auf das man in diesem Zusammenhang stößt. Dies macht es um so dringender, dass die Menschen sich der Geschichte, gerade der Geschichte unter kirchlichem Einfluss und ihrer abendländischen Herrscher einmal deutlich bewusst werden. Wesentliche Elemente der Geschichte wurden und werden vom absurden Irrwitz des Glaubens geprägt. Selbst so einschneidende Ereignisse wie die Kreuzzüge werden kaum aufgearbeitet und erst recht nicht die bis heute reichenden Spuren.

»Beim Anrücken der tödlichen Bedrohung erwirkt der hoch angesehene Rabbi von Mainz noch einen Schutzbrief Kaiser Heinrich IV., auf den hin Bischof und Burggraf ihren Schutz versprechen. Doch ist dieses Versprechen von vorneherein doppelzüngig. Denn als das Kreuzzugsheer am 27.Mai 1096 in Mainz einrückt, lässt der Bischof den Rabbi, der sich mit der gesamten Gemeinde in der Burg verschanzt hatte, wissen: »Es liegt nicht in meiner Macht, euch zu retten, denn euer (!) Gott ist von euch gewichen … entweder du und deine Schar … vertraut unserer Gottesfurcht oder ihr tragt die Schuld eurer Väter.« Das Dilemma: »Tod oder Taufe.« (S. 83)

Der Autor Kreis stellt mit seiner Untersuchung fest, dass das Thema

Hort das Epos bis zum Ende durchzieht. Es ist offensichtlich, dass dabei nie der materielle Reichtum im Vordergrund stand, sondern das darin eine geheime Botschaft zu sehen ist.

Auch dies wird üblicherweise übersehen:

Der Name Kriemhild sagt es: Er kommt von grima = Maske und hilt(ja) = Kampf. Ihr und Siegfrieds Handeln geschieht unter der Maske (Tarnkappe) der Rechtfertigung durch das Kreuz Christi. Sie sind die Grimassen des Sakralen. Hagen hingegen weiß sich geworfen in die unerlöste Welt, die das Sich-Bewähren in der Schuld auferlegt. Er ist der tragische Held, und Rüdiger mit ihm. Damit endet das Epos als da Requiem auf »der Juden Not«. (S. 88)

Als ich mich daran machte, den Spuren Rudolf Kreis mit seiner Interpretation zu folgen, musste ich auch entscheiden, ob ich ihm mit seiner Einschätzung zu Brunhild folgen konnte. Das konnte ich nicht, da der Dichter dann zwischen Brunhild als Synagoga und Hagen einen deutlichen Zusammenhalt hätte herausstellen müssen. Doch das genau tat er nicht. Hagens Treue gilt Gunther und seinem Reich. Er hat nicht verhindert, dass man Brunhild auf Island täuschte und stellte sich erst an ihre Seite als das Staatswohl durch die Beleidigung Brunhilds gefährdet war. Zudem hätte es ein Dichter mit dem hier vorgestellten Motiv gewiss nicht über sich gebracht, seine Synagoga gar als »Teufelin« bezeichnen zu lassen. Die Erklärung konnte deshalb nur im weiteren oder wenn man so will im näheren Umfeld des Thema Kreuzzüge gefunden werden. Der Islam wäre dabei sicherlich der erste Aspekt, der einem noch einfällt. Wenn man dem Dichter jedoch geschichtliche bzw. gar aktuelles Wissen zutraut, dann ist der Islam auszuschließen, da dieser damals noch gar nicht einheitlich unter einer Führung auftrat, sondern in viele kleine Herrschaftsgebiete unterteilt war, die untereinander zerstritten waren. Konstantinopel jedoch als spätrömisches, griechisches Imperium war noch eine Macht und spielte in der Kreuzzugszeit noch eine wesentlichere Rolle als heute aufgrund der Überlieferungen wohl angenommen wird. Mit einer Brunhild als Allegorie für Konstantinopel passt auf einmal einiges sehr gut.

Richtig ist, dass beide Frauen im Epos mit ihrer Schönheit hervorgehoben werden. Aber ich erkannte, dass mit dem Epos kein verklärender Blick in ein heidnisches Germanentum geschaffen worden war. Dafür konnte es nur noch eine überzeugende Antwort geben: Brunhild steht damit nicht für die germanische Sagenwelt, sondern überraschenderweise für die Sagenwelt des Orients bzw. als personifiziertes griechisch-orthodoxes Konstantinopel. Die Wahrheit ist schließlich, dass die Herrscher in Konstantinopel schon beim ersten Eintreffen der Kreuzritter bereuten, den Papst um Hilfe gebeten zu haben und verschlossen ihre Tore. Offenbar war nicht nur der Papst und die Herrscher in Europa selbst vom Erfolg des Aufrufs überrascht, sondern auch die Herrscher in Konstantinopel. Es gab keine Gemeinsamkeiten zwischen den Kreuzfahrern und Konstantinopel, sondern Misstrauen und Missgunst bis zu kriegerischen Handlungen. Die Stadt wurde in der Folge drei Mal erobert und das heißt auch geplündert:

- 1204 durch die Kreuzfahrer selbst unter Mithilfe der Venezianer während des Vierten Kreuzzugs
- 1261 durch das Kaiserreich Nikaia, Rückeroberung 1261
- 1453 durch die Osmanen,

Vereinfacht gesprochen ging es

- den Päpsten mit den Kreuzzügen um ihre Dominanz gegenüber den weltlichen Herrschern und der Ausschaltung des konkurrierenden griechisch-orthodoxen Glaubens,
- den Seehandelsstädten Genua, Venedig u.a. um die Ausschaltung der Handelskonkurrenz,
- den Herrschern um militärischen Ruhm,
- den Rittern und Kämpfern um Land und Beute.

Die religiösen Ambitionen wird man wohl in umgekehrter Reihenfolge einordnen müssen.. Der Zugang zu den Heiligen Stätten wurde vor dem Beginn der Kreuzzüge nicht behindert.

Es gab nie einen gemeinsamen christlichen Kampf gegen den Islam. Die beiden Kirchen hatten sich bereits 1054 durch gegenseitigen Bann auch formell getrennt. Dieser Aspekt gehört somit zum unausgesprochenen Vorfeld der Kreuzzüge. Wenn man sich das Datum 1204 als Zeitpunkt der Eroberung Konstantinopels und das vermutliche Entstehungsdatum 1204 (Einführung des Amtes eines Truchsess, wie das Nibelungenlied mit Rumolt zu erkennen gibt), so könnte dies auch ein Anstoß für den Dichter gewesen sein. Nur Zufall?

Kreis kann oder will auch nicht beantworten, wer der anonyme Dichter gewesen sein könnte. Er wendet sich aber mit seinen Schlussfolgerungen gegen einen christlichen Dichter, der z.B. am Hof des Bischofs von Passau gelebt haben könnte, oder damit konkreter auch gegen einen Bilger II. von Steinach, wie in die beiden Autoren Breuer dies sehen. Es wäre in der Tat verblüffend, wenn ein christlicher Autor zwar die Verbrechen an Juden zum Thema machen würde und damit die Verursacher, wenn auch versteckt, so doch literarisch brandmarken würde, aber gleichwohl auf jegliche Christlichkeit in seinem Werk verzichten würde. Gerade nach den Weltkriegen wurde immer deutlich, wie die Kirchen ihre Waffensegnungen und Führer-Grußreden klein zu reden versuchten und sich zumindest vordergründig als Christen entschuldigten. Doch nichts wird im Epos aufgegriffen, was man als Entschuldigung, Erläuterung oder Reue ansehen könnte. Dies ist jüdisch-schicksalhafte Sicht, die die Atmosphäre prägt. Auch hätte für einen Christen kaum Veranlassung bestanden, seine Verfasserrolle in einem germanischen Rührstück zu verheimlichen. Mit dem Namen eines Juden als Verfasser hätte das Epos mit größter Wahrscheinlichkeit aufgrund seines Wahrheitsgehalts nicht bis in unsere Zeit überlebt. Lediglich sein unverstandenes Geheimnis bewahrte es vor Ächtung und Vernichtung.

In allem aber, was der Anonymus sagt, und wie er es sagt, beweist einen beispiellosen Mut im Angesicht der damals herrschenden Gewalten. Denn wenn auch die germanisierende Symbolik diesen Mut zugleich transportiert und camoufliert, der Klerus kann damals nicht so blind gewesen sein, die sie aus dem Sattel hebende Stoßrichtung zu übersehen. Das wird schon deutlich an den Textmanipulationen, mit denen der Verfasser von C aus Hagen den Bösewicht und aus Kriemhild sein Opfer zu machen sucht. Ist irgendein Bischof von Passau oder Worms überhaupt denkbar, dass er sich für so etwas als Gönner hätte hergeben können, ohne sich der schlimmsten Ketzerei auszusetzen? Eher kommt da vielleicht ein jüdischer Gönner in Betracht. Etwa ein reicher Kaufmann? (S. 91)

Auch die Armen, die damals rheinwärts zur Eroberung Jerusalems zogen gingen den Opfergang, mobilisiert durch den Aufruf Papst Urban II., der ihnen die »glorreiche Möglichkeit des Martyriums« in Aussicht gestellt hatte. Auf diese Weise kommt es zur Begegnung zweier Opfertheologien, die sich dadurch ins Mörderische verkehren, dass der christlichen im Unterschied zur jüdischen die

»Blutrache des Gekreuzigten« beigemischt ist. Diese »Satisfaktionstheologie« ist gerade vom Standpunkt der Opfertheologie widersinnig: sie entspricht jedoch der »Logik der Fehde«. (S. 93)

Im Unterschied zu Kreis verstehe ich die Rolle der Brunhild zeitgemäß, d.h. in der Situation der Kreuzüge. Wenn der Dichter sie in diese Zeit versetzt, kann es nur die Schlussfolgerung geben, dass sie – da sie unbestritten im Kampf um den Vorrang mit einer Kriemhild auf gleicher Stufe steht – auch in der Geschichte eine derart vergleichbare Rolle haben musste. Das Judentum ist schon durch Hagen und seine Tronjer vertreten. Da sie der Dichter einmal als »Teufelin« bezeichnen lässt, halte ich es für ausgeschlossen, dass sie damit überhaupt für das Judentum stehen könnte. Hagen begegnet ihr respektvoll, aber nicht als Gleichgesinnter. Deswegen kann Hagen auch bei ihrem Kampf mit Gunther sie als Teufelin bezeichnen, ohne dass damit ein Bruch entstehen würde. So muss man ihre Rolle als die Konstantinopels sehen, man kann ihre Rolle im Epos aber auch auf die der Muslime bzw. den Orient insgesamt erstrecken.

Dass sich die Kreuzzüge zumindest vordergründig gegen Sarazenen, Araber bzw. Muslime als Besitzer des Heiligen Landes richteten, ist dem Autor des Epos gewiss nicht entgangen. Damit wird auch verständlich, warum die Beziehung Hagen und Brunhild nicht über das Thema Gerechtigkeit hinauskommt. Es gibt eben keine Liaison bzw. gemeinsame Verschwörung zwischen beiden. Beide bleiben in ihren Rollen und Interessen eigenständig.

»Der Tronjer pocht nicht nur auf Egalität, er ergreift auch um der Gerechtigkeit willen die Partei Brünhilds. Er kommentiert und weist zurecht. Als Ritter ist er ebenso todesmutig, wie er selbst prinzipiell kein Angriffskrieger, sondern Verteidigungskrieger ist. Nach Möglichkeit sucht er, wie bei der Schwertübergabe an Eckehart, im Fremden den Freund. Er tötet selbst Siegfried nicht aus Rache, sondern aus Notwehr. Die List, mit der er dabei vorgeht, ist ihm nicht habituell, sondern aufgezwungen aufgrund der Asymmetrie der Machtverhältnisse.« (S. 95)

»Das Judentum und das frühe Christentum konnten daher nicht staatstragend sein. Die konstantinische Wende bedeutete daher in gewisser Weise eine Rückkehr nach Ägypten. Die christliche Sakralkunst malt den König wie

Gott und Gott wie einen König. Es ist diese Wiedervergöttlichung des Staates im »Heiligen römischen Reich deutscher Nation« und ihre mit dem Willen Gottes gleichgesetzte Politik, auf deren Folgen der Dichter reagiert. Er sieht in Siegfried und Kriemhild die Grimassen des Sakralen und lässt Hagen gegen sie antreten.« (S. 96)

Kreis entgeht nicht die Erkenntnis, welchen Einfluss der bereits kirchlich vorbereitete Antisemitismus auf die Politik hat und wie dieser zu nutzen ist. Hitler sah sich auch unter Berufung auf den Hassprediger Luther als Vollstrecker dessen, was dieser und die Kirchen predigten. Ob dies zu seiner Zeit immer noch die Mehrheitsmeinung war oder nicht, ist gleichgültig. Jedenfalls stießen seine Politik und auch die Deutungen der Nazis hinsichtlich des Nibelungenlieds kaum auf Widerspruch oder Widerstand. Jedenfalls war erschreckend, wie schnell sich die Mehrheit zu einem radikalen und Menschen verachtenden Antisemitismus bekannte. Zuletzt:

Indem Göring den Text des Nibelungenlieds interpretierend über Stalingrad legt, parodoxiert sich die Dialektik der End-Siegfriedisierung der Welt zu der logischen Unvereinbarkeit von Endsieggarantie und heldenverzehrender Katastrophe. Das Kreuzzugs-Dilemma der Juden, »Taufe oder Tod«, kehrt mit Hitlers entweder »Opferlamm oder Sieger« paranoid verdreht wieder als die Feldzugsparole gegen den »jüdischen Weltfeind«. Hitlers Kreuzzug erzwingt das Gegenteil dessen, was er wollte, ein völlig anderes Miteinander von Deutschen und Juden, Christen und Juden, wo es »in tausend Jahren« noch, aber nunmehr als Auschwitz und Stalingrad, für immer sein wird – als Mahnung und Hoffnung. Der »große Mord« von Etzelburg als die Folge des symbolischen Krieges zwischen Ecclesia und Synagoga, wiederholt sich mit Hitler, dieser letzten Grimasse des Sakralen. (S. 102)

Das Geheimnis des Nibelungenlieds und damit des großen Mordens ist die Grimasse des Sakralen.

Kommentierung zu Kreis Ausführungen

Wie wenig überzeugend die Interpretationen und Darlegungen der ansonsten genannten Autoren und die Hinweise im Internet sind, ist hoffentlich deutlich geworden. Kreis hat jedenfalls eine neue und überzeugende Interpretation vorgelegt, die sprachlich und argumentativ überzeugend auch für jetzige und künftige Generationen maßgeblich sein sollte. Mein Anliegen war es, diese durch eine umfassendere Sicht noch deutlicher und umfassender zu machen. Dazu gehören auch die Einschübe zu Theologie, Kirchengeschichte und heutigen Situationen. Dies sollte man genauso wenig für überflüssig erachten, wie es heutige Leser und Interpreten bei seinen als überflüssig angesehen Kleiderstrophen sehen. Erst durch die Untersuchungen anderer Deutungen gewinnt die eigene Deutung an Profil.

Es muss für Juden tatsächlich ein mörderischer Schock gewesen sein, als man ihnen unmittelbar nach den ersten Aufrufen zu den Kreuzzügen nach Leben und Vermögen trachtete. Es kam vielen Schuldnern wohl gerade recht, dass sie so billig ihre Verpflichtungen durch die Ermordung ihrer Gläubiger loswerden konnten. Das wird sich auch später noch öfter wiederholen. Die Kirche sprach ihre Taten und Täter von jeder Sünde frei. Ablässe für alle Verbrechen und Sünden, die im Zusammenhang mit Kreuzzügen begangen wurden, wurden großzügig gewährt und waren maßgebliche Gründe für eine Kreuznahme. Die weltlichen Mächte waren sicherlich gespalten, da sie zum einen durchaus Nutznießer des jüdischen Handels- und Geldwesen waren, zum andern jedoch in ihrer eigenen Herrscherideologie und klerikalen Abhängigkeit gefangen waren.

Wert ist es, das Nibelungenlied – und richtiger allemal die maßgebliche Fassung als Nibelungen-Not – mit dem Anliegen seines Dichters und nicht nur mit den Augen eines Literaten oder Historikers zu sehen. Seine Botschaft hat nichts von ihrer Aktualität eingebüßt.

Wem diese Interpretationen zu kühn erscheinen, die*der sollte bedenken, dass es eben nicht immer bewusste Konstruktionen und Formulierungen des Dichters sein müssen, die sein Werk entstehen lassen, sondern dass er sein Anliegen auch durch unbewusste Formulierungen, Vergleiche und Wortwahl vorantreiben wird, die zwangsläufig sein bewusstes Ansinnen begleiten. Vielleicht ist dies sogar das größte Geheimnis erfolgreicher Dichter, dass sie unbewusst den Nerv der Zeit und den der Leser oder Hörer treffen. Wer ein klares Gefühl hat, findet auch deswegen und mit Begabung die Wege dieses auszudrücken. Und dass der Dichter Begabung hatte, steht für nahezu alle Interpreten vollkommen außer Frage.

Um sich der eigenen Sicht zu vergewissern, sollte man stets auch andere Interpretationen beachten und ihre Schlüssigkeit überprüfen. Auch wenn sich dabei vieles als falsch und unvollständig erweist, so verschafft es doch allemal eine zusätzlich Klarheit. Das machen vor allem vermeintlich sinnstiftende oder sinnverstärkende Bearbeitungen deutlich.

Auch die Frage, ob der Dichter die Bedeutung der Juden im damaligen Deutschen Reich nicht doch überschätzt, ist hierbei vollkommen irrelevant. Relevant ist nur, dass der Ausgangspunkt zutreffend erfasst und dargestellt wird.

Zusammenfassung und Charaktere: (Erweiterungen gegenüber der These von Kreis)

Siegfried	Die Hauptperson des ersten Teils. Siegfried ist eine Christus-Paraphrase, der Mythos des Christentums. Sein Anspruch ist die Weltherrschaft, wie er bei seiner Ankunft in Worms kundtut. Er hat Zugang zur Geisterwelt (wie seine Vorlage als Religionsfigur; Drachen, Hort, Tarnkappe) und kann Geister in die reale Welt holen, wie er seine Nibelungenkrieger zu Hilfe rufen kann (Fahrt zurück nach Island um Brunhild zur Abreise zu bewegen). Seine Macht über Geister und zauberische Hilfsmittel (Tarnkappe) nutzt er in der realen Welt. Bei seiner durch magische Kräfte erreichten Unverwundbarkeit, bleibt nur eine verletztliche Stelle. Die wunde Stelle des Christentums ist das Judentum. Sein Hort ist durch Verbrechen (Mord an den Nibelungen) erworbenes Un-Heil und ein unerschöpfliches Vermögen. Der unerschöpfliche Hort muss folglich mehr sein als nur Gold und Geschmeide. Siegfried bedient sich gleich Christus 12 Recken bzw. Aposteln .
Kriemhild	Kriemhild steht für die römische Kirche/den Katholizismus. Sie möchte zunächst im Status als Jungfrau und des Bewundertwerdens (zeitgemäße Anlehnung an die Hoch-Zeit der Minnedichtung um 1200) verharren. Doch sie erkennt, dass die Verbindung mit Siegfried/Christus ihr eine höhere Stellung verschafft. Sie wechselt nach dem Tod Siegfrieds ihre Herrschaft ins Heidentum – zu den Hunnen – und nimmt auch deren Untergang billigend in Kauf. Sie kann nicht von ihrem Machtanspruch (der Hort steht für das religiöse Heil) und ihrer Rache (Tod Christus/Tod Siegfrieds) mehr lassen. Doch aus dem Un-Heil, mit dem Siegfried den Hort erzwungen hat, soll kein Heil entstehen. Kriemhild wird nach dem Tode Siegfrieds »zur Braut Christi«. Dies bleibt ohne jegliche christliche Ausformung, wenn man die jesuanische Botschaft mit der Praxis vergleicht. So kann man die Kirche noch heute sehen.

	Als Kirche will sie im zweiten Teil Rache an allen, die Siegfried/ Christus und ihre unmittelbare Macht nicht anerkennen. Sie sieht sich weniger mehr als Witwe, indem sie einen Heiden Etzel heiratet, sondern ausschließlich als Erbin des Horts/des Heils. Kriemhild/Kirche ist an ihren Kindern desinteressiert. Den Sohn Siegfrieds lässt sie in den Niederlanden bei Siegfrieds Eltern zurück und den Sohn Etzels opfert sie direkt einem wütenden Hagen, als dieser von ihrem Mordanschlag auf das Gefolge der Burgunden erfährt. Kirchliche Mutterliebe wird gänzlich entlarvt. Auch das Neue Testament kennt übrigens keinerlei Mutterliebe. Von Mutterliebe zwischen einem Jesus und seiner Mutter ist in keinem Evangelium die Rede. Der Marien-Kult ist einzig eine rein katholische und spätere Erfindung.
Hagen	Hagen steht für die sich in Notwehr befindenden Juden in der Zeit der Kreuzzüge. Er muss dem realen Zeitgeist mit seinen mörderischen Folgen trotzen. Ab 1095 und dem Aufruf zum ersten Kreuzzug wurden die Juden von Kreuzrittern und dem christlichen Mob als Nachbarn oder auf deren Weg ins gelobte Land beraubt, geschändet und ermordet. Er ist getreu seiner vormaligen Zeit der unabhängige, wissende und geschätzte Berater am Hof. Allein er wahrt das Staatsinteresse seiner Herren, das Siegfried beschädigt. Dem Reich wird durch die Abhängigkeit Gunthers (Wett- und Bettkampf) aufgrund des Betruges durch Siegfried die Ehre genommen. Hagen und seine Tronjer/Juden sind staatstreue Diener, die aufgrund ihres Sonderstatus sich nur dem König verpflichtet sehen und sich deshalb auch weigern, Botendienste zu verrichten oder Kriemhild nach den Niederlanden zu folgen. Hagen ist der Beschützer des jüdischen Hortes und Heils. Er kann es nicht zulassen, dass Kriemhild/Kirche mittels des Hortes Anteil am Heil erlangen. Lieber lässt er sich den Kopf von ihr abschlagen, als ihr den Hort und damit das Heil zu übergeben bzw. die Fundstelle zu verraten. Genau dies ist die Haltung, die die meisten Juden wohl beweisen mussten als man ihnen ab dieser Zeit drohte: Taufe (Unterwerfung) oder Tod! Die Juden vertrauen in ihrem Glauben auf das schicksalhafte Walten Gottes. Gott ist für sie immer gerecht. Das Schicksalhafte und Unchristliche, dass man im Nibelungenlied findet, ist nicht eine germanische Schicksalsergebenheit, sondern eine jüdische!

Tronjer	Die Tronjer stehen für die Juden. Der Tronje Hagen kann aufgrund ihres Minderheitenstatus nur 80 Recken zur Reise nach Etzelburg aufbieten. Die Tronjer haben ihre eigene Lebensweise und sehen sich stets nur einem weltlichen Herrscher verpflichtet. Eine Unterordnung/Dienstverpflichtung zu Kriemhild (Kirche!) wird demzufolge von Hagen entschieden zurückgewiesen.
Brunhild	Sie hat Verbindungen zur »Ander- / Geister-Welt«, wie es der Dichter mit ihrer Stärke kundtut. Sie steht für das bedrohte und eroberte Konstantinopel. Sie steht für den konkurrierenden griechisch-orthodoxen Glauben. Gerade bei ihrer Rolle weiche ich von der Deutung Kreis ab. Sie verkörpert eine andere Legitimation und und ihr Selbstbehauptungswille widersteht dem Katholizismus. Brunhild ist nicht die germanische Seite, die uns der Dichter präsentiert. Es ist nicht die isländische, sondern die griechisch-orthodoxe Seite und der Orient, die es mit dem Kampf gegen Konstantinopel zu unterwerfen galt. Die Kreuzzüge richteten sich entgegen der verlautbarten Parolen tatsächlich sowohl gegen die Bevölkerung Palästinas als auch gegen die Herrschaft Konstantinopels. Das »spil« im Brautkampf, in dem Siegfried bestehen muss, wird vollkommen zu recht als Spiel (Steinwurf, Sprung, Speer) mit tödlicher Konsequenz für den werbenden Verlierer gesehen. Auch dies ist eine Allegorie auf die Kreuzzüge. Nur durch einen zweifachen Betrug gelingt es Siegfried, zum einen Brunhild zu überwinden und zum anderen, mit seinem Beitrag in der Brautnacht faktisch auch Herr über König Gunther zu werden. Dieser wird abhängig, da seine königliche Macht sich als zu gering erwiesen hat. Die weltlichen Herrscher mussten einen Christus in Gestalt eines unchristlichen Siegfrieds und der sich auf ihn berufenden Kirche anerkennen. Die Ehre des Hofes konnte nur durch die Beseitigung des Usurpators »geheilt« werden.
Gunther	Er ist ein gutwilliger, gut-meinender, gutgläubiger und ahnungsloser Herrscher. Der Dichter stellt ihm – zwar von Forscher bemerkt, aber von der Forschung kaum beachtet Brüder als Mitkönige an die Seite. Seine Herrschaft ist von Anfang an keine absolute, sondern eine offensichtlich abhängige. Seine Herrschaft wird durch das gesamte Epos allein und umsichtig von dem beratenden, wissenden und verstehenden und durchgehend »nibelungentreuen« Hagen geschützt und gestützt.

	Seine Brüder tragen nichts Wesentliches in Sachen Herrschaft bei. In der Tat wäre eine dreifach geteilte Herrschaft eine Schwächung, so wie die christliche Dreifaltigkeit als Schwächung des Monotheismus verstanden werden muss. Erst im Endkampf erwacht auch er und ergreift heldenhaft Partei gegen Kriemhild (Kirche) und die Heiden (den Mob). Doch die Welt ist nicht mehr zu retten. Es spricht einiges dafür, ihn und seine Burgunden als Arianer (die Jesus keine Göttlichkeit zuerkannten) anzusehen, die im Kampf gegen Franken und die katholische Kirche untergehen mussten.
Burgunden	Die Franken leisten für die Romkirche ihre Dienste gegen die arianischen Germanenstämme und dabei auch gegen die Burgunden. Ob in diesen Kämpfen der Glaube das Hauptmotiv darstellte, mag man dahin gestellt sein lassen, auch, ob dies beide Seiten in gleicher Weise sahen. Insbesondere mit den arianischen Langobarden und den ungetauften Sachsen steht dies noch ansatzweise im geschichtlichen Bewusstsein. Gegen Sachsen wird folglich auch im Nibelungenlied gekämpft. Sowohl Heiden als auch andere Christen mussten sich der katholischen Kirche unterordnen. Dass aber das römische Christentum im Gegensatz zu allen anderen Glaubensfacetten innerhalb der germanisch geprägten Welt stand, wird bis heute weitgehend ignoriert. Es herrscht wohl die Auffassung vor, dass das arianische Christentum genauso ein minderwertiges Christentum gewesen sei wie das Heidentum oder Judenchristentum.
Nibelungen	Die Nibelungen sind die Hüter des Horts und damit des Heils. Sie stehen sozusagen für den Ausgang jeglicher Religion in einer überirdischen Sphäre. Sie stehen aber auch für einen hohen Preis, den der zu zahlen hat, der sich ihres Schatzes bedient. Jede Religion trachtet danach, einen Hort mit ihrem religiösen Heil zu verbinden. Aus aus jüdischer Sicht geht man davon aus, mit der Tora und Jahwe zum Heil gelangt zu sein. Das Christentum dagegen beweist vor allem durch seine Pogrome, dass es kein Heil hat und keines schaffen kann. Die Burgunden im Epos werden ganz merkwürdig durch die Namensübernahme selbst zu Nibelungen. Nur diese Namensgebung macht sie nun zu Schattenweltlern, dem Leben Entrissene, Todgeweihten, zu Schatten und Nebel aus dem aller Glaube entsteht. Nur kurz sind sie im Besitz des Schatzes, doch nicht zum Eigenbesitz, sondern nur als Verwalter für ihre Schwester. Das ursprüngliche Heil ihres Königs und ihres Glaubens hat Gunther mit der Bindung an Siegfried verloren. Die Burgunden werden

	folglich schicksalhaft selbst Teil des Geisterreichs. Da sie selbst den Wert des Heils nicht nutzen wollen und können, versenkt in Hagen, damit niemand sonst mehr Zugriff auf das Heil erhält. Der Monotheismus, den die Juden in die Welt gebracht haben, ist umfassend und bedarf keine Abwandlungen oder Ergänzungen. Zumindest dies verband im Ansatz Juden und Arianer. Für sie war Jesus nur ein Prophet und damit kein grundlegender Widerspruch zum Monotheismus. Die Annäherung und der Kontakt (Einladung) seitens der römisch-katholischen Kirche in Gestalt einer Kriemhild an die Burgunden/Arianer/Tronjer mit Hagen bedeutet deshalb deren Untergang.
Alberich	Er ist ein Zwerg. Er ist ein »Kleiner«. Wer im Christentum einen Paulus kennt, weiß vielleicht auch, dass Paulus aus gutem Grund »der Kleine, der Geringe« genannt wurde. So ergibt es einen Sinn, wenn ausgerechnet ein Paulus zum Hüter eines vermeintlichen Hortes und des vermeintlichen Heils wird. Nicht umsonst wird auch angenommen, dass es ohne einen Paulus gar kein Christentum gäbe. Erst er gestaltete ein Christentum. Die Tarnkappe Alberichs steht allegorisch für das Urchristentum. Dieses tarnt sich anfänglich als Judentum, in Gestalt eines Judenchristentums. Doch schon unter dieser Tarnkappe kommt bald nichts Jüdisches mehr daher, sondern die heidnische Variante mit einem neuen Gott Christus, ergänzt um einen heiligen Geist setzt sich durch. So wird auch verständlich, dass Alberich den Hort (aber nur in seiner materiellen Gestalt) an Kriemhild herausgeben muss.
Rüdiger	Als Markgraf hat er die Zone zwischen Heidentum (Etzel/Hunnen) und der christlichen Welt zu beschützen. Um der Werbung Etzels bei Kriemhild zum Erfolg zu verhelfen, verspricht er unter Eid, Kriemhild künftig bedingungslos zur Seite zu stehen. Er wird von Kriemhild als Mitstreiter jedoch missbraucht. Mit ihm hat sie einen Trumpf im Kampf gegen die Burgunden und Tronjer gewonnen. Ein ethisch beeindruckende Episode ist die Schildgabe zwischen Rüdiger und Hagen.
Etzel	Er hat mit dem historischen Attila nichts zu tun. Der Dichter verwendet auch weder diesen Namen noch den Namen Attala/Atli die als Gestalt in den Sagen genannt werden. Dafür hätte der Dichter den guten Grund, dass er auf seine Quelle nicht deutlich hinweisen möchte. Ob Attila tatsächlich zur damaligen Zeit um 1200 Etzel

	genannt wurde, vermag ich nicht zu beurteilen. Fest steht dagegen, dass Etzel stets als Attila gedeutet wurde. Eine Hochzeit Attilas in Wien, gar mit einer Kriemhild, gab es nie. Etzel ist wie Gunther ein ahnungsloser und kraftloser Herrscher, der die Durchtriebenheit seiner Ehefrau genauso wenig durchschaut wie Gunther die Absichten seiner Schwester Kriemhild. Die Schwachheit der weltlichen Herrscher wird mit Etzel exemplarisch vorgeführt. Damit werden die deutschen Könige und Kaiser in ihrer Abhängigkeit besten charakterisiert. Nicht er, sondern seine Gattin Kriemhild regiert tatsächlich über die Hunnen. Bezeichnenderweise herrscht an seinem Hof bis zur Konfrontation mit den Burgunden und ihrem Tross religiöse Toleranz.
Hunnen	Man darf annehmen, dass der Dichter tatsächlich mit den Hunnen den Kreuzzugs-Mob darstellte. Sie haben keine Kontur, sondern sind nur Werkzeug und Handlanger für die kämpfende Kriemhild. Das deutsche National-Epos erhält so nachträglich erst recht eine historische Wahrheit. Gemeint waren die Judenverfolger an Rhein und Donau. Sie werden als Hunnen trotz ihrer Überzahl stets als feige dargestellt und auch so bezeichnet. Die Hunnen das ist der christliche und verführte Mob.
Blödelin	Die historische Vorlage für ihn ist der Bruder Attilas Bleda. Er ist der blind-anhängliche Heide, d.h. natürlich im Sinne des Dichters der Gefolgsmann, den Kriemhild/ Kirche für sich gewonnen hat. Sein Name wurde vermutlich nicht zufällig vom Dichter so gewählt. Genauso wenig, wie die der Werber Werbeling und Schwärmling (auch hier unterschiedliche Schreibweisen und damit Deutungsmöglichkeiten). Diese vollkommen unzeitgemäßen und unpassenden Werber sind zur damaligen Zeit wenig geschätzte Spielleute. Ein Affront, der schon zur Ablehnung der Werbung führen müsste. Umso bezeichnender, dass Kriemhild sich darauf einlässt – wenn auch mit ihrer Rückversicherung durch Rüdiger. Richtig gedeutet besagt dies aber mehr: in der Gestalt der Kriemhild folgt die Kirche ihrerseits auch den Instinkten des niederen Volkes. Diese übernimmt sogar Aspekte des Heidentums (Trinität; Marienverehrung) und wird selbst heidnisch – was sie mit der Duldung der Massaker schließlich beweist.
Volker	Volker von Alzey ist der erfundene Sänger, der aber mit dem Schwert umgehen kann. Er ist hauptsächlich ein Recke. Als Spielmann sieht sich der Dichter selbst. Als Dichter spielt uns sein Epos vor.

	Er strickt für sich selbst mit dieser Rolle hier eine nachhaltige und überhaupt nicht zu übersehende Selbstverherrlichung. Ob er dies für sein Werk oder für sich persönlich in Anspruch nimmt, kann offenbleiben. Anders ist seine Rolle nicht zu erklären. Alzey liegt nahe Worms und damit ist er dem Wormser Hof nahe. Bei der Wache, die er und Hagen vor der Halle halten, fürchten ihn die Hunnen merkwürdigerweise sogar mehr als Hagen – oder muss man sagen: berechtigterweise den Dichter mehr als den Recken? Volker wird in der Literatur kaum beachtet oder gewürdigt – ein grobes Versäumnis. Das überlieferte Wort und die Bewahrung des geschichtlichen Erbes sind oft wichtiger oder genauso wichtig wie alle Taten. Was wären Geschichte oder Geschichten ohne Geschichts- und Geschichtenschreiber? Wahr ist immer nur das, was als wahr überliefert wird und wurde, Spuren aufzeigt oder Erklärungen abfordert – oder als Fälschung doch für wahr gehalten wird. Er kämpft, wie er sein Epos verstanden haben will, aufrecht und bis zum Letzten. Wenn es schon Glaubenskämpfe gibt, die nicht zu gewinnen sind, dann soll sich niemand durch Feigheit entziehen. So Hagen, so er, so beide im jüdischen Gottesverständnis. Ein Epos und ein Gedenken haben eben nur diejenigen verdient, die mit dem Schwert oder mit der Schreibfeder ihre Treue beweisen. Das Epos verläuft und endet schicksalhaft – und für einen Juden damit von Gott so gewollt.

Friedrich Hebbel: Die Nibelungen – Ein deutsches Trauerspiel

Ein Trauerspiel – gewiss. Ein deutsches – auch gewiss. Und doch ein ganz anderes, wie wir es kennengelernt haben. So wie ein Täter oft erst für neue Spuren sorgt, indem er die alten verräterischen zu verwischen sucht, macht er erst oft durch diese Taten auf die Spuren aufmerksam, die er zu vernichten dachte. Hebbel färbt sein Trauerspiel erkennbar christlich ein. Auch wenn dafür aus der Vorlage nichts ersichtlich ist. Sein Stück endet im Dialog zwischen Dietrich und Etzel mit den Worten:

Etzel: »*Herr Dietrich, nehmt mir meine Krone ab*
und schleppt die Welt auf Eurem Rücken weiter –«
Dietrich: *Im Namen dessen, der am Kreuz erblich!*«

Verrat möchte man schreien: Ein christliches Fortschreiten wird durch einen lauteren Helden verkündet. Wie sehr verliert sich da des Ur-Dichters »Not«. Die Zweideutigkeit des gewählten »erblich« – im summa sterben und erben – ist dabei gewiss nicht ohne Charme, wie das Gereimte nahelegt. Wahr ist: Ums Erben und Sterben ging und geht es; nur wer und was, warum und wozu, nur dies gilt es zu erfragen.

Doch dies ist durchaus nicht die einzige Stelle, mit der die Glättung sich verrät. Dort wo im Nibelungenlied die Anspielung des Bluttrinkens auf die Eucharistie/das Abendmahl unübersehbar und dem Dichter einige Verse wert ist, schrumpft dies bei Hebbel auf die bloße Wiedergabe mit einem Wort. Ganz entfallen lassen konnte er es nicht, da diese Stelle wohl zu bekannt, und die Glättung ansonsten noch mehr ins Auge stechen würde. Auch die Schildgabe, die unser Ur-Dichter in distanzierter und darum geradezu noch ergreifender schildert, vermag Hebbel nichts Charakteristisches zu sehen. Auch er ist blind für die Nähe zu einer fast christlich zu nennenden Barmherzigkeit, die sich zwischen Hagen und Rüdiger abspielt. Stattdessen wird der innere Kampf, den der getreue Rüdiger aufgrund seiner gegensätzlichen Treuepflichten auszustehen hat, in eine geradezu weitschweifige Geschwätzigkeit entführt. Offenbar glaubt Hebbel seinen

Zuhörern das Gefühl für Treuepflichten erst in ausführlicher Weise darlegen zu müssen, wo der Zuhörer des Ur-Dichters schon beim ersten Wort verständnisvoll aufstöhnen möchte. Am deutlichsten wird die Gesinnung dieses Nachdichters aber in der Ausschmückung von Kriemhilds Rolle. Sie darf sich ausführlich rechtfertigen und erinnert so ungewollt daran, dass es erst ihre Geschwätzigkeit war, die den Konflikt überhaupt ins Rollen brachte. Egal, ob man nun eine tatsächliche Brautnacht, eine vermeintliche, eine missverstandene oder eine durch Eifersucht gesteigerte Brautnacht unterstellen möchte, Kriemhild hat mit ihrer Tat, Brunhild, ihren Bruder, den König und dem gesamten Land das Königsheil entrissen. Aber das zählt für Hebbel nicht.

Wie Hebbel seine Kriemhild auftreten lässt, soll hier vorgeführt werden. Dass gerade sie Wert auf das Erscheinen Hagens gelegt hat, wird einfach übergangen. Hagen wird so dargestellt als habe er Kriemhild Rache erst vor Ort herausgefordert. Der Dialog beim Eintreffen der Burgunder, was verwunderlich so ohne textliche Ausschmücken bleibt – bis auf diesen Dialog:

Kriemhild: *Auch du bist da? Wer hat dich eingeladen?*
Hagen: *Wer meine Herren lud, der lud auch mich!*
Und wenn ich nicht willkommen bin, der hätte
auch die Burgunden nicht entbieten sollen,
denn ich gehöre zu ihnen, wie ein Schwert.
Kriemhild: *Dich grüße, wer dich gerne sehen mag:*
Was bringst du mir, dass du's von mir erwartest?
Ich habe dich des Abschieds nicht gewürdigt,
wie hofftest du jetzt auf einen freundlichen Empfang!
Hagen: *Was sollt ich dir wohl bringen, als mich selbst?*
Ich trug noch niemals Wasser in das Meer
und sollte neue Schätze bei dir hier häufen?
Du bist ja längst die Reichste von der Welt.
Kriemhild: *Ich will auch nichts, als das, was mir gehört,*
wo ist's? Wo blieb der Hort der Nibelungen?
Ihr kommt mit einem Heer! Es war wohl nötig,
ihn herzuschaffen. Liefert ihn denn aus!

Hagen: *Was fällt dir ein? Der Hort ist wohl bewahrt,*
wir wählten einen sichren Ort für ihn,
den einzigen, wo's keine Diebe gibt,
er liegt im Rhein, wo er am tiefsten ist.
Kriemhild: *So habt ihr das nicht einmal gutgemacht,*
was doch noch heut' in eurem Willen steht?
Dich, sagst du, hielt man nötig für die Fahrt,
und nicht den Hort? Ist das die neue Treue?
Hagen: *Wir wurden auf das Fest zur Sonnenwende*
geladen, aber nicht zum Jüngsten Tag.
Wenn wir mit Tod und Teufel tanzen sollen,
so sagte man's uns zur rechten Zeit.

De Boor hat sich in seinem langen Vorwort (Die Nibelungen – Dichtung und Wirklichkeit) intensiv mit Hebbels Nibelungen-Trilogie befasst und dabei festgestellt, dass sich Hebbel zwar ausdrücklich nur als Dolmetschers versteht, der aus einem Epos ein Drama formen will, er aber dabei auch deutlich über diese Rolle hinausgeht. Mit Wirklichkeit ist hier ausschließlich die dichterische Vorgabe des Nibelungenlieds gemeint, aber keine historische Wirklichkeit. So entlarvt sich der Dichter durch die Aussage in einem seiner Briefe selbst, indem er schreibt (S. 28):

»Die Nibelungentrilogie wird Ihnen gewiss zusagen, denn sie schildert den Sieg des Christentums über das Heidentum.«

»Ich will zufrieden sein, wenn man die ganze Trilogie nicht zu (!) christlich findet.«

Woher entnimmt Hebbel aus seiner Vorlage, dass es sich dabei um den Sieg des Christentums handele? Genau das Gegenteil ist richtig und müsste von einem Dolmetscher auch beachtet werden. Sicherlich darf jeder dichten oder nachdichten, wie er will, aber zahllose Stellen bei Hebbel machen eben deutlich, dass er dem Werk nicht gerecht wird, sondern dass er selbst an dessen Wirklichkeit vorbei schreibt. Damit steht er in einer Reihe mit der Fassung C und der an diese angehängte Klage.

Es sind die oft nur geringfügigen Abweichungen, die jedoch den gesamten Charakter des Epos im Drama ändern. Im Nibelungenlied wird nirgends gesagt, dass Brünhild den Auftrag zur Ermordung Siegfrieds gegeben hätte, in Hebbels Werk macht sie genau dies. Hebbel lässt seine Kriemhild nur deshalb nach dem Hort fragen, weil sie den Hunnen einen Teil vom Hort versprochen hätte. So soll die Habgier, die Kriemhild in herkömmlicher Sichtweise charakterisiert, neutralisiert werden. Die Bedeutung des Horts wird somit gar nicht erkannt und auch nur unzulänglich geglättet. Etzel wird zumindest teilweise aktiviert und neu gestaltet. Aus einem naiv passiven König soll, der Historie eher entsprechend, doch ein Handelnder werden. Dies lässt sich jedoch nicht durchhalten. Auch hier lässt sich ein Etzel aus dem Saal führen als die Schlacht entbrennt. Doch genau damit wird zudem noch die Rolle einer Kriemhild geschmälert, die der Nibelungendichter als treibende, und zwar alleintreibende Macht, hinter den Mordplänen ausmacht.

Eine Feststellung de Boors ist interessant, weil sie – unbeabsichtigt versteht sich –, die hier vertretene These stützt. (S. 60/61)

»*Siegfrieds Einsamkeit ist keine tragische, sie ist eine generelle. Sie beruht darauf, dass er nach allen Seiten offen ist. Er braucht keinen Vertrauten, weil er nichts anzuvertrauen hat. Auch Kriemhild ist nicht seine Vertraute; er gibt ihr Brünhilds Gürtel nicht, sie findet ihn, als er ihn verloren hat. Keine andere Gestalt ist so sehr nur Erscheinung, so wenig Charakter. Keine andere handelt so wenig und lässt so viel um sich herum und mit sich geschehen. Keine seiner Taten ist erwogen, sie sind Abenteuer, die ihm zustoßen. Davon ist auch die Werbungshilfe für Gunther nicht ausgenommen. Er siegt und gewinnt so achtlos, wie er liegen lässt und verschenkt. So gewinnt er Brünhild und verschenkt sie an Gunther, so hat er den Hort gewonnen und verschenkt ihn an Kriemhild.*«

»*Aber wie soll überhaupt ein Held, der nur Erscheinung ist, zur dramatischen Person werden?*«

Wer das Nibelungenlied von seiner theologischen Seite betrachtet, wird diese Frage nicht mehr stellen. Christus ist die Erscheinung, aber ein Jesus soll am Kreuz gelitten und dadurch durchaus dramatische Züge gewonnen haben. Das Jesus-Drama, d.h. seine Passion, war schließlich der theologisch verbrämte Anstoß zu den Eroberungs-Kreuzzügen – man suchte in der Religion stets Dingliches – Besitz von Reliquien oder Herrschaft über vermeintliche Handlungsstätten, gegen Moslems und mit den Rachefeldzügen gegen Juden, denen man entgegen den neutestamentlichen Texten, die Verantwortung für das Leiden und die Kreuzigung Jesu zuschob. Das Versteckspiel, das die römischen Schreiber spielten als sie sich als Wahrer des Rechts, aber als schuldlos Irrende darstellten, trägt schließlich bis heute Früchte. Der Hass wurde erfolgreich von Römer auf Juden umgelenkt.

De Boors Kritik an Hebbels Werk fußt auch darauf, »*dass dieser die durch und durch sachliche Sprache mit psychologisierenden Dialogen verständlich machen will. Doch dabei geht dann doch mehr verloren als gewonnen wird.* (S. 68)

»Die Helden des Nibelungenlieds reden nur von Dingen, kaum jemals von sich. Sie offenbaren sich nicht in ihren Reden – wenn wir von Rüdiger absehen – und werden nicht durch sie charakterisiert.«

Wenn der Dichter gerade bei Rüdiger eine Ausnahme macht, so sollte man dies als Hinweis auf die ausweglose Situation verstehen, mit denen den Juden »Tod oder Taufe« in Aussicht gestellt wurde. Sollte die Treue zum Land und zur Heimat oder die Treue zur Religion den Ausschlag geben? Es ist überliefert, dass die Juden in weit überwiegender Zahl den Tod wählten und dabei auch sich selbst und ihre Angehörigen töteten.

»Die Helden des Nibelungenlieds sind groß, weil sie sind, was sie sind, weil sie in ihrem Wesen ruhen und notwendig daraus handeln. Hebbel übersetzt sie aus dem »einfach Herrschenden«, dem »untersuchungslosen Gegebenen« ins Bewusste und lässt sie selbst ihre Taten und notwendig daraus handeln. Hebbel will sie mit den Mitteln der modernen Psychologie erklären.«(letztes Wort im Text als Ausnahme kursiv; S. 77)

Mit dieser Sicht will ich die Untersuchung abschließen. Wagners Ring gibt dagegen erst gar nicht vor, eine musikalische Interpretation des Nibelungenlieds zu sein. Wagner folgt den urtümlichen Sagen und wählt seine Motive daraus. Damit will und kann sein Werk nichts zur Erhellung des Nibelungenlied beitragen.

Zum **Abschluss** noch ein Zitat aus Dietrich von Bern-Forum – Hunnen und Hunen, Burgunden und Nibelungen:

(Hinweis R.W.: Die in Normal-Schrift gesetzten Worte sind meine Ergänzungen, die ich als sinnverstärkend ansehe!)

*Die Probleme der Deutung »historischer« Sagen, wie der Thidrekssaga und des Nibelungenliedes, und die daraus rührenden Fehldeutungen und Falschannahmen, beruhen auf einem nicht geringen Teil auf Namensproblemen eben dieser Sagen. Zur Identifizierung von Figuren dieser Sagen in »historischem Gewand« gehört der historisch-*temporäre-*geographische Zusammenhang; um dies bewerten zu können bedarf es auch der Klärung der Namen der handelnden Personen und Geschlechter, sowie Örtlichkeiten. Wenn Burgunder gedankenlos mit Nibelungen gleichgesetzt werden, Hunnen mit Hunen, Ermanarich mit Ermenich, Theoderich mit Diedrich/*Thidrek, Attala mit Attila *etc.* und dazu noch Personen und Orte in Verbindung gebracht werden (Worms, Wien, Hagen, Volker), *wird man kaum zu einem tragbaren Ergebnis kommen, erst recht nicht, wenn man sie mit dem Schleier der* individuellen *Erinnerung umhüllt. Nicht besser ist es mit der Methode bestellt, einen Namen aus einer Heldensage, sei es die Thidrekssaga oder das Nibelungenlied, herauszupicken und einen oder anderen historisch bekannten Figur der Geschichte zuzuweisen (z.B. Siegfried-Sigbert; Brunhild-Brynhildis; Krimhild-Fredegunde, etc.), als ob es nur diese bekannten gegeben hätte. Das ist wie Losziehen auf der Krimes: Die Nieten sind zahlreicher als die Gewinne, die rein zufällig, wenn überhaupt vorhanden sind.* (S.226)

Diesen Satz könnte man deshalb wohl auch – gegen D. Breuer/J. Breuer – um einen Richard Löwenherz, eine Konstanze und einen Heinrich von Kalden u.a. ergänzen.

Das Nibelungenlied soll, kann, darf und muss nur aus sich selbst heraus interpretiert werden.

Kenntnisse der nordischen bzw. westfälischen Sagen und geschichtliche Personen und Ereignisse mögen jeweils nützlich und interessant für das Gesamtverständnis sein, aber die Gefahr daraus Fehlinterpretationen abzuleiten, ist offensichtlich nicht beherrschbar, wie sich aus der Fachliteratur ersehen lässt.

und ein Zitat aus Rudolf Kreis – Antisemitismus und Kirche:

Bei alledem muss man sich immer wieder vergegenwärtigen, dass die Welt-

macht Kirche das ganze Abendland damals mit einem multimedialen Netzwerk von Wegkreuzen, Kreuzwegen, Reliquien, Gnadenbildern, Wallfahrtsorten, Missionszentren, Epen-, Lieder- und Legendenvermittlungen etc. lückenlos überzogen hatte und die Grenze der audiovisuellen Vermittlung zwischen Realität und Fiktion fließend hielt.

Der abendländische Medienverbund operierte immer auf zwei Ebenen: auf der Hochebene brautmystischer und jesusminniglicher Innerlichkeit mit Freiräumen für erotisch-ekstatische Erleuchtungen, und auf der Tiefenebene volksmissionarischer Triebstimulierung bis hin zur sexuellen Aggression. Beiden Ebenen gemeinsam aber war der Zwiespalt einer Gefühlswelt, die den Sumpf der eigenen Sinne auf »die Juden« projizierte, um durch Ausschreitungen oder Pogrome davon zu reinigen. (S.75)

Aus alledem deshalb mein Fazit und meine Hoffnung:

Möge das Nibelungenlied als das wirkliche Deutsche Nationalepos endlich den Stellenwert in der Literatur und der Geschichte einnehmen, der ihm nach all diesen Ausführungen tatsächlich und wahrheitsgemäß gebührt.

Literaturverzeichnis

Textsammlungen

- De Boor, Helmut: Das Nibelungenlied – Zweisprachig; Parkland Verlag, Köln1998
- Marbach, Gotthard Oswald: Das Nibelungenlied – Aus dem Mittelhochdeutschen; Hugendubel Verlag, München 2006
- Simrock, Karl: Das Nibelungenlied – Aus dem Mittelhochdeutschen; Anaconda Verlag 2008, Köln
- Wagnewski, Peter: Das Nibelungenlied – Mittelhochdeutscher Text und Übertragung: Fischer Taschenbuch, Frankfurt 1970

Literatur

- Kreis Rudolf: Wer schrieb das Nibelungenlied? – Ein Täterprofil – oder – Die Grimassen des Sakralen und der »große Mord« ; Verlag Königshausen & Neumann, Würzburg, 2002
- Kreis, Rudolf: Die Aura des Nibelungenlieds – Drei Ringe und ein Schwert; Verlag Königshausen & Neumann,Würzburg 2014
- Kreis, Rudolf: Antisemitismus und Kirche – In den Gedächtnislücken deutscher Geschichte mit Heine, Freud, Kafka und Goldhagen; Verlag Rowohlt, Reinbeck, 1999

Verwendete bisherige Forschung

- Badenhausen, Rolf: Die Nibelungen – Dichtung und Wahrheit – 150 Jahre Nibelungenforschung neu gesehen; Verlagshaus Monsenstein und Vannerdat, 2005
- Berndt, Helmut: Die Nibelungen – Auf den Spuren eines sagenhaften Volkes; Verlag Stalling, Oldenburg, 1978

- Breuer, Dieter und Jürgen: »Mit Wahrheit oder nach Sage« – Nibelungenlied und Kreuzzüge; Wilhelm fink Verlag, Paderborn, 2014
- De Boor, Helmut / Newald, Richard: Die höfische Literatur, Vorbereitung, Blüte, Ausklang 1170 – 1250; Verlag C.H.Beck, München, 1960
- De Boor, Helmut: Friedrich Hebbel, Die Nibelungen, Dichtung und Wirklichkeit; Verlag Ullstein, Frankfurt 1966
- Dietrich von Bern-Forum: Hunnen und Hunen, Burgunder und Nibelungen; Verlag BoD, Norderstedt, 2016
- Dinzelbacher, Peter: Unglaube im »Zeitalter des Glaubens« – Atheismus und Skeptizismus im Mittelalter; Verlag Bachmann,Badenweiler, 2009
- Ehrismann, Otfrid: Das Nibelungenlied; Verlag C.H.Beck, München, 2005
- Falk, Walter: Das Nibelungenlied in seiner Epoche; Verlag Winter, Heidelberg, 1974
- Erbstösser, Martin: Die Kreuzzüge – eine Kulturgeschichte, Verlag Bastei Lübbe,1999
- Esser, Karl Heinz / Paritschke, Werner: Das Nibelungenlied – Zeit und Bedeutung, Stadt Worms, 1981
- Görich, Knut: Die Staufer – Herrscher und Reich; Verlag C.H.Beck, München, 2006
- Großbongart, Annette/Pieper, Dietmar (Hrsg.): Die Staufer und ihre Zeit; Goldmann, 2012, München
- Hansen, Walter: Die Spur der Helden – Die Gestalten des Nibelungenlieds in Sage und Geschichte; Verlag Lübbe, Bergisch Gladbach, 1988
- Hansen, Walter: Die Spur des Sängers – Das Nibelungenlied und sein Dichter; Verlag Lübbe, Bergisch Gladbach, 1987
- Hartmann, Gerhard: Die Kaiser des Heiligen Römischen Reiches; matrixverlag, Wiesbaden 2013
- Heinzle, Joachim: Die Nibelungen; Primus Verlag, Darmstadt,2010
- Hess, Robert: Die Geschichte der Juden; Verlag Otto Maier, Ravensburg, 1993

- Heusler, Andreas: Nibelungensage und Nibelungenlied – Die Stoffgeschichte des deutschen Heldenepos; Wissenschaftliche Buchgesellschaft Darmstadt, 1955
- Kaufhold, Martin: Die Kreuzüge; matrixverlag, Wiesbaden
- Miedema, Nine R.: Einführung in das Nibelungenlied, Wissenschaftliche Buchgesellschaft, Darmstadt, 2011
- Milger, Peter: Die Kreuzzüge – Krieg im Namen Gottes, Verlag C.Bertelsmann, München, 1988
- Neumann, Friedrich: Das Nibelungenlied in seiner Zeit; Verlag Vandenhoeck & Rupprecht, Göttingen, 1967
- Pohanka, Reinhard: Die Völkerwanderung; matrixverlag; Wiesbaden, 2018
- Poliakov, Léon: Geschichte des Antisemitismus – Von der Antike bis zu den Kreuzzügen; Verlag Gerd Heintz, Worms, 1979
- Ritter-Schaumburg, Heinz: Die Nibelungen zogen nordwärts; Reichl Verlag, 2007
- Schubert, Kurt: Christentum und Judentum im Wandel der Zeiten; Böhlau Verlag, Wien, 2003
- Der Spiegel (Sonderheft Geschichte 5/2018): Die Kreuzzüge – Kulturkonflikt im Mittelalter
- Der Spiegel (Edition Geschichte 2/2018): Die deutschen Herrscher – Wie Könige und Kaiser eine zerrissene Nation regierten
- Tilly, Michael: Das Judentum; matrixverlag, Wiesbaden, 2013

Literatur zur Entstehungsgeschichte des Chrisentums:

- Roland Weber: Denken statt glauben – Wie das Christentum wirklich entstanden ist; Verlag BoD, Norderstedt, 2017
- Roland Weber: Jesus, Römer, Christentum – Makaberste Tragödie des Abendlandes; Verlag BoD, Norderstedt, 2018

Anmerkung: In beiden Büchern wird ausführlich auf christentumskritische Literatur eingegangen